内江师范学院精品工程项目（编号2020JP01）

孙自筠文集

孙自筠 —— 著

黄巢

中国言实出版社

图书在版编目(CIP)数据

黄巢 / 孙自筠著 . — 北京：中国言实出版社，
2022.6
（孙自筠文集）
ISBN 978-7-5171-4078-8

Ⅰ . ①黄… Ⅱ . ①孙… Ⅱ . ①长篇历史小说—中国—
当代 Ⅳ . ① I247.5

中国版本图书馆 CIP 数据核字（2022）第 038463 号

黄巢（孙自筠文集）

责任编辑：郭江妮
责任校对：王建玲

出版发行：中国言实出版社
    地 址：北京市朝阳区北苑路180号加利大厦5号楼105室
    邮 编：100101
    编辑部：北京市海淀区花园路6号院B座6层
    邮 编：100088
    电 话：010-64924853（总编室） 010-64924716（发行部）
    网 址：www.zgysebs.cn 电子邮箱：zgyscbs@263.net

经 销：新华书店
印 刷：三河市华东印刷有限公司
版 次：2022年7月第1版 2022年7月第1次印刷
规 格：710毫米×1000毫米 1/16 24.75印张
字 数：388千字

定 价：78.00元
书 号：ISBN 978-7-5171-4078-8

坐着自己亲手打造的折叠椅，别有一番逍遥

首卷　货与皇家

第一章　迎佛骨懿宗定计 / 002

第二章　陈民情黄巢惹祸 / 013

第三章　僖宗登基 / 023

第四章　黄钦自宫 / 034

第五章　朝政，可以那样玩 / 044

第六章　状元，可以这样点 / 053

第七章　孟雪娘义救黄巢 / 059

第八章　冤句起事 / 068

第九章　乱世苦侣 / 076

二卷　双雄联手

第十章　马背上的爱情 / 086

第十一章　唐末，宦官的黄金时代 / 094

第十二章　也是情侣的浪漫时代 / 102

第十三章　朱温，左右逢源 / 110

第十四章　黄巢，进退两难 / 116

第十五章　宦祸 / 124

第十六章　王大将军的三十华诞 / 132

第十七章　情殇　/ 140

第十八章　唐末，更是女人的黄金时代　/ 147

三卷　青春激荡

第十九章　仰望洛阳　/ 156

第二十章　兵败伊阙　/ 164

第二十一章　皮日休插足　/ 172

第二十二章　鱼玄机私奔　/ 179

第二十三章　女神　/ 187

第二十四章　人渣　/ 195

第二十五章　战地也浪漫　/ 203

第二十六章　"扯清了，还叫爱吗？"　/ 211

第二十七章　真假招安　/ 219

四卷　征战南北

第二十八章　"搅黄它！"　/ 230

第二十九章　问佛安国寺　/ 238

第三十章　屯兵嵖岈山　/ 246

第三十一章　背叛者终结于背叛　/ 254

第三十二章　像模像样再活一次　/ 262

第三十三章　挥师南下　/ 271

第三十四章　冲出危局　/ 281

第三十五章　狂野盐盐　/ 290

第三十六章　誓师北伐　/ 297

尾卷　功败垂成

第三十七章　长安准备后事　/ 306

第三十八章　再唱一曲《长恨歌》　/ 314

第三十九章　黄巢终于说出了那句："众卿平身。"　/ 324

第四十章　曹蔓叹道："这当皇后比种地费心多了……"　/ 334

第四十一章　绝恩义皮日休走人　/ 344

第四十二章　图告身朱温叛变　/ 355

第四十三章　长安城来去匆匆　/ 365

第四十四章　虎狼谷残阳夕照　/ 375

第二版后记　/ 384

第三版后记　/ 385

首卷 货与皇家

第一章　迎佛骨懿宗定计

　　一条长长的彩旗缤纷的队伍从长安开远门里走出，缓缓向西移动。远远看去，那花花绿绿的身躯蠕动着，像一条巨龙在爬行。久旱无雨的西行大路在巨龙搅动下翻起阵阵黄尘，恰似平地而起的云雾。于是那巨龙，便在那团团云雾间穿行。

　　这支长长的队伍是从京城出发去凤翔法门寺迎接佛骨的，而领头迎佛骨的是当今皇上。皇上，是真龙天子，因此把它说成是条巨龙是再恰当不过的了。

　　这时，真龙天子懿宗皇上正坐在高大的专为迎佛骨打造的马车上听高僧彻悟谈佛。

　　彻悟盘坐于蒲团上，身子随马车的缓缓前进微微晃动着。嘴里吐出一串串他早就烂熟于心的话语：

　　"……太宗贞观年间，凤翔节度使上奏说，臣闻法门寺供着佛祖舍利，藏于地宫塔内，三十年一示人。即古谓三十年一开，开则岁谷丰而兵戈息。臣请开地宫捧出舍利以示世人。太宗皇上准奏，于贞观五年开示佛骨。当时观者数千，只见霞光映照，地宫犹如白昼。有人见之如佛像，有人见之如圣僧；或见绿色，或见赤光，或见五色杂光。有一瞎了多年的盲人，竟在佛骨光照下，双目复明。然也有那一无所见者，那定是前生作孽，犯有重罪之人……"

　　安坐在马车上位的懿宗皇上听了，急问："果真有如此神奇？"

　　彻悟回道："陛下，那佛骨，乃佛祖释迦牟尼圆寂香木焚化后的结晶。想想那佛祖生前有万毒不攻之身，与天地相通之体，涅槃后其精气神皆化入佛骨中，故有此灵验。"

"如此说来，朕所患心痛症，瞻仰佛骨后也一定会痊愈啊！"

彻悟回道："陛下乃一国之主，御驾亲迎佛骨，佛祖定会护佑陛下龙体康健，护佑我大唐国事安宁、百姓安居。"

立于一旁的大太监田令孜插嘴说："依奴才看，那佛骨还有一大用处。"

"什么用处？"懿宗问。

"用来考察大臣。那在佛骨面前什么也看不见的，一定是不忠不贤之辈。"

彻悟说："田公公言之有据。高宗显庆四年十二月迎佛骨，初开塔时有二十余人在场，诸人皆见舍利如虹，唯一人不见。其人懊恼痛哭，自拔头发，苦心哀求，终不可见。"

田令孜说："那他一定是个坏人。"

懿宗冷笑道："怪不得朕决定迎佛骨时不少大臣反对呢，原来他们是怕在佛骨面前出丑。"

田令孜说："皇上圣明。"

懿宗朝窗外看去，蓝天无云，赞道："好个晴朗的天！"田令孜附会说："上天见皇上御驾迎佛骨，岂能不给个好天气？"懿宗问："你那里还收到有臣下谏阻迎佛骨的奏章吗？"

田令孜回道："自从陛下惩治了几个多嘴的言官后，再没人说三道四了；只是，那些进京参考的举子……"

"他们怎么样？"懿宗急问。

"有举子在时务策答卷中对陛下迎佛骨写有冒犯的话，考官不敢隐瞒，呈了上来，奴才不知该不该……"

懿宗着急说："少啰唆，快念给朕听。"

田令孜忙从随身带的奏章箧中取出一份，缓声念下去："佛者，起之异域，后汉始传入。此前，朝代更迭，祸福变化，并未闻与佛法有关联者；此后，汉明帝事佛，乱亡相继，国运不长；梁武帝舍身施佛，饿死台城，国亦浸灭。本朝之中，事佛得祸者亦不鲜见。今陛下不惜巨万迎佛骨入禁宫，求福求寿，妄也！以草民之见，不如将朽骨投之水火，以断天下人之疑，方为先知大圣人之所为也……巢冒死上言，若佛有灵，作祸于巢，巢绝不怨悔！"

田令孜刚念完，彻悟长长吁一口气，念了声："阿弥陀佛！"懿宗则向面前的御案猛击一掌，问道："这个巢是谁？"田令孜回道："上面写着的，是山东举子黄巢。"懿宗咬牙切齿地说："记住，一定要把此人找着，朕要亲自审问他！"田令孜应声："是，皇上，奴才记住了。"

其实，此时的黄巢就在懿宗的鼻子底下，他与好友朱温正在懿宗御驾迎佛骨大队的道边看热闹。二人结伴进京赴考，但双双落榜，灰颓的心情把他们回家的脚步压得沉沉的，加之迎佛骨的队伍占去了整个道路，只能在路边野地里高一脚低一脚地行走。

黄巢是个高大魁伟的汉子，加之随父做私盐生意练就一副好腿脚，什么样的路都走过，也就不在乎。而比黄巢矮半头，体力也不及他的朱温就显得吃力多了，他叫住黄巢说："反正咱们也没有什么要紧事赶路，这路不好走，不如停下来看看热闹，权当休息。"

黄巢却回道："走累了休息一下倒可以，但为了看迎佛骨耽误时间，不值。"

黄巢虽这么说，但还是停了下来，与朱温找了个地势高的地方站着，目迎目送那支以官员、僧尼、太监、宫女和士兵组成的打着各色彩旗的长长的队伍在舒缓的佛乐中慢慢由东向西移动。

"你看，"朱温指着一辆缓缓过来的高大的马车，"那里面一定坐的是当今皇上。"

果然，只见靠近大路边的百姓纷纷跪下，顿时，万岁声打雷般响了起来。黄巢与朱温因离得较远，虽然没有人叫他们跪下，却也急忙躬身，向那高大的马车作揖行礼。

"我数了数，"朱温说，"拉车一共九匹马，天子出行的规格。看那车身好华丽好高大，简直就是一座活动的宫殿。"

"唉！"黄巢叹了口气，"我想，皇上一定没有看到我夹在考卷中的《谏迎佛骨书》，要是看了，绝不会做这等荒唐事……"

"我早就劝你不要去写什么劝谏书，你不听。"朱温说，"不过，我倒觉得皇上没有看到更好。"

"你怎么这样想？"黄巢奇怪地问。

"要是真的看到了，一定龙颜大怒，会派人来抓你。所以我们要小心些才是。"

"堂堂皇上，他会那么小心眼？"

"黄兄，可别忘了宪宗时韩愈上书谏阻迎佛骨险遭杀身之祸的故事哟！"

"那是宪宗时代，当朝懿宗皇上可开明得多。"

朱温知道这黄兄是一个死心眼儿，认准的理九头牛也拉不回来，不想与他再争论下去，随意说了句"但愿如黄兄所言"，便伸长脖子继续看热闹去了。

一骑飞驰而来，直奔皇上座驾。骑在马上的是皇上贴身太监，他在靠近马车时身子一翻跨到车上，掀开门帘进去跪于懿宗座前禀告道："皇上，郭娘娘她……"因蒲团上坐着一个和尚，便把话打住了。彻悟很知趣地向上一揖说："皇上，老衲讲了半日，已觉疲倦，请恩准先告退。"懿宗并不挽留，只对田令孜说："送长老下车。"

田令孜奉命叫驾车驭手停车，扶着彻悟下车，看他坐进随驾的轿子里。

马车上，太监已禀报完毕，只听懿宗吩咐道："快回宫去，留心观察，有什么动静，立刻来报。"太监应声"是"后，跪拜退下。

怒容满面的懿宗用拳头捶着御案，嘴里不停地骂："这对狗男女，今天定叫你们身败名裂，死无葬身之地！"

田令孜当然知道皇上骂谁，从旁边劝道："皇上息怒，为他们气坏了龙体，太不值。"

依懿宗的脾气，他早就废了郭淑妃了，而且，连那个无耻的驸马韦保衡一起处置，让他们不得好死！无奈，一则只是风闻，并无实据，根据风闻去处置他们实在也说不过去；而实据，那种不冒烟的事岂能让你轻易拿到？想想也真可悲，哪怕你是皇帝，也有管不到的地方。再则，懿宗实在感到棘手，那韦保衡又是他最疼爱的同昌公主的驸马，而他最疼爱的同昌公主从小又是哑巴，既可爱，又可怜。如果真的那样，她会既失去母亲又失去丈夫，今后的日子她该怎么过？想到这里，眼前便出现同昌公主今早在端门外向他送别时哀怨的、委屈的、充满乞求与依恋的眼睛。于是，懿宗紧握的拳头便渐渐地放松下来。

　　然而，一想到在朝廷上群臣向他高呼万岁以及出行时百姓向他跪拜的情形，懿宗作为大丈夫的阳刚之气陡涨。我是谁？是堂堂天子，是一国之君，是万民景仰的皇帝，居然有人给我戴绿帽子，哪怕是一般男子，也以此为耻，何况朕？还有那个郭淑妃，本是下贱女子，靠朕的宠爱由一般宫女而才人而夫人而淑妃，虽然只为朕生了个哑巴女儿，朕仍对她宠爱有加，结果，竟做出这等事来！其实，我早就暗示过、提醒过、警告过她，她却欺骗我、耍弄我。哼！这回把你逮个正着，看你有何脸面……于是懿宗放松的拳头复又握紧。

　　哐！哐！咚！咚！咿哩呐、咿哩呐……粗野的锣声、鼓声，和着尖厉的唢呐声炸进耳朵。

　　懿宗愤怒了："什么声音这么难听？"

　　田令孜回道："想必是百姓在欢庆皇上亲迎佛骨。"

　　"吵得朕心烦，快叫他们停下！"

　　田令孜掀开窗帘对骑在马上的护驾将军高骈说："高将军，快派人去叫那些敲锣打鼓吹唢呐的停下！"

　　高骈立即应声道："遵命！"

　　大路边不远处有座龙王庙，龙王庙前有块空地，空地上围着一大群衣衫褴褛瘦骨嶙峋的村民，他们正在观看一种叫草把龙的游戏。这种草把龙游戏玩法与过年时舞龙灯差不多，但却非常简陋寒碜，没有用竹木编织、用绸缎糊成头大如斗、眼似铜铃、口似血盆的龙头，也没有用整匹或红布、或黄布、或白布缀成腰粗如水桶、长达数十节的龙身；它是完全被戏谑化、丑陋化的一种极为原始的儿童玩具：用草扎成的狗头般大小的龙头，接上一截丈把长的草绳作龙身，两个赤膊汉子用四根竹竿一顶，便玩了起来。再配上简单不过的乐器，随心所欲地舞动滑稽怪诞的动作，也能把围观的大人孩子逗得咯咯大笑。笑声里还伴有齐声唱的儿歌：

龙王爷，不打闪，变只草龙没屁眼；龙王爷，不兴云，变只草龙没眼睛。

龙王爷，不下雨，变只草龙裤裆钻；龙王爷，不尽职，变只草龙去啃屎。

此外，往往还要掺入一些恶作剧似的表演：一瓢瓢冷水劈头盖脸向舞者泼去。那冰冷的水被春天的冷风一吹，冻得舞龙人嘴皮发乌、浑身发抖，连围观的人见了也都跟着冻出一身鸡皮疙瘩。

黄巢和朱温被乐声吸引也围过来看热闹。

"大爷，请问这是干啥？"黄巢问身边的老农。

"求雨。"老农回答。

"求雨？"朱温问。

"听口音你这两位后生是外地人，不懂咱关西一带的风俗。咱关西一带大半年没下雨了，庄稼地干得冒烟。村里每天都有饿死的人。村里人先是杀猪宰羊，燃香点蜡去龙王庙求雨，可是龙王不识抬举，一连几个月不下雨。大家气极了才用这种办法来教训教训它。要是过几天还不下雨，我们就把龙王神像从庙中抬出来，先游行示众，让它看看咱们老百姓已苦成什么样子；再把它放在野地里风吹日晒，让它也尝尝天干的味道。"

黄巢问："这样不更加开罪龙王爷了吗？"

"嘿！菩萨也是吃硬不吃软。你别说，有时还顶用。闹不几次，它吃不消了，只得赶紧下雨求饶。"

朱温笑道："世间还有这种向龙王求雨的办法，有意思，有意思。"

"田公公，末将派人去打听了，那敲锣打鼓吹唢呐的人，是玩草把龙向龙王求雨的。"高骈对马车里的田令孜回报。

"什么？求雨？"田令孜指着路边的大树说："皇上请看，这树一棵棵青枝绿叶的，哪像是天旱？分明是坏人故意捣乱！"

懿宗从马车里向窗外望去，路边树木果然一片绿色。忽然，他在树后的蓝天上看见一团黑云，指着说："看，天边有团乌云……"

田令孜抬头看看，急了，向懿宗说："皇上，请快下旨制止那些乱民求雨，不然雨下过来，淋湿了慎杖，引发了洪水，迎佛骨的事就麻烦了。皇上，请快下旨制止求雨；要求也只能叫他们求龙王爷千万别下雨！"

懿宗听了果断下旨："护驾将军高骈听旨，你速领兵去制止那伙乱民求雨，只准他们求龙王爷不下雨。有违者，就地正法！"

"遵旨！"高骈掉转马头加鞭飞奔而去。

自从送别父皇那刻起，同昌公主的心情就变得越发低沉压抑。虽然她是个哑巴，说不出来，但一切苦楚，全都刻在了脸上，一双秀眉紧锁，眼眶里的泪水从未干过。驸马韦保衡的百般安慰，她不领情，一把将他推开；母亲郭淑妃口里叫着乖女儿手拿丝绢为她擦泪，她把头扭向一边。至于身边宫娥彩女的劝解哄逗，她不是冷眼相向，便是怒目而对。好像宫里人全都变成了她的仇敌。

同昌公主当然也有快乐的童年，因为生在宫中，有的是人呵护；因为是个哑巴，又多一份同情与关爱。不会说话虽然苦恼，但不会讲话却可以免除"能言必失""祸从口出"的担忧。她无忧无虑长到十四岁，依唐宫规矩到了出嫁的年龄。有一天上朝，郭淑妃把她带到父皇御座背后，指着朝堂上一位年轻英俊的官员说："把他招为你的驸马，你乐意不？"她听了羞得满脸通红，但却频频点头表示同意。

虽然是哑巴，但她的婚礼与其他公主同样奢华，而且因为她是哑巴，母亲郭淑妃说服父皇特许在宫中为她建造公主府，出嫁而不必出宫；为照顾小夫妻在一起，驸马韦保衡被任命为中书侍郎，留在宫中延英殿值班。

结婚，把同昌公主带到人生欢乐的顶峰。她不会说话，但欢乐却写在脸上，她的笑容里荡漾着幸福，她的眼神里映射着对父皇、对母亲、对丈夫，乃至对宫中每个人的感激与柔情。要是她不是哑巴，她的日子一定会成天唱着过。

可是有一天，因为一个意外发现，同昌公主的生活突然从欢乐的顶峰重重摔进一个永远也无法挣脱的黑暗泥潭。从此，快乐结束了，直至把她逼向死亡。

那是婚后不久的一个深夜，醉醺醺的韦保衡回来了，同昌公主把他扶上床，为他解衣宽带，然后，深深沉入到他的怀中，在他心脏强有力的跳动声里走进温软的梦乡。梦中，她正躺在母亲怀里，轻轻吸吮着母亲的奶头，尽情享受母亲怀中那种特有的乳香，但醒来时她却感到迷惑，为什么他的身体上有似母亲身上的气味呢？

人们常常埋怨上苍对自己不公，其实上苍是最公平不过的，比如上苍发现自己没有平等地赋予她说话的能力，但通过其他方面来弥补，赐予她异于常人的敏锐嗅觉，于是她便从丈夫身上嗅出另外女人的气味。如果这个另外的女人是别人，她最多哭一场了事，但这气味却是她最爱的亲人，是母亲的，这使她在一阵迷惑后感到恐惧；虽是恐惧，她却不能不去印证、去核实，更主要是去否定这个恐惧。她祈求上苍：但愿这只是我的错觉，但上苍却不理会她的祈求，反倒把更多的可怕的真实无情地展露给她。

过了一段痛不欲生的屈辱日子之后，同昌公主决定拯救自己，同时也是为了挽救丈夫和母亲。她不会说话，便使用女人惯用对付丈夫的手段：白日冷眼相看，夜间冷背相对。但韦保衡对此假装不知。她知道根子在母亲那里，便在母亲面前做出种种不满的表情，向她表示警告和抗议。母亲倒是完全懂了她的意思，但向她说出的话却让她大为吃惊。母亲说："女儿，你是女人，我也是女人。你就宽恕母亲吧！"同昌公主愤怒了，真还有这样的母亲，她怎能说出这样不知羞耻的话！同昌公主全身颤抖想对她大吼："他是我的驸马！不是你的！你是生我的母亲！你怎么能做出这样伤害我和父皇的事来？"可是身为哑巴，同昌公主只能用冒着火星的眼睛盯着母亲，母亲冷冷一笑把脸躲开了。

同昌公主对他们绝望了，但她不能容忍他们这样下去，因为她容忍了，她的父皇是绝对不会容忍的。而且，她已经意识到父皇对他们的事有所察觉，她还隐约窥视到父皇眼神里的凶狠杀机。她不止一次地见到父皇杀人，杀太监，杀宫女，杀朝臣……如果真的杀起来，母亲、丈夫，他们身边和我身边的太监、宫女，会杀得一个不剩。父皇不会杀我，但留下的我却只能去永远地承受他们的耻辱和唾骂；永远地生活在他们的罪孽阴影里，不得超生。这是一个多么可怕的结局。于是，她决定在父皇去迎佛骨不在宫中的机会，对他们作最后的警告，哪怕是乞求。

老农兴奋地指着天边："看，大伙儿快看，天上起云了，一团乌云！"

这时高骈领兵赶到，大声喊："奉皇上口谕，命尔等村民，立即让龙王把乌云驱散，不得下雨。快把锣鼓敲起来，唢呐吹起来，草把龙舞起来，求龙王不下雨，违者格杀勿论！"

听得村民们全呆了，好不容易求来一片乌云，眼看就要下雨了，皇上要叫收回去，能行吗？

见村民们没动静，高骈领兵逼近，杀气腾腾地怒吼："叫你们求龙王不要下雨，听见没有？"

正在大家不知该怎么办的时候，老农赔笑上前说："大人，咱们不是不听命令，实在是有难处。"

高骈问："什么难处？"

"求雨，有求雨的歌；求不下雨，有求不下雨的歌。我们一向只求雨，只会唱求雨歌，没有求过龙王爷不下雨，不知求不下雨的歌咋唱？"

"咋唱？编个不就行了。"

"大人，咱们乡下人，不识字，这编歌的事儿没人会。"

高骈环视一周，指着黄巢和朱温："你们两个像是读书人，快给他们编个求龙王爷不下雨的歌！"他点着朱温："你快编。"朱温赔笑拱手回道："大人，在下实在不会编。"高骈指着黄巢："那你来编。"

黄巢上前半步说："要说编个求龙王爷不下雨的歌，在下会。"

高骈："那你快快编来！"

"但是在下不能编！"

"什么，你不编？"

"是的。"黄巢发问道："大人你刚才两传圣旨，先是不准村民求雨，见天上有了片乌云，又叫村民求不下雨。请问大人，当今皇上会下这种荒唐的圣旨吗？"

高骈又惊又怒："你，你难道还说本官假传圣旨？皇上就在不远处的马车里，你去问！"

黄巢再拱手："谢大人指点，在下正要叩见皇上有事奏报呢。"说着他便向马车方向走。

高骈伸出手中的长矛阻挡："你，你……皇上是你随便叩见的？好大胆！你叫什么名字？"

"在下山东进京举子黄巢。"

天空中的那片乌云越来越近了，伴着巨大的呼声飞到头顶上了，但并无雨滴落下，落下的竟是一群蝗虫。

懿宗见了龙颜大惊。田令孜安慰说："皇上勿惊。老天爷为皇上虔诚打动，雨是不会下了。"懿宗说："听说这蝗虫吃庄稼可厉害呢。"田令孜回道："皇上不必担忧，据各地奏报，今年蝗虫虽多，但不食禾苗，一个个全都抱着草茎麦秆而死。"懿宗听了长吁口气。但此时蝗虫纷纷飞进马车内，爬上懿宗的龙袍、皇冠、脸和手臂。他忍不住叫道："快，快把这些虫给朕撵了……"

郭淑妃是个胆大包天、野性十足的女人，她身在宫中贵为淑妃，却毫不把宫中的礼法放在心上，想着点子寻找快乐和刺激。今日端门送别皇上回到寝殿后，立即摆上酒菜，把女儿女婿叫来共饮。

"来，女儿。"郭淑妃给同昌公主斟满一杯说："娘知道你对娘有看法，今天你先喝了这杯顺顺气，对娘有什么就说……不，你就比画，为娘都记下。来，为娘先饮此杯！"

郭淑妃举杯一饮而尽。

同昌公主见母亲如此坦诚，也就举起杯来一饮而尽。

但是，酒刚刚下肚，同昌公主就觉得不对劲，她正愤懑地举手指向母亲，眼前一黑，便倒了下去。韦保衡大惊失色，一面去扶公主，一面问郭淑妃："她？你！"

郭淑妃笑道："没事，一个时辰就会醒来。"说着她叫来两个宫女，吩咐说："公主喝醉了，扶她回房休息。"

待两个宫女扶走公主，郭淑妃伸出玉臂挽过韦保衡："今天，他不在，公主又让我灌醉了。咱俩彻底放松尽情尽兴地玩玩。来先喝交杯酒……"

韦保衡心存疑虑地说："皇上对这种事可敏感了，我怕皇上设了圈套……"

"不用怕，天塌下来有我呢。放心喝！"

一个时辰后，同昌公主醒来，想起刚才的事，奋身直奔母亲卧室，挥手推开宫女的阻拦，进门揭开床上的帷帐，只见母亲和他赤身裸体，蛇似的缠在一起。她愤怒至极，伸手要去打他们，但终于忍住。渐渐冷静下来的她轻轻放下帷帐，转身跑回自己公主府的卧室，从柜里找出个药瓶，张开口，脖子一仰，把整瓶药倒了进去。

第二章　陈民情黄巢惹祸

"好个山东举子黄巢，你居然敢抗旨不遵，快快给我拿下，奏请皇上处置！"高骈将长矛指向黄巢，两个士兵把他抓住。

"大……人……"朱温本想为黄巢请求，碰到高骈虎视眈眈的眼光，感觉不妙，收回了想说的话，乘隙溜掉。

听到"奏请皇上处置"，黄巢心中顿时滚来一股难言的激动，能有机会面谏皇上，让皇上了解到民间真实情况，关注百姓的疾苦，取消这种劳民伤财的荒唐之举。他很庆幸能有这样的机会，自己可以像个顶天立地的大丈夫那样表现一次，就算有什么不测也值。

其实这不是黄巢第一次被抓，去年他与兄弟黄钦贩盐途经虢州境内时就经历了一次险情。当地连年旱灾，地面已经龟裂成一道道口子，庄稼打蔫，树枝发黄。鸡不叫，鸟不唱，狗儿竟饿得耷拉着脑袋见了生人也不吱声。沿途的饥民面黄肌瘦，连说话的力气都没有。他们路经一房前，正好碰上差官牵着恶犬来强收赋税。

公差对一老汉命令道："老头，快把拖欠的赋税交齐！"

老汉低头躬身，小心回答道："官爷，你看庄稼全旱在地里，交什么呀？"

"交什么，你该清楚，还要我再提醒吗？"

"知道，知道，只是，我一家老小天天以蓬蒿种子和树叶充饥，家中已一无所有了！"

"我们只管收粮、收钱，少啰唆！"

"官爷，可不可以再宽限些日子。"

"我说你怎么这么多废话？"差官举起拳头挥了挥。

"官爷，你们看看我这家，交什么呀？"老汉哭丧着脸，指着家里仅有的用石块堆起的"床"和几个破筐烂盆说。

"看什么看？想耍赖是不是？本大爷会告诉你交什么！"差官吼叫着上前就给老汉一耳光。老汉身体摇晃一下，顿时两道鲜血从他的鼻孔中冒出，染红了胸前一大片。

见此景，黄钦瞪着眼想冲上去，却被同样瞪着眼的黄巢紧紧地拽住。

差官却若无其事地在房里兜了一圈，眼睛盯着房屋的梁木说：

"嘿嘿，这房子的梁木还不错，衙门建房正好用，那就拆房吧！"

差官递了个眼神，衙役们一拥而上推倒向前拦阻的老汉家人，叮叮当当拆起房来。

黄巢兄弟上前与差官理论起来，话还没有说上几句，差官出拳便打。黄巢兄弟从小习武，身手矫健，倒也没吃什么亏。只是那只恶犬窜出来对着老汉就咬。黄巢上前，一个飞腿踢退了恶犬，却被后面上来的衙役勾脚绊倒抓住。差官一阵狂笑，黄钦抓出铁沙向他脸上撒去，趁他捂脸的机会，黄巢三拳两腿打倒了身边的衙役，拉着黄钦便跑……

"对！把这些州县官吏的行径向皇上说说。皇上深念百姓，一定会教训这些吃着皇粮却鱼肉乡民的家伙。"想到这里，黄巢心里的那份激动化为了力量与信心，脸上不由得挂出了笑容，脚步也轻快了起来。高骈用奇怪的眼神看着他，心想：这小子怕是吃了豹子胆了，竟敢在皇驾面前捣乱，今天就让你知道厉害。

为了这次迎佛骨，懿宗斋戒、沐浴、进香、诵经；下旨大造浮屠、宝帐、香辇、幡花、幢盖，并用大量金玉、锦绣、珠翠装饰；又降旨为佛骨设金花帐、温清床，龙麟之席，凤毛之褥……他以他的方式办成平生第一桩大事，要以他的虔诚感动上苍，感化臣民，乞求万能的佛祖给大唐带来福祉，从此风调雨顺，国泰民安。没想到半途却冒出这么些事，连这些可恶的小蝗虫也飞来添乱。"唉……"懿宗刚一张口叹息，一只蝗虫竟飞进了嘴里，噎得懿宗说不出话来。田令孜忙命停下车驾，又是揉胸又是捶背，最后在背上用劲一拍，蝗虫被拍了出来。田令孜笑着奏道："陛下受惊了，不过不必烦心，这蝗虫是带好兆的。蝗者，皇也，这么多蝗虫飞向陛下，是万邦君主来朝也。喜事，喜事啊！"懿宗仍一脸惊恐，皱眉指着皇袍上的蝗虫："这、这……"田令孜上前一一捉了丢出窗外："奴才把它们请走就是。"

高骈把黄巢押到马车前大声奏道："奉旨把领头求雨、抗旨不求旱的钦犯带到。"田令孜推开车门问："皇上问钦犯姓名籍贯？"高骈答："山东黄巢。"懿宗听了心里一惊，提高声音说道："快把他带过来，朕要亲自审问他！"

此刻一匹快马从京城路上疾驰而来，马上跳下大汗淋淋的内宫太监，尽管汗水顺着鼻尖往下淌也顾不得擦便一步跃上马车，对着田令孜低声说了几句，田令孜又对懿宗皇上低声说了几句。懿宗顿时脸色大变，一手捂住胸口，一手指着田令孜下旨："立即回宫。恭迎佛骨的事，命宰相路岩一代管。田令孜，快叫车夫掉转马头，朕要赶回去！"

几声鞭响后，马车卷起一阵尘土飞快朝来路奔去。高骈和他的士兵们不知所以，都直愣愣地望着那团渐渐消散的尘雾发呆。

在接近那辆富贵堂皇、高大气派的马车时，黄巢似乎感受到了皇上大气磅礴的威仪和胸怀天下的正气，心跳不由得加快了。当他正寻思着如何向皇上进谏时，那团突然腾起的尘雾眯住了他的眼睛，打乱了他的思绪，脑子里一片茫然。突然，身后窜过来两个村姑，命令式地在他耳边低声叫道："快，快随我来！"说罢，一左一右紧紧攥住他的双手，不由分说拉着就跑。黄巢本想挣脱，用了很大劲竟未成功，只得随着她们一阵飞奔。当看守士兵回过神来高喊"抓逃犯"时，哪里还有黄巢的踪迹。高骈急忙下令："快追！"但向四周看看，人已不知去向。

同昌公主饮毒身亡的消息像一记猛鞭，抽得懿宗撕心裂肺地痛。这种痛感让他觉得天塌地陷，觉得从未有过的屈辱与失败：身为一国之君，居然在自己的眼皮下发生这种说不清、道不明、猜不透的丑事，而伤害的又是自己最疼爱的女儿；作为一个男人，居然是自己最喜欢的女人背叛自己，而她还是女儿的母亲；更有那个该死的驸马，一次次地背叛痴情的公主。他们眼里还有朕吗？还有王法吗？一时间帝王的尊严、男人的血性、父亲的仁爱挤在胸中搅动，使他痛苦难言。以前，只不过有那么点风闻，虽然，他想核实它，但也只是想核实它的子虚乌有，然而没想到……他双唇不由得颤抖起来："怎么会这样！怎么可以这样！朕要杀，杀死这对狗男女！"懿宗咆哮着站起来，大声说："朕一定要杀了他们！"田令孜一边为懿宗揉搓胸口扶他坐下，一边劝道："皇上龙体要紧！息怒！息怒！奴才有一言进谏，俗话说家丑不可外扬，请陛下三思……"懿宗不解："难道饶了他们？"田令孜说："陛下，今天是去迎佛骨，佛说，去却心中火，方能成正果。何况，陛下的举动连着朝廷，连着天下……"此时，马车已驶近端门。懿宗盯着那高大的门楼，想起出门时女儿送行的鲜活身影，眼睛不禁湿润起来。下了车，懿宗在田令孜等随行太监搀扶下，跌跌撞撞跑向大明宫内同昌公主的寝居，远远地叫了一声"我可怜的女儿，父皇来看你来了！"便一头扑向安静躺着的同昌公主床边，握住她一双冰冷的手号啕大哭起来。同昌公主紧闭的眼睛里竟滑出两行清泪，此景更刺痛了懿宗那颗做父亲的心。

见懿宗一进屋，郭淑妃、韦保衡和一大帮宫廷医官，立即跪满一地，他们陪着皇上放声痛哭。猛地，懿宗站起来，发红的眼睛闪着凶光，捏着女儿饮毒药瓶的手在颤抖，指着跪在地上一片发抖的御医和太监宫女厉声地："你，你，你们，谁害死了朕的女儿？谁？谁？哼！我会一个个找你们算账！"

郭淑妃得知女儿饮毒之后，心里很是吃惊，这孩子虽说是哑巴，但其聪慧美丽绝不亚于任何一个公主，这宫闱之事她也不是不了解。当年则天皇后不就是与女儿太平共享张氏兄弟吗？犯得着为此丢命吗？太死心眼了，真是傻孩子。但想起那天饮酒时女儿那双幽怨悲愤的眼睛，心里还是自知理亏。女儿把爱情看得重过生命，为娘的竟和女儿相争，这不是要她的命吗？想到这儿，郭淑妃哭得很真诚很伤悲，一副伤心欲绝的神情。当懿宗进屋时，郭淑妃内心闪过一丝惊慌，不敢与他的眼光相对，听了那番话后心里更是发怵。但当郭淑妃与田令孜的目光相遇时，一个大胆的想法激活了她。

村姑把黄巢一直拉到荒郊野外一片树林里的大树下才放手。黄巢揉搓着被捏痛了的手腕，看看两个村姑的小手和她们并不粗壮的身躯，奇怪她们竟有如此大的气力，不觉对她们投去敬佩的眼光：右边那位高挑饱满、目光柔中带刚，一脸的柔媚和英武；左边那位个子稍矮，面带稚气，圆脸圆眼，玲珑可爱。她俩都穿着一色的蓝底白花衣裙。

黄巢不觉问道："两位姐姐是何方神人？力量大得不容我反抗。"

"我们呀，是专门搭救好人的神人！"圆脸村姑笑盈盈地说。

"那你们怎么知道我是不是好人？需不需要你们的搭救？"黄巢笑问。

"你不是说了吗，我们是神人！"圆脸村姑收起了笑容，一本正经地说。

高个村姑指指树下的石凳："黄兄请坐。"说毕，两根拇指放进嘴里使劲一吹，响起一声尖声鸟叫。不一会，便有一个同样装束的小村姑提着壶茶从树后出来，把几只粗碗放在石桌上，倒上茶后退去。

高个村姑伸伸手："黄兄，请喝茶。"

黄巢端过茶喝了一口："两位大姐，今天你们搭救了我，但我并不感谢！"

高个村姑笑问："为什么？"

黄巢答："因为误了我的大事，一件我平生应该做的第一件大事。"

那村姑点破说："是面君当面陈述你对朝政的看法，谏诤皇上的失德……"

黄巢奇怪地问："你是怎么知道的？"

"不仅我知道，你在试卷中批评皇上佞佛的文章早就传开了……"

"可惜皇上并没看到。"

"你怎么知道？"

"要是皇上看到了，他一定不会搞这么大的排场劳民伤财去迎佛骨！"

"好，黄兄，我们今天请你来，就是想跟你讨论讨论这个问题。"

"那两位姐姐怎么称呼？"

"我叫庞英，她叫孟雪娘，是我们的大姐。"圆脸村姑介绍道。

懿宗的心再次绞痛起来，他捂着胸，狠狠地剜了一眼郭淑妃和韦保衡，转身回到含元殿后殿。刚坐下，便见女儿那双带泪的眼睛在眼前晃动，眼里浸透着幽怨与委屈。懿宗忍住悲痛，传来郭淑妃的贴身宫女和服侍同昌公主及驸马的丫头、太监等，一一询问。问罢，不容任何解释便下旨一一赐死，听宫女、太监们的哭喊声顿起，或凄厉大哭，或幽幽呜咽。顷刻间，一切便没有了声音。随后，懿宗独自走进供奉李氏大唐王朝历代祖先牌位的宫中家庙，关上庙门，跪在祖宗牌位前涕泣忏悔，叩头请罪："列祖列宗在上，不肖子李温自继位来，深知大任在身，虽有重振国威之志，无奈才识粗浅，用策不当，有负先辈厚望。而今后宫祸起，殃及爱女，有辱祖宗颜面……"

树下，黄巢与孟雪娘仍在热烈地交谈着。

"国家有了百姓，如草木有了根底，若秋冬培溉，则春夏滋荣。而今百姓饥馑，无所依投，官吏们则欺上瞒下，无视百姓疾苦，怂恿皇上迎佛……我就是要用这些话来谏言皇上。"

"黄兄，你的勇气和才华实在令人钦佩，但说句不中听的话，你写的文章不仅不管用，说不定还会引来祸患。"

"怎么可能？皇上只不过是一时糊涂，听信那帮宦官谗言，如果他认真读了我的文章，一定会改变想法的。你们怎能以常人之心看皇上？"

"黄兄，长久以来，因皇上的倡导，崇道佞佛之风盛行，百姓生活一年不如一年，有识之士不断上书，但皇上听了哪个劝谏？"

"不，那是因为皇上并不真正了解民情。我想通过考试交试卷时呈上一份劝谏，以实现我文章报国的夙愿。"

"黄兄，当年有多少书生……"

"你不用劝我了……"

话不投机，他们谁也说服不了谁。

黄巢起身拱手："谢雪姊的香茶，天色不早，在下告辞。"孟雪娘也不留他，只是说了句："黄兄多保重，我相信我们后会有期。"但见他大步朝来路走去时，她问道："黄兄，你仍回京城？"黄巢转身回道："是的，我要回京城去找走散的朱温，他是我结拜的生死兄弟。"孟雪娘深情地向他看了一眼笑了笑：好个有情有义的读书人，为何就不明白残酷的现实是容不得你们读书人慢慢讲理的。

孟雪娘目送黄巢的背影消失在路的尽头，身后的庞英问："雪姊，他就是你称赞的有才华有血性的男儿？但他说的话怎么这么难听？"孟雪娘说："他是用圣贤的书本说话，我们是用自己的经历说话……说不定现在他的心里也在骂我说的话难听呢。"

"看来你是很了解他！不过我还是喜欢我们的方式说话。雪姊，你今天的预感太准了，你说今天我们要遇见贵人，果然是位雪姊心中最尊贵的人！"

"小丫头，净瞎说！"孟雪娘扬起了手。庞英躲闪笑着："我怎么瞎说了？看你脸都红了！"说完，一溜烟地跑进了树丛。

事到如此，郭淑妃只能自己救自己了。从田令孜第一眼看到她时，她就明白这个阉货需要什么。有好几次洗澡时，她都感觉到窗外他那双贪婪的眼睛，她佯装不知，故意展露出身体的饱满与柔美；而后又在田令孜面前摆出一副冷艳模样，对他爱理不理。碰了几次软钉子之后，田令孜还真有些惧怕她。如今她穿着白色长裙，一改以往的高傲，谦卑恭敬地与田令孜搭话，柔语细声地说："田公公，您是看着小女子一步步走过来的。小女子有对公公不周之处，还请公公谅解。今天小女子只有求求田公公，把小命交到公公您的手中……"郭淑妃说着，晶莹的泪水夺眶而出，顺着苍白的脸颊滑下，周身不由得颤抖着，那蝉翼般透明的丝衣将她颤动着的饱满的女人曲线勾画了出来。

当郭淑妃以从未有过的恭敬语气对自己说话时，田令孜有些意外，有些受宠若惊，内心闪过一丝快感：这个傲慢女人，仗着皇上的宠爱，对我不是不屑一顾吗？今天终于在我面前低下你那高傲的头了。田令孜原本想在她面前摆摆威风，杀杀她的气焰，但听了她那一番乞求的话语，特别是她那弱柔可怜的模样，他多年来对她的征服欲终于得以满足，竟真的悲从中来，还真真切切地同情起这个美丽动人的女人来。他动情地安慰她，拍着胸脯担保着她的未来，因为这事他完全有能力影响皇上的决定。他太了解皇上了。

雪娘摸了摸自己发红的脸颊，一股暖暖的、痒痒的、酥酥的感觉在心中萦绕、升腾，像一颗埋藏地下多年的种子突然间被阳光雨露催发，内心一下充盈起来。她对自己的这种感觉有些紧张，有些不知所措。长年血雨腥风的漂泊生活让她觉得情感是遥远的梦，她不可能像别的女子那样去触及它、感受它、拥有它。而今天与他的意外相遇，让她一下觉得那梦正向她逼近，以她根本无法想象的速度控制她，搅得她的心怦怦乱跳，一种莫名的激动陡然升起。虽然只是短暂的相处，但他棱角分明的形象已扎进她的脑海，他浑厚的声音还环绕在她的耳畔，特别是他的无畏、执着与坚韧，使她觉得是那么熟悉与亲切，引发出她对桩桩往事的记忆。

雪娘出生贫苦，记事时就被卖给杂耍班子，练功卖艺是她生活的全部。"夏练三伏，冬练数九"。那年下了大雪，为了单练顶碗中的"滚"法，每天要坚持数个时辰：将冰冷的手指顶着石块来回转动，练得发热后，再把手伸进雪地里，等凉了后再继续练热。这样练过后即使在大冬天表演，冻僵的双手照样灵活自如，万无一失。就凭这番毅力与技艺，她小小年龄就成为班子里的台柱子。一次在徐州表演时被当地一个戏班主看中，被强行卖到戏班子，谁知不到一年光景，戏班子遭地痞的敲诈惹上了官司被迫解散了。当时她听说了起义军的事迹，觉得终于可以摆脱被人控制的命运，活出人样来，便投了庞勋的义军，开始了出生入死的军旅生活。她像当年学杂技那样，做别人做不到、不能做、不敢做的事，哪怕付出青春、汗水、泪水乃至生命，也在所不惜。

可今天雪娘有些生自己的气。她不能像以前那样轻松左右自己的情感，她越不去想，可想得越多；越装着没有感觉，那感觉却越来越浓，最后只得让自己心绪随风飞扬：她又实在有些生他的气，怎么可以刚见面就给人留那么多记忆？不俗的谈吐、纯真的眼神、率真的微笑……尘封的梦被这样毫无准备地惊醒，并大步踏入了她的生活。

阳光照进了这片林子，把雪娘的身影拉得又细又长。"山光悦鸟性，相逢醉人心。情多最恨花无语，但愿君心似我心……"孟雪娘哼起了不知从哪儿学来的歌曲，迎着阳光走去，直到与阳光融为一体。

从家庙中出来，候在门外的田令孜在懿宗身旁如此耳语一番后，懿宗连声说道："朕想也只能如此了，大唐王室的荣誉是最重要的！你去把宫中御医统统给朕传来。"接着，懿宗就连夜亲审了二十余名宫中医官，对他们呵斥道："朕出门之前特意交代你们要照顾好同昌公主，你们都做了什么？宫中严禁藏毒早有规定，毒药哪来的？它怎么能到同昌公主手中？你们这些个医官，平日一个比一个有本事，真正需要你们本事的时候，你们一个个在哪儿？朕的爱女就是死在你们这帮饭桶之手！咳！咳！……"一阵剧烈的咳嗽让懿宗的心又痛起来。最后由田令孜宣布以蓄意谋杀公主的罪名把医官全部处死，并抓捕他们的家属三百余口关进死牢听候处决。

看到皇上杀红了眼，朝廷内外的官员纷纷议论，宰相刘瞻急了，便去安国寺找主持彻悟说："皇上连杀宫女和医官百余人，现在又要杀医官家属三百多人。法师您趁明日进宫向皇上奏报迎佛骨经过时，以佛规戒杀生的戒律向他求求……"彻悟手捻佛珠慢条斯理地回道："大人其实不知，皇上他本不信佛……""什么？"听得刘瞻瞠目结舌。

刘瞻决定冒险见皇上。他向皇上奏道："痛失公主，举国悲哀，但医官们已为各自的失职担当了责任，如今牵连老少三百余人入狱，天下人议论纷纷，多有不平。陛下仁慈达理，岂能被人妄议，还当宽大为怀，以安抚天下民心。伏愿陛下宽释牵连者！"

懿宗听了回道："卿言之有理呀，朕不算贤君，可卿却算是本朝第一贤相。就依你，朕不杀那三百人，可你得依朕，明日你远离京城，去漳州任节度使……"

大臣们对皇上的这一举措颇感意外，更令人意外的是懿宗接下来颁布的两道诏书，一是任命韦保衡接替刘瞻为宰相；二是对郭淑妃的兄弟升官加爵。懿宗又对郭淑妃亲密起来，还私下对郭淑妃许诺在适当时候立她为皇后。

懿宗皇上做完这些惊人之举，兴致勃勃地对田令孜说："我总算维护住了我大唐帝国的体面和荣誉。"

田令孜回道："皇上圣明！为了大唐至高无上的荣誉，陛下的胸怀气魄令天下人敬重！"

随后懿宗诏告天下，要大张旗鼓为女儿办丧事，就像当初办女儿的喜事一样，要办得轰轰烈烈，给国人以震撼和惊异。

在宫廷术士选定的那个日子，由仪仗、乐队、官吏、女眷、仕女、僧尼以及众多带孝宫女等组成的送葬队伍浩浩荡荡地从皇宫出发，经朱雀门上大街，出西门，奔乾陵而去。六十四人抬着巨大的灵柩，蜗牛般缓慢地向前挪动着。长方形的灵柩上顶着一个偌大的金球，金球用一块镶有淡黄边的纯白织锦罩着，在阳光的照射下时隐时现，像半闭半睁的眼，给人很多联想与惊叹。灵柩后，有一组百人歌女组成的合唱队齐唱《叹公主曲》相随。歌声悲凉低沉，如泣如诉，令听者肝肠欲断情不自禁潸然泪下。更出奇的是队伍中那数百名穿白色衣裙的舞女，一个个身姿妖娆，袅袅娜娜。她们随歌起舞，如白浪滚滚，如秋风习习，如冬雪飞飞，不断变换着队形，变换着舞姿，把葬礼气氛渲染得悲悲切切凄凄惨惨。这还远远不够，超大规模的送陪葬品的马车就有一百多辆，金银细软、服饰器皿、玉器、石器、水晶云母、琉璃玳瑁、犀角象牙、金银钱币等不计其数，更有稀世罕见的金龟、银鹿、金表、银粟、琴瑟幕、文布巾、火蚕衣等，看得送殡的皇亲国戚和文武大臣们都屏住了呼吸，无不唏嘘感叹。

这是一场独一无二的葬礼，一个极富创造力与征服力的葬礼。

整个长安城都被这无比铺张与奢侈的葬礼轰动了。

为爱女举行盛大的安葬仪式之后，懿宗真的一病不起了，弥留之际，招来田令孜，对他说："你与朕同在宫中长大，情同手足，朕知道你对大唐的一片忠心。这大唐社稷还得仰仗你呀。"最后他拉着田令孜的手特别嘱咐："记住，那个叫黄巢的读书人，他一定会成为我大唐一大祸害……"说罢驾崩，手中还紧紧攥着女儿留下的那个毒药瓶。

第三章　僖宗登基

懿宗归天后，田令孜急召左神策军中尉刘行深、右神策军中尉韩文约秘密进宫，在懿宗皇上停枢的咸宁殿旁的密室内，议立新皇。

田令孜说："国不能一日无君。懿宗皇上晏驾后，留下八子，皆系庶出。今专请两位大人来共商拥立新皇大事。愿闻二位高见。"

刘行深、韩文约拱手欠身说："我二人全蒙公公栽培，才有今日。立谁为新皇，公公是内官之首，是上将军，又兼左右神策军观容使，您老一句话定了就是。"

田令孜说："此等大事，共议为好。"

刘、韩说："愿先听公公指教。"

"既然如此，老夫就先说了。"田令孜指着桌上准备好的一摞崭新的骨牌说："这里有八块骨牌，每块上写有一位皇子的名字。平日，皇子们最爱玩骨牌游戏，我们不妨学学他们，把牌随意和乱，然后闭上眼睛任取一张，翻开看，是谁就是谁。二位看如何？"

刘、韩连说："很好很好，这样最公平。"

于是，田令孜伸手从骨牌中取出大皇子魏王那块后，把其余骨牌翻过去，开始和牌。韩文约因是头次参与此等大事，不明就里，便问："公公为何把魏王取出来？"

田令孜说了："魏王为长，按通行惯例，应立长；可是，如果立了他，他会认为他天经地义该当皇上，便不把咱们宦官放在眼里。你想，我们宦官如不被皇上看重，能有什么出息？"

　　刘行深听了连连点头说："公公教导极是，末将谨记在心了。"

　　三人一起伸手对桌上的七块牌一阵乱洗，然后，刘、韩恭推田令孜摸牌。田令孜一脸严肃地站起来，背过脸去，伸手随意摸了一张，当着两人的面慎重翻过来，只见上写普王儇。"好！就是他了。"田令孜一脸喜色，与刘、韩两人击掌庆贺，随后从袖里抽出一张纸来说："皇上遗诏已拟就，在传位栏下留有空白，如今填上就是。"说罢取过笔砚，在空白处写下"第五男普王儇"六个字。

　　普王李儇今年十二岁，在皇子中算得上是个有本事的玩主，所谓玩主是那种除读书不行，其余各种好玩的本事都在行的主子。这不，本该是在上书房背书的时间，他趁师傅抽别的皇子背书之机，偷偷溜出来与小太监们在后宫的花园里玩骨牌。此时他尚不知父皇已晏驾，更不知自己已当上皇帝，只知道今天手气不错，应该多玩几把。他面前已赢了一堆银子，可小太监们不愿意，说殿下偷牌做假。李儇说："那就玩击球，击球做不了假。一球一锭银子。"于是小太监们取过球和球杆，轮流朝球门打去。等到普王击球时，只见他挺胸昂头，躬步侧身，双目凝神，双手执杆在球与球门间比画一下后用力一击，球便乖乖地滚进了球门，且每球必进，连打连中。其潇洒的姿态，高超的球艺，令小太监们拍手欢呼。普王得意自夸道："要是让我参加击球进士考试，我必得状元。"玩得正起劲，场外跑来一太监，向普王跪下叩头说："恭喜殿下，贺喜殿下。刚才奴才得知，皇上已驾崩，殿下被立为新皇了！"小太监们一听，一脸惊喜，赶紧跪拜朝贺。普王一个心思正在击球上，挥挥手说："别打搅，等我打了这个球再说。"说毕高举球杆向空中一画做了个优美的动作后使劲朝球打去。

　　懿宗咸通十四年（公元 873 年）七月二十日，普王李儇即位于灵前，是为僖宗，封田令孜、刘行深、韩文约为国公，辅佐新皇执政。按懿宗遗诏，以韦保衡为冢宰（首席宰相）。

　　坐在皇上宽大气派的御轿中，僖宗很不习惯，这轿对他太宽大、太空荡，起驾时身体随摇晃的轿子左右晃动，只得紧抓扶手缩成一团。因个头矮小，与人说话还必须伸直身子，又吃力又看不见外面的风景。那天他看见轿前田令孜又宽又厚的后背，便说："阿父，这轿子坐着太不舒服了，我要你像小时候那样背我！""好好！我的好皇上，奴才背！"于是田令孜的后背成了小皇帝出行的"御轿"。

田令孜背负僖宗，谈笑着走向御花园水榭。水榭桌上摆有各种时鲜果品和酒菜；旁边有太监宫女伺候；远处，绿草红花间不时传来鸟儿的清脆的欢叫，还夹带着几声蝉鸣。

田令孜把僖宗放在椅子上坐下，然后自己与他对坐，招手叫宫女把酒斟上，举杯对僖宗说："皇上是真龙天子，您一登基，这老天爷都讨好您，天热了就下雨，知道皇上出行了就天晴。您瞧，今天天气多好！您可是我大唐的福星呀，奴才敬您一杯！"

僖宗举杯对田令孜："阿父，老天爷对朕好，你对朕更好，我就可以放心当皇上了。那我敬你一杯，敬老天爷一杯。"二人对斟，哈哈大笑，开怀畅饮。

僖宗问："阿父，西门上球场修好了吗？"

田令孜回道："快了快了，前天奴才才去看过，地面全用香油泥抹得平平的，待油泥一干，皇上就可以去击球了。"

"朕还要两万两银子。前天拿来的一万全输光了。"

"赌钱嘛，有赢也有输，只要皇上高兴，再多银子奴才都想办法送来。"

"真是朕的好阿父。"

"皇上，今日上朝时议的那几件事，您看……"

"阿父，你是国公，你看怎么办好，就怎么办……今天这酒劲好大，喝两盅头就晕了……"

田令孜对左右说："快去准备肩舆抬皇上回寝宫休息。"

"不，朕不坐肩舆，朕还要阿父背。"

田令孜笑道："是，奴才背，奴才背。"

许多朝廷大事就在田令孜的背上议定。

这日，僖宗呆坐在含元殿御座上，田令孜手捧诏书，高声宣读："免去韦保衡司徒、同平章事，贬为贺州刺史，召回刘瞻代其职；定于十月葬先皇懿宗于皇陵，鉴于原懿宗徽号——睿文英武明德至仁大圣广孝皇帝系韦保衡为相时率百僚所上，多有不妥，今改为昭圣恭惠孝皇帝……钦此。"僖宗突然眼睛一亮，盯着田令孜的帽子，抿嘴发笑。不知什么时候，一只蝈蝈从笼子里钻出来，跳上了田令孜的帽头上，昂头摆须很是威风。田令孜浑然不知，待他尖着嗓子把诏书刚一读完，大殿上就传来蝈蝈尖利的鸣叫声，田令孜摇头侧耳左右寻找，模样十分滑稽，殿下一些大臣跟着笑了起来。当田令孜弄清是在笑自己时，脸色一变厉声道："谁再哄笑，按律处置，绝不宽贷！"

笑声戛然而止。

在兄弟八人中，黄巢本排行老二，因老大幼年生病夭折，他在家一直被称为大哥。他不仅长得高大健壮，而且机智聪明。小时候一次与兄弟在院里玩耍，祖父和父亲在一边品茶赏菊。祖父吟了一句"一身傲骨世人晓，高雅品格比兰心"。要父亲接下句，父亲皱着眉头来来回回走着，口中不停地念叨，难以成句。这时黄巢跑过来，用稚气的声音说"父亲，我来对，您听：堪与百花为总首，自然天赐赭黄衣。"父亲听了大惊，祖父脱口而出："对得好！是块秀才料，我黄家出大文人了！"

父亲欣喜地说："巢儿，再给我们吟一首。"

黄巢扔下棒棍，跑到菊花前，看见有几朵开败的菊花在风中颤动，便学读书人那样摇晃着小脑袋略作思考后吟道："秋意浓浓香渐远，难阻花谢叶离枝。谁说金菊花期短，来年花期再辉煌。"

祖父不禁鼓掌道："小小年纪竟如此才思敏捷，胸有大志，可喜可贺！"

父亲竟然喜极而泣，拥着黄巢用劲拍他的背说："这小子，是个人物，看来我们家是要出贵人了。巢儿，好好读书，给兄弟们做个榜样。"

从此，祖父与父亲有意识地培养他，还专为他请了老师，天天督促他学习。几年下来，黄巢文史诗赋大有长进，在习武方面也不逊于几个兄弟。稍长后，黄巢与几兄弟都被安排到曹州泰山脚下泰山书院读书。空闲时，父亲又带上他去贩私盐。然而，随着读的书越多，外出贩盐的见闻越广，他对自己和这个国家的未来越来越忧虑。一方面是天灾人祸，百姓食不果腹，衣不蔽体；一方面是官吏瞒上欺下，为所欲为，可是皇上并不了解下情，居然倾尽国力举行浩大侈靡的迎佛活动，这让他很是苦恼。

黄巢就是怀着这种心情进京城应考的，他借应试之机向皇上写下了《谏迎佛骨书》后就怀揣着一份渴望，等待皇上的召见，然而结果却很让他失落。"可惜皇上没看见，向皇上面谏的机会又擦肩而过，唉……"正当黄巢为这次京城之行感慨时，突然传来懿宗驾崩的消息，更增加了黄巢的遗憾与伤感：懿宗本来应该是有所作为的皇上，如果他能认真读读我写的文章的话，如果我能当面向他献言……皇上才四十多岁，正是可以施展才干治理国家的年纪，怎么说没就没了，这岂不是让我饱受患难的大唐雪上加霜吗？于是黄巢悲痛地写下"昭圣恭惠孝皇帝"的牌位，供于家中的正堂上，焚香燃烛，三拜九叩，顶礼膜拜，至为虔诚。

黄巢的母亲看后甚为感动，对丈夫低语道："我儿这么恭顺，这么懂事，哪里像你所说的不安分的人？"

黄巢父亲白了她一眼："你忘了那年他险些被抓的事？"

"那哪能怪巢儿，是官吏太不讲理。"黄母为儿子抱不平。

"都是你平日宠的，这孩子越大越不省事，胆子也越来越大，你没看他成天跟些什么人交往？还有，还有他写的那些文章，你要看了准吓一跳！"黄父又白了她一眼。

黄母说："那你做父亲的该说说他，我又不识字……再说他年纪不小了，依我看也该给他……"

京城金光门外远郊荒山中，有块长年被浓郁树荫深藏的绿地，一年四季能听到清泉的声音，姊妹们叫它清泉谷，这是无畏营姑娘们藏身习武之地。

与往常一样，孟雪娘一大早就带领着二十来个姊妹到此舞剑。她一身红装，头包一块白头巾，脚蹬一双白云靴，一个"神女拜月"招式，展开了"风云剑"的十八招套路，只见一双剑在她手中自由翻滚，或疾驰如电或轻柔如云或朦胧如雾或流畅如水，穿云辟风，似与天地融为一体，看得人目不暇接，眼花缭乱。好几个跟不上套路的姑娘干脆立那儿欣赏起来。等雪娘舞毕，一个劲儿地鼓掌："太棒了！雪姊，传授点秘诀吧，要怎么样才能学会你那样的剑法。""如果有秘诀，那就是用心练！记住，这剑也是有灵性，你付出的多，回报你才多……"雪娘收了剑，脸不红气不喘，耐心指点说。

庞英递来毛巾，雪娘一面擦着手脸，一面称赞她："小英子，你的剑法进步很快，功底很扎实，不愧为名将之后。"

"谢谢雪姊鼓励。雪姊，我有件事想问你，据说我父亲有百步穿杨的技法，只要在他视野中的，没有一个对手能逃得脱他的箭头，是吗？"

"是的，庞勋将军不仅为人好，有杰出才干，而且十八般武艺样样通，特别是他箭法没人能比。有次与官兵交战，他连发五箭，每箭都射死一个官兵，且箭箭都射中额头。唉！要不是在义军内部出了叛徒……"

"你是说那个叫李混的恶棍？"

"那个见利忘义的卑鄙小人，在骗取了庞将军的信任后，暗中勾结朝廷官员，当了叛徒，致使五万多义军遭伏。庞将军带领大家拼死抵抗，用鲜血给我们打开一条生路，他却遭李混暗算，最后——"雪娘的语调渐渐地低了下来，眼圈也红了。

"迟早有一天，我会亲手宰了这个叛贼，用他的血祭奠我父亲！"庞英稚气的脸一下变得成熟起来，"这仇我是报定了！"

自从与郭淑妃有了这种不清不楚的尴尬关系后，韦保衡的心理就没有踏实过，他知道这是危险的游戏，可他又实在抵挡不住她的诱惑。

当年皇上把最宠爱的公主下嫁给他这个小小的翰林学士时，他和他家族是何等的荣耀，仅那富丽奢华的婚礼就足足让长安城热闹了一个月多。何况同昌公主美丽贤惠、乖巧可人，绝没有皇家公主所特有的刁蛮任性和傲慢乖张，除了不会说话，几乎没什么缺点。他已经很感恩很知足了，而随后的好运更是涨潮一样涌来，他由翰林学士而郎中而中书舍人而兵部侍郎一直到集贤殿大学士，挡都挡不住的好运使他觉得似在梦中，直到有一天他一觉醒来发现身边躺着的是岳母郭淑妃，不由得惊出一身冷汗。这时，他才感觉到一种大涨后大坠的恐惧。

当时他就翻身俯首在地谢罪："小婿该死！怎会如此糊涂，愧对皇恩，请岳母大人开恩！"

"哈哈哈哈！我就喜欢你这种糊涂！"郭淑妃的话语充满娇媚，说着用雪葱般的指尖指着韦保衡的额头说，"保衡呀，你不想想为何只有你这个驸马能住在宫中，就仅仅因为同昌公主是哑巴？为何你的官职升得如此快，就因为你是驸马？为何你的家人能如此飞黄腾达，就因为你是驸马？不过呀，待在这皇宫里你最好还是糊涂点好！"说着用手托起了他的脸，一双充满欲望的眼睛死死地盯着他，脸上泛盈着动人的红晕……从此，他陷入既快乐又内疚的矛盾中。

郭淑妃是个很解风情的女人，时而激情如火，时而温柔如水，而且常常突发奇想，给韦保衡送去新鲜和刺激，带给他从未有过的快乐满足；但同时，他一想到同昌公主对自己的深情就觉得无地自容，他甚至怕与同昌公主那双清澈透明的眼睛对视，特别是郭淑妃与他们夫妻同在的时候，他更是有一种自责与难堪：一个是大唐公主，皇上最爱的女儿，一个是公主的母亲，皇上的爱妃，我这不是玩火自焚吗？还有更可怕的事情等着他，那次与懿宗皇上单独面见，他心虚地感受了皇上眼中的愤怒与杀气。他想抽身摆脱郭淑妃，但这个女人的大胆与狂迷使他的一切努力成为徒劳。他也曾对同昌公主忏悔，但他并不能改变现状。他突然悲哀地感觉到他被拖入一个可怕的怪圈中，而他的命运被她牢牢地控制着，他无力挣扎逃脱。反正横竖都是死路一条，与其这样不如享乐一天是一天。于是他干脆一头扎进了欲海中，与郭淑妃共渡纵情的良宵。

但是最终有一天，同昌公主因他们而饮毒自杀了，这是韦保衡万万想不到的结果，也是他不想看到的结果，无论如何该死的人都不应该是公主。他没有想到公主会因他而死，她居然是一个如此重情重义的烈性女子。他甚至没法想象，当公主得知作为丈夫的他与作为母亲的她把这份寄托生命的情感撕裂得粉碎后，公主是怀着怎样的绝望走上不归路的。对比之下，她是如此纯真，而他是如此的龌龊……

韦保衡陷在深深自责的苦痛中。

所以韦保衡没有作任何的挣扎，当懿宗皇上要为爱女报仇，郭淑妃要求他设法逃避时，他拒绝了，他觉得自己是该死的时候，他沉默着等待命运的裁决。

然而命运又给他开了个不大不小的玩笑，追查的结果是杀了一大批无辜的宫廷御医和那些永远只能听从主子安排的宫女太监，而他本人和郭淑妃毫发未损。不仅如此，他还官升宰相，身居高位。这日子就跟做梦一样，甚至比做梦还精彩。

韦保衡是带着赎罪的心情去做宰相的，他把自己全部的热情和精力都投入在工作中，竟然也能使朝廷冗杂的事务正常运转。他突然对自己以前的生活很懊悔，原来自己如此有才干、有谋略、有魄力，能恪守职责干一番事业，他完全可以堂堂正正地当一个受皇上肯定的大臣。然而命运又一次发生扭转。

懿宗驾崩，僖宗继位。

韦保衡大松了一口气，他以为这件事就此终了，却未想到会有这样的结局，至死他都没搞懂这葫芦里卖的什么药？

僖宗继位后的第一件事就是把韦保衡贬到贺州作刺史，刚到贺州不及一月，朝廷下诏再贬他为崖州司户。刚到崖州，便又接到皇上赐其自尽的诏书。

韦保衡虽然为此准备了很久，但真正面对这天的来临时，无法自控的恐惧还是让他内心发怵：在历经了大喜大悲时，这天没有来；在惶恐不安中，这天没有来；在默默等待后，这天没有来；就在自己认为有希望时，这一天终于来临了。命运怎么总是这样作弄人呢？

传诏太监向他读了诏书后，两个士兵持刀向他走过来。韦保衡惊恐地问："皇上恩赐我自尽，给我一个全尸。你们为何对我用刀？"传诏太监从包里摸出一个小瓶放在桌上说："韦大人别误会，这里早就准备好了大人上路的药，请用吧。"韦保衡本想死得洒脱点，但一看见士兵手上泛着青光杀气腾腾的刀，脚就不由地软了下来，手颤抖着去取药瓶，几次都未能抓住。太监说："韦大人你取用吧，他们的刀是等你归天后才用的。"韦保衡更加恐惧地："难道……"太监点点头："是的。是根据你任宰冢时作的决定，凡三品以上官员赐死，皆令使者剔取喉结三寸带回，以验其已死。下官今为使者，只得遵章办理。"韦保衡辩解说："可是，可是我为宰冢时作的那么多决定都取消了，就连先皇的徽号也都改了，为什么我的这个决定不改呢？这……"传诏太监说："韦大人，这不是下官的事，你去向皇上奏告吧……韦大人，时候不早了，请上路吧。"

孟雪娘用怜爱的眼光看着远处庞英练筒箭，只看她身子一扭，右臂一拐，一支箭便从手腕处射出，连连发箭，箭箭中的，顿时，靶心上插满了箭头。

记记又提着瓦罐送来茶水，见雪娘手捧茶碗若有所思，一双眼睛凝望那日黄巢告别时走过的小路，"雪姊，你又在想他？"

雪娘羞涩地："唉，这人也真怪。有的人天天见面，记不住；有的人只见一面，就再也忘不了……"

"雪姊，我听说一种花粉配的茶，如果两个有缘的人都喝了，就再也忘不对方，下次黄大哥来的时候，我就给他喝点？"

"好个记记，也学会取笑雪姊了！"

对长期生活在宫中的郭淑妃来说，她是深谙皇宫里的规矩的。懿宗皇上的死无疑让她再次看见了死亡的影子，而新皇僖宗登基后韦保衡被贬出京城，接着被赐死，更让她感到了死亡的临近。在宫中多年，她看到了太多的杀人与被杀，似一种彻骨的悲凉穿过灵魂。她感到再也没有路可走了，她伤感地悲叹：当年从一个小户之女挤进淑妃的高位，承受了多少双羡慕与妒忌的眼光呀；在粉黛如云的六宫中凭着出众的资质与技巧她闯过重重关口，成功地捕获了懿宗皇上的心；靠着一些女人的小把戏，她处心积虑地放纵自己，把层层重帷的后宫当作自己的乐园，甚至不惜抢夺女儿的幸福，把一个女人的欲望演绎到了极致。可这一切随着女儿的死、懿宗的死、情人的死而远去了，剩下的就只有恐惧与不安。她将别无选择地在别人的冷漠与自己的孤寂中走完那段她最害怕、最不愿面对的路。在一次次地寻觅与追问中，她终于为自己寻了一个最得体的归宿——为懿宗殉葬。至少这样可以体面而恢宏地死去，可以无欲无望地洗尽人生铅华，再也不为尘世所累，也算是最后一次地纵情吧。

在那个秋风乍起的深夜，郭淑妃提笔动情地写道："臣妾与懿宗皇上情思千载，心意相通，今皇上驾崩，臣妾恸哭撕心，肝肠裂断，万念俱灰，质问苍天无眼，大地无情。妾心已随先皇去矣。妾不求与先皇同生，但求伴先皇同穴。恳请当今皇上体谅臣妾之心，恩准臣妾随先皇共赴黄泉。"疏奏呈上去后，郭淑妃便坦然地美目流盼，天天精心装扮自己，想在人生的最后一刻再细细体味展现人生的繁华，毫不介意宫内由此而起的窃窃私语。

可僖宗皇上的批复却驳回了郭淑妃的请求，说："此妇癫狂，借机搅扰先皇之心，意在毁坏礼仪，置朕于不仁……”

求死不得，郭淑妃一怒之下把一头青丝全剃光了，她径直向田令孜提出要离开皇宫出家为尼。

“别做戏了，你也不看看站在你面前是谁？你还真把自己打扮成钟情忠义的烈妇？”

“臣妾主意已定，请田公公转奏皇上开恩！”郭淑妃昂着头不理会田令孜的奚落，执意请求着。眼光中又透露出对田令孜的不屑。

“噢，你还真来劲了！尼姑是那么好当吗？你也不对着镜子照照自己。”田令孜用尖利的眼光望着一身缟素的郭淑妃，嘴角露出一丝冷酷的笑意。

郭淑妃突然哈哈大笑起来：“田公公，不，国公大人，忘了给你道喜了，是该你昂头看笑话的时候了吧！对了，小女子还忘了给你道谢呢？要不是你，小女子可能早已是女鬼了，现在就还你一个人情，让小女子做一个女鬼，这个下场你满意吗？”说着伸着纤弱细长的手，瞪着发红的眼向田令孜扑过来，眼里的泪光与泛着青光的头皮合成一道闪电直逼田令孜。“颠妇……你可真个不可思议的女人！”田令孜吓得直后退，转身夺门而出，背后传来郭淑妃令人毛骨悚然的大笑。

“国公大人，您老人家别忘了常来……哈哈哈……”

此后，略通音律的郭淑妃写下悲恸哀痛的词儿配乐吟唱，什么“霜染红葉叶枝泣，风过河塘万竹悲，人生本来如浮萍，冷落生涯独酒知”。什么“肥了红瘦了绿，草木春秋一场空；骨肉情相思梦，人世真情此中无”。她最爱唱的还是那首《月中愁》，一到夜晚便嘤嘤唱道：“独自登高望江楼，脉脉之情如江流。人生归宿何处去，斯哉斯哉随君走！”听得后宫人心惶惶，一派凄凉。僖宗得知后，把她打入上阳宫，从此后宫安静多了。

田令孜、刘行深、韩文约三人控制了朝政后，便商议着如何敛财。

“加强对土地的管制，增加税赋，既来得快，又省事。两位大人意下如何？”昔日小心听命于人的公公如今竟然可以按照自己的主意主宰宫廷命运，这感觉太好了，兴奋的韩文约抢先建言。

“不行！不行！这会伤害那些有大量土地的王公大臣们的利益，肯定通不过。"刘行深摇着头竭力反对，"依下官看，还是捐官为好。这不仅可以快快发财，还可以牢牢地控制官员。"

田令孜踱着方步在房中转了两个来回，走到刘、韩两位中间说："刘大人的意见有可取之处，但就目前的情况看，怕是不好办。新皇刚刚继位，大臣们本来就对咱们意见很大，如搞什么捐官之事，怕成为众矢之的。不如从科举考试入手，读书人把科举看得比命还要紧，我们不需费多大劲就可以……"

"妙极了！妙极了！没有比这更好的了！"韩文约直点头。

"田国公果然高见！"刘行深躬身抱拳，向田令孜深表佩服。

三个被阉割了的男人确定了他们的共同目标后，晚唐科举史便被他们平添了几笔浓重色彩，许多读书人的命运也因此而被任意改变。

第四章　黄钦自宫

泰山书院，其实是泰山南麓的寺庙，寺虽不大，名声可不小，据说是孔子在春秋乱世时带着学生著书立说的栖身所在。书院半隐在浓密的树丛中，远远望去，层层翘起的屋檐像一只只展翅欲飞的鸟，昂立于山脊间，给雄壮巍峨的大山添了几许灵动与轻盈。黄巢之所以选择它就是听说了书院那一段传奇的经历。

在一个天高云淡的秋天，漫游列国的孔子带着他的得意学生来到了泰山。当时孔子精疲力竭，步履蹒跚，正坐在山脚下喘气时，一只苍鹰从天而降，围着他绕了三圈，然后停在他身旁的一石块上，瞪着一双发光的眼看着他。之后，展开双翅用力一扇，直冲云天而去。此时，一股巨大的凉风扇过来，让孔子感到一种彻骨的清爽，每一寸肌肤每一根神经都犹如在冥河水中浸泡过一样，全身释放出生命的原始活力，疲惫全消，精神陡增。他起身带着学生一口气便登上瞻鲁台。只见四周漫山碧透，红叶映照，恋国心切的孔子俯瞰自己的祖国方向却是云雾缥缈，茫茫一片，他仰面向天，平展双臂，高声朗诵道："泰山岩岩，鲁邦所瞻。"心理默默地念叨着："这就是我日夜眷恋的祖国河山吗，这就是我钟情于怀的皇天后土吗？"此刻，他热血沸腾，情绪激昂，把这天的奇遇与内心的感悟抒发为华美诗篇——《鲁国颂歌》。临走之时令学生在石上镌刻下"仁者乐山，智者乐水"的名言。

黄巢每次进入书院，都爱在题有这八个字的石墙前凝思，仁者能从山中感受到天地精髓、万物灵性，黄巢却从这字中悟出人生的梦想：古之成大事者皆以天地为家，从万物中体察生命，从磨难中饱尝人生。如今的大唐百姓正遭受着一个又一个天灾人祸的折磨，如能从圣人这儿领悟智慧探得良方也不枉为泰山书院的学子。黄巢最初的救世思想和决心皆萌发自这里。

这天，黄巢一踏进书院讲堂，就觉得气氛不对，平日里书声琅琅的讲堂此时安安静静，里面只稀稀拉拉坐了几个人。

抬头望望讲台，先生不在，黄巢便问："先生呢？"

朱温回道："刚才被他家人叫走了，说是师母过世了。"

黄巢不由地叹道："唉！上个月，先生家才办了丧事……"

这时，黄巢的几个兄弟纷纷围上来。

黄存说："还不都是饿死的。这两年，不是旱就是涝，哪州哪县不饿死好多人！"

黄邺说："连皇上的诏书上都承认连年水旱不断，饿殍于途，横尸四野……"

黄揆慢条斯理地翻出《孟子》，读道："涂有饿殍而不知发。人死，则曰，非我也，岁也。是何异于刺人而杀之，曰，非我也，兵也。王无罪岁，斯天下之民安矣！"

朱温说："此话不假，江南一带的庞勋起事，不就是因为民不聊生，而皇上又不体恤而引起的吗？"

黄巢说："孟夫子此语在当时是对的，现在看，就不全对了。想当时春秋时代，大小国家上百，国家小，下情容易上达；现在国家这么大，下面的事，皇上哪里知道？"

朱温说："那皇上养那么多官员干啥？光吃俸禄？"

黄巢说："官员是多，但权都攥在宦官手里啊。"

黄揆说："对，宦官权实在太大，就连皇位的继承，乃至皇上的生死，都掌握在他们手上！"

黄存说："大哥，你才从京城回来，听说当今皇上是几个太监在牌桌子上定的，有那事吗？"

"我也听说，但不敢肯定。不过先朝皇帝中，有好几个都死于宦官之手倒是事实。"黄巢回答说。

黄钦叹气说："难道，难道就治不了这些祸国殃民的阉贼？"

黄巢说："皇上从小靠太监带大，又靠他们登上皇位，把他们尊为先生、阿父，大事小事都听他们的。等皇上长大懂事了，发现自己皇权旁落，想治他们时，为时已晚了……"

"难怪这些宦官可以任意主宰朝纲，操纵皇上……"黄揆说。

黄存说："看来，我大唐就坏在宦官手上。要是，要是宦官里能多有几个好人，下情能上达，上情能下达，天天劝皇上勤于政事，关心民间疾苦，天下不就太平了？"

黄邺说："哪儿去找好太监啊……"

这时，隔壁屋传来一声惨叫，众人一惊，黄巢立即转身跑过去刚推门进去，也发出一声惊叫。

自从黄巢带着兄弟们到泰山书院求学后，父亲觉得这孩子是越来越令人担忧了，他什么书都读，什么人都敢交往，还和兄弟们妄议朝政，说些不该说的话。这不，又在家里发现了一篇他写给皇上的措辞大胆的信。

黄父皱着眉看完后对夫人说："你听，你那个'本分'儿子黄巢写些什么？陛下初临大宝，当体恤黎元。国家之有百姓，如草本之有根底。草民曾见京畿及河南、河北、山南、淮南诸道，连年旱涝，秋稼无几，民待死沟壑，百姓断绝生计，州县三司督税更急。望朝廷开义仓，发赈济。农民所欠租税一应停征。待来年春至，生草叶木发芽，民渐有可食时，再催租税不迟……曹州草民黄巢谨叩。"

夫人听完说："我儿此说，句句是实，有什么不好？"

黄父说："唉，我说你这个榆木疙瘩。你也不看看是对谁说？你，你这个儿子太不安分了……"

夫人说："那就给他娶门亲，天天锁在老婆身边，不就安分了。"

"看来也只能如此了，这事你就抓紧办吧！"黄父无可奈何地说。

黄巢等人涌进内屋，只见黄钦倒在铺了干草的地上，下身血流一片，顺着草茎不停向外浸漫。他身边有一把血淋淋的短剑。原来，他自我阉割了。

黄巢看了看他的伤势，回头吩咐："快！快去请大夫！"

黄钦挣扎着握住黄巢手说："别去……大哥，各位弟兄。你们不是希望有好宦官吗？那就帮我完成这个心愿吧……"

朱温忙从先生留下的药箱中一边找药，一边说："男子汉在世，与其苟且偷生地活，不如轰轰烈烈火地做点实事！黄钦，我真佩服你！"

黄巢痛心地说："钦弟，这么大的事，该与哥商量商量吧？"他接过朱温递过来的止血药为黄钦轻轻敷上。

"大哥，这等事与你商议，你能同意吗？你常说要我们做'顶天立地男子汉，侠骨仁心大丈夫'。我已经打定主意，为了大唐，黄钦一定会当个好太监！"黄钦带着稚气的脸上透出一丝笑意，眼里发射着坚毅的光。

"我的好兄弟，这可苦了你了！"黄巢紧紧抓住他的手。

众人围了上来，为他的惊人之举感动得唏嘘不已。

"黄钦之举，真男儿也，可敬！可敬！"

"铮铮一男儿，为国不惜身！"

"敢想敢做，大丈夫也！"

……

一片赞叹声使黄钦感到极大的欣慰，疼痛也减轻了许多。

这时，门外有人高声喊道："朱公子，朱公子！"朱温跑出一看，原来是家里的仆役。忙问："什么事？"仆役急匆匆地说："公子，宋州老家有紧要事，请你快些回去。"

每次从雪姊那里听到关于父亲率领的义军最后牺牲时的惨烈悲壮，庞英心里都如刀绞般悲痛，她在为父亲自豪的同时也更为父亲抱恨。一个驰骋战场的英雄不是死于敌人之手而是死于昔日的战友之手。她最恨那些贪生怕死的叛徒，父亲壮烈的死时刻提醒她记住那个叫李混的家伙。有好几次，她向雪娘提出想外去探听李混的消息，但都被拒绝了。雪娘语重心长地说："英子，无畏营之所以坚守在这儿，当然想打听叛徒的消息把他除掉，替庞将军报仇。可目前我还无法答应你的要求，一来你缺乏经验，二来我们刚受了重创力量还不够，官府又在缉拿我们。我们现在能做的是保存自己，储备力量，等待时机！"

其实，孟雪娘对李混的仇恨也一样深，庞勋是她的结义大哥，对她有救命之恩，她正在打听李混的下落。

一个深夜，雪娘潜行到了京城。她戴着斗篷，披着大氅穿梭在京城的大街小巷。那天当她经过"绿春坊"，突然，一辆马车停在她身边，一个让她熟悉的声音在耳边响起："妹妹，快坐到哥哥怀里来。"她抬眼透过面纱望去，一个醉醺醺的男人搂着一个同样醉醺醺的女人坐在马车上。"天啊，这不是李混吗？他竟然会在这里！"真是冤家路窄，天赐良机。雪娘悄悄地把藏在腰间的短剑抽出来。

"李大人，你到哪儿去风流快活去了？兄弟们正要给你祝贺，到处找你呢。"正当雪娘想出手时，从"绿春坊"涌出一伙官兵走到马车边与李混高声说笑。趁他们寒暄之时，雪娘悄悄地溜到一边，她要看着他住在哪里。

仍在清泉谷旁的那棵大树下，记记迎回去京城打探消息的雪娘，接过她背上的行囊，二人挽手向大树后的小路走去。

记记问："雪姊，有什么好消息？"

雪娘说："出卖庞大哥的李混调到长安来了。"

记记拍手道："噢！这下报仇的机会到了。英子知道了，不知多高兴呢。"

雪娘说："先别告诉她，她性子急，上两次她想去探听消息，我都没答应她，要是她得知杀父仇人在京城，她会忍不住的。"

记记又说："秀秀想家了，闹着要回徐州。"

雪娘说："现在还在风头上，哪能出去？姊妹中数她小，你多劝劝她。"

记记问："雪娘，有那个黄大哥的消息吗？"

雪娘摇摇头，但却说："很快就会打听到。"

"怎么讲？"

"新帝登基，要开科考试了，到时候，他准保来。"见记记对自己笑，正色说："你可别往一边想啊！"说着，二人走到一座茅草小院前，见庞英与秀秀正在练筒箭，两人把系于手腕的筒箭一箭箭向草人射去，草人身上贴有李混的画像，像上已被射满了箭。

"雪姊！"庞英、秀秀欢叫着扑向孟雪娘……

朱父一见朱温笑容满面地说："儿子，你终于回来了，快！准备准备，咱们启程进京！"

"怎么回事？"朱温问。

朱母迎上来，拉着朱温的手说："傻儿子，新帝登基，要开科取士。这次你父亲早早做了准备，已与上边打点好了，我们就等你做官了！"

朱温心存疑虑地问："那么容易呀？你们也知道……"

"这次可不一样，你去参考，一定会考中。已经说好了，至少，也得弄个七品县令！"朱母兴奋地解释着。

"再说了，这次我们陪你一起去，你就安心应考，其他的事，就由我们去办。"朱父信心十足地为儿子鼓劲。

于是一家人兴高采烈地打点箱笼行李，挑选个吉日去长安。

朱温走后不久，黄巢父母捎信要黄巢兄弟速回冤句老家，但黄钦伤口未愈，众兄弟迟迟未能成行。黄钦说："各位兄长别为我误了归期，使父母担忧。其实，我的伤即使好了，也不准备回去，而是直去长安混进宫里当个太监，以报效朝廷。你们回去后就说我得暴病死了便是……"

众兄弟说："那哪成？你伤还没好，绝不能把你独自留在这儿，我们轮流把你抬回去！"

黄钦说："你们看我这样能回去吗？宁死，我也不回去！"

黄巢想想说："既然钦弟这么坚决，我们也不能勉强他。弟兄们，咱们把身上的银子全掏出来，除了留下回家的路费，其余全交给钦弟，让他好好养伤。回家后父母问起来，找个词敷衍过去再说。"

众弟兄一时也想不出更好的办法，便都同意。于是把黄钦安排到附近的一农家养伤后，便打点起程。

不几日回到了冤句老家，黄巢领众兄弟站在堂前向父母躬身行礼："给父母大人请安。"

"黄巢，你做的好事！"父亲铁青着脸说。

黄巢以为父亲为不见黄钦而发怒，上前低声说："父亲息怒，黄钦让老师留下照看学童，过几日便回……"

"我，我不是问这……"父亲扬扬手中的一卷纸说："我问的是这！"

黄巢抬眼望去，原来父亲手中拿的是自己写给皇上的信，便一下明白过来，低着头等着挨骂。

果然，父亲的斥责像暴风雨般向他袭来。

"你这个逆子！这，这就是你对爷爷的报答？当年你爷爷对你的希望有多大，要你好好读书，为弟兄们做个好样子，将来考取功名，把我们黄家支撑起来。而你，书倒读了不少，可尽用到歪门邪道上。平日与弟兄们妄议朝廷不说，你竟大胆给皇上写信，说他那么多的不是。皇上是什么人，真龙天子！有你去说三道四的吗？幸好还没交上去，要是交了，我们黄家就等着满门抄斩吧！孽种，我还要提醒你，咱家是贩私盐的，官家把咱们称为盐贼，平日躲还躲不及呢，你还要去老虎嘴上撩须，告诉你，从今后在家老实待着，书不读了。你，还有你的弟兄们，统统不读了，跟老子做生意去！"说着随手把信撕得粉碎，然后把碎片劈头抛向他。

黄巢低着头，动了动嘴想说点什么，终于什么也没说。

母亲在一旁说了："巢儿，你就开口给父亲认个错吧，你呀，也老大不小的了，我已托媒人看去了。早些成了家，我还等着抱孙子呢……"

僖宗下旨命刘瞻为本次科举考试的主考官，主考衙门设在礼部。刘瞻确实想通过这次科考为朝廷选一批治国安邦的栋梁之材，给天下读书人提供了一个公平竞争的机会，以不负皇上的重托。

这天一个名叫裴思谦的考生自称是同乡去礼部拜会刘瞻。开口便说：

"刘丞相，小生与大人同饮过一溪水，同食过一河鱼，地道的老乡，也算是有缘之人。今田公公荐小生为本科状元，希望大人行个方便。"

刘瞻听了正色说："亏你还是个读书人，难道还要我告诉你科考的规矩吗？至于你是不是本科状元不是我刘瞻说了算，也不是某大人说了算。"

"刘大人，这科考中诀窍谁不知道？田公公说的谁敢不听？我只不过给你提前打个招呼罢了！"裴思谦说罢嘴角咧着冷笑了两声。

刘瞻勃然大怒："你年纪轻轻的竟然如此不知廉耻，还对我进行威吓，我为你这样的同乡感到丢人！来人，把这狂徒给我轰出去！"

裴思谦回过头来厉声说："今年状元非我莫属！你等着瞧！"然后大步走出礼部大门。刘瞻吩咐门下，今后凡有来求情的，一概拒绝接见！

父母的马车在前，拉礼物和行李的马车居中，朱温骑马押后，一行人从宋州出发经汴州、阳武，向长安走去。一路走来，十分顺畅。朱温父母暗自为这次出行高兴，盼着儿子高中进士走马上任。朱温的心情也格外的清爽，看着压得满满实实的车，他相信父母所言不虚。这次去长安，是个难得的机会，能跻身官场，肥马高车，荣华富贵，可是读书人梦寐以求的事。想到这儿，朱温只觉得路两边的景致格外美，踏踏的马蹄声也格外好听，不几日便到了嵩山脚下。

嵩山地处中原，东依汴梁，西傍洛阳，南临许昌，风光秀丽，景象万千，兼有泰山之雄壮、恒山之俊美、华山之险峻、衡山之奇绝，独秀于五岳中。放眼望去层峦叠嶂，高不可及。飞瀑流水，云雾缥缈。引来朱温的无限感叹："巍乎高哉，中岳之为山也。气势磅礴，高崇峻极，为华夏之巨镇，中原之脊梁……"

正当朱温停步观叹时，突然从两旁的树丛中窜出一伙强人，为首者大声吼道："此山是我开，此树是我栽，要想从此过，留下买路财。"朱温鼓起勇气问道："你等是什么人？""我等是嵩山山主，识相的就留下银子，好走人！"为首的满面络腮胡，一副大方脸，两眼闪着凶光，气势汹汹地说。

朱温心想：这银子可是我们的全部家当，怎能这样便宜了他们？再说了，我也是堂堂男儿汉，岂能轻易输给这群山贼？但硬拼，怕不是他们的对手，便说："各位好汉，有话好说，开个条件……"

"条件？"络腮胡子说着一把抓住了朱温的父亲，用刀比着他的喉部："这就是我们的条件，你看如何？"

"温儿……"父亲用绝望的眼神望着朱温。母亲在旁也急得直发抖。朱温立即跳下马来说："好汉刀下留情，有话好说……"

"那好。你把银子留下来，我们也不伤你们性命。"

"既然好汉只要银子，拿去就是了，只是银子都在箱笼里，钥匙在我父亲身上，你放了他，让他取出来交与好汉就是。"朱温说。

络腮胡子答应一声"好！"推了一把朱温父亲，"快去把银子取来！"

朱温见山贼人数不多，便趁络腮胡押着父亲去马车取银子的机会，抽出身藏的短剑猛地上前向他后背刺去。那络腮胡一闪身躲过，回身与朱温交手，其余贼人涌上把朱温围住，朱温渐渐不支。正在危难之际，只听"嗖"的一声箭响，那络腮胡子哎哟一声，中箭倒地。"朱温兄弟，我来了！"随着一声大吼，黄巢出现在朱温身旁，接着黄存、黄邺、黄揆、黄万通等也从后面赶到。朱温好不惊喜。那络腮胡子一看大势不好，挣扎着爬起来喊一声："快逃！"领着众贼纷纷逃匿。朱温见了从黄巢手中抓过弓箭准备射去，黄巢阻止说："算了，由他去吧！"

原来黄巢听说了新皇登基开考之事，在母亲的帮助下，与几个弟兄逃出父亲的监视，相约赴京参考。

意外相逢，令黄巢与朱温欣喜万分。于是会合一路，向京城长安进发。

在不断往来的车马中，一乘打着"门下侍郎同平章事"执事牌的八抬官轿特别引人注目。所到之处，车马行人，纷纷为它让道。官轿在刘瞻府门口停下后，从中昂首走出宰相路岩。他眯着眼抬头看了看"刘府"门匾，领着一年轻书生大摇大摆走进大门。门下向里传："路大人到。"

刘瞻出厅接住问道："路大人今日光临寒舍不知有何吩咐？"

路岩开门见山地说："今日过府拜访刘大人，实因内侄此次应考之事求大人相助。内侄陆依熟读诗书，颇有文名……陆依，快过来见过刘大人。"相随年轻书生上前向刘瞻躬身行礼后把一册书呈上说："晚辈陆依送上诗文一卷，请刘大人雅正。"路岩补充说："内侄人品学问出类拔萃，这次科考，请刘大人赏他个状元就是，当然……"

刘瞻脸一沉拒绝说："路大人，你我同属中枢，科考乃朝廷选拔人才之大事，头名状元自应从考试产生，你我私下定了，上如何对君，下如何对民？"

路岩涎着脸说："刘大人，既然皇上这次让你主考，当然是你说了算，这有何难的？再说了，内侄的才学人品俱佳，点他个状元也名副其实。"

"路大人，此事，还是等考试后再说，如这就定下来，实在不妥。恕下官不能从命……"

"刘大人，你……"路岩一脸不满地望着他……

第五章　朝政，可以那样玩

　　沿着清泉谷前行数里，有一座险峻的山峰，山前有一座隐蔽在林间的院落。因年久失修，房屋破旧，墙面已开始脱落，房顶已显出倾斜，但门外保存着的拴马桩、上马石，还记录着它曾有过的荣华。这里便是无畏营的栖身之地。当初孟雪娘之所以把营地定在京城不远的郊外，就是看中这里的有利地形，既便于隐蔽、逃匿，又便于练兵、打探信息。

　　庞勋领导的起义失败后，孟雪娘领着无畏营几十个姐妹乔装成流浪戏班，逃过官军的一次次追捕，辗转到了京城郊外，找到这座被遗弃的荒院。孟雪娘带领众姐妹把这荒院修葺成无畏营的练兵营地与临时家园。

　　院落堂屋正中神桌上，供着"拯民大将军庞勋之神位"的灵牌。这天，雪娘领着无畏营姐妹十余人，向神位跪下叩头后静立于神桌前。这时，雪娘低沉地说："大家可能都知道了，昨晚庞英不辞而别，这是我平时对她关怀不够、管教不严导致，有负她父亲庞大哥的托付。我很难过，姐妹们也很难过。但现在不是难过的时候，因为庞英的走对我们无畏营很不利，现在我们大家想想，她会跑到哪儿去？会有什么后果？"

　　一阵沉默后，记记首先说道："我想英子她第一不会去告官；第二不会逃跑回家，因为她已没有家。唯一的可能是她要去报仇。"

　　秀秀立刻接着说："我也这样认为，英子一定是去报仇去了。她一向很少说话，天天苦练筒箭，练'风云剑'，每天都把靶子打得稀烂，练得好认真啊！"其余姐妹也点头同意她两人的分析。

　　雪娘一脸凝重地问："算来，自从亳州战败，躲到此地已大半个年头了，庞英为什么早不走，迟不走，偏偏选在这个时候去寻仇？"一阵沉默，无人回答。她又问："是不是我们当中有谁对她说了什么？"

记记听了立即上前一步向神位跪下："是我向她透露了李混在长安的消息。我没听雪姊的话，甘愿受罚。"秀秀此时也上前一步，向神位跪下："对英子透露李混在京城的消息是我，不是记姊，要罚就罚我吧。"

雪娘看看记记又看看秀秀，凝结着眉头问："到底是怎么回事？"

记记说："那天秀秀练兵的时候特别想家，不专心，我在劝慰她时，嘴一滑，就说出来了。"

雪娘冷笑一声对秀秀："你也嘴一滑就……你们两个虽然年纪不大，但加入我无畏营也快三年了。三年来，身经百战，横扫江南，至最终惨遭失败，其原因虽有多种，但不能严守机密，实为一大害。今日不对你二人严加处罚，我无畏营军纪不容！记记，罚你把屋后山下五十斤以上的石头背二百块上老鹰岩；罚秀秀背一百块！"

望着路岩怒气冲冲的背影走出大门，刘瞻感叹万分："科考选才，是我大唐用人之本，若连宦官大臣们都以情破法，这唯才是举、任人唯贤何以谈起？我大唐江山何以传继？然而既然皇上委我主考重任，我刘瞻就一定要替皇上把好关，哪怕赔上这把老骨头，也在所不辞！"铁了心的刘瞻硬是把那些有着田令孜、路岩等人背景的考生统统撵了出去。除了礼部衙门，刘瞻干脆连家也不回了，他再也不想为应付这种没完没了的人情耽误正事，考期已近，时间再也耽搁不起了。

这天，刘瞻正埋头公案。

闻门上报："宫中田公公信使到！"

只见一紫袍缎带官员迈着方步昂着头径直上厅。刘瞻忙上前接待。

来人也不落座，只从腰间取出一信说："田公公有书信在此，特别举荐裴公子。"

刘瞻接过信看毕，为难地："状元是要经过皇上钦点，下官哪能擅自答应？这田公公是很清楚的。请转告田公公，可否让裴公子先考上进士？"

来人说："田公公已表达很明白了，这裴公子么，非状元不点！"

刘瞻愠怒:"这位裴公子到底有多大学问,竟如此狂妄?下官倒真想问他几句。"

来人向前一步,一把扯下脸上胡须,盯着刘瞻说:"我就是,问吧!"

刘瞻好不惊讶,仔细看去,竟是那天被他大骂一通撵出门的裴思谦,不由怒火万丈喝道:"左右,快把这个狂徒赶出去!"

裴思谦跨出大门前回转头来,指点着说:"刘瞻老儿,我再次告诉你,今年这状元我裴思谦当定了!"

当刘瞻为科考之事顶住压力苦下功夫时,他哪里知道,一场针对他的阴谋正在宫中秘密进行。

记记和秀秀背着沉重的石头汗流浃背地往山上爬,二人说说笑笑,没有一点受罚后的怨言。只是秀秀有些不解地对记记说:"往回违了纪,最多是推磨、劈柴,再不就是放羊、穿沙沙鞋,这次罚我们背石头,还要背这么沉这么多。"

记记说:"庞英独自一个去长安找李混报仇,不定会闹出什么事呢!雪姊怕是真动怒了,要我们长长记性。"

秀秀:"唉,谁叫我说话不牢呢?就算让我们练气力吧,只是连累了你。"

记记说:"看你说的……"

二人正说着,一声尖厉的鸟叫声传来。记记说:"你听,有急事叫我们呢!"二人放下石头,往山下跑去。

孟雪娘站在四合院内的台阶上,对整齐站于堂前的无畏营姊妹们说:"京城传来消息,庞英的下落已找到,她确实是为了寻找杀父仇人李混,她说她不杀李混绝不回来。为了防止她的莽撞,决定派记记和秀秀各带两人,三人一组,去京城帮助庞英杀死叛贼李混,保护庞英安全。留在这里的姊妹要提高警觉,随时准备接应。时间紧迫,各自收拾一下,天黑下山。"

到了京城后在友人的安排下,黄巢几兄弟约出已入宫作了太监的黄钦见了一面。

半年过去,黄钦看上去还长高了一头,只是说话细声细气:"各位兄长,希望你们考试成功，以实现我们共同的愿望。至于我黄钦，虽说现在只是宫中一个扫地小太监，但相信十年之内定能混到皇上贴身太监的地位，到那时定遂我平生之志。"

黄巢叮嘱说："钦弟，常言说宫深似海，深不可测，稍不留心便可危及性命，你办事可要千万小心，学会照顾自己，保护自己……"

黄钦说："谢兄长指教，我记住了。"

兄弟间又说了一阵话，因时间所限，黄钦急着回宫，相互洒泪而别。

回到安居客栈，黄巢兄弟还在替黄钦惋惜，要是他不那样，这次参考，凭他的学问，定能考上进士。正谈论间，黄存怒气冲冲从外面进门，一拳击在桌上："娘的！天理何在？良心何在？"

大家用惊奇的眼光看着他，黄巢问："发生什么事了？刚才你和朱温去哪里了？"

黄存激动说："主考官刘瞻今晨突然死亡！整个长安城都吵动了。"

黄邺问："怎么回事？"

黄存道："传闻说，刘瞻昨晚去盐铁院赴宴，被人下了毒。"

黄邺说："传说不可信，说不定是巧合。"

黄揆说："不过从刘大人的为人看，遭人暗算的可能性是有的。"

黄存说："还听说刘大人坚持公开公平选人原则，多次拒绝那些当权太监和朝中要员要求照顾的人。"

黄揆说："如此说来，这种可能性就更大了。"

黄邺说："这世道清官难当呀！"

黄巢挥拳击桌愤怒道："去给刘大人上炷香磕个头去！"

此时朱温从外而入，黄存叫住他："走，一起去给刘大人灵前烧炷香。"

朱温回道："你们先走，我就来。"

虽说做了皇上，僖宗的玩心一点没有收敛，相反更是变着花样玩各种游戏。那天晚上他躺在床上，见窗外洒进的月光出奇的亮，便突发奇想，兴致勃勃地叫上几个小太监在月光下玩击球。静静的月光下，伴着蛙鸣虫叫声击球，真还别有一番趣味。当僖宗玩得正欢时，突然传来一串女人幽幽啼啼的声音，像是笑声，又像是哭声，断断续续从上阳宫那个方向传过来。

几个胆小的太监躲在僖宗背后问："皇上，是不是有鬼呀？"

僖宗听有鬼，心里一惊，但一想自己是皇上，皇上是上天位列仙班的紫薇星，本是神仙，哪有神仙怕鬼的！于是他昂首挺胸，胆气十足地骂起小太监来："真是个孬种，听到点声音就叫闹鬼，朕看你们几个就是鬼，是胆小鬼！"

听皇上这么一说，小太监们胆子大了许多，便说："皇上，那我们过去看看如何？"

"那好，朕与你们一起去，有朕在，你们不用害怕。"

说着一行人簇拥着皇上向上阳宫方向走去。刚到上阳宫外，走在前面的太监喊了一声："妈呀！"转身就要跑，被后面的太监给拉住了。僖宗好奇地冲上前一看，只见墙头上，一个披头散发的白色身影来回地晃动，嘴里还咿咿呀呀喊着什么。突然间，地转回身来，露出一副惨白的冬瓜脸，长长的吊眉下是一双闪着绿光的眼，死死地盯着僖宗……吓得僖宗抽着寒气倒退几步后，一屁股坐下去，接着发出惊恐的叫声："哎，女鬼！女鬼！"最后竟倒在地上，不省人事。

田令孜、刘行深、韩文约三人自恃对僖宗皇上有拥立之功，挟天子以控朝政，他们一方面拉拢像路岩那样的重臣，一方面不断培植自己的亲信，许多事便在他们的筹划之中顺利进行，然唯独科考之事令人头痛。他们利用科考收下大量金银，对不少考生许下保证考中的承诺。可这个刘瞻太不识抬举，一次次拒绝他们举荐的人，甚至那天还当庭慷慨陈词讲什么公开公平选拔人才的重要性，还含沙射影地指责他们徇私受贿破坏科考……

于是三人使计毒杀了刘瞻。

刘瞻死后，他们商议要选一个听话的人为主考官。

田令孜问："可这主考官有合适人选了吗？"

刘行深说："田大人，这主考官，下官认为盐铁转运使刘吉最为合适。"

田地孜正要说话，门外突然传来禀报："田大人，不好了，僖宗皇上昏过去了！"

小太监们自知闯了大祸，一溜儿跪在阶前，把头埋得低低的，听候发落。

田令孜用眼睛来回地扫视那些小太监，用手指着他们说："你们这些王八羔子，这么多人竟然照顾不好皇上一个人，把皇上吓成这个样子了！你们这群废物！"

小太监们连连叩头："奴才该死！"

"死了便宜了你们。你们快说，怎么把皇上吓着的？老实讲！"

小太监们听了慌忙争相回禀，七嘴八舌说出当晚陪皇上去上阳宫时所见：有的说，女鬼披头散发，站在墙头上，头大如斗，两眼如炬；有的说那女鬼一头红发，脸如白灰；有的说女鬼嘴长獠牙，舌长齐胸，咧着血盆大嘴向皇上狞笑，其声如狼嚎，如枭鸣，听得浑身打冷战……

田令孜听了吓出一身冷汗，身上冒出一层鸡皮疙瘩，急忙下令传巫师去上阳宫驱鬼。但巫师在时，女鬼有所收敛，巫师一走，女鬼照样作祟，闹得上阳宫内日夜不宁，人心惶惶。田令孜下令去安国寺请大法师彻悟进宫驱鬼消灾。彻悟答应择日进宫设坛作法，诵经念咒，降魔驱鬼。

在京城神策军中当校尉的日子，是李混有生以来最轻松快活的。因为当叛徒出卖庞勋导致义军惨败后，一直担心报复，如今到了京城，已远离义军起事地江淮一带，不必再为自己的安全担忧。来到京城，又在令人侧目的神策军任职，整日骑着马带领手下在街上抖威风，白天有酒有肉，晚上有小姐相伴。日子过得既耀眼又快活。对此，李混很是感激高骈的知遇之恩，要不是他，自己哪有今天？

其实，李混当初参加庞勋义军也是迫于无奈。他本是个从小无父母的流浪儿，多亏一个好心的饭店老板收留了他，当个小伙计混口饭吃。一次因偷窃顾客的银子被逮住，竟然恼羞成怒抓刀砍死了店老板后逃走。适值徐州地区发生庞勋领头的农民起义，便投奔了庞勋，因作战勇敢，不到一年便被提拔为头领。庞勋率义军转战江淮，连连攻下数十州县，每到一处便开仓赈济灾民，深得百姓拥护。义军队伍最多时发展到二十多万人。朝廷派高骈率兵镇压，多次被义军打败。

高骈决定改变策略，派说客私下活动，策反庞勋部下，李混经不住高官厚禄的引诱，被收买成了叛徒。由于他的暗通消息，使义军连打败仗，最后好几万人马包括大将军庞勋在内，都在李混的无耻背叛与阴谋中牺牲。李混成了"剿贼"的"功臣"，被高骈任命为校尉，不久又在高骈帮助下调去京城在神策军里当了个不大不小的官儿，过上了从未有过的开心日子。

尽管日子过得开心，但李混的心里并不踏实，他知道庞勋的余部还在活动，绝不会轻易放过他。因此他特别谨慎小心，时刻提防着有人暗算。但是，也许时间已经过去得久了，也就大意起来，加之自己又是神策军中的一名官员，走哪里都少不了有随从护卫，便常常耀武扬威地出现在街头闹市和酒楼茶肆，不时还干些欺男霸女、敲诈勒索的勾当，成为京城一霸。就在这个时候，庞勋的结义小妹逃亡京郊的义军无畏营头领孟雪娘发现了他，庞勋之女庞英正在暗地里寻找他。她们要取他的性命，用他的人头去祭奠庞大将军的英灵，为死难的义军兄弟报仇。

自被女鬼惊吓后，僖宗大病一场，经过大半个月的调养，身体总算康复了。

病愈了僖宗最想去的地方还是球场。每次除了由田令孜陪同外，还叫上一帮王孙公子到新修的球场打球玩耍。新修球场位于长安城西门外，四周视野开阔，风景迷人，远处是延绵的山峦，近处是一片又一片葱郁幽静的树林，在树林与山峦之间，有波光粼粼的湖泊和潺潺流过的山溪，一年四季飘着花朵的芳香。独特的自然环境为球场增添了许多美色和情趣。场内的设施更是一应俱全：除了马球、足球、棍球外，还有僖宗发明的驴球。此外，还有斗鸡、跑狗、斗蛐蛐，以及魔术杂耍打牌掷骰子等等。僖宗整天泡在里面，不是与王孙公子跑马打球、斗鸡赛狗，就是打牌掷骰豪赌，虽然他样样精通，但却是逢赌必输，对此，他自然毫不在乎。

那天，僖宗听说京城内新开了一家斗鹅场，他便迫不及待地邀上一帮王孙公子去玩。走进场内见两只大白鹅昂着脑袋蹒跚着步子嘎嘎叫着相互嘶打，十分有趣。僖宗一定要把两只鹅带回宫里玩，便对那鹅的主人说："朕赏你五万银子，把鹅送与朕。"那人立即跪下谢恩。在一旁的田令孜忙命左右：
"快回去取五万银子来！"左右应声快步而去。

皇上整日在球场上流连，把朝政忘在一边，各省部大臣只得撵到球场找
皇上奏事。

田令孜把大臣拦在球场外："皇上正忙着呢，有事先对我说。"

大臣们依次说出所奏之事，请转奏皇上下旨，以便遵循办理。

田令孜回到球场转了一圈，并不向皇上奏事，只招呼太监们把皇上伺候
好，然后走出球场对大臣们宣布："皇上旨意：濮州盐贼王仙芝煽动饥民造反
围了沂州，命平卢节度使宋威领平卢、昭义等镇兵马平乱；南诏寇边，紧逼
成都，命高骈为平西大将军领兵招讨；刘瞻病故，所任主考官一职由盐铁转
运使刘吉兼任。考试期间，全国进京应考举子上千，命李混为护卫使，专司
考场弹压……另外，皇上特别下旨，从今秋起，东西两京商货税赋全数上缴
内库，以补宫内度支。"

户部侍郎董禹听了争道："两京商税数额巨大，关系到财赋命脉，内宫悉
数收去，甚为不妥。臣请面见皇上……"话还未说完，田令孜脸一变命禁卫：
"把董禹捆了送大理寺治究！"

其余有异议的大臣见了，再也不敢多嘴，一个个叹息着悄声退去。

平卢节度使兼诸道行营招讨使宋威率领各路大军向沂州杀去。沂州的王
仙芝起义军不敌退走，丢下兵器衣甲辎重无数。沂州围解，在清点战场时发
现血肉模糊的尸体，有士卒指认那就是贼首王仙芝。宋威大喜，急命军中文
书起草捷报，以八百里快骑送往长安。

成都城头，在"平西大将军高"的旗帜下站着鲜盔亮甲的高骈，他手指
城下的南诏兵马，对身边的成都太守说："本大将军曾破交趾，平庞勋，敌人
闻名丧胆。你们看城下那些南蛮小丑，一个个伸长脖子正等着挨刀。"说罢领
兵三千人马出城，与南诏军对阵。高骈坐在马上，命卫士取过画好的纸人纸
马点燃，喷上烧酒，燃起一股令人眼花缭乱的火焰。再从口袋中摸出豌豆胡

豆绿豆，向阵前一阵猛洒，然后一声大吼："玄女神兵来也！"举枪跃马向蛮兵冲去。蛮兵见了惶恐万状，纷纷转身逃命。高骈挥手掩杀过去，追出三十里，斩首数百。收兵时，成都太守亲自迎接入城，摆宴犒劳高骈兵马。高骈命文书写了捷报，交快马驿站连夜送往长安。

第六章 状元，可以这样点

作为皇上，僖宗虽说是个贪玩的少主，但其基本的辨别力还是有的。早在登基之初，远在漳州的刘瞻上了一道奏疏，里面提到：得民心者昌天下，士为秀民，士心得，则民心得矣！这句话僖宗很欣赏，他早就知道先朝诸多大臣如孙伏伽、王维、韩愈、柳宗元、颜真卿、柳公权、白居易等等都是通过科考选出来的"秀民"，为朝廷做了很多事，他于是坚持提议任命刘瞻为本次科考的主考官，替朝廷选"秀民"，好让大唐再度"昌盛"起来，只可惜刘瞻"壮志未酬身先卒"。但不管怎样，科考的确成为僖宗继位后要办的一大要事。

今天，天下的读书人都冲着这宗大事而来。

就在黄巢兄弟走入考场时，身后一个白发苍苍老书生，迈着大步越过黄巢，口中念念有词地说什么"三十老明经，五十少进士"。黄巢礼貌地对他行了礼，他笑着点点了头，算是回了礼，旋即步入考场。

因为皇上十分看重这次考试，所以这次考试与往常不同，采用了分人分房方式，即一个人一间小屋，这样可以让考生安心考试，也防止了考生间串通作弊。

三天之后，黄巢顺利地完成了所有的试题，心情颇好地走出了考场，他只想能痛快呼吸点新鲜空气，早点见到久违的阳光。突然旁边的房舍里传来一阵撕心的哭喊声。原来，那位老先生口吐鲜血死在了考场上。在这过程中没有人听到他的呼救，更没有人知道他死亡的准确时间，只是考完才发现他早就断了气，全身已僵硬，手里还紧紧地握住笔。老者被他的子孙抬了出来，用沾满血迹的考卷遮住脸。

人们围过来议论纷纷：

"听说这老先生是变卖了家产才凑够了路费，已经是好几天没有吃饭了，可能是饿死的吧？"

"不对，考试前我看见他精神很好，不像被饿死的，一定是暴病而亡。"

"不对，不对，是被考死的，听说这是他第十回参考了，一定是又感到没希望，气血攻心而亡……"

"唉！上次有个老秀才也是这样……"

悲凉，一阵彻骨的悲凉袭上黄巢的心头，"难道读书人的命运竟是这般模样？"他突然间想起孟雪娘的那句话：读书人会写文章除了自讨苦吃能有什么用？

可更多读书人却是怀揣"春风得意马蹄疾，一日看尽长安花"的美好憧憬来的。但他们哪里知道，如今这人生的美好的景致却是由宫中太监握着皇上的手画出的。

僖宗第一次一脸肃穆端坐朝中，听着主考官刘吉的跪奏："启奏陛下，今科考试，录进士二十名。按例，前三名状元、榜眼、探花，应由皇上钦点。特呈上进士名单，请皇上御批。"

站在僖宗身边的田令孜却狠狠地剜刘吉一眼，心里骂道：好个不识趣的东西，这名单也不先给我看看，哼！

值殿太监接过名单呈于御案，僖宗看罢，提笔正要批示，身边的田令孜斜眼看去，见名单上第一名不是他推荐的裴思谦，而是陆依。裴思谦名列第二。他连忙躬身低声向僖宗兑："皇上，点状元是大事，请皇上问问考官这名单先后排序的依据是什么？'

僖宗放下笔问："刘大人，你这头名状元，二名榜眼是依什么定的？"

刘吉回道："二人所考帖经、墨义、口义、诗赋、时务策五项成绩均为上上等。"

僖宗又问："既然两人的五项成绩都是上上等，这前后怎么定？"

刘吉回道："臣看陆依字写得更好，便定他在前。"

僖宗听了微微点头，准备下笔。

看到这儿，宰相路岩盯着田令孜诡谲一笑。

田令孜急了，从傍站出来说："点状元是看学问，不是看书法，皇上还是把两人叫上殿来亲自问问。"

僖宗觉得也对，放下笔说："把陆依、裴思谦传上殿来，朕要亲自瞧瞧，看他俩谁更像状元。"

值殿太监高声喊道："奉皇上口谕，宣新科进士陆依、裴思谦立即进宫！"

少顷，二人上殿跪下。

"学子陆依叩拜皇上！吾皇万岁万岁万万岁！"

"新科进士裴思谦叩拜皇上！吾皇万岁万岁万万岁！"

叩拜毕，两人挺胸收腹站在殿上，一个相貌堂堂，仪表不凡；一个高大健壮，人才一表。僖宗横看竖看怎么看两个都像状元，便犹豫起来，习惯性地看了看田令孜。

田令孜走近说："皇上不如考考他们。"

僖宗从小就喜欢和小太监们玩单腿碰跤的游戏，便说："单腿碰跤最容易看上下，那就让他两个碰一下吧。阿父你看可以不？"

田令孜向下面望望，见陆依身子单薄，文质彬彬；见裴思谦膀大腰粗，身强力壮，便连连点头："皇上英明。"路岩心里很有些不痛快了，却不好当众发作。

僖宗当即宣布说："你二人在殿下比单腿碰跤，胜者为状元。"

殿下群臣听了都睁大了眼睛，纷纷向后退出一大块空地好让两人碰跤。

裴思谦听了立即上前，拽衣扎裤，弯过右腿给左手握住，左脚跳着向前冲，摆出进攻的架势。陆依虽不情愿，但王命难违，只得扎了长袍，收了一只腿，鼓足劲冲上去与裴思谦碰腿。裴思谦个子大本占优势，又有田令孜不断示意助阵，三五个回合，便把陆依碰倒在地。

谁想裴思谦高兴过度，猛地一跳，脚下却被自己的衣襟绊住，一晃悠，轰然一声摔倒在陆依身上，牙齿又磕在他的鼻子上，弄得两人的脸上都是血，形象甚为狼狈，引来殿下一阵哄笑。

田令孜立即公布："裴思谦获胜！"

路岩站出来反对说："两人同时倒下，难定胜负，请皇上明鉴！"

僖宗皇上笑着指着捂着嘴脸的两人说："朕看裴进士力大过人，就定他吧！"

殿下众人又是一阵嬉笑，嬉笑声中，僖宗提笔把状元点在裴思谦头上。

田令孜在一旁见了暗喜，便靠近僖宗顺着名单往下看：还好，一切尽在他预想之中，看来这刘行深推荐的刘吉还是靠得住的。正想着，突然看见进士名单最后一名竟然是黄巢，"黄巢"这不就是懿宗皇上临终前所说那个"大唐一大祸害"吗？他忙伸手指着黄巢的名字对僖宗说："皇上，这个人就是先皇临终前对奴才说的那个必会祸害大唐的盐贼。请皇上把他的名字勾掉，并派人抓来审问。"

僖宗听了立即提笔把黄巢勾去，对田令孜说："阿父，既然先皇有遗言，这个黄巢就交给你去查办！"然后把名单交还给刘吉："快拿去写了张榜公布。"

刘吉刚出殿，殿外骑传央步登殿奏报："平西大将军高骈专使报捷。围困成都的南诏蛮兵已被打败，斩首二千级，余下蛮兵已逃至嘉州以南大山中。"

刚刚报完，又有专使进殿跪报："平卢节度使宋威报捷。王仙芝贼兵已被全歼，沂州之围已解，贼首三仙芝已被诛杀。"

捷报连传，殿上响起一片欢呼："托天子洪福，科举选出英才，南诏边患平息，山东谋反被镇压。三喜临朝，乃我大唐之大幸，从此江山永固，百姓安宁……"

群臣朝贺声未绝，宫门外却传来激越愤怒的呐喊声。

僖宗和满朝文武听了大惊，忙命宫廷侍卫出宫打听，回报说是举子在皇榜前闹事，说是选才不公，要求面见皇上。

僖宗侧身问："阿父，这如何是好？"

田令孜回道："皇上，对那些书生不能客气，命神策军把他们撵走就是。"

僖宗说："那就这么办！"

田令孜大声传旨："皇上口谕，命神策军前往宫门驱散聚众闹事的考生，如有反抗者，拿下送交刑部问罪。"

宫外喧闹声稍静，后宫又隐隐传来女人的哭叫声，接着太监来报："上阳宫又在闹鬼，里面的嫔妃宫女哭闹着要搬家。"

僖宗一听，脸色突变："阿父，彻悟法师不是来驱鬼镇邪了吗？怎么还在闹鬼？你快想个办法。"

田令孜回道："皇上，想那女鬼一定有了些道行，一次难以驱走，待奴才亲自去问问彻悟，请他进宫，彻底驱鬼除邪。"

说罢吩咐太监："快备轿，去兴国寺！"

听说今天公布皇榜，朱温全家一大早就赶到皇宫门外，挤在考生中，翘首等待发榜。

皇榜贴出来了，学子们一窝蜂围了上去。但紧接着便传来骂声："原以为只是谣言，看看，果然是送钱越多的名次越靠前。这世道太黑暗了！"

朱温按捺不住内心的激动，挤进人群踮脚看了两遍，自己竟榜上无名，揉揉眼睛再从头看到尾，还是没有自己的名字，顿时气得全身发抖，眼一黑竟软塌塌倒了下去。父母见了忙搀扶他到街边坐下。

朱父用手掐着朱温的人中，母亲则不断呼唤他的名字。好一会儿，朱温才缓过气来，但两眼发直，表情呆滞，对着母亲傻笑。整个人像被抽了魂。

"闪开，快闪开！"李混领着神策军挥舞着皮鞭棍棒驱赶皇榜下哄闹的考生，人们四处逃散，朱温父母躲避不及，被抽打得遍体鳞伤。朱温见了无力救助，想骂，却连说话的力气也没有……

当从记记口中得知"李混在长安当差"的消息时，庞英的心被搅动得再也无法安宁。为了这一天，她已经等得太久了。她再也不可能平静地在清泉谷待下去，必须有所行动。她知道雪娘是不会让她单独出去的，便趁着天黑，姐妹们都睡着的时候，悄悄下山，溜进了京城。

书生打扮的庞英混在满街是进京赶考的书生堆里，寻找着她的目标，繁华街道上的酒馆茶楼，背街僻巷里的书场、妓院，还有衙门口、军营外，凡是她能想到的地方都去了，可都不见李混人影。庞英有些泄气，漫无目的地走在街上心想：是不是记记的消息有误？还是李混又挪了地方？

"闪开！快点闪开！"一声吆喝，打断了庞英的思绪。她抬头一看，天啊，那不就是千找万寻的李混吗？她太熟悉那张脸了，那张让她恨之入骨早已把它射得千疮百孔的脸。现在，终于有机会把平日里上千次上万次的训练用上。她要用有这张脸的人头去祭奠父亲的亡灵。但见李混一身铠甲骑在马上，领带着一队神策军冲了过来，指挥着他们去抄查包围安居客栈。庞英的心剧烈地跳动着。她悄悄地跟在后面，不眨眼地死死盯住他，准备伺机下手。

第七章　孟雪娘义救黄巢

千里赴考，名落孙山，倾家荡产换来的银子也全都丢了，还让年迈的父母白白地遭了一顿打，这次长安之行太令朱温伤心了。他扶着被打得一瘸一拐的父母，穿过乱哄哄的大街，心灰意冷地向安居客栈走去。"唉……"朱温的叹气还没有吐完，远远地看见客栈被士兵层层包围。停下脚步打听，原来是官兵去捉拿闹事的山东考生。朱温听了拉上父母就往回走。

朱母说："温儿，都走到店门口了，怎么说也要回客栈把东西取出来吧？"

朱温说："取什么东西？值钱的东西都换钱送人了，别去自找麻烦。"

"里面还有你的黄家兄弟呢……"

"什么时候了，还顾得上他们！"

朱父说了："上次嵩山遭难多亏了黄家兄弟相助，怎么说你还是该去叫上他们。"

"父亲，你不是没有看到，现在这么多士兵围着怎么去？再说了，我们自己就够倒霉的了，我要是被抓去了谁来照顾你们？快走吧，离开这个是非之地！"说着，朱温拉上父母就走。

黄家兄弟正在客栈房内一边收拾东西准备回家，一边议论起这次考试的事。

黄存说："这结果太令人失望了，这哪里是以'才'取人，完全是以'财'取人。看来人们的传言确实不虚。"

黄邺说："可不是，听说那个裴思谦送给田令孜有十万缗之多，所以才当了状元。"

黄揆说："难怪我们要落榜。二哥，凭你的学问，远远在那个裴思谦之上，不说当状元，考入前十名肯定是没问题的！"

黄巢叹了一口气说："如今宦官弄权，奸臣当道，哪有我们的出路啊……"

突然，乒乓一声，门被踢开，神策军头目冲进屋问："你们是山东来的考生吗？"

黄巢等回答："是呀。"

那神策军头目又问："哪个姓黄？"

黄巢、黄存、黄邺、黄揆等齐声："我姓黄。"

神策军头目回头望望李浞，问："李大人……"

李混下令："全部带回去审问！"于是兵士们一拥而入，扭住四人。

四人大声分辩抗议：

"我们犯什么罪？你们凭什么抓我们？"

"怎么想抓人就抓人，你们还有王法吗？"

"我们都是应考的书生……"

李混哪里会听，手一挥："锁起来！"

此时，不远处书生打扮的庞英手臂一伸，一支箭从竹筒里射出，正中李混左眼。

李混哎哟一声，伸手把箭拔出，然后一只手蒙住左眼，一只手从腰间摸出飞镖向那书生甩去。

书生中镖，捂着肩上的伤口飞快逃跑。李混指着他的背影大叫："抓刺客！"并纵马追去，眼看着夬被撵上，突然马失前蹄，扑倒在地，李混被摔了下来。原来，是记记抛出绳子绊住马蹄。那书生乘机钻进一个小巷，三拐两拐，不见了。

面对一伙拿着铁链涌上来的士兵，黄存大吼一声："二哥，黄邺、黄揆！我们跟他们拼了！"说着四兄弟从神策军士兵手中挣脱，赤手空拳与官兵撕打了起来。黄氏兄弟从小习武，凭他们出众的武功与神策军对打，但终因人少势孤，四面受敌，渐渐被逼到死角，脱身不得。正在这紧急关头，孟雪娘带秀秀等姊妹从天而降。她们身着蓝底白花衣裙，有的舞剑有的挥鞭，个个身怀绝技，恰如翩翩起舞的燕子，飞过来穿过去，杀得官兵眼花缭乱，晕头转向。混乱中，孟雪娘领众姊妹救出黄巢兄弟冲出了客栈。

按彻悟法师掐算好了的日子，法事活动在上阳宫开始了。法堂上，众僧敲响法器，诵唱经文，以安亡灵驱鬼魅。整个上阳宫，被一种隐隐约约的神秘，一种阴阴森森的恐惧包围。

深夜，彻悟独在佛坛前诵经。一阵冷风吹来，佛座前的灯火一下被吹灭，旋即又跃起更大的火苗。

突然，一个绿眉红眼披头散发的女鬼头现于面前。

彻悟惊问："你是谁？"

女鬼取下面具："看！"

彻悟大惊："是你！"

女鬼："是我。"

彻悟问："你要干什么？"

女鬼："我要请你看在我们以前的情分上，救我出去。"

彻悟："你一个女人，出宫只有吃不完的苦，受不完的罪。"

女鬼："总比在这冷宫里面好。"

彻悟："我，我很难办到。"

女鬼："你能办到，而且必须办到！你要知道，我是鬼……"

她又戴上面具，白色的身影鬼魂一般飘走了。

彻悟盯着她的背影，一脸惊骇。

终于能与他并肩走在和煦的春风里。孟雪娘觉得到自己的脸灼热，心在怦怦地跳，全身被注满一种莫名的柔情：

"黄兄，你不是说我们出没神秘吗，这次我要带你到神秘的地方好好看看。"

"好呀，雪姊，我实在想弄明白你们怎么会在我们最需要的时候出现？

你是怎么得知消息的？你是如何行动的？还有，你是怎么……"

"黄兄，你怎么那么多问题呀？究竟是读书人，什么事都爱刨根问底。"雪娘说着对黄巢灿烂一笑。

雪娘的笑容就如这春天的阳光，把黄巢郁闷压抑的心情一下照耀得无比灿烂。他一改平日里的沉稳，突然产生有一种倾诉的冲动，他说：

"这其实是读书人的悲哀，什么事都想去探究原因，而忽视行动意义。比如科考，多少读书人为了济世救民的理想，把一生光阴都陷入其中，殊不知他们连自己的命运都无法把握。这次考场上就有一位老先生在考试时吐血而亡，他把一生乃至生命都耗在考场上了。这样的人生对己对人有什么意义？现在我算明白了，能登上皇榜仅凭真才实学是不行的。作为考生又能向谁讨公道呢？就是评议一下，也会遭到不测。今天，如果不是你们，我们早就被捆起来不知丢在哪个衙门里关起来了。想起来真是很可悲。正如你上次所说的，我们这些个读书人除了能写点文章抒发不平外，又能怎样？唉……"

雪娘完全被那娓娓的诉说吸引住了。黄巢那坦率而充满感情的语言打动着她。他有头脑有见解，有一颗悲天悯人以天下为己任的雄心。现在太需要像他这样的人了。她用一种亲切温婉的语调对黄巢说：

"黄兄，你请坐下谈。"

原来他们又来到清泉谷的那棵大树下。

石桌石凳依旧。

孟雪娘取出手绢掸去石凳上的尘土，对黄巢做了一个请的动作，并把她坦诚的目光投向他。黄巢顿时觉得他的心被什么捏紧了，他从未这样被一个女人注视过，也从未这样挨近过一个女人。只见她细腻圆润的鹅蛋形脸上，两弯眉毛又细又密，一双清澈明亮的眼睛里流淌着柔情充满了渴求。那目光，像一道闪电从黄巢心上掠过。

此时，油菜花开满山坡，蝴蝶来回追逐。

黄巢依然站着，与她四目相视地站着。

从彼此的眼光中，他们找到了自己。

雪娘的脸红了，一直红到了脖子根。她低下头，用冰凉的手抚摸着自己脸颊，她想抹去脸上的灼热与羞怯。

黄巢转过身去，从油菜花地里采过一朵开败的野菊花，轻声吟道：

"待到秋来九月八，我花开后百花杀。冲天香阵透长安，满城尽披黄金甲。"

"黄兄，你这诗好有气概！你不仅是位诗人，还像是位军人。"

黄巢笑道："我不过是随口诌两句罢了，哪配雪姊你这样的夸奖。其实，从你几次在我危难时及时相救，在我心中，你不仅是位侠女，更像是位神女。"

"神女？哈哈哈，如真能做一个神女，那该多好，一口气吹尽世间不平事……哈哈……"

黄巢与孟雪娘一路交谈，十分投机。

然而当雪娘带他穿过树林，踏进那座隐蔽在林间的院落，堂屋中供奉的庞勋神位赫然出现在黄巢面前时，"反贼"两个字突然映入脑际，他不由问道：

"怎么，你们是……"

雪娘立刻答道："黄兄，实不相瞒，这里就是无畏营。我们是庞勋将军的部下。"

"什么？你竟然是庞勋反……的同党？那你就是大名鼎鼎的无畏营的头领了？"黄巢说完，毅然转身，拱手向她告辞。

"黄兄，你……"

他犹豫片刻，继续朝门外走，他在出门前再度扭头看了看雪娘，低语叹息说：

"……可惜，道不同，不相谋。"

"你能办到，而且必须办到！你要知道，我是鬼！"彻悟的耳边反复响着她的这些话，他感到阵阵恐惧，要是不想法把她弄出宫去，她什么事做不出来？可是要怎样才能把她这个大活人弄出宫去呢？是扮成念经的和尚混出去？还是把她藏在自己特制的宽大袈裟里带出去？经过反复思考比较后，彻悟终于想出一个最安全的方案。

彻悟的最后一场法事是送鬼。

一个纸扎的巨大的女鬼由众僧人抬着被缓缓送出上阳宫，郭淑妃屏声静气地站在女鬼的肚子里。这本是一场后果不堪设想的冒险，可是她却毫不在乎，在她看来，如果生命缺乏了新鲜和刺激，实在太没有意思。她摇摇晃晃站在女鬼的肚子里，脸上带着兴奋的笑容，当她从纸缝中偷眼向外，见到彻悟一脸惊惧，见到身后一队送鬼僧人双手合十一脸虔诚，她几乎要笑出声来。

第二天一大早，一宫女在井边打水时，发现了一只精美的绣花鞋，还有几颗散落的珍珠，她赶紧跑去禀报，一查发现郭淑妃失踪了。大家分析说郭淑妃精神恍惚，行为反常，肯定是深夜出来时一不小心摔下井里了。田令孜命人下井打捞，无奈井水深不见底，捞几次也没捞着，但有她的鞋子和饰物在，于是宣布：郭淑妃驾薨。

看到李混摔下了马，记记很是兴奋，正准备趁机替庞英杀了他，但后面的神策军赶到，记记只得招呼同伴沿着小巷去追庞英。远远地看到庞英手捂着肩跑进了一条小巷，她们紧追过去，却不见她的身影，寻遍不见，只得返回清泉谷，向孟雪娘如实报告。

几天后，庞英独自回来了，肩上的伤已大体痊愈。

庞英低头向雪娘说："英子让雪姊及姐妹们担心受累了，实在对不起！"

雪娘问："担心受累？你就没错？"

庞英回道："错了，错在只伤了仇人的一只眼睛，而没有取了他的狗命。"

雪娘轻轻抚摸着庞英的肩头，关切地问："伤势如何？"

"多亏一位好心大嫂相救，把我藏在地窖里躲过了神策军的搜查，且用家里的祖传秘方为我配药治伤，至伤口愈合。那位大嫂真好，伤好后又送我回来。"

雪娘警觉起来，问："她送你到何处？"

庞英回道："我只让她送到山那边。"

雪娘急问："你觉得她有可疑之处吗？"

"她对我很好，我看她不会是个坏人。"

雪娘一脸严肃地说："坏人脸上不会刻字。我们可要防着点！"

黄巢回乡途中绕道去宋州朱温家探访。

朱温家在当地本还算殷实之户，可为送朱温进京赶考谋官，耗尽了全部家资，加之随后一系列的不顺心事使家里陷入困境，一家人正为衣食所窘。

"啊，黄大哥，我昨晚做梦还梦到你呢，果然你今日就到，太高兴了！"见到黄巢，朱温很感惊喜。

"这就叫'心有灵犀'吧。在京城没有与你告别，心里很牵挂，所以特意来看看。"

"太好了，我正有一肚子话要与兄长说呢。兄长在我家住几天，咱俩慢慢聊。"

"这一路上，对我震动最大的就是百姓对反贼王仙芝的交口称赞。"黄巢在与朱温作彻夜长谈时说。"以前提到'反贼'，我眼前就会出现一群青面獠牙杀人放火的魔鬼，可是没想到百姓口中的王仙芝却是一身正气的英雄。他讲仁义，爱百姓，反贪官，均贫富，深得民心。并且他跟你我一样，也是一位做私盐的。都说王仙芝并没有死，他的部将尚君长、尚让、柴存等都还在山东河南一带活动。百姓都盼望着能参加他的义军呢。"

朱温说："自古就有成者为王，败者为寇的说法。何况王仙芝也是读过几天书的人，起来造反也是因为志不得伸……"

"倒也是，读了一肚皮书都没有机会报效朝廷，眼睁睁看着朝政日颓、民不堪活而无所作为，心里实在难受哇！"

"干脆，"朱温说："我们参加王仙芝的义军吧。反正这日子都没法过了，奸臣当道，生意做不成，科考又落榜，哪还有我们的活路啊？"

"这正是我一路都在思考的问题，也是我来看你的一个重要原因……"

围绕着这一话题二人越谈越近。

随后黄巢向朱温谈到孟雪娘和她的无畏营："我从未见到过这么有眼光有能耐讲义气的女子，可惜我却误解了她，不过我相信会再见到她。"

黄巢临行告辞时，在家中实在待不下去的朱温执意要随他去。于是二人结伴而行，朝黄巢家乡曹州进发。

记记、秀秀回来后因所罚背石头的数字未完成，仍然天天朝后山背石头。

过了两天，庞英伤口全好，孟雪娘叫住她："这次犯无畏营军规，数你为最。虽然你的本意很好，但仍应重罚。罚你背三百块！"

"英子乐意受罚！"其实就是雪娘不说，庞英也要去向她请罪的，她已承受了雪娘太多的关爱，她不想因为自己破坏了无畏营的军规，更不想让姐妹们小看自己。此后她天天随记记、秀秀往山上背石头。三姊妹一起上下，说说笑笑倒不觉累。

这天，三人在山顶上休息，突然发现远处有不少人朝荒山走来。细看，竟是官兵。这时，躲在山下树丛中的暗哨也发现了敌人，如鸟鸣般的口哨连响三声，分散各处的姊妹们立即在小院落里集中。孟雪娘下令："姊妹们带上应带的东西和兵器，撤退上山！"

黄巢、朱温一路交谈着走进曹州地界，路过一破落小村。这里杂草丛生，四周沉寂，几间破茅屋，没有一丝生气。黄巢指着路边草丛中一块写有蛤蟆村的石碑说："那年我贩盐过此地时，为村民写的。那时这村子也穷，但不像如今这般破败。"

二人向路边一户人家讨水喝。叫门不应，推门进屋，见床上躺着一位颈上长个大肉瘤奄奄一息的老人，脚头间，一个骨瘦如柴的小女孩睁大一双无神的眼睛望着他们。这时，床上的老人认出了黄巢，精神陡增，叫了声："黄公子！"黄巢忙从囊里摸出两块饼，一块递给老者，一块递给小女孩。小女孩接过饼猛咬两口，有了些力气，便挣扎下床，从缸里舀出半瓢水双手捧给黄巢。黄巢接过让朱温先喝，然后自己才喝。

老者接过饼拿在手上并不吃，用尽最后气力说道："谢过黄公子了。不过，我这命已不值得救了，最多，我还有半个时辰了。我就知道我会等来一个救星，我把我这个小孙女交给你了，你把她带上，让她有个活路。她到这苦难的世界上来整整十二个年头，还是那年你来这里送给我家两斤盐时，她才头次尝到盐的味道，她说那味道真好。我就给她改名叫盐盐。盐盐，你过来，拿上这饼，给黄公子磕个头，叫声哥……"

　　孟雪娘指挥姊妹们埋伏在山顶。山下，神策军士兵在李混催促下向山上进攻，乱箭飞蝗般射来。孟雪娘下令："姊妹们，别理它！等他们走近了，搬起石头对准了砸！"

第八章　冤句起事

　　"近了，近了，一二三，砸！"孟雪娘指挥无畏营姊妹用石头向进攻的神策军砸去。但仍有几个神策军士兵攻了上来。

　　庞英、记记等众姊妹对他们逐一围杀，运用平日练就的功夫，将他们一个个杀死在阵前，突破的口子迅速堵住。

　　气急败坏的李混在山下喊话："庞勋贼党的娘儿们，快投降吧！我们的大队人马就要到了……"

　　庞英朝下骂道："李混叛贼，上次只取了你的一只眼睛，这次定取你的狗命！看箭！"李混吓得缩紧脖子，停止了狂叫。

　　孟雪娘与大家掩埋了牺牲的两个姊妹，在她们的坟上插上野花。然后，收拾了敌人尸体上的弓箭刀矛，把他们的尸体垒在阵地的缺口处。又搜集山上的石头枯树枝，一堆堆码放在阵地前，准备敌人下轮进攻时使用。

　　一阵喊杀声从山下传来，敌人大队人马赶到，新一轮进攻开始。

　　孟雪娘下令："点火！"

　　从姐妹把早准备好的火石打燃，点着树枝下的枯草，顷刻间，一堆堆枯树枝噼噼啪啪燃了起来。

　　黄巢与朱温领着盐盐继续赶路。沿途上都听到百姓对老天爷久旱不雨的抱怨，对横征暴敛官府的咒骂，对王仙芝起义军的赞扬。

　　在曹州城外不远处，黄存、黄邺急急迎上来阻拦道："大哥，家被查抄，父母都被抓进曹州府衙，官兵正在捉拿你。你不能进城！"

黄巢听罢怒气上涌，忍不住朝城门冲去，黄存、黄邺和朱温紧紧抓住不放。

朱温说："大哥你冷静，千万莫去自投罗网。"

黄存手指城门："你看城门口那么多人盘查，你进得去吗？何况家中埋伏有衙役，正等着抓你呢！"

黄邺说："快随我们走，去城北四十里冤句县舅家，兄弟们都在那里，就专等你去一起商议看今后咋办。"

黄巢长长叹口气，拉过黄存说："你快去叫六弟万通找秦宗权，商议救父母之事。"

"好，我这就去，随后会赶上你们的。你们快走吧！"黄存应着转身就走。

黄巢和朱温带着盐盐，随黄邺绕向城北走去。

敌人抓住山边的草茎葛藤叫喊着杀上来，孟雪娘高喊一声"打！"顿时，浓烟弥漫，点燃的树枝如条条火龙从天而降。山下惊叫声四起，爬上半腰的敌兵一个个缩成一团滚了下来。砸向他们身后向上爬的士兵，一齐向下滚，最后在山脚下挤成一团。一看时机成熟，孟雪娘再高喊一声："砸！"顿时，暴雨般的石头砸下去，敌人躲闪不及，被砸死砸伤一大片，有那侥幸逃脱的抱头鼠窜，躲去一边，再不敢上前。

李混气急败坏地说道："这女人，点子还一套一套，我就不信斗不过你们！"他远远地站在块大石上，向山上喊话："无畏营的娘儿们，别在哪儿白费心机了，你们已被包围，逃不掉了。眼看死期已到，只要乖乖地投降，我保证不会杀你们，还保证你们有好日子过。快放下武器投降吧！"

庞英大声斥道："别做梦了，看你们那熊样，要死的也只能是你们，首先是你——这个叛贼！"

黑压压一片敌军又开始进攻了。众姊妹聚在一起紧握拳头宣誓，就是跳下后山悬崖，也决不投降。

孟雪娘说："不投降，但也不能轻易去死，姊姊们只要坚持到天黑，我们就有生路……"

众姊妹惊问："生路？"

孟雪娘肯定地："对，生路！"说罢，她解开外衣，从腰间一圈圈解下拇指粗的棕绳……

众姊妹叹道："我们的好姐姐，你想得真周到！"

孟雪娘指指山下："看，敌人又上来了，咱们跟他们周旋，等到天黑……"

黄巢与兄弟们聚集在冤句县郊外舅家院落的大厅上。

"人都到齐了吗？"坐于上首的黄巢问。

黄存应道："除了六弟万通外，其余都来了。"

黄巢说："他有事要办，我们先议吧。"

黄邺抢先说："第一要议的，是怎么救出父母。"

黄巢说道："此事我已有安排，诸兄弟放心。"

黄邺手一摊说："既如此，没有什么可议的了，跟他王镣摊牌就是！"

黄揆说："这王镣身为曹州太守，对饥民的死活不闻不睬，只知道弄钱。"

黄存说："什么路都让贪官佞臣堵死了，只有豁出去干！咱们贩私盐的兄弟早就准备好，只等大哥发话了。"

朱温说："黄大哥，别沈豫了，就按照你给我说的办，咱们宋州老家那边的贩私盐兄弟都派人来问了，问什么时候起事。"

黄揆说："我看大哥心里早有底了。大哥，你就先说吧。"

望着弟兄们一张张义愤填膺的脸，黄巢心潮澎湃：宁为百夫长，胜做一书生。人生还有什么比这更值得激动的？既然现在什么路都堵死了，连安身立命之处都被剥夺了，那只有带上大伙儿去拼，去闯，去作一个顶天立地执戈横槊的英雄，铲世间不平，均天下贫富，还百姓一个公道。去做一个像王仙芝那样的"反贼"！

想到此，黄巢兴奋地站起身来，看着大家，一拳砸向桌面说："好！那我先谈……"

此时，在曹州城内一酒楼雅间，黄万通正与秦宗权密谈。秦宗权是黄巢儿时最好的朋友，现在王镣手下做事。

黄万通说："事关父母安全大事，大哥叫我来听候你的安排。"

秦宗权："一切早就安排妥帖，如救不出令尊父母，我秦宗权提着脑袋去见大哥……"

黄巢的分析简明精辟，对起事的地点、步骤、方法到义军的口号、称谓、行程、编队等具体事项作了周密安排，朱温及黄氏兄弟表示一致赞同，当即推举黄巢为义军头领。

最后，黄巢起立，端起桌上的酒杯说："黄巢不才，蒙各位兄弟看重，推为此次义举首领，黄某当不负所望，以死效命。今日所议诸事，望各兄弟尽力，三日之内召齐义勇，听候调遣。你我兄弟今日共饮此酒，向天起誓，同生共死，救国济民，如有背盟，天地不容！"

众兄弟举杯齐齐应声："如有背盟，天地不容！"然后昂首一饮而尽。

"请问，哪位是黄巢黄公子？"突然一个清脆的声音响起。众人回头，一个端庄清秀的年轻女子正走进大厅。

黄巢点头回道："我是。请问你是谁？"

年轻女子直奔黄巢座前说："小女子姓曹名蔓，母亲早逝，随父跑私盐生意。今年上半年，父亲把我许配与你家，说是下半年择期完婚，不料你家中出了事，你父母被曹州府衙关押。因与你家姻亲关系，我父亲也被曹州府捉去。没想到我尚未过门，我家就受到牵连，让我这个小女子成了无依无靠的人。当今世道这么乱，叫我一个人怎么过？今打听黄公子在此，特地赶来与公子见面。恰恰这里又坐有这么多客人，正好请大家作个见证。"说着她从怀里取出一张纸送到客人面前："这是庙里和尚给黄公子跟我合的生庚八字，请各位过目。"

黄巢一下愣住了：此事倒是听母亲提过，本认为是随口说说，不想当了真……

众人接过那张纸传着看，不住点头。

曹氏接着说："听说黄公子正与各位兄弟计议领灾民去曹州找官家交涉，请求减免税赋，释放无辜。依我看，这是枉费口舌，倒不如领着众人攻下曹州，救出我父亲和未来的公婆，还有那些无辜百姓。要是人手不够，我那边有一帮贩盐的兄弟姐妹，他们受了这么多年官府的气，早就想跟他们干一场了。我去把他们领来……"

听完曹氏女子这番话，众人齐口拍手称赞，纷纷说道：

"这个办法不错！"

"这曹小姐识大体，挺有主见！"

"大哥真有福气！有这样一个懂事明理女子做贤内助。"

……

朱温说："黄大哥，你听，我们这位未过门的大嫂说得多好。今日真是个大好日子，你就来个喜上加喜，把亲订了，待攻下曹州，救出大哥父母和曹小姐的令尊大人后正式完婚，那时我们兄弟好好来庆贺一番！"众人听了，拍手叫好。

黄巢起身，当空一揖说："既然父母已把儿亲事订下，儿定当遵命。"接着向在座众人一揖："谢众兄弟关心，待明日取下曹州，救出两边老人，主持完婚时，再请各位喝酒。"

说着他离座向曹氏一揖说："在下一介书生，本指望苦读经书以报效朝廷，光耀祖宗。不料时运不济，屡遭不幸，以至连累父母，万不得已时，才与众兄弟歃血为誓，起义冤句，除奸佞，清君侧，解救饥民，振兴朝廷。即使冒杀身灭族之险，亦在所不惜，只是怕连累姑娘，请姑娘三思。"

曹氏忙还礼，大大方方地直视着黄巢说："公子不必多言。我曹蔓虽是山野女子，幼时也读过诗书，知名节，明事理。书上云，天字出头为夫，于妻而言，夫比天还高。况公子行事，光明磊落，义薄云天，人神共知。我曹蔓愿终身相随，永无怨悔。"话音刚落，又响起一片掌声和赞叹。

此时黄巢手拉盐盐，走到曹蔓面前："既如此，在下有一事相托。回家途中，结识了一个无家可归的妹子，她年纪幼小，我正愁无处寄养，如今正好托付于你，也算给你添个伴。"

曹蔓连连点头："好，太好了。"

黄巢对盐盐说："盐盐，快叫声姐。"

盐盐笑眯眯过来说："不是叫姐，该叫嫂子吧！"

众人全都笑说："对，对，对，该叫嫂子，该叫嫂子……"

入夜，围在山下的神策军已精疲力竭，除了几个放哨的人外，其余的都在呼呼大睡。看看上面毫无动静，几个哨兵也背靠背打起瞌睡来。

此刻，在山顶悬岩边，孟雪娘已扎牢了绳子，她安排着记记、庞英等众姊妹一个个依次扭着绳子滑下山涧平地。姑娘们动作神速，没发出半点声响。轮到秀秀时，她有些害怕，下滑时撞上鸟巢，鸟儿叫出声来，一下惊醒了放哨的敌兵。雪娘赶紧发出猫头鹰的叫声，敌兵被哄了过去。

待全部姊妹安全落下后，孟雪娘才最后扭住绳子，只见她的身体轻轻一跃快速地滑落到平处。站定后，她一招手，众姊妹随她身后消失在黑夜里。

在众兄弟的簇拥下，黄巢率领无数手持棍棒锄耙的饥民，站在曹州城外高岗上，对城上高喊："城上听着，快传话与你们太守，我曹州万千饥民向他要求三点：第一，立即开仓放粮；第二，停止征收税赋；第三，释放无辜百姓。请太守快回话！"

所有的人都屏气凝神，只有黄巢浑厚的声音在空中回荡，传递出大家心中迫切的要求。黄巢想不到自己金戈铁马纵横驰骋的戎马生涯居然在如此理性的喊话中开始，一段震撼历史的农民大起义也从此拉开了序幕。

喊话之后，是一阵令人窒息的沉默。

少顷，一个军官模样的人来到城上，大声吼道："太守传谕：尔等暴民，速速回家，各务其业。首犯黄巢，应立即自缚其身，前来本府请罪，一则可以得到宽宥，二则可以保全汝父母之性命；否则，本太守即发兵讨伐，那时玉石俱焚，悔之晚矣！勿谓言之不预！"宣谕罢，城上突然箭如雨下。城下众人急急退避。

饥民们愤怒了，高声咒骂着，纷纷要求攻城，拿下曹州，惩治贪官！

趁着黑夜的掩护，孟雪娘一行急行军摆脱了险境。因见姑娘们疲乏不堪，经过丛林时，雪娘决定与庞英放哨，让大家抓紧时间靠着树休息一会儿。

姑娘们醒来，天已放亮，树林边一潭绿幽幽的清水泛着波光，姑娘们一见高兴得围了上去，忙着洗脸梳妆。

雪娘阻止说：“姊妹们，现在不是梳妆的时候，就是要蓬头垢面。”

众姊妹不解地问：“为什么？”

“记住，从现在起我们就是一群逃荒难民。”雪娘一脸严肃说，“动作快点，赶路要紧。”众姊妹听了立即停止梳妆，慌忙赶路。

走至三岔路口，雪娘问路边店家：“请问去滑州走哪条路？”

店家回答：“两条路均可，右边大路八十里，左边山路五十里。”

雪娘谢过店家对众姊妹：“咱们要赶时间，走左边山路。”

黄巢与众兄弟在曹州城外关帝庙殿里等待消息，共商对策。

黄巢问：“城内有无消息来？”

黄邺皱着眉头回道：“自昨日向城上喊话后，城内防守加严了。各门禁止出入，消息无从得知。”

黄存怨道：“哎，也怪哥哥太书生气，讲什么先礼后兵，要不，他们防守也不会那么严。”

黄巢耐心解释说：“我们做到了仁至义尽，理上，我们便占了上风。”

黄存不以为然，挥舞着拳头愤愤道：“对这帮混蛋，讲什么理？你一声令下，我们冲进城去！”

黄巢说：“切勿莽撞！现在父母在他们手里，我们要从长计议。一切得先与王大将军的起义军取得联系后再作决定！”

谈话间，朱温引着一个高大的汉子上殿：“大哥，这是王将军派来的尚让兄弟。”

黄巢下座，拱手相迎道：“尚让兄弟，辛苦了。久仰王将军和众位兄弟大名，尚让兄弟，你来得太好，太及时了！”

淌过溪沟，翻过大山，急急赶路的孟雪娘一行已是汗流浃背，大家围坐于一大树下喝水休息。

孟雪娘说：“姊妹们，快拿出干粮吃，吃饱了好继续赶路。还有二十来里地就到滑州了。王将军手下的尚君长兄弟在那里等我们呢。到了那边，我们就编进王将军的义军队伍。姊妹们，我们马上就要脱掉这身破衣裳，穿上咱们无畏营的军装了！"

众姊妹一阵欢呼："啊！太好了！""啊，我们终于熬出头了！"但欢呼声未息，忽然从树上落下一张大网，把她们全都网在里面。

第九章　乱世苦侣

没有了高墙，没有监视，没有限制和威胁，更用不着去装神弄鬼、装疯卖傻过那种求生不得求死不能的日子了。郭淑妃怀揣着一种难言的兴奋，身背包袱，高一脚矮一脚行走在洛阳城郊，头发散了她不在乎，一只鞋掉了她也顾不上。她一个劲地向前行，心里设计着自己的未来：找一个偏远的寺院作道姑，诵经打坐青灯黄卷伴度残生。可这念头刚一冒出来，她马上加以否定：我如此煞费苦心的冒险逃出来可不是为了过这种生活的。贵妃也当过了，死也死过了，鬼也装过了，如今逃了出来，我还有什么可怕的？我才三十出头，还没有活够本，也没有活够味，我应该好好地体验尘世的万种风情，真正地活出味道，活出精彩，不负上苍对我的偏爱……

"哎哟"突然脚下一扭，一阵疼痛袭来，郭淑妃不由得叫起来，低着一看，光脚踩到石子上。那只掉了鞋的脚，袜子全被磨破了，露出了带血的脚丫。她这才感到痛得难受。实在走不动了，便坐在路边石头上，双手抱着脚怜惜起来。

一钓者头戴斗笠肩扛钓竿，手提一条红鲤鱼，慢悠悠走过来。走到郭淑妃面前，认真看她一眼，复又慢慢朝前走，口念："半老徐娘犹风流。"

郭淑妃抬头道："喂，你这个钓鱼老头，嘴里不干不净念些什么？"

钓者说："我念半斤鲤鱼四两油。嘻嘻。"

郭淑妃随手把散落的头发绾挽了起来，翻了他一眼说："无聊！"

钓者转身过去，口又念："世间少了无聊事，活在世间也无聊。"

郭淑妃冲着他背影骂一句："更无聊！"骂过，见他钓竿鱼线上晃来晃去挂只鞋，细看是自己掉的那只，急喊："无聊先生，你停停。"

钓者停下，提起那活蹦乱跳的鱼问："你要买鱼？"

郭淑妃："鞋，鞋……"

钓者故作不解地问："你要买鞋？"

郭淑妃："那鞋是我的。"

钓者皱起眉头说："怪了，明明是我钓着的。"

郭淑妃："大哥，刚才我从那边过来，正走着，遇上一队官兵，躲闪不及，鞋被踩掉一只，再回去找，就没有了。原来……大哥，请还我吧。你看，我光着一只脚，咋走路？"

钓者偏头看看她的脚，把身子转过去："那就还给你，你自己取吧。"

郭淑妃伸手去取，那鞋晃晃悠悠就是取不着，她看出是故意作弄她，便瞄准了使劲一把拽过。"咔嚓"一声，鞋拿着了，钓竿却拉断了。

钓者转过身来佯怒道："你这大姐，取鞋就取鞋，怎么把我钓竿扯断了？"

郭淑妃挤出笑容说："对不起，我是无意的。我赔我赔。"说着，拿出一锭银子递过去。

钓者接过手一看："一支钓竿，哪值这么多钱？我又找不起。这不是为难我吗？算了，算我……"说着又要把银子还给她。

郭淑妃用手挡回去说："这样吧，我肚子饿了，就去你家吃顿饭，就不用找补了。"

钓者爽快地说："那好，我家不远，随我来。"

两个路贼使劲拉网，哈哈大笑："这一网真不少，还全是姑娘，咱们发了！哈哈……"但刚一拉起，网绳不堪重负，断了，网中众姊妹全都漏了下来。两贼见了，赶紧提刀过来相逼："随我们走！"孟雪娘和庞英一个对视，轻轻一出手，两贼便被制服趴在地下，连声叫："姑奶奶请饶命。我们是饿急了才干这个营生的。"孟雪娘问："什么营生？"一贼人说："姑奶奶，小人饿得说话的力气都没有了，把你们刚才吃的馍赏小人一个吃，小人什么都说给你。"另一贼人说："不光说，还带你们去看……"

看着郭淑妃那只受了伤的乖巧的脚，钓者摸出汗巾递给她说："给。"

郭淑妃不解地问："干什么？"

钓者指了指她的光脚，说："包起来。"

郭淑妃感激地接过汗巾，翻动着灵巧的双手包住她受伤的脚。

见钓者贪婪地看自己的脚，郭淑妃不满地说："你看什么？"

钓者笑道："我想起一首诗。"

郭淑妃问："什么诗？"

钓者说："关于脚的诗？"

郭淑妃冲他一抬眼说："念来听听。"

"那你听着，'脱屦足如霜，不着鸦头袜，遥看雪莲花，近是香爪爪。'哈哈哈哈……"

"你坏，你真坏！"郭淑妃一边骂着，一边暗自好笑。她包好脚，穿上鞋，站起身，感觉舒服多了："我们走吧？"却没有了回声，抬眼一看，那钓者踱着方步摇摆着手中的鱼早已走在前面。

郭淑妃随钓者走到门匾上写有"休休茅庐"的茅草小院门前。

打开院门，两边盛开着不知名的红色小花，空气里飘着花的清香。一只花狗摇着尾巴迎接主人，几只鸡鸭正在相互追逐。

进入内屋，钓者取下斗笠，给郭淑妃倒杯水后便去收拾那条鱼。

郭淑妃问："大哥名叫司空图？"

钓者奇怪地反问："你怎么知道？"

郭淑妃指指墙上的一幅字："那上面写的不是。诗跟人名一样，都怪怪的。"

司空图一笑。转而问："请问大姐尊姓大名？"

郭淑妃指指他的手。

司空图看着自己的手："姓手？"

她摇头。

司空图捉起手中的刀："姓刀？"

她又摇摇头。

司空图说："那我就猜不着了。"

"姓鱼呀。你真笨！"

司空图看看手上的鱼："姓鱼？一个怪姓。请问名字呢？"

"玄机。"

"玄机？倒像你这个人，充满玄机，叫人猜不透。"

吃完饼，二贼满意地抹了抹嘴，便带着孟雪娘一行人悄悄走到附近的一个院坝，手向里指指说："你们看……"

院坝中立着一个用竹子和木头搭成的大架子，架上吊着一杆大称，称上钩个大箩筐，箩筐里是一个衣衫褴褛被捆住双手的逃荒难民。院中有几个人正忙乎着，司称报了斤两，司账拨算盘，司库付银子。旁边，站着两个衣着整齐的老板说说笑笑地相互验"货"验银。角落里，蹲着一大堆被捆的难民，个个骨瘦如柴，两眼茫然地等待着过称。

孟雪娘看了愤怒地说："真是买卖人啊！早就听说有抓人卖去吃的。姊妹们，我们一定要救他们出来。操家伙，先对付那两个为首的！"话音刚落，正在验"货"看成色的老板先后惨叫两声倒了下去，他们的额头被庞英的筒箭射中。雪娘一挥手，越墙而入，大声呵斥："大胆歹徒，竟做这种丧尽天良的买卖，快住手！"紧接着，众姊妹一拥而上，围了上去。司称、司账等见主子已死，纷纷跪下，全身战栗，叩头如捣蒜："姑奶奶饶命！我们只是给老板帮工。"说着把手中的银子、账本交了出来。孟雪娘说："今天姑且饶过你们，如果下次再做这种昧良心的事，仔细看看你们主子的下场……"

众姊妹上前解开那些被捆的难民，又从里屋搜出米面，带领难民们烧火煮饭烙饼。

待难民们吃饱后，孟雪娘宣布："我们是濮州平均大将军的义军，今晚去滑州杀赃官惩恶霸，为民除害开仓救饥。有愿去的跟我们走；不愿去的发给干粮和盘缠，各自回家。"

雪娘话音刚落，众人已是热泪盈眶，纷纷举手要求报名。雪娘选出其中强壮者编成队伍，任命无畏营姊妹为各队小头目。点点数目，共计五十余人。孟雪娘一声令下，带着队伍，连夜向滑州赶去。

　　司空图尽其所能摆出了一桌菜肴：中间是一大盘鱼，四周有几样小菜，外加一坛酒。整个茅屋弥漫着浓郁的酒香、饭香和菜香。

　　司空图手一伸："鱼大姐，请。"

　　"请。"鱼玄机（郭淑妃）毫无客气地坐下，二人边吃边谈。

　　"司空兄，刚才读你的诗，什么'将取一壶闲日月'，什么'不须经世为闲人'，那么空灵洒脱，我在想，你做的饭菜该不会也那么空洞无味吧？这下，我算服了，看这颜色，这香气，这味道还真不错呢。来，为你这位诗人兼大厨干杯！"说着鱼玄机端起酒杯碰过来，一饮而尽。顿时脸上出现了两朵红霞，这让她白净细嫩的脸蛋，更显出光洁与美丽。

　　司空图给她倒满酒，盯着看她，笑而不语。

　　"喂，司空兄，干吗不语？"

　　司空图摸了摸脑袋说："玄机，我这下明白你为什么叫鱼玄机了。"

　　鱼玄机一听，心里咯噔一下：鱼玄机这一名字虽说是随口而出，但也是我精心思考所得，'鱼玄机乃余玄机也'，我这一生可谓玄玄乎乎，机锋难测。我就要给世人留下一些机玄，让他们去猜测捉摸。难道他看出了什么破绽？看着他那深不可测却又流露出无限柔情的眼光，她对他浅浅一笑，急切地问道："那你说说看？"

　　司空图说："看来你是一条玄机深藏的美人鱼，你那让人摸不透的微笑，不知隐藏多少令人销魂的秘密。"

　　鱼玄机心里再次咯噔一下：这人还真有一双慧眼，能把人看穿。她直视他的眼睛说："那你不妨解它一解。"

　　司空图叹道："惜花之人重蕙质，何苦追究形成因。人世悲欢梦一场，独遇知音休休亭。"

　　鱼玄机轻声说道："谢司空先生抬举，把我视为知音。我也不揣冒昧，吟诗一首相答：'南来北往匆匆客，萍水相逢情意浓。梦不归处情难灭，巧会世间命中人。'"

　　"好，看来我们真算是意气相投的知音了。"

　　她望着他那双比灯光还亮的眼睛，一股热流从心的最软处涌出。原本认为经历了这么多，自己再也不可能被打动了，再也不可能有激情了，可面对他，她却没法抑制住内心这久违的感觉。她觉得她似乎很早就认识他，他的笑容、他的模样、他的语言，连他身上散发的气息，她都感觉那么熟悉。她感叹起来，这是一个什么样的男人，高个宽肩，圆脸方耳，细长的眼睛敏锐多情还带几分狡黠，但他身上透出一股难以拒绝的力量，让她萌生一种相见恨晚之情。

夜越来越深，而两人的谈兴也越来越浓……

在曹州郊外关帝庙偏殿中，黄巢与尚让对饮，朱温作陪。黄巢向尚让介绍了目前的情况，谈了自己的看法，继而问道："尚兄弟，现在王将军那边的情况怎么样？"

尚让说："我们不足千人起事，所到之处百姓争先投奔义军，现在王将军部下已发展壮大到几万人了。其中还有不少是散落民间的庞勋将军的旧部。"

听到这，孟雪娘和她的无畏营在黄巢脑子里像流星般闪过。此时，门口出现黄万通身影，黄巢向他招手："六弟快进来陪王大将军派来的特使喝两盅。"

黄万通应声进屋入座，向尚让敬酒。

黄巢关切地问："事情办得怎样了？"

黄万通看看尚让，有些犹豫，欲言又止。

黄巢忙解释说："自家兄弟，但说勿妨。"

黄万通这才说道："一切顺利。父母亲和曹家伯伯此时怕早已到老家了。"

黄巢兴奋地对尚让说："兄弟听见了吧。我之所以迟迟没有攻城，正因为双亲在王镣手上，恐有不测。如今，一切顾虑打消，明日取曹州。进城后我把最好的房子收拾干净，专迎王将军大驾。"

尚让起立："我马上把消息禀报给王将军，与黄兄这边一齐行动！"

黄巢起立举杯："好，再饮此杯，为尚兄饯行……"

翌日，黄巢率数千义军聚于曹州城下。

王镣手摇羽扇，大摇大摆地站在城头手指城下的黄巢气势汹汹地说："好个黄巢，前日本太守传话给你，叫你解散乱民，领你弟兄来本府认罪，待本府上奏朝廷宽大于你。你不但不听，反而又率众闹事。本府严正警告你，我城中有精兵三千，你那些乌合之众是对手吗？"

黄巢微微一笑："王大人，你城中有多少兵马我最清楚。先说你太守府衙内，共有兵力二百人；司兵、司法衙门有一百二十人；另有隶属神策军的兵马三百人，监军衙门三十二个半人，因为其中一个是跛子，只能算半个。共计六百五十二个半人。不过你花名册上是一千二百人，那五百多人有的跑了，有的让你们吃了空缺。大人，我没说错吧？"

王镣听得浑身出冷汗，心里直犯嘀咕：这臭小子怎么会如此清楚我们的情况？看来我是小看他了。他突然吼出一声："你，你你，知道本府兄长是谁吗？"

黄巢一手叉腰一手指点着王镣说："噢！你那个姓王的兄长？不就是现任宰相王铎吗？他官再大，远在京城，救不了急。"

王镣怒道："他可以随时调兵。"

黄巢哈哈大笑："调兵？南诏边患又起，大同诸镇不稳，中原诸道民变不息，到处都要兵，哪来那么多兵可调啊！"

王镣大怒，口沫飞溅："黄巢你这反贼，巧言令色，谣言惑众，藐视朝廷，今天定要你知道本府的厉害！司法参军，快去大牢把黄巢父母押上城头，让他们教训教训他们这个不肖之子！"

司法参军应声跑下城去。王镣接着对黄巢说："告诉你，反贼黄巢，你要是再执迷不悟，本府立即将你父母斩首，绝不宽贷！"

黄巢回道："王镣你奈何我不得，用我父母作人质相挟，只能说明你黔驴技穷，走投无路了。你这黑心的太守还是趁早开门投降，否则难保你的狗命！"

王镣吼道："黄巢你休得胡言乱语，本官……"话未说完，只见司法参军抱着两个枕头气喘吁吁地跑上城楼。

王镣惊异地问："叫你去押黄巢父母押上来，你抱来两个枕头干啥？"

"他，他……"司法参军把手指向天，半天说不出话来。

夜幕下，休休茅庐中透出一团小小的红色火焰。

那红色的火焰在小小的油灯上飞舞着、跳跃着。

鱼玄机静静地坐在那红色的火焰后面，听着司空图侃侃而谈。

他谈他大起大落的人生，谈他曾经有过的伟大抱负，谈他高中进士的喜悦，谈他对官场的极度失望，以及面对现实的去逃。他说他奋斗过、证明过、辉煌过，到头来才发现自己不过是别人棋局上的一个棋子，根本不能主宰自己，所以他要避世隐退，在这远离尘嚣的地方，盖两间草屋，喂几只鸡鸭，守着满架诗书，过自己想过的生活。鱼玄机张起耳朵，认真地听着司空图嘴里说出的每一字，她觉得这一切是如此熟悉和亲切，仿佛她曾与他共同经历过。她觉得他们前世就是亲人，而且今生注定要重逢。

山风带着田野浓浓的雾霭漫漫飘进了这宁静的小屋。

鱼玄机打了一个冷战，那团小小的火焰熄灭了。

司空图没有去点那盏燃尽油的灯，这时月光流泻进来。他站了起来说："夜深了，玄机，你休息吧，我告辞了。"

"你要走？这可是你的寝居，你睡哪里？"鱼玄机也站了起来。

"去外间，与小狗一起。"司空图拉开了那扇木门。

"不，你先不要走。"鱼玄机从他身后伸出手臂把那扇木门关上了。"这荒山野地的，我有些害怕，这里的夜晚太冷了。"

木门一开一合。木榫发出嘎吱嘎吱的响声，那响声被寂静的夜放大得令人惊心。

她转过身，用身体挡住了那扇门。

她与他面对面。他们仿佛都等待着什么。

她感受到他身上传过来的热气，那种似曾相识的感觉又重新回到她的体内。

他听到自己心怦怦乱跳的声音。他沉默着、迟疑着。他毕竟是一个成熟稳重的男人。

她的眼光幽幽燃烧着一团火，那火穿透黑夜，穿透他的身体，穿透他的心。

他强烈地忍受内心火山样炽热的涌动。

她突然卸去头钗，散开长裙，展露出美丽诱人的身体。

他真切地听到内心"轰隆"一声，赖以支撑的全部信念骤然间全部坍塌。

他将那柔美的身体紧紧地搂在怀里。他听到她低声的呻吟。

他们亲吻着，喘气着，颤抖着。

激情像奔腾的潮水，一浪盖过一浪。

世界消失了，在那个寒风瑟瑟的夜里，只有一对欲望男女。

二卷　双雄联手

●第十章　马背上的爱情

一手抱两个枕头，惊慌失措地跑上城楼的司法参军气喘吁吁地面对王镣："回报大人，平日卑职去狱中检查，被子一掀老头老太婆两个都在，可是刚才去掀被子，人没了，只有两个枕头在被子下面。特抱来复命。"

王镣指着他的鼻子骂道："你，你这个废物！"

此时城下哄闹声大起，城门被礌木撞得轰轰直响，震得城楼阵阵发颤，眼看即将破城。

王镣一面下令："快给我守住！"一面撩起长袍准备下城逃走。

还没走出城楼，司兵参军秦宗汉面向他走来，抽刀拦住他的去路："王大人，请勿乱走动！"

王镣问道："你，你要干什么？还不快护卫本官出城！"

秦宗汉指着城下说："大人你听，黄巢的人马已冲进城了，你跑不掉了！"

王镣大惊失色："秦宗汉，想不到你……"

这时喊叫声四起，黄巢骑马挥刀，带领几千义军杀进曹州城。

黄存飞马过来报告："大哥，朱温已带领弟兄攻进太守府，监军府神策军还在顽抗。"

"走！去监军府看看！"黄巢勒转马头，领义军冲去。

朱温的义军冲进太守府，走上正堂，见堂上椅子空着，便去坐下，一脸得意。

秦宗汉押王镣过来朝堂上躬身请示道："大人，押到曹州太守王镣，请发落！"

朱温："将他押入大牢，严加看守！"

"且慢。"此时，黄巢急跨步入公堂，走上前亲为王镣解缚。

王镣一脸尴尬，低头揉搓着被捆痛的手腕。

黄巢对秦宗汉说："请兄弟把他同他的家眷，送回他私邸，派兵士护卫，切勿伤害于他。还请你知照三司衙门各安其职，只要不与我义军对抗，一律不追究。"

"遵照大哥吩咐。"说完，秦宗汉带着王镣离开。

黄存上前报道："大哥，四门都已占领，街道已恢复平静。"

黄巢说："四门严加守备，提防官兵反扑。"

黄揆来报："城内要道已贴安民布告，又写了许多准备往四乡散发张贴。"

黄巢说："好。余下的事你交给手下去办，现在你去帮帮黄邺，他分管的粮食物资发放最繁忙，千万不能让各营兄弟和城中百姓饿肚子！"

黄揆领命而去。

黄万通报告："王仙芝领义军已攻下濮州及临近各县，一两日便来曹州与我们会合。"

黄巢笑道："这下，我们可以真正大干一场了。"

此时天上划过一道闪电，雷声轰轰而至。

朱温感叹："好及时的惊雷，正好为咱们助威！"

黄巢说："朱温弟，你快安排人把太守府收拾干净。"见黄万通仍在，便问："你路过冤句老家，父母尚好？"

黄万通说："父亲尚好，母亲有病在床，他们有话带给你。"

黄巢说："又骂我了？"

黄万通说："他们说，事已至此，要你好自为之。只是提了个要求。"

黄巢忙问："什么要求？"

黄万通说："要你冲冲喜。"

黄巢惊讶："冲什么喜？"

黄万通说："母亲病重，要你与曹小姐把喜事办了。"

黄巢说："这是什么时候？我哪来的时间？"

黄万通说:"依我看,大哥不如依了两位老人。"

黄巢脸有难色:"我,我实在……"

黄万通说:"父母之命,不好违抗啊!"

黄巢想想放低声说:"你回去这么办……"黄万通连连点头。黄巢吩咐完,对身边兄弟:"走,咱们云街上和四门看看。"

一行人出了太守府,黄巢正要上马,见大门侧墙边有两个眼熟的弟兄被罚站在木笼里。

他走近问道:"你们为了什么?"

一个说:"我不该打骂百姓。"另一个说:"我吃了饭没给钱。"

黄巢怒气上冲,指着他俩说:"看看你们,身上的百姓衣服尚未脱,一旦得势,就欺压起百姓来!"

两人低下头:"我们知错了。"

黄巢问两守卫:"罚他们站多久?"守卫道:"一天。"黄巢:"太轻!拉出来每人打二十军棍,罚站三天!以后再发现欺压百姓者,处斩!"

"是!"卫兵们应罢打开站笼,命二人趴下,举棍重责。

此时,天空闪电雷鸣,瓢泼大雨从天而降,地面飞溅起层层雨花。

站在雨中,黄巢激情澎湃,解开衣服,仰首向天,大声喊道:"好一场来得及时洗尽人间不平的暴雨啊!"

顿时,黄巢身边弟兄们,街上的义军和行人,纷纷脱去上衣,让大雨猛击自己的胸脯和脊梁,仰天欢呼着,并大口吞下灌进嘴里的雨水……

王仙芝把遮住头顶的黄伞推向一边,一任雨水向自己没头没脸地淋下来。他身后高高立起的"天补平均大将军兼海内诸豪都统"的长幅巨幡在风雨中飘扬。

王仙芝问:"此地离曹州还有多远?"

左右回道:"已进入曹州地界。"

王仙芝仰天大笑:"当初我就是在一个大雨天攻克曹州的,如今天降喜雨,迎接我王仙芝再回曹州!"

尚君长赞叹:"将军是福星,您给久旱的曹州带来甘露,还让大雨冲洗了我们的征尘。托您的福啊!"

尚让说：“据报，黄巢攻下曹州后，已打扫好太守府迎接将军。”

王仙芝问：“我们入城的前锋部队派去了吗？”

尚让回答：“还没有。”

尚君长说：“我看派无畏营的女兵去，又威风又气派还非同一般。”

王仙芝笑道：“好点子！那就命她们打先锋！”

“什么？什么？由一个小女孩替他成亲？万通，你是不是没有把我们父母的意思向你大哥说清楚。再说曹小姐会怎么想？”黄巢父母对儿子的如此结婚方式很是不解，一个劲地责问黄万通。

“父亲，母亲，大哥当然清楚你们的意思了，为了表示孝心他才同意结婚的。这方式怎么不好了？既不耽搁大哥的大事，又能满足二老的心愿。再说了，这结婚主要是为了冲喜，只要家里有了喜气，母亲的病不就好了。至于曹小姐，我会给她说的，她是一个知书明理的好嫂子，她会理解的。”听了黄万通的一解释，黄巢父母也就不再说什么。

吉日那天，黄府每扇门上贴了大红“喜”字，房檐下挂着大红灯笼，院落里的枣树、桃树、槐树披上大红花。日高三丈，贺客盈门，只听礼宾先生高声喊道：“吉时已到，快点火炮！”顿时，噼噼啪啪的鞭炮声震耳欲聋地响起来。

鞭炮声刚散，礼宾先生接着大声唱道：

“大唐僖宗皇帝乾符元年秋八月丙寅日，曹州冤句乡贡明经科举人黄巢与濮州陈武县女子曹蔓，经双方父母做主，结为夫妻。新郎新娘入位。”锣鼓声、唢呐声奏起了欢快喜庆的音乐。

只见两个男傧相把装扮一新、手抱大红公鸡的盐盐送到堂前；同时两个女傧相则从里屋拥出头顶红盖头、穿一身大红衣裙的新娘上堂，按男左女右的方位，并列而站。

“新郎新娘，一拜天地……二拜父母……夫妻交拜……”傧仪先生庄重地唱着。

整个仪式下来，盐盐被弄得晕头转向，这与她想象中的结婚完全不一样。记得小时候，她与邻居的小孩玩过家家，就有一个是结婚拜堂的游戏，那感觉多自在多风光多开心。可是今天，木偶似的被转来转去，抱着个大公鸡一会儿跪，一会儿拜不说，还要按着那只大公鸡跪拜，一点也没尝到当新郎的味道。不过她又有些高兴，总算替黄大哥做了一件"大事"。

刚刚礼成，曹蔓便自揭盖头，向公婆跪下说："父母大人在上，如今曹蔓身为黄家人，助夫尽孝乃本分之事，现母亲身体已渐康复，而黄巢身边缺人照顾，请父母允许儿媳前往去曹州。"

黄父点头说："好，你去吧。你是一个明事理的贤惠媳妇，有你在黄巢身边我们放心。"

"儿媳告别公婆。"曹蔓恭恭敬敬磕了一个头后，便去槽上牵过一匹马往上跨，黄万通过来阻止她说："嫂夫人，大哥有交代，过两天他来接你。"

曹蔓并不理他，腿一抬翻身上马。

盐盐撵过来，拉着她的衣襟就说："姐，我也要去。"

曹蔓摸着她的头说："你还小。"

盐盐撅起嘴说："再迈几天我就十三了。再说，我都能当新郎了，还小？"

曹蔓笑着说："过两天我就来接你。乖！"

在曹州监军府内，朱温与黄巢热烈交谈。

"大哥，我们好不容量攻下的太守府，干吗自己不用，非要留给王大将军？"朱温对把太守府留给王仙芝驻扎表示不理解。

黄巢耐心说道："我们好比在一条船上，必须劲往一处使，这才能抵挡大风大浪的袭击。否则，就会被朝廷各个击破。再说王将军起事早，无论年龄还是经验都在我们之上，自然应该礼让。"

朱温勉强说道："大哥，我算服了你了！"

两人正说着，黄万通走进报："大哥，嫂夫人到。"

黄巢一愣，说："啊！她来了，让她在外间歇歇，这会儿我正忙着呢……"

曹蔓大步跨进门，对着黄巢笑道："我就是看你太忙才赶来给你帮忙的。"

盐盐也接着跨进门，学着曹蔓的口气说："我也是来帮忙的……"

　　黄万通、朱温向黄巢拱手："大哥大嫂，我们告辞。"出门时，拉过盐盐说："走吧，大人们的事，你就别瞎掺和了……"

　　孟雪娘一行人骑马顺大路向曹州进发。

　　身披大红风衣的孟雪娘骑在一匹大红马上，在马的飞驰中，她的身影恰如燃烧的火炬。在她身后，是一队精神抖擞的女兵，她们身着淡红色无畏营服装，像是一朵朵迎风摇曳的花朵。她们构建成一幅美丽壮观的流动图画，引来不少赞叹的眼光。

　　记记对孟雪娘说："雪姊，你说黄公子这人怪不怪，他瞧不起我们造反，可他现在却造起反来，攻州取县，比咱们造的反还大。"

　　秀秀接着说："雪姊，今天你见到他，重重奚落他几句，也算给我们姊妹出口气。"

　　庞英也说："就是，咱们雪姊对他那么好，两次救了他，他竟瞧不起我们，嫌我们是反贼，这次，我一定要问问他，喂，你这个大反贼……"

　　听到这些，孟雪娘心中直好笑，虽说当初他的不辞而别，让她难过了好久，但她理解他，他是个拥有一腔抱负的堂堂举子，当时怎么会与"反贼"缠在一起？然而……

　　孟雪娘说了："姊妹们，咱们今天是王大将军的前锋，切不能乱说话丢了体面，让人家说咱们是不通事理的山野村姑……"

　　记记对着姊妹说："看看，我就知道，雪姊心里还护着他。"

　　孟雪娘忙说："不是我护着他，是要多看今天的他，少看昨天的他。"

　　记记秀秀对视一下，齐声拉长声音说："是，我们要多看今天的他，少看昨天的他。"

　　庞英接上说："我们还想看明天的他……"

　　"嘻嘻……"串串笑声顿起。

　　在姊妹们的笑谈中离曹州越来越近了，可孟雪娘的心事却越来越沉重起来……

　　在曹州北门外彩棚里，黄巢把义军头领召集起来，作最后的交代："兄弟们，咱们对王将军一定要格外敬重，记住，从今日起，咱们都是他的部下，要听他的命令，服从他的纪律；他的部下就是我们的兄弟，相互谦让友爱，切莫妄自称大，伤了和气……"

监军衙门院内，曹蔓正给盐盐梳辫子。盐盐撅着嘴说："昨晚我一晚都没睡着觉。"

曹蔓问："咋了？"

"往天，天天跟你睡，昨晚我一人，怕！"

"你看你，都这么大了，晚上一个人睡觉还怕。"

"你不怕，你为啥要去跟黄大哥睡呀？"

"我是他的新娘子，当然该跟他睡。"

"那我是你的新郎官，你为啥不跟我睡？"

"哎，跟你，永远都说不清……"

"姐……"

曹蔓制止她："盐盐，你忘了上次当着大家面怎么叫我来着？一会姐，一会嫂子的，从今以后，不准你再喊我姐，要喊嫂子！"

盐盐犹豫了一下，笑着说："噢，明白了，你是我黄大哥的新娘，当然是我们的大嫂了，大嫂，大嫂，我的好大嫂！"

"贫嘴！"

"大嫂，黄大哥今天一早就出去了，说是去迎接什么将军，你咋不去？"

"你看，这里这么多事，我走了，谁做？"

"我帮你做。"

"算了算了，你去玩，别打岔了。"

"那我出去了。"

"小心点，别走丢了。"

"哪会。"

听到黄巢起兵造反，孟雪娘很感意外，她没想到他会行动，而且行动得如此快，如此有影响，如此有气势。仅短短的几月时间，他就声誉满神州。而在不久之前，他还是个文质彬彬的书生，那个对她说"道不同，不相为谋"

的人。

其实她更为他感到高兴，她没看错他，他坚定、果敢、深邃、理智，又重情重义，是一个血性汉子，一个能成就大事的人。既然命运把她与他安排在一起，她暗下决心，一定要竭其所能地帮助他、保护他，甚至愿为他付出一切……

黄巢，就成了她心中一个刻骨铭心的名字，一个让她魂魄牵挂的人。这让她感到奇怪，为什么仅仅见上一面，她已把他看成自己生命的一部分。让她感受对一个她崇拜的男人思念的快乐与疼痛，同时，也让她明白了什么是幸福。

他是她人生的奇遇，是她今生的皈依。

而今，他们终于可以并肩驰骋战场，去创造共同的希望。

想到这，孟雪娘扬鞭飞奔，那大红的披风迎风飘舞，在乌云满天的背景上，像一道划破天空的红色闪电。

此刻，一身戎装的黄巢和朱温、黄存等几个兄弟正在北门彩棚里等待，一骑飞奔至彩棚外，高喊：“报，王大将军的前锋营人马到！”

黄巢等走出彩棚拱手相迎：“欢迎王大将军先锋营兄弟。”

孟雪娘跳下马来，笑盈盈地拱手还礼：“黄兄别来无恙？”

黄巢抬头看去，竟然是她。他不觉愣住了。

第十一章　唐末，宦官的黄金时代

唐朝末年，多事之秋，内乱引发边患，南诏发兵围成都，朝廷派高骈带兵讨伐。

南诏国酉龙元帅高坐军帐，对帐下诸将说："上次我军失利，主要是被高骈撒豆成兵妖术所败。妖术是邪术，要采用以邪治邪的手段才能破它。本帅早已命人准备好猪血牛血狗血，还有人畜粪便和各种秽物，放置阵前，专等高骈施妖术时向他泼去，其妖术不攻自破。到时诸将掩杀过去，攻入成都，捉拿高骈，以雪我上次战败之耻。望明日阵上，各将悉听号令，奋勇向前，不得后退。"

众将听了齐声应诺。

翌日，成都城下，南诏兵和唐兵两军对阵。

高骈在马上见南诏军阵前摆有一排木桶，此外别无异样，并不在意。当即取过纸人纸马点燃，再浇些烧酒，火苗顿时升高，正当他伸手布袋准备摸出豆子撒出去时，只见南诏阵上士兵揭开木桶盖，用瓢舀出冒着热气的畜血和粪汁下雨般泼来。那些液体可是煮开了的，泼在身上脸上，又烫又臭，还浇灭了燃烧的纸人纸马。士兵们被烫得又叫又闹，高骈见了慌了手脚，不知如何是好。犹豫间，酉龙大叫一声："冲！"蛮兵立即冲杀过来，一个个手执大刀长矛下手又快又狠。唐兵仓皇应战，阵脚自乱。高骈急急下令收兵，紧关城门。有那未逃进城者，被南诏军追上，尽作了刀下之鬼。

高骈逃回帅府，换下衣甲，叫来军医为他医治烫伤。

惊魂方定，成都太守前来探视，告诉他，酉龙派人来议和，说南诏国王并无侵犯大唐之意，只是证明一下自己的实力想与大唐国联姻，求皇上赐一公主，他们便可撤军："依下官看，为保我边境安宁，这个条件可以答应。"

高骈吃了败仗，此话正中下怀，点头说："那好，待我拟奏上报朝廷。"

此时，大同又闹内讧。在防御副使李克用府内，牙将李尽忠、李存章等正在议论防御使段文楚克扣士兵衣粮，致使士兵情绪波动，军心不稳。对段文楚表露出极大不满。

李尽忠说："这个段文楚靠宦官田令孜当了大同防御使，自恃朝中有人，骄傲自大，全不把我们兄弟看在眼里，动辄对我们斥责辱骂。今又克扣粮饷，动摇军心。这样的恶人，我们不如杀掉他，拥戴李克用将军代之。只有这样，你我兄弟才有出头之日。"李存章等同声赞成。

李克用推说："吾父为振武节度使，这么大的事如不禀告，甚为不妥。"

李尽忠提醒："振武离此地有千里之远，来回得一个月，事久恐生变。"

李克用说："让我再想想……"

此时李尽忠借故离开。李存章建议："段文楚始终是我们的祸害，今日他在斗鸡台玩耍，又没带什么人。我们拥上去，把他一刀杀了。"

其余牙将也从旁劝说："对！这可是天赐良机呀，赶快动手吧。"

李克用默不作声，不置可否。

半顿饭工夫后，李尽忠复又回屋，把手中的段文楚人头往地上一丢，对李克用拱手，"请李将军去防御使府衙视事！"

李克用半推半就被拥进大同防御使府衙，转正上任。

在城门外的彩棚里，黄巢与孟雪娘相对而坐。

一切太令人意外，一切又仿佛是刻意的安排。

惊喜、兴奋、自惭、遗憾、悲哀等各种滋味纷纷袭来，黄巢一时不知如何表达。

他迎着她热辣辣的目光，语言似乎多余。

他们便这样四目相对，都不知道第一句话该说什么。

他明显地瘦了，也黑了，但更精神了。穿上铠甲的他看上去少了几分书生气，多出一股生猛虎威和将帅气。他的目光深邃而热烈，似乎还有点羞怯。

她的心怦怦地跳着。她努力让心平静下来，但却难办到。

看着她，黄巢百感交集。

脱去红色的风衣，一身得体的湖蓝色长裙恰到好处地展露出她身体的优美曲线。

她坐在那里是如此的光彩照人，脸上洋溢着灿烂的微笑，把他郁闷的心境一下照亮，使他感到温馨、安全、坚强。

他克制着自己，凝目他心中美丽高洁的女神。

空气像凝固一般。但遏止不住的倾诉冲动打破了凝固。

他滔滔不绝地向她讲述起事件的缘由及自己的感触与转变，其语言出奇的冷静与低沉：

"……如今国事衰微，水旱连年，官贪吏恶，民不聊生……我曾想通过科考为国效力，谁知科场完全由宦官掌控，实在让人寒心。当我在宫中的钦弟打听到我本考取了末名进士，却被田令孜强行除名时，这才知道我已被逼得没有了出路。如今被朝廷追捕，还连累父母。这时我想到你和你的无畏营，想到了王将军的义军……唉，上次失礼之处，还望雪姊见谅！"说到这儿，黄巢向雪娘深深一揖。

"黄兄，别说了，你的苦衷我明白。"雪娘这一句话，点到他神经的最柔软处，他只觉得一股温热的激流从内心涌来，快速地流遍全身。他感到被一种幸福的疼痛包围着，止不住热泪夺眶而出。雪娘掏出手绢递过去，而自己的眼圈此时也红了。

"其实我在当时就原谅了你。我，虽在人世才二十春秋，却经历了不少世事，也算是过来人了。当初，家中贫困，又遇荒年，父亲为了救全家人性命，两串铜钱就把我卖给街头杂耍班子，苦苦学艺卖艺，几经变故坎坷，实在忍受不了地方官吏恶棍的盘剥欺压，走投无路时投了庞勋的义军，还与他结为兄妹，排行第九……"雪娘哽咽着再也说不下去。

她的经历一点点从他的脑海中流过，激起的波浪冲击着他的灵魂，他似乎感受到她的生命中的每一个细节，他明白这是一种真正的理解。

黄巢带着歉意说："我对你们了解得太晚了，最近我读到庞勋向皇上写的表奏，才知道他也是为上司所逼，才聚众造反的。原来我们都是被逼无奈啊！"

孟雪娘接着说："参加义军之初，听人叫反贼，心头好难受，恨不得一头钻进地缝里……我一个出身微贱读书不多的女子尚且如此，何况像黄兄这样有身份的读书人？"

"多谢雪姊！说实在的，我敢揭竿而起，很大程度还是受雪姊你的影响……"

"啊！"她不由得惊叹一声。

他们互诉衷肠，说不完的千言万语从他们心田里汩汩流出。

盐盐此时钻进彩棚，大叫道："大哥，我找你好半天，原来你躲在这里。"

黄巢问："谁叫你出来乱跑的？"

盐盐说："是大嫂让我出来玩的。大嫂今天做了好好吃的饭菜，专等大哥回去吃呢。"

孟雪娘问："你妹？"

黄巢一笑："盐盐，快过来见孟姐。"

盐盐跑过来拉着孟雪娘的手说："呀，孟姐，你就是那无畏营的女将军？你长得好好看呀！怎么你的眼红红的，是不是……"

这时彩棚外高喊："王大将军到！"

鞭炮声锣鼓声齐鸣。

黄巢、孟雪娘脚步慌乱地走出彩棚。

黄巢大声下令："快快整顿军队，组织好百姓，迎接王大将军入城！"

曹州城门上，灯笼高挂，彩旗飞舞，欢呼声锣鼓声不断。黄巢率众弟兄恭立城门两旁。

王仙芝的坐骑在护卫的簇拥下缓缓走过来，他们身后是整齐排列的义军队伍和拥挤的欢迎人群。黄巢快走几步迎上，带领众弟兄躬身行礼："黄巢率众兄弟欢迎大将军入驻曹州。"

王仙芝跳下马来，快走两步握住黄巢的手说："兄弟免礼，兄弟免礼。"

二人紧紧握手，黄巢说："久仰将军大名，今日有幸谋面，快哉，快哉！"王仙芝哈哈大笑："兄弟，我们终于成一家人了！……"两人亲切交谈着走上曹州大街。

　　僖宗在池边逗两只鹅打架，田令孜在一旁伺候。

　　太监来报："皇上，郑大人、王大人两位丞相有要紧事要奏报，已在便殿等了大半天了。"

　　僖宗正在兴头上，满脸不高兴地说："讨厌，叫他们再等等。"

　　天渐暗，僖宗已疲，对田令孜说："阿父，走吧。"

　　田令孜招手，一年轻太监过来背着僖宗。

　　僖宗打着哈欠迷糊中任那太监背起，渐渐入梦：一群大白鹅摇着头围着他唱歌，突然一只鹅张嘴啄他，吓得他大叫……原来下坎时，僖宗的额头磕在太监坚硬的后脑勺上，被颠醒了，碰痛了，他这才发现背他的人不是田令孜，便捶他的背，踢他的腿大喊："混蛋，放下朕，朕不要你背，朕要阿父背！"

　　年轻太监只得放下他，田令孜无奈，弯下腰把僖宗背上。

　　僖宗皇上匍匐在田令孜的背上说："阿父，你背上又平又软又安稳，朕就喜欢在你背上，朕离不开你……"说着又迷迷糊糊进入梦乡。

　　听此话，田令孜倍感喜悦，这正是他用心侍候僖宗所希望的结果。

　　他想起了他的师傅，那个把全部心血都用来研究为宦之道的太监。他曾这样教导田令孜：皇帝不能让他闲着，要经常用美女美食和各种玩乐使之沉醉其中，而且要日日变花样，这样他就没工夫想别的事了，那我们就也可以放心大胆地去做我们想做的事了。还有，尽量不让他读书，更不能给他接近书生的机会，书上和书生口里都无外乎是前朝兴亡当朝忧患那些话，皇上要是听进去了，一心忧虑国家前途，那我们就要遭疏远了。

　　他很庆幸，遵照这金玉良言，懿宗和僖宗两任皇帝都视他为心腹，他终于过上了众人景仰的日子，权越来越大，钱越捞越多。然而，久居宫廷，也练就他的敏锐和多疑。近来，他似乎越来越多地感到不安，他的脚正踩在一块既不平坦又不安稳的土地上。

　　田令孜一边这样想着，一边喘着粗气把僖宗背进便殿。便殿上，郑畋、王铎早已等候多时，见皇上进殿，二人慌忙跪迎。

王铎首先说："平西将军高骈奏报，南诏为表示与我大唐永世修好，其国王要与我国和亲，请皇上下嫁公主。高将军望陛下应允，以保边境平安。"

僖宗眯着眼看了看王铎，又看了看郑畋，含糊地问了声："二位大人意见如何？"

郑畋说："南诏国乃蛮夷之地一区区小国，下嫁公主有辱朝廷，下官认为不能同意！"

王铎说："臣认为可行。本朝自太宗皇上以来已先后向吐蕃等下嫁和亲的公主达十几位，不仅换取了边疆太平安宁，而且让蛮夷之人臣服大唐，接受汉文化。不出一兵一卒就换回边陲的平静繁荣，有何不可？"

郑畋听了直摇头："此一时非彼一时，那南诏国岂能与当年的吐蕃相比……"

两人当堂争执起来，郑畋性急之下，一拍桌子，把砚台震下打碎。

僖宗昏昏然正接着做梦，梦见那两只鹅还在打架，突然被砚台碎裂的声音惊醒，只见郑、王俩人脸红筋胀的还在争闹，便为二人劝架："行了，两位爱卿不要再吵了。阿父，这事你说说看吧。"

田令孜看看两人，对僖宗言道："依臣之见，不如先给南诏一个回信，说皇上年幼尚未结婚，待结婚生了公主，一定招南诏王为驸马。"

"好，就这样办吧。"僖宗点头说。

郑畋说："臣还有要事奏报！"

"那你快说。"僖宗说。

郑畋奏报第二件事说："大同防御副使李克用杀了防御正使段文楚，上表列段文楚罪状，要求朝廷委任他为正使。"

僖宗问："爱卿你的意见呢？"

郑畋说："臣认为万万不可，这李克用不经奏报，随意杀了朝廷大员，应派兵加以征讨。"

王铎则说："孙子曰'将能而君不御者胜'。将有能耐的，君主不应干预其行动。如代宗广德元年，就出现淄青镇大将李正已刺杀节度使侯希逸以自代，后被朝廷追认的例子。这李克用为了朝廷诛杀奸臣，应视为功臣，可任命为大同防御使。"

郑畋坚决反对说："皇上不能答应，否则，定会助长藩镇擅自做主的歪风，朝廷的权力将被削弱，如此一来……"

王铎打断说："话不能这样说，古人说，有人不用，谓之妒；用而不信，谓之伪；用而不帮，谓之过。李克用是能将之才。"

僖宗眯着眼，无可奈何地看着两人无休无止地争论着。

最后田令孜说："依老奴之见，皇上不如下诏给李克用之父振武节度使李同昌，任命他为大同防御使。让他们父子两个争去。"

僖宗听后笑着说："此计甚妙，快发任命诏书。"

接着，王铎上前奏报第三件事说："黄巢聚众数千人响应王仙芝，攻占了濮州、曹州等地，横行山东，势不可当……"

田令孜急切地问："黄巢？可是那个山东冤句的黄巢？"

王铎回答："正是。"

"唉！果然让先皇说准了！"僖宗叹息罢问："王仙芝？不是说他已经死了吗？"

郑畋解释道："那是误传，现正他与黄巢联手，自封'天补平均大将军兼海内诸豪都统'，任命黄巢为二将军，二人领数万之众围困汴州，有攻汝州取洛阳之势……"

僖宗一下睡意全无，惊慌地说："那还了得，还不快给朕想对策。"

王铎说："贼势迅猛，危及我东都，臣建议以招抚为上，给为首的封官……"

郑畋打断说："不妥！开了先例，那些亡命徒也会跟着来，朝廷有多少官封？"

王铎拉长声音说："连年灾害，国库空虚，仗，打不起啊！"

郑畋厉言问道："王大人如此极力言和，该不至于与你弟弟王镣被贼军俘虏有关吧？"

王铎狠狠地看了他一眼，欲言又止。

僖宗下令："那就征讨。你们看派谁去为好？"

王铎说："依臣看，宋威可胜任。"

郑畋摇头道："上次他谎报战功，说王仙芝被杀，还没追究他呢！"

王铎又提议："那就任命左散骑常侍曾元裕为诸道行营招讨使。皇上看如何？"

僖宗转过头问田令孜："阿父你说呢？"

田令孜说："曾元裕虽然曾是宋威的副手，但他对宋威谎报战绩一直不满。奴才看可以。"

僖宗说："那就这么定吧！"

第十二章 也是情侣的浪漫时代

这天，孟雪娘领无畏营女兵校场练兵，喊杀声阵阵，四周围观群众喝彩声不断。

盐盐也在人群中观看，伸长脖子看着孟姐和她的女兵，不由羡慕地说："太棒了！好威风呀！无论如何我也要去无畏营当个女兵！"看着看着竟忍不住手舞足蹈跃跃欲试起来。

"金色蛤蟆争努眼，翻却曹州天下反。"盐盐一路唱着跳着，从监军府大门进去，穿过大堂进入后院。

曹蔓听了问盐盐："乱唱些什么？谁教的？"

"城里孩子都这么唱，我学的。"盐盐说着爬上凳子去取兵器架上的大刀，不小心，凳子一歪，摔了下去。

曹蔓听见声响，从里屋出来，拉她起来："看你，女孩子家，也要去玩刀，摔着了吧？"

"大嫂，我……唉哟……"盐盐头上摔个包，用手一摸，很疼，便哭起来。

曹蔓给她揉揉吹吹，抹掉她脸上的眼泪说："包包散，包包散，吃下这个大鸡蛋。好了，别哭了。"

此时，黄巢大步走进问："谁在哭呀？"

曹蔓接过他手上的大氅说："盐盐她上凳子取大刀，摔下来，头上起了鸡蛋大个包。"

黄巢对盐盐说："取刀？好哇，以后让无畏营的姐姐教你。"

盐盐哭着说："我就是看见无畏营的姐姐舞刀好威风才去拿的。"

黄巢见了她脸上挂的眼泪，说："怎么，这么大了，还哭，羞！"

盐盐不服地："你那么大了还哭呢，更羞！"

曹蔓惊讶问："你什么时候见你哥哭啦？"

盐盐说："就前两天，在城外彩棚里，我看见大哥在哭，旁边无畏营的孟姐，也眼圈红红地帮他哭……"

曹蔓问："一个大男人家，有这事吗？"

黄巢笑着说："盐盐胡说。"

盐盐反驳："我亲眼见着的，才没胡说呢。"

黄巢取下大刀递给盐盐："好了，别哭了，拿去试试，看玩不玩得动。"说罢，与曹蔓去了里屋。

黄巢对曹蔓说："夫人，给我收拾两件换洗衣裳，我要出发。"

"要到哪儿去？"曹蔓问。

"汴州久攻不下，大将军叫我领兵去支援。"

"那我跟盐盐呢？"

"先留在这儿，如果情势有变，带上盐盐去冤句老家。"

"可是谁来照顾你？"

"你别担心，没事。"

"男人是生来少不了女人照顾的。"

"可是，行军打仗，你能行吗？"

曹蔓没有回答他，反而向他发问："那你告诉我，那天你真哭了？"

"怎么会？你忘了有句老话：男儿有泪不轻弹。"

"可是那句老话后面接着还有一句：只是未到心酸处。"

"孩子的话你也信？"

"孩子的话最可信。"转而曹蔓用充满柔情的口吻对黄巢说："夫君，夫妻本是同林鸟，我只想走进你的心里，分担你的忧愁。"

黄巢注视着曹蔓，目光里充满感激。曹蔓满眼柔情地迎住他的目光。两个人都沉默了，只是，在静静的对视中都发现对方眼里有一丝异样。

此刻门外盐盐高喊："大哥，孟姐找你。"

曹蔓一听，抬眼朝窗外望去，不禁为之一怔：果然是个出众的女子，苗条的身材，姣好的面容，浑身充满活力，散发出一股她说不出来的吸引力。

孟雪娘正一招一式地教盐盐舞刀，动作漂亮利索，见黄巢出来，大步上前，一脸严肃地问："二将军，我有一事不明，特来请问。"

黄巢说："你说。"

"从目下形势看，决定攻打洛阳。我以为不妥。"

"往下说。"

"洛阳是大唐东都，四周都有大军拱卫，以我们现在的实力……"

"是呀，连攻汴州都这么吃力。雪娘，你的建议很好，待到了汴州，我定向大将军转告。不过，大将军的命令得坚决执行！"黄巢很赞同雪娘的提议，她很有见识，其才干远见非一般人可比。

"我的话说完了。就此告辞。"雪娘行一个军礼转身即走。

曹蔓目送她走出后院，不知为什么突然对她产生了好感。

对她产生好感的还有急匆匆跨进监军府大门的朱温，他正好与孟雪娘打个照面，目光一下呆了：好一个婀娜多姿的女将军，只见她漂亮的脸庞上挂着柔和的微笑，一对酒窝在面颊上时隐时现，健美匀称的身材，线条分明……

他怔怔地站在那儿，至她的背影消失好一会儿，这才走进内院，见了黄巢便问："二将军，秦宗汉去了汴州前线，你把王镣交给我看管。我现在也要去，你看把他交给谁？"

黄巢略作思索说："把他带上。"

"什么？带上？多累赘，不如把他杀了！"

"不行！我与大将军都分析过，他对我们很有用……"二人说着步出后院。

曹蔓还望着窗外出神，脑子里潮水般翻滚。

盐盐提着刀进屋，兴冲冲地说："大嫂，你看见孟姐了吧，多棒！我要跟孟姐去当女兵！"

"别嚷嚷，我也正有话对你说。"曹蔓拉她出房门，从兵器架上取出长矛："盐盐，快摆个架势，咱俩对着练，待把武功练好了，咱们一起去当女兵！"

在京城，曾元裕带着一箱贵重礼物走进王铎府上。

步入客厅，曾元裕拱手说："王大人举荐下官为诸道行营招讨使，特过府拜谢。"

王铎还礼道："同朝为官，不必客气。"

曾元裕一脸笑容说："近日下官将打点出京讨贼，特向大人辞行，并请大人当面赐教。"

王铎有意加大嗓门："曾大人此次出京讨贼，举凡河南河北，山东江淮诸道，皆受大人调遣。全国兵马，一半归大人指挥，实在是位尊权重哇！"

"谢大人提携栽培。"曾元裕连连拱手万分感激。

"曹州太守王镣系吾胞弟，被贼俘去数月。望大人多多关心，设法营救。"

曾元裕点头道："王大人不说，下官也已记在心里，此去立即与各镇交代，不惜代价救出王太守，以报大人知遇之恩……"

想不到，名字一改，人的命运也为之一改。

鱼玄机不想回到过去，更不去想未来，她只想抓住现在。

休休草庐成了世上最温馨的小屋。

白天他们吟诗作画、煮酒谈心好不惬意。她情不自禁地低吟道：

　　　　燕语曾来客，花催欲别人。

　　　　莫愁春已过，看着又新春。

司空图当即续上一首：

　　　　红桃处处春色，碧柳家家明月；

　　　　邻楼新妆侍夜，闺中含情脉脉。

　　　　芙蓉花下鱼戏，带来天边雀声；

　　　　人世悲欢一梦，如何得作双成？

　　鱼玄机的即兴赋诗含蓄也渗透着一个女人炽热的愿望；而司空图的直白唱答毫无顾忌地直奔主题。

　　他们用诗来唱和，在诗中彼此追问和呼应；在灵魂的彼此触摸中相依相偎，完成灵与肉的升华。于是，每一个晨昏，都是在那样充满期待和惊心动魄中度过。这里所特有的氛围让她溢发出一个女人全部的柔媚与芬芳。

　　他的眼光总是追随着她，充满了欣赏，也充满了欲望。她成了他眼中一个风情万种的百味女人。在她的引导下，他们变着花样地释放着激情。

　　他们像一对纯真的恋人，沉迷于燃情的岁月。是沉迷总有清醒的时候；然而他们都不想清醒。因为清醒意味着理智，他们不需要理智。他们只有感觉，那生命燃烧的感觉，那死去活来的感觉。

　　于是日子便在似醒非醒中度过。如果没有外界的打扰，他们想这样永远过下去。可生活没有如果。

　　那晚，狗叫声把睡梦中的司空图、鱼玄机惊醒。

　　鱼玄机摇着司空图的胳膊说："你听见了吗？"

　　司空图嘀咕："听见了，是狗叫。"

　　鱼玄机瞪大眼睛说："不，往远处听。"

　　司空图再细听，听出来了，急着披衣："坏了，昨晚我忘了告诉你了。山东闹贼，王仙芝、黄巢带上几万贼兵，连破十几座州县，拿下濮州、曹州，围了汴州，正向洛阳逼来。起来，快起来……"

　　鱼玄机把他拉睡下："你瞎操啥心？我们住在洛阳西郊，汴州在洛阳东面。王仙芝、黄巢的贼兵会打这儿过路？"

　　司空图叹道："真是贼兵过路，我倒安稳睡觉，不起来了。"

　　"怎么，你跟他们是一伙？"

　　"见过的人都说，王仙芝、黄巢的贼兵不抢不掠，不惊扰百姓，仁义着呢。"

　　"那你还不安稳睡觉？"

　　"可是这路过的军队一定是官兵。"

　　"官兵你怕什么？你又不是没见过。"

　　"要是平时，官兵驻在营房里，倒没啥；一旦奉旨出来讨贼，疯狗般烧杀抢掠无所不为，那阵势……"

"将军们不管？"

"除非他不想当将军了。"

"这么说来我们快起床跑到深山去躲？"

司空图想想："那倒不用。你还藏有银子吗？"

"最后那几两都叫你哄去买酒喝了。哪还有？"

"那咱们睡觉。"司空图正要睡下，却转头目不转睛地朝她看。

月光下，她美丽的眼睛闪着动人的波光，光滑细腻的肌肤雪一样诱人，他的心被引动得狂蹦乱跳。

鱼玄机对他那双冒着火花的眼睛问："看着我干啥？"

"你真美！"

"我都听你说过千百次了。"

"再说千百次也不够。"

"都是废话。"

"今天可不是废话。"

"怎么讲？"

"那些官兵……"

鱼玄机悟过来："我都半老徐娘了。"

"一句玩笑话记下几个月。记住，起床时把锅底上灰多往脸上抹两把，越丑越好。"

"别啰唆了，睡觉睡觉。"

刚睡下，传来鸡叫。鱼玄机翻身急起。

司空图不解："你癫啦？刚睡下又起来！"

"喂得肥肥的那只大鸡公，今天把它杀了咱俩美美吃一顿，不能便宜了那帮强盗。喂，起来起来，缸里没水了，快去井里打桶来。"

司空图躺在床上呆呆地看着忙碌的鱼玄机，她一个时辰前还那么诗意，那么有情趣，突然间又如此现实了。女人呀，真是女人……

鱼玄机见他那种不解的神情，扭着她柔软的腰肢走上前掀开他的被子说："快起来打水。司空兄，我们终究还是得过俗人的生活啊。"

　　向汴州行军的义军队伍中，骑在马上的朱温紧跟在一辆马车之后。急促的马蹄声突然在他身响起来，转头去看，那马擦身疾驰过去。是她？朱温盯着那马背上的她，直到她背影消失，也没有收回目光。他的心正随着她的影子远去。

　　马车里坐着的王镣突然大声呻吟起来。

　　车旁护卫问："哼什么？"

　　王镣叫喊着说："我心气病发了，要口水吃药。"

　　护卫报朱温："朱头领，王镣犯病要口水吃药。"

　　朱温催马赶上，向窗口望了望，吩咐道："给他口水。"

　　护卫把水囊递向窗口。

　　王镣接过吃了药，呻吟声渐渐停止。

　　王镣伸头对窗外朱温谢道："朱头领，感谢您的救命之恩。"

　　朱温未理，他还在刚才的美景中。

　　王镣接着说："我这个心痛的病，还是那年进京赴考落下的。哼！那年的头名状元尹伊竟然是自己点的。尹伊宫里有人，主考官就把录取的事全交给尹伊去办。尹伊在千余名考生中圈了三十名，把头名留给自己。皇榜下来，就成了状元。我得知内情，心气病陡发，昏死在旅店。家人把我送到永济堂医馆，林大夫把过脉，不扎针不吃药，两个时辰就把病治好，因怕我复发，给了我这瓶丸药……"

　　听到这儿，朱温心一下被刺痛了，不愿记起的那幕突然冒了出来，似乎也觉着自己心口处隐隐作痛，便问："药丸还有吗？"

　　王镣忙从车窗口递出药瓶："有，有……"

　　管他是什么诗人、情人还是俗人，吃饭总是头等大事。

　　司空图胡乱穿好衣服，抓起桶就去挑水。等水快烧响了，便急匆匆地从笼里抓出大公鸡送到鱼玄机面前："玄机，你杀，我帮你逮鸡腿。"

　　鱼玄机推开他："你杀，你杀，我逮鸡腿。"

　　"我不会杀鸡。"

"什么，你一个男子汉不会杀，我会杀？"

"那你去请隔壁大婶帮个忙。"

"大婶家前天就锁上门走了。"

"我，我从来没杀过，求你了。"

鱼玄机赌气地："给我！真没用！逮紧腿啊！"

挽上袖口，系紧长裙，鱼玄机一手抓紧鸡头，一手提刀对准鸡颈猛的杀下去，血一下溅了出来。鸡拼死挣扎，司空图双眼一闭，紧捉鸡腿的手不断发颤。

鸡血一点一点地滴在碗里，鸡也不再挣扎。

二人把鸡放在桶里，正要浇水去烫，那鸡陡然扑扑地飞出，落荒而逃。

司空图端着锅大惊："玄机，快！……"

鱼玄机吩咐："快把那锅放下，从左边去追！"

二人一左一右包抄过去，眼看着鸡没有了退路。此刻小花狗趁乱叫着乱扑过来，弄得鸡飞狗跳，一片混乱。鸡趁机飞上房顶，唤它，撵它，抓来米哄它，它都不理。

鱼玄机气急大喊："司空图，快把长竹竿拿来，打死它再杀！"

第十三章　朱温，左右逢源

一场殊死的战斗正在汴州城下进行。王仙芝骑在马上，指挥着攻城，他大声下令："架云梯！"

只见数架云梯推向城墙，爬上云梯上的义军跳过墙头，与守城官兵短兵相接，杀声震天，官兵抵挡不住，纷纷逃跑。

正当义军杀得兴起时，云梯突遭官兵火攻，顷刻间烧毁垮塌，城上义军断了后援，守城官兵反攻过来，义军悉数战死。

攻城失败。王仙芝怒吼："礌木上！"

数十人抬着巨木，冒着城墙上飞射的箭矢，一齐用力撞向城门。数声巨响后，城门终于被撞开。

王仙芝挥手大喊："城门撞开了，快杀进城去！"

蜂涌入城的义军顺着大街向前面逃跑的官兵追去，只见官兵们一个个绕道而跑，义军们正感奇怪，突然脚下踏空落进早就挖好的陷阱里，一个个动弹不得。此时城门洞上"轰隆"一声落下一扇铁栅栏，把冲向城门的义军拦在门外。此时，街两旁店铺里钻出来的不少官兵，他们对落进陷阱的义军枪戳刀砍，统统杀死。城外义军从栅栏隙间见了，忙向后撤，又被城墙上一阵乱箭射下，死伤无数。

王仙芝气得直跺脚："不拿下汴州，誓不罢休！有献计破城者，重奖！"

黄巢劝道："大将军，别着急，请先入帐休息，再议攻城之策。"说着扶王仙芝下马进入军帐。

"玄机，想不到你也是位烹调高手！"司空图守在锅边，对正在做调料的鱼玄机大加褒奖。小花狗蹲在地上焦急地守候着。

"你呀，想不到的事还多。"鱼玄机对他诡秘一笑。

"我相信，每天我在你身上都有新的发现。"说着，司空图深深地吸了一口气，"呀，香味出来了！"

"果然香。"鱼玄机也深深地吸了一口气。

趁鱼玄机转身，司空图捞出一块放进口中："真好吃！"

鱼玄机："看把你急的，馋猫！"

"你听听，过路的官兵闹闹哄哄的，闻到香味给你抢了，你吃屁！"

"我不相信。"

"你不相信我相信。"他撕下一片肉给她嘴里塞去。

谈话间，鸡已捞出放于盘中，端上桌子。

司空图取出酒壶摇摇："还够咱俩醉一回。玄机，请入座。"说罢斟入杯中。

鱼玄机举起酒杯正要与司空图碰杯，桌下的花狗嗖地冲到院中，对大门一阵狂叫。紧接着是一阵急促的打门声。

大门被踢开，几个官兵涌入后问："里面有人吗？"

司空图叫一声"玄机"，用手抹脸示意后，快步走出厨房："有人有人。"

官兵冲着司空图说："快点弄点吃的，我们已饿得不行了！"

"吃的？这年头，又是饥荒又是打仗，哪有什么吃的？"

"闪开！"官兵不耐烦了，拉开司空图，冲入厨房，对脸上抹了黑灰的鱼玄机说："大娘，有吃的吗？快拿出来，我们给钱。"

鱼玄机摇头叹息："没有。"

官兵一阵粗暴地搜查，揭锅掀柜，至灶前，翻出了藏在柴堆中的鸡。

鱼玄机拼力去夺，被一拳打倒在地。争抢中，灶中余火掉出，引燃柴草，火势上窜，势不可当。顿时，火焰熊熊，浓烟滚滚。

鱼玄机大声喊着司空图，他冲进去扶出了鱼玄机后忙去救火，但火已上房。

"这些个兵，真不是东西！"鱼玄机对官兵骂着。

"喂，你们抢什么抢，快救火呀！"司空图冲着官兵喊着。

官兵只顾端着盛有鸡的盉子往外跑，全不管大火已烧上屋顶。

从王镣意味深长的目光中，朱温读懂了他的意思。他俩趁没人时机，在帐篷里进行了多次密谈，他们商定好叛逃的时间和具体细节后，王镣对朱温承诺道：

"……朱温兄弟，这事就按你说的办。成了之后，我敢以性命担保，兄长王铎会及时上奏皇上封你为太守。"

"王兄，咱们就一言为定了！"

王镣端过一碗水放于几上，对朱温说："请。"朱温抽出腰间短剑向中指一点，挤出几滴血于碗中，然后把剑交与王镣："兄长请！"王镣接过剑很干脆地照着中指一划，把冒出亲的血滴在碗中，并把剑伸向碗中搅两圈后还与朱温。

二人同时端起碗，看着对方说："王镣、朱温，对天盟誓，结义兄弟，共图大事。生死相顾，荣辱共存……"二人发誓毕，一人一口，把水喝尽。

此时帐外传来低声警告："二将军过来了。"

王镣忙藏过碗，朱温一脸严肃，挺胸坐于凳上，王镣低头恭立前。见黄巢进帐，两人脸上都露出卑谦的笑容。

朱温起身拱手道："二将军巡视营地？"

黄巢面带微笑，抚其肩说："兄弟免礼。"他扫视帐中一圈后拍着朱温的肩："走，出去转转。"

二人走出帐外，绕着营地漫行。

黄巢说："今日攻汴州，打得很艰苦，又损失不少兄弟。如再过几天拿不下，官兵援军一到，就更不好攻了。大将军说了，谁有破城之策，快快献上，城破之日，给他披红挂花，连升三级，无畏营中的几百女兵中，任他选，大将军亲自保媒。朱温兄弟，你可别放过这个机会啊。"

朱温惊奇地问："有这等事？"

黄巢说："难道大哥我还哄你？"

朱温兴奋说："那让我试试。"

大火之后，一片静寂，满身满脸灰泥的司空图、鱼玄机和他们那只小花狗，呆望着尚在冒烟的堆堆瓦砾和炭渣。

看着已经烧黑了的破碗，小花狗亲切地跑上去。这碗已伴随它多年，可以说是它对这个"家"的最深刻记忆。它用鼻子使劲地嗅了嗅，发出低沉的叫声，像是对过去生活的依依不舍，更像对眼前变化的不解。此情此景引起鱼玄机的无限感叹。

本以为上天恩赐了一个称心的他，就有了个温暖的家，就可以在远离尘嚣之处过上自己想过的生活，吟诗作画，钓鱼下棋，种地养花，做回真真实实的自由女人：快快乐乐，轻轻松松，毫无顾忌。不用看他人的脸色，不用听别人的命令，更不用绞尽脑汁地去对付阴谋。谁知这样生活才开始就遭如此重创，今后该何去何从？

鱼玄机一脸茫然地问他："司空图，这下，我们该怎么办呢？"

司空图望着身边这位柔情脉脉的美丽女人，他知道自己已被她捕获，他深陷其中，欲拔不能。她妖媚迷离，娇艳绝伦，而且神秘莫测，时刻对他产生一股股莫名的诱惑；同时她又是如此不同寻常，她的大胆能干中不时透出一股阴柔的霸气，让他难以拒绝。她像醇香醉人的美酒，让他留恋甚至沉迷。她是他畅所欲言的知己。她是他多年来漂泊情感的归属。他不能离开她。然而命运却常常与人作对，突然冒出这等意外。但他决定要把她留在身边，即使有什么难测的风险，也在所不惜。

听到玄机的问话，司空图凝视着她幽幽的双眸，动情地搂过她说："玄机，你知道我已离不开你，随我走吧。"

"去哪儿？"

司空图没有回答只朝她躬身一揖。

鱼玄机惊讶说："别……你，你这是……"

"我求你原谅。"

"房子又不是你烧的，原谅什么？"

"我向你隐瞒了我自己。"

"家中有只母大虫？"

"说对了一半。"

"还有一半呢？"

"我本是东都留守府观察使……"

"这不简单，母大虫，休掉就是；观察使，辞掉就是。然后你带着我，我跟上你，远走高飞，浪荡江湖……"

"母大虫，究竟是结发之妻；观察使，究竟是俸禄诱人。都不忍舍弃。就委屈你随我回洛阳吧。"

鱼玄机想想说："好，我跟你去，不过有话在先：合则留，不合则去！"

司空图感激地慷慨应允："行，都依你。"

"什么是依我？明明是我依你呀，司空图，你别捡了便宜又卖乖。"

"那么你承认你是'便宜'了？"

"司空图，你小子真坏！"

"那你快跟坏小子走吧！哈哈哈……"

"没想到机会一来就是一串，我可千万不能错过。"朱温躺在草铺上，仰望军帐顶篷上摇晃的灯影，耳边响起王镣的话声："当今乱世，当抓住机遇，走对一步，一生荣华，莫说太守，节度使、尚书，乃至宰相，也如囊中取物，你看我哥王铎……"又响起黄巢的话："破城之后，连升三级，无畏营女子，任你挑选……"顿时，眼前便出现孟雪娘走路时俏丽身影、骑马时迷人的身姿，还有她玫瑰花般的笑脸……朱温兴奋不已，眼珠和头脑同时乱转，点子一个接一个地钻出来。终于，让他想出了一个两全其美的计策。他高兴地以拳击掌，翻身爬起，冲出帐外。

黄巢伏案于灯下，正细心地画着作战图。卫士报："朱头领求见。"

黄巢下座，把朱温接入帐中，亲切地说："兄弟深夜来访，定有要事。"

朱温说："来献破汴州之策。"

朱温靠近黄巢，细声低语。

黄巢听罢大喜："好计，好计，待禀明王大将军后，立即行动。现在你就着手准备。只是要分外谨慎小心……"

当一个人孤注一掷把希望压在一个目标上时，等待的滋味太不好受了，王镣在帐中脚步慌乱地走着，心里万分焦急。此时，朱温掀帐而入。

王镣上前急问："有回信了？"

朱温从怀中取出纸条交与王镣："这是昨晚城中射出的箭上带出的，兄长请看。"

王镣看毕大喜："老弟，该不是兄长我吹嘘吧！你听汴州守将怎么说：'奉招讨使严令，不惜代价救出大人。今夜四更，点亮火把，开南门接大人入城。朱温识大体，望多带兵马归降，以便为其请功。'贤弟，你一定精选可靠亲信，人少了冲不出去，但人多怕良莠不齐。望贤弟谨慎。"

朱温："这请兄长放心。"

浩浩荡荡的大军行进在京城西郊，在打出的"诸路行营招讨使·曾""诸路行营监军使·刘"旗仗下，曾元裕与刘行深并马而行，亲密交谈。

曾元裕说道："贼围汴州久攻不下，早已人困马乏。你我率领的大军一到，与城中守军内外夹击，定能大获全胜，斩王仙芝献于阙下。"

刘行深说："还有那个贼首黄巢。出京前，知内省事枢密使神策军观容使田大人专门把我叫到宫中，要我转告曾大人，千万不要放过黄巢，活要见人，死要见尸。说是先皇在世时留下的遗诏中都提到此人，指出他是我大唐一大祸害，不除掉，后患无穷。"

"既然有大人吩咐，下官一定照办。"

"田大人还谈到被贼俘获的曹州太守王镣，他是相国王铎大人胞弟，而王相国与我家田大人交往甚密，也叫我带个口信给曾大人，要不惜代价救出他。"

"下官谨记。"

曾元裕问随军校尉李混："离汴州还有多远了？"

李混："回大人，不足百里了。"

曾元裕下令："传下去，连夜行军，加快速度！"

李混忙应道："是，传下去，连夜行军，加快速度！"

第十四章　黄巢，进退两难

四更天，在朦胧的月光下，一声响箭射向汴州南门城楼。很快，楼上亮出一排火把，朱温率数百亲信按联系好的方式，护着王镣冲出军营直奔南门。南门官兵早有准备，开了城门杀出一彪人马接应。

两军会合后引王镣、朱温及义军入城。刚进城门，朱温大吼一声："杀！"义兵齐齐抽刀向官兵杀去，措手不及的官兵惊慌对阵，死伤一大片。

此时城外火把齐举，杀声震天。王仙芝、黄巢亲自指挥大队义军冲进城门，杀入城内。城内顿时火光冲天，厮杀声一阵高过一阵。义军因数日攻城不下，压抑的愤恨终于得到宣泄，他们越战越勇，个个如猛虎下山，追击官兵。及至天色拂晓，汴州各城门楼上都已竖起了义军大旗。

骑在马上的曾元裕远眺汴州城上义军旗帜招展，叹息说："唉！我们迟了一步。"

见有城中败兵不断涌来，曾元裕对李混说："去找一个军官来，我要问话。"

不一会，李混引着一个衣甲不整的军官过来。

拜见后，曾元裕问他："汴州何时被贼攻入？"

那军官答说："今晨四更。"

曾元裕不解地问："你们那么久都守住了，为何今天失守？"

"因为救被俘的曹州太守王大人，被贼军撞开了城门。"

"王大人可在？"

"在，贼兵把他看管得可紧呢。"

"城中还有多少粮草？"

"不多了，即使不破城，也够不了几天了。"

"进城贼兵有多少？"

"大概不足一万。"

问明了情况，曾元裕下令："先围起来，再议攻城之策。"然而他转身对刘行深说："刘大人，您看如何？"

刘行深点头称赞："高见，高见。"

汴州城中，红光满面的朱温，身着红袍，披上彩带，骑在高头大马上，前有乐队开道，左右有护兵簇拥，身后，一面"破城第一功"大旗迎风招展，引得众多义军和百姓驻足观看，齐声喝彩。

簇拥在人群中，一种向往已久的特异感觉涌上心头，这感觉让朱温陡然觉得自己高大了许多，让他切实地体会到出人头地的风光。他挺直了腰，面带着微笑，频频向欢呼的人们招手，一双眼睛不断地在寻觅。他很想看到她，让她看看此刻的自己。他的目光滤过众多的人群，终于看到了孟雪娘。只见她正在与姑娘们说着什么，在一堆热闹的女兵中，她像一枝亭亭玉立的荷花，美丽高雅，沉稳大方，宁静的脸上荡着微笑，举手投足间散发出一种令人心旷神怡、勾魂摄魄的美感。他的目光追过去，停在她身上，热烈而火辣，毫无掩饰地透露出他的企求……

那一刻，喧哗声陡然间停了下来，奇异的目光在朱温与孟雪娘的身上打来打去。当孟雪娘意识到点什么时，立即转身悄悄躲闪开去。在周围人的哄笑和窃议中，朱温感到自己的失态，但他毫无顾忌地仍用贪恋的目光追寻着她……

在都统府议事厅上，王仙芝对各头领说："我义军久围汴州不克，多亏朱温献计，众兄弟协力，方得破城。但城刚破，立足未稳，便被曾元裕领兵围住，形势对我极为不利。为守住城池，安定民心，各位头领听令：尚君长、尚让、黄存、黄邺，你四人各领本部兵马分守四门，严防敌人攻城。刘汉宏、李重霸管好城内治安秩序。黄揆、黄万通筹集粮饷以供军需民用。其余头领安排部下休整练兵，以听调用。看众位有无异议？"

孟雪娘挺身而立，拱了拱手对王仙芝说："大将军，我有异议！"

王仙芝说："雪娘，你讲。"

孟雪娘大声说："我无畏营自追随大将军起义数月来，除做些消息传递、护卫仪仗等事外，从未参加过一次像样的战斗。我营姊妹甚感不平，要求大将军把我们当男勇一样看待，无论攻坚守城、冲锋陷阵，别把我们忘了。如认为我们打仗不如男人，请放我们到阵上试试。"

王仙芝笑着说："原是为了照顾你们女兵，这么说来，我们确实要该让无畏营展示展示实力，巾帼不让须眉，下次就安排你们上阵。"

"谢大将军理解，咱们无畏营女兵定不负众望！"孟雪娘说着，眼睛不时向王仙芝身旁的黄巢闪去。

朱温此时走上厅堂，对王仙芝、黄巢依次行礼："参见大将军，参见二将军。"

两人拱手还礼后，黄巢说："快安座。"

朱温入座后，王仙芝说："本大将军有言在先，重奖献策破城有功者，朱温兄弟这次立下大功，给他披红挂花打马游街，这只是其一；其二是连升三级，今当众头领宣布：任命朱温为大头领，领兵二千，暂住城内休整待命；其三是任他在无畏营女兵中选一人为妻，选定后，本将军保媒成婚。"

朱温听罢离座躬身行礼说："谢大将军提拔！"

王仙芝："这去无畏营选妻的事，朱温你自己定个时间吧。"

朱温说："不用了，我已选定。"

王仙芝一惊："已选定？"

朱温肯定地说："是的。"

王仙芝一笑："那请问那位被朱大头领选中的姑娘是谁？"

朱温看了一眼孟雪娘说："无畏营的女将军孟雪娘。"

顿时，众人的眼光都聚集在孟雪娘身上。

黄巢心中突然一震，眼睛从朱温身上扫到孟雪娘身上，当他碰到孟雪娘蕴含不满和委屈的复杂眼神时，内心像被人抽了一鞭。这消息对他太突然了，他一点都没想到朱温对孟雪娘的感情，他需要时间来想想，但从雪娘的眼神里，他明白她的心思。

王仙芝对孟雪娘说："恭喜你，女将军……"

孟雪娘坚决地拒绝说："我——不——愿——意！"

众人愕然，朱温更是颇感意外，死死地盯着孟雪娘，想从她的目光中寻找答案。孟雪娘避开他的目光，望着别处。

王仙芝颇感困惑，他问孟雪娘："我想知道原因。"

"我年纪尚小。"

"按唐律，女子十四岁便可嫁人，你今年已二十出头……"

"我不想嫁人。"

"男婚女嫁，人伦之常，悖伦而为，不可取也。本大将军为你做主。"

"按唐律，男女婚姻有自择者，依自择；无自择者，依父母。未听说有依将军者。"

"如此说来你真不愿意？"

"真——不——愿——意！"孟雪娘提高声音一个字一个字地回答。

王仙芝对朱温说："朱头领，你看你是不是另选一位？"

朱温也提高声音回答："不，大将军有言在先，在无畏营中任选一位，我已选定孟雪娘了。大丈夫一言既出，驷马难追！绝不更改！"

王仙芝转而对孟雪娘道："孟雪娘，你，你是不是……"

孟雪娘打断了王仙芝劝说："大将军不必多言了。本女子说话，一言九鼎，绝不反悔！"

流水有意，落红无情，平生作第一次做月老却碰到这个局面，王仙芝有些为难。他转而对黄巢："二将军，你来做个判官，朱温是你拜把兄弟，孟雪娘与你早就相识，此事，还是你来撮合撮合吧。"

"好的。"在一闪念的犹豫后黄巢如领军令状般答应了下来。但他知道这对他来说也不是件容易的事，雪娘在他心中占有很重的位置，她也把自己看得很重，如今要去劝说她接受另外一个人的爱，那可是想起来都痛心的事。但面对大将军与朱温的期待，他又怎能拒绝？从内心讲，他是真心地祝愿雪娘和朱温都能获得幸福……所以他接受了他们投向他的充满各种期望的目光。

王仙芝长舒一口气，如释重负地宣布散会。

人渐渐走完，朱温还待在堂上。

王仙芝问："朱大头领，你还有什么事？"

朱温说："禀报大将军，那个王镣太守再由我看管，似有不便。"

王仙芝点头说："该换个人。"

黄巢说："他，也算是有功之臣啊！"

王仙芝接着说："当初你的话没说错，留下他，对我们大有用处！"

黄巢笑道："说不定以后还会用上他。"

王仙芝说："对，好好把他看管起来，别亏待了他。以后说不定会派上更大的用场呢。"

孟雪娘刚回到无畏营营房，几个姊妹便围过来，叽叽喳喳地聊开了。

记记大声说："我们都知道了。"

孟雪娘问："知道什么了？"

秀秀眨着眼睛说："这种消息腿最长。"

孟雪娘仍故作不解地问："什么消息？"

庞英说了："雪姊，你就别瞒着我们了，傻子都看出来了。今天朱温骑在高头大马上，用那么痴情的眼神不顾一切地盯着你，那一幕太精彩了，令城里所有的姑娘都羡慕。你怎么就一点不动心？听说，在议事厅上，面对朱温的请求，你当众坚决拒绝他，连大将军的面子也不给……"

记记看了看有些愠怒的孟雪娘，想制止庞英："你……"

庞英仍兴致高昂地说："其实，我看朱温挺不错的。你没见他今天披红挂彩骑在马上的样子，多威风，多英俊啊！"

记记说："威风、英俊也许说得上，可如把他放在咱二将军面前一比呀，魂都比没了。"

秀秀接着说："还不在乎这，他那瞧人的眼神中，总让人感到猜不透……"

庞英说："男人嘛，猜不透才好，猜透了，对穿对过，透底透面，才没意思呢……"

记记笑着说："死丫头，那你嫁给他去！"

庞英回道："可人家看上的不是我……"

孟雪娘实在听不下去，扯开嗓门吼道："你们全都给我出去！让我静一静！"

三人立马伸伸舌头闭了嘴，轻脚轻手地溜了出去。

"记记！"走在最后的记记被孟雪娘叫住，她心一惊，转身看着一脸严峻的孟雪娘。

"把门给我带上！"孟雪娘的声音十分疲惫。

记记轻脚轻手带上门，然后离开。屋里，满脸苦楚的孟雪娘一头靠在墙上，凭由思绪飞长。

难怪每次与朱温见面，他的眼睛都死死盯着自己，把人从头看到脚，那眼光像针一样扎人，原来，哼！今天我已经当众说得很清楚了，难道他还要枉费心思的死死纠缠吗？大将军也真有办法，让黄巢来"撮合"，这不是故意为难人吗？不过，也不能错怪他，他哪里知道我们的心事啊！

可是此刻黄巢的心境却更加难以言说。他倚窗眺望，在蓝天白云远山树梢的背景上，晃来晃去的是孟雪娘那张美丽的面孔，耳边，响起的是她坚定的话语："我不愿意。""本女子说话，一言九鼎，绝不反悔！"他知道她今天为什么会这样说，这样做，他既高兴又犯愁。

高兴的是孟雪娘对自己的一片挚情。她总是那么善解人意，那么从容大度，那么聪慧细心。她的一切已融入了他的生活中，成为他生命中不可缺失的一部分。如果不是父母之命媒妁之言，她应该是他最理想的夫人，他们应该是最幸福的夫妻。

然而令他心痛的是自己不能给她所需要的，连一个她渴望的承诺都没给过，所以他希望她有一个家，有一个真正可以呵护她，给她幸福的男人。朱温有勇有谋，恭谦有礼，又当众表明非她莫娶，他应该会是一个好丈夫的。可是今天雪娘对朱温的态度已表明她不愿意接受这桩婚姻。我怎样才能让她接受呢？怎样完成大将军交代的这桩棘手的公事呢？

此时门上报朱大头领到。黄巢请朱温进屋。

朱温一进门就拱手道："大哥，今天的情形你也看见了，这个忙你一定得帮，也只有你，才帮得上……"

黄巢请他坐下后说："兄弟，我一定遵照大将军的意思，努力去说服她，她的个性你也看到了，你得有耐心……"

"大哥，这几天我饭也吃不下，觉也睡不着，思来想去的全是她的身影。你不知道我有多么爱她，自从我第一眼见到她起，我就暗暗发誓，今生今世，无论付出什么样的代价，做出什么样的牺牲，我都要得到她……"朱温越说越激动，"大哥，我们结义时发誓说，有福同享，有难同当，我的事就是你的事。大哥，你千万要把兄弟的终身大事放在心上……"

黄巢拍了拍朱温的肩说："兄弟放心，我会的。"

"拜托了大哥！"临走时，朱温再次躬身作揖说。

朱温刚走，记记、秀秀、庞英一拥而入："二将军，快去劝劝咱雪姊，她不说话，不理人，一个人生闷气。平日，她最敬重你，你快去劝劝她……"

汴州城郊，官兵大营。

刘行深与曾元裕在大厅里一边品茶一边谈论。

曾元裕说："刘大人，我军围城已两日，依下官之见，趁贼兵入城不久、立足未稳时发起攻势，定能收复汴州。"

刘行深抿了一口茶，看了曾元裕一眼，才慢慢说："下官冒昧，请问曾大人，你在任现职之前在何处任职？"

"门下省任个有职无权的散骑常侍。"

"还有呢？"

"曾任过宋威为招讨使的副使，也是个有名无实的虚职。"

"而今，你被皇上任命为权柄赫赫、指挥我大唐一半兵马的诸路行营招讨使，一路威风凛凛到此汴州城来，为的啥？"

"讨贼呀！"

"对！但如果没有贼，大人你能任如此荣耀的官职吗？你任了这么荣耀的官职，急匆匆把贼讨伐完了，天下太平了，你还不是回你那冷衙门任个闲官。"刘行深说着把茶碗放下，抹了抹嘴，意味深长地说："你慌什么？"

曾元裕瞪大眼睛，一会儿摇头，一会儿点头，听完之后，立即起身向刘行深一揖到地："谢大人指点。那我们就悠着点，休整半个月后再说。"

"这才像是当大官干大事的人说的话呢！好了，咱们接着品茶吧！"刘行深再次端起了茶碗。

第十五章　宦祸

　　最近长安皇宫里马坊新进了一批马，田令孜特意陪僖宗前去相马。可僖宗看了半天，不是说这匹毛太杂，就是嫌那匹个头太高大，皆不中意。正在沮丧时，见树桩上拴了匹驴。那驴黑亮亮的一身皮毛，一对黑亮亮的眼睛眨巴着跟着僖宗转，一对耳朵直直地向上竖着，像两只喇叭，样子很是可爱。

　　僖宗笑了，指着驴说："朕要骑它。"

　　田令孜解释说："皇上，那是给马驮草料的驴，不是打球骑的。"

　　僖宗说："管它干什么的，朕要骑，朕就是要骑着它打球！"

　　田令孜点了点头，向旁边一个扫地太监招手说："黄钦，把驴牵过来。"黄钦牵过驴，用手梳理着它的皮毛，那驴仍用黑亮的眼睛看着僖宗，僖宗高兴地拍了拍毛驴的头，急不可耐地想骑上去。田令孜对黄钦说："快趴下！"黄钦急忙四肢着地趴下。田令孜扶僖宗踩着黄钦的背骑上毛驴。黄钦嘴上说了句什么，田令孜狠狠盯了他一眼。

　　毛驴驮着开怀大笑的僖宗穿过小径走向球场。

　　黄钦正要爬起来，田令孜踢他一脚，呵斥道："跪下！"

　　黄钦依旧跪下。

　　田令孜问道："刚才皇上踩着你骑驴时，你说的啥？"

　　黄钦回答："奴才怕皇上踩歪了，说请皇上中间点踩。"

　　田令孜愤怒了："哼！皇上是谁？是万岁爷，是真龙天子，他踩哪儿要你去指点？你也不想想，你是什么东西，敢说皇上踩歪了！打进宫我就教训你，你要把自己当牲口，就像那马，那驴，只准做事，不准说话。你嘴痒，我今天就专门治你这个嘴痒的病，你把那地上的驴屎蛋给我拾起来，吃掉！"

黄钦看着地上那黑黢黢臭烘烘、一个个光光滑滑或硬或软的驴屎犹豫了。

田令孜命令着："快吃，那是专治嘴痒的药，吃了，你的嘴痒病一辈子也不会犯。快吃！"

此时黄钦想起了前朝监察御史娄师德留下的关于忍的故事。他曾教导外地做官的弟弟凡事以忍字当头，哪怕有人把口水吐在脸上，也不能发火，更不能自己揩了，要等它自干，因为这是成事者必需的器量，所以出身贫寒的娄师德最终能出将入相，功成名就。我黄钦既然想成大事，男人最大的羞辱都忍了，还有什么不能忍的？现在的忍是为了将来不忍，想到这儿，他弯下腰，拾起地上的驴粪蛋，一个个往嘴里送，细嚼慢咽，似乎吃出了香味。

今天的马球场格外热闹，僖宗发明倡导的驴球运动让大伙开了眼界。只听一声令下，二十条驴分两队扬蹄奔跑，以骑驴人用杆打球的次数计分。骑在驴背上的僖宗手执球杆追逐着地上滚动的球，四周太监宫女不断地呐喊助威。僖宗兴致勃勃，骑术娴熟，进退灵活，击球率高，赢得大家的阵阵喝彩。而不少刚学打驴球的人时常被奔跑的驴颠下，摔得鼻青脸肿，惹得场上阵阵哄笑。

此时，一大臣急匆匆地进球场，绕开太监，直直地跪在僖宗驴前，大声说："臣右补阙肖仿有紧急军情奏报。"

玩兴被打断，僖宗怒气冲天，他用球杆打着肖仿的背说："滚开，别挡住朕打球！"

肖仿不顾背上的疼痛，扬起头来大声说："皇上啊，您真是不知事态有多严峻！太原李克用父子造反，南诏围攻成都城将不保，王仙芝、黄巢贼军进逼洛阳……皇上，你再这么贪玩，你的江山就玩完了……"

一听事关江山，僖宗大惊："什么？什么？那朕马上下旨。"转身找田令孜，不见他的人影，便向四周大喊："阿父、阿父……"

田令孜从人群中慌忙赶到："奴才在。"

僖宗的声音听上去有些发颤，他对田令孜吩咐："快去叫王铎、郑畋。太原……成都……洛阳……"

一路风尘，司空图带着鱼玄机来到了洛阳府宅，并把她引见给他的大婆。

果然是个母大虫，但见她身板高大，臃肿肥胖的身材把一张太师椅塞得满满的。柿饼脸又大又圆，眼睛鼻子又全都挤在胖脸的中间部位。唯有那双手又白净又细腻，手中随时捏着一张丝巾，说话时把那丝巾扇来扇去，令鱼玄机眼花缭乱又觉得好玩。更好玩的是司空图居然惧内。见他在太太面前低眉顺眼的小男人样，鱼玄机很怀疑那个在自己面前神采飞扬的大男人是一个幻觉。事到如今，也没有更好的去处，为了不让司空图为难，鱼玄机尽量避免与大太太的接触，她主动要求住了后院，第一次那么顺从地做回小女人，她实在不想与这样的女人争夺什么，也不想为未来考虑，守着一个爱自己的男人就够了。

看见男人天天往后院转，母大虫很是不满。每每看见窜出来玩的小花狗，都要指它骂上几句："哪来的野狗，既不会下崽，也不会看家，还得要人伺候，来人，给我赶出去……"吓得小花再也不敢往前院跑。

这天，鱼玄机对蹲在面前的小狗倾诉说："花，今天咱们又要搬家了，这是咱们到这里来的第二次搬家了，这下是扫地出门。祸根都在你身上，说是半夜狗叫吵了大太太的梦。其实是指你骂我：'哪来的野母狗，给我撵出去！'看她威风的，不过是个尚书的千金，我可是贵妃。真是落地凤凰不如鸡啊，再说他又怕她成那样……"

司空图匆匆进院，额上冒着一层细汗。

鱼玄机递给他一张毛巾问："你叫的车呢？"

他咧着嘴笑着说："不搬了不搬了。"

"不搬了？她改主意了？"

"我们不搬，她搬。"

"她搬？"

"王仙芝、黄巢攻占了汴州，正扑向洛阳而来，长安她父亲派人接她去。"

"那你不跟她去？"

"我是这里的地方官，能走吗？"

"谢天谢地。"

"不但不走，我们还要搬到正房，气气派派地住下去。"

"只有在她不在的时候？"

"别取笑了，这下我们可以过我们想过的日子。"说着司空图兴奋得伸手去搂鱼玄机。

鱼玄机灵巧地闪开身子："要是贼兵打来了呢？"

司空图终于把鱼玄机搂了过去，干脆回答："我就归顺了，做贼去！"

鱼玄机依偎在他的怀中说："那好，我也跟你做个女贼。听说那些女贼骑着高头大马，一个个威风凛凛，武艺高强……"

"白盔白甲，个个长得又白又嫩美若天仙……"司空图抢过来说。

"哼，怪不得你想做贼呢……"鱼玄机使劲用手敲击着司空图的额头说。

田令孜正在对今天肖仿擅闯马球场一事清查责任。他对跪地一片的太监宫女厉声发问："哪个放肖仿进球场的？说！"

太监宫女伏地不语，一个个把头埋得更低了。田令孜一脚踢向一小太监："你说！"小太监吓得快瘫在地上了，嘴里嘀咕着，田令孜又是一脚踢过去："给我抬起头大声说！"小太监只得提高嗓门带着哭腔说："奴才只顾看皇上打驴球了，没看见。"

田令孜飞起一腿踢向一小宫女："你说！"小宫女强忍着疼痛答："奴婢看皇上打球看入迷了，没注意，不知道他什么时候混进来的。"

田令孜黑着脸，挨个儿地向伏在地上的太监宫女踢过去，一边骂道："你们，你们这伙王八蛋！我才一小会儿不在，你们就给我捅这么大娄子。掌嘴，一对一对地掌，直到把嘴掌成猪尿包为止！"

黄巢匆匆走向王仙芝都统府大门，门卫挡住说："大将军正在休息，请二将军稍候，在下去通报。"黄巢止步，听见府内有乐声传出，还兼有女人的歌声，黄巢很是不解：这大将军平日反复强调要严格治军，怎么刚打了几场胜仗就开始松懈了？如果下面的兄弟知道了何以服众？正想着，门卫出来躬身说："有请二将军。"

黄巢跨步走进大厅，红光满面的王仙芝从座位上起身迎接说："二将军来得正好，快请坐下，我也正有事找你。"

黄巢坐下，正要说话，王仙芝抢先说道："我正要告诉你，再过几天是我三十岁生日。我想热闹一下……"

黄巢接过说："大将军三十大寿辰，可贺，可贺。只是刚才探马来报，曾元裕下令新调淮南、义成两镇兵马，正向汴州赶来。依我之见，派一支兵马杀出去，与曹州、濮州等地义军汇合，从曾元裕背后发动攻击，打他个措手不及，以解汴州之围……"

王仙芝却说："这几年出生入死，趁这两天有点时间，让弟兄们借我生日吃好玩好，养精蓄锐。淮南、义成两处兵马，离这儿远着呢。等他们赶到，我们弟兄也都休息够了，以逸待劳，杀他个落花流水。然后，我们挥师西进，先攻洛阳，直捣长安……"

黄巢接过话题说："大将军，以我义军目前力量看，不宜西进。洛阳，乃大唐东都，四周各镇有重兵拱卫，攻之不易。不如向东，先攻下宋州，切断运河粮道，以动摇其根基，然后再视形势，或北进，或南下……"

"好，好，你这个想法很好，过两天咱俩细细商定。对了，朱温和孟雪娘的事，你撮合得如何？"

黄巢长叹一声说："唉，恐有辱使命……"

"你要两边多说说，说好了，趁我过生辰的时候给办了，图个好事成双。"

"遵命。"黄巢回答得很是无奈。

王仙芝却兴趣高昂地说："后院有一队乐工在排练专为我生辰演出的节目，二将军若有兴趣，一起去听。"

黄巢听了心里像堵了些什么，本想与王仙芝交流的想法也被堵了回去。他说："大将军，我对音乐一窍不通，先告辞了。"

黄巢走出都统府大门，正遇朱温迎面走来。他扯着嗓门说："二将军，我正在找你。"

"什么事？"黄巢站定了问。

"当然是大事了。"朱温把黄巢拉到一棵大树下问道："孟雪娘那里，你问了吗？"

"这事我一直惦记着，雪娘的脾气你也知道，我怕碰一鼻子灰，想好了再去。"

朱温用怀疑的目光上下打量一下黄巢说："怕不是这个原因吧？"

黄巢直视他问："兄弟，你这话是什么意思？"

朱温脸带愠色说："大哥，那我点明了说吧，听说，你对她也有意思？"

黄巢正色回道："没有的事！"

朱温顿时缓和下来面带笑容说："我想也是，你是我大哥，哪会跟兄弟我去争一个女人？何况，大哥又是有家室的人，大嫂又是那么好……"

黄巢断然说："你等着，我马上就去找她说……"

望着黄巢匆匆的背影，朱温偷偷一笑。

这天，韩文约奉田令孜之命领一队神策军带着传旨太监闯入肖仿住宅。

来到肖府大厅，传旨太监尖着嗓子喊道："圣旨到！"

穿戴整齐的肖仿从书房缓步走进大厅说："老臣天天盼，还以为你们忘记了呢。今天终于把你们盼来了。"

韩文约瞪了他一眼说："少啰唆，快跪下！"

肖仿整理好衣冠，跪下。

传旨太监一字一句念圣旨："右补阙大臣肖仿，擅闯内宫，惊骇圣驾，本应腰斩示众，念其老迈，且为几朝老臣，特别恩宽，赐其自尽，以全其尸。钦此。"

肖仿一脸冷笑，双手捧过圣旨，说道："谢皇上！"

太监端过酒盘置于桌上，肖仿忍不住老泪纵横，取壶自斟自酌，和着眼泪慢慢品味，还不停地自言自语："好酒哇，好酒，从未喝过的好酒。谢万岁、万岁、万岁万万岁……"一杯未尽，便轰然倒下。

汴州城外官兵大营中，曾元裕叫过李混："皇上下诏，明日我部兵马全部撤离此地，去大同平息李克用父子叛乱，你带上几十个弟兄扮成百姓混进城里活动，一是要打听到王镣大人的下落，设法营救；二是侦察贼军行动，伺机暗杀放火，闹得他们鸡飞狗跳，坐卧不宁。你是从那个堆里来的，最了解他们，放手去干，把他们搅得越烂越好。待大同叛乱平定，我们再回过头来对付这帮反贼。"

李混躬身回答:"在下一定不负大人重托!"

当看见无畏营高悬飘舞的旌旗,黄巢的脚步便慢了下来。他不知道自己是不是能坦然地面对孟雪娘,去割舍掉那份已融入骨髓的缱绻之情。他更不知道与他心心相印的那个女人如何看待他、能不能接受他的劝说。但他知道她那漂泊太久的心应该有一个真实的寄托,像别的女人一样享受家的温馨。他不能耽误她,更不能让她错过机缘。

所以他必须去说,像真正的兄长那样去说。于是他加快了步伐。

远处传来雪娘浑厚的声音,只见她一身白色的裙装外披件大红氅,立于高岗上,远远看去像画在蓝天上的虹。她正在训话:

"……有人小瞧我们女人,说我们女人离不开男人们照顾。这话只现在说说,换上则天皇帝时代,谁敢?不过我们女人力气不如男人大,武艺不如男人强,这也不假。所以我让大家天天练,一个个练得力举千斤,十八般武艺样样精通,上战场打上几次漂亮仗,看那些男人还敢小看我们!"

望着孟雪娘,黄巢一下联想到湖海里的珠蚌。听人说,珍珠本是一粒粒钻进螺蚌内使它饱受折磨和痛苦的沙子。然而,在时间的神奇作用下,灾难的沙子却变成了珍贵的珠宝。时间越久,珠粒越大,越显美丽。看她在长期苦难的磨砺下,通身闪耀着令人眩目的熟透的美丽。

这个在痛苦与磨难中成长的美丽女人呀,她该接受"男人"的照顾了。

"二将军,你在这儿已站半天了,也不找个地方坐坐?"不知何时孟雪娘已结束了训话,来到沉思的黄巢身边。

黄巢猛地惊醒过来,冲她笑笑说:"有事找你。"

"要是公事,开城迎战、出城偷袭什么的,我洗耳恭听;要是私事,要我答应婚事之类,免开尊口。"孟雪娘把眼睛直视着黄巢。

黄巢避开她的眼睛说:"既是私事,也是公事。"

"世上还有这等事?"雪娘用不满的目光逼视他。

黄巢故作镇静,随雪娘来到一石凳前坐下说:"大将军口谕,你是听见的,执行大将军命令,关系到维护大将军威信,能不是公事?朱温立了大功,给他奖赏，鼓励了他，也激励大家，能不是公事？”

“那既是私事呢？”

“这个吗，关系到雪娘你的终身大事，便是私事了。”

“佩服，真佩服！”

“佩服什么？”

“佩服你们读书人呀！再悖理的事，只要到了你们读书人口上，翻过来搅过去，头头是道，一抹溜光。乌鸦可以是白的，鸡蛋可以是方的，哪怕是一泡屎，也把它说得金光闪闪香气扑鼻……”

“雪娘，别扯远了，你听我劝……”

“劝我不答应的话，你尽管说来；劝我答应的话，我一句不听！”

“雪娘，你怎么不听我解释？”

“唉！真没想到，劝我的竟是你……”

“我，我是奉命行事啊！”

“哼！你一个男子汉，就不敢有自己的主见？”

雪娘火辣辣的眼光射向他。

他的心感到很疼痛。那是一种被撕裂的、滴血的疼痛。

“雪娘，我……”

“别说了，黄兄，我理解你。”雪娘的口气一下柔了下来。

她看见他心中的痛，而这痛也传染给了她。

倘如有一天他真的离开了她，那她会永远失去了生命的养分。

这让雪娘很难受，那是别人无法体验也是别人无法慰藉的。

天突然阴暗起来，开始飞起雾霭般的小雨。

雨丝很轻被风吹着向四处飘散。

黄昏在细雨的凄切与寒冷中到达。

第十六章　王大将军的三十华诞

汴州城内，义军们做好准备，等待一场生死决战，然而却传来官兵撤退的消息。

王仙芝与众将领聚集在都统府大厅里议论这个令人振奋的消息。

"哈哈哈，没想到曾元裕不战自退。哈哈哈。"王仙芝开怀大笑着说。

尚君长附和道："依我看，一是惧于大将军赫赫声威；再者，大将军福星高照，上天让你开开心心过三十大寿，也让我们大家热热闹闹为大将军祝三十大寿。"

王仙芝说："君长说得好，既然上天这么安排，我们大家就痛痛快快玩上三天三夜……"

孟雪娘忍不住站起来："不可！那曾元裕领了几万兵马气势汹汹而来，一仗没打就悄无声息的撤军而去，这中间是否有诈？再说，即使真的撤军，会不会留下伏兵和奸细？大将军切莫大意。"

王仙芝胸有成竹笑道："曾元裕当然不会无缘无故撤军，他是奉了圣旨。其原因是因为太原李克用杀了防御使段文楚欲自代，朝廷没有同意，任命他的父亲振武节度使李克昌为大同防御使。谁知，他父子俩竟联起手来打出反旗，连陷数州，势头很凶。朝廷不得已才把曾元裕的兵马调去太原征讨。那李克用父子都是能征惯战的沙陀族首领，曾元裕的兵马要想剿平他们并非易事。我们就放心玩吧！"

黄巢起身对王仙芝说："大将军，曾元裕虽然撤走，那受宋威节制的淮南、义成两镇兵马还正朝我汴州进发，我们不得不防啊！"

王仙芝说："曾元裕是主力，主力已撤，淮南、义成两支兵马加起来不过四千，又走走停停，岂在话下？"

黄巢分析说："虽兵力不多，行动迟缓，其中必有缘故，在未探得真相前，我们要加强防备才是。"

王仙芝点头道："对，我们要注意防备，除了各城门要道要加强戒备外，另调孟雪娘的无畏营协助城防，日夜巡逻，以防患于未然。"

孟雪娘立即回答："遵令！"

朱温请求说："我部士兵因驻地狭小，连个练兵的地方也没有。而今敌军已撤，请大将军准允我部移兵城外，一则解城内拥挤之苦，再则也可以对我汴州起护卫的作用。"

王仙芝捻了捻胡须说："此建议甚好，城里也实在太挤，准你移防城外。"

王镣在囚室中走来走去，脚步焦急而仓皇。他真有些想不通，自己一把年纪了，竟没把朱温那小子看透，败在他的手下……

这时尚君长来到关押王镣的小院里视察。

看守打开囚室，尚君长入内见王镣恭身而立，对他点了点头，然后看了看门窗并用手推拉了一下以检验其牢固程度，驻足片刻后，转身出门。待看守锁上门后，对看守说："小心看管，不许虐待。"看守应声："是。"

后窗外，传来"曹州香梨"的叫卖声，抑扬顿挫，反复几次。

王镣侧耳倾听，敏感地嗅出异样的气味，他的心跳开始加快。

小院后的街道上，李混包着头，穿着粗布短上衣，胸前挂着一篮梨，装扮成卖梨小贩，沿街叫卖。另有装扮成商人、挑夫的同伙不时与他交换着眼色。

看似平静的汴州城被一层神秘的氛围包裹着。

入夜，灯火通明，都统府内乐声、祝酒声、欢笑声阵阵响起。

戏台上正演奏《上元乐》，只见一队女子，高髻，艳妆，身着五色衣，薄纱帔巾，曳地红裙，随着音乐翩翩起舞。

戏台下摆满酒席，大碗的肉，大碗的酒，义军们划拳饮酒听歌观舞，一片欢闹。

王仙芝坐于首席，左右有黄巢等众头领相陪，黄巢与众头领频频向他举杯祝寿。

王仙芝举酒杯大声说："感谢各位对我王某的祝贺。兄弟们随我出生入死，历尽艰辛，得有今日。大家尽情地吃，尽兴地喝，等我们攻下洛阳，天天有这样的好日子……来，大家共饮一杯！"话音刚落，众人纷纷举杯一饮而尽，接着是一阵欢呼。

席间，王仙芝未见到朱温，便问："朱大头领为何不见？"左右回答："他因病告假。"王仙芝听了忙吩咐左右："快送去酒菜慰问，明日，我亲自去他营帐探视。"此时，天边突然冒出一片红光，门上卫兵紧急来报："东门粮仓失火！"

王仙芝立即下令："黄揆、黄万通快去察看。尚君长、尚让率本部人马去扑救！"

少顷，卫兵急忙来报："西门草料场起火！"

王仙芝起身说："黄存、黄邺，带上人马随我去扑救！"

黄巢阻止说："大将军切勿轻动，你留下指挥，待我去！"说罢领黄存、黄邺冲出后院。

大火映红了大半城，火光中，街上跑着慌乱的人群。

混乱中，几个黑影飞跃上房，进入关押王镣的小院。

几个黑影靠近一窗洞下，李混踩着另一人的肩上了窗台，扳断窗条，对内轻声喊道："王大人，曹州香梨，奉命相救，快！"王镣稍做犹豫，伸手让李混抓住，被拉出窗外。落地后，李混引他至院墙，拦腰把他拴在从墙头吊下的绳子上。一扬手，王镣被墙头上的人拉了上去。

正在此时，站在墙头的人被巡逻的庞英发筒箭射中，滚下墙去。王镣则被重重摔在墙内，院内看守高声呼叫："有人劫狱！"几个黑影嗖嗖飞过墙头逃去。院中看守把跌倒在地的王镣拉起押进囚室。

墙外，庞英带巡逻队上前，抓住被射中额头的黑衣人，剥开黑衣，里面现出神策军的号衣，"一定又是李混那混蛋干的，总有一天我会射中他的。"庞英愤愤地道。

黄巢、尚让、黄存等陆续回到都统府大厅，向王仙芝报告东西门火已扑灭，虽小有损失，无人员伤亡，纵火歹徒已逃。接着尚君长报说，有歹人劫狱未逞，一劫狱者被巡逻的无畏营女兵射杀，其余已逃窜。死者里穿神策军号衣，可见是曾元裕留下的官兵所为。王镣已另移囚室严加看押。

王仙芝对黄巢说："他们采用声东击西的手段，目的在于劫狱。不知那位射杀劫狱神策军的女兵是谁？"

黄巢指着孟雪娘说："那得问她。"

孟雪娘指着身边的庞英说："看，就是她！"

只见一个脸蛋圆圆的俊秀姑娘，王仙芝很是兴奋，对孟雪娘说："这个小女兵有这么好的本事，就留在我都统府作护卫吧。"

孟雪娘面有难色地说："这得问问她……"

王仙芝看着庞英，不等她开口腔，便果断地说："这事就这么就定了。"

庞英十分无奈地说："这……"

在大家的庆贺与祝福中，王仙芝命重摆宴席。音乐声、歌舞声、祝酒声、欢笑声再次响起。久违的歌舞声唤醒了人们对生活的激情，汴州城迎来了战火以来的第一个欢乐之夜。

醉醺醺的王仙芝，看见庞英一人独立于大厅外的长廊上，便举着酒杯，脚步踉跄地向她走过去："为——今晚的——女英雄干杯。"说着把脸凑过来与她碰杯，身体也随之扑了过来。

庞英用手拦住他："大将军，你醉了，回房休息吧！"

王仙芝摇晃了一下，倚着梁柱站稳说："那——就请你这个护卫——送我吧！"

庞英只得扶他回房，把他安顿好，刚一转身想离开，手却被王仙芝紧紧地抓住。

"大将军，你这是干什么？"庞英看见他发红的眼睛闪出的亮光，不禁一阵慌乱。

"我想请你坐一会。与你谈谈。"

"你醉了，早点休息吧。有什么话，明天再谈。"说着庞英挣脱了王仙芝的手。

"不，我现在就想与你谈谈。"王仙芝站起来又拉着了庞英，眼睛直勾勾盯着她高耸丰满的胸部。

"别这样，大将军！"庞英试图再次挣脱。

"现在，我不是大将军，我是一个男人，而你是一个女人，一个美丽的女人，你不知道你有多美！"说着强行把庞英拉进怀里，并把自己胡子拉碴的嘴送了上去。

"啪！"一记响亮的耳光让王仙芝有了几分清醒，他愣愣地看了庞英一眼，突然笑着说："不愧是孟雪娘的部下，你们无畏营的女兵个个充满野性，而野性能激发男人的勇气，特别是你这样漂亮的女人。"说着又向庞英扑了过来。

庞英身子一闪说："你怎么这样？大将军，别怪我无理！"说完，双手用力一推，王仙芝应声而倒。

庞英返身走出都统府，消失在黑夜里。

朱温在城郊营帐中独饮闷酒。眼前，不断地晃动着孟雪娘的身影。

他实在想不通，自己对她一腔痴情，她竟如此不领情，不仅在大厅上公然拒绝大将军保媒，对我不理不睬，就连黄巢的面子也不给。作为一个男人，自信和勇气，他历来是不缺乏的，可今晚，他却没有勇气出现在那样热闹的场合，他不知道如何面对大将军和众头领的询问目光，更没有勇气面对她。

他只有一杯接一杯地喝酒，恨不得把酒杯也一口口咬碎吞进肚里。

他觉得对这样无情无义的女人只有恨才对，她让他失去一个男人的勇气，可他对她偏偏又恨不起来。相反，她的每一次动作，每一次笑容都清清楚楚映进自己的脑海，自己无法不去想她，思念她。

他对自己的这种表现非常不满，百思不得其解：难道她真的不可抗拒？

此刻卫兵进帐报："营门有一无畏营女兵要见大头领。"

"是谁？"朱温心头一热，忙问。

"她捂着脸口口声声说要见大头领。"卫兵回答。

难道她被说服了？这么说事情有转机。笑容顿时爬上他的脸，他对卫兵说："快请她进来。"

取下头巾，头发重新梳理了一番的庞英进帐拱手说："见过朱大英雄。"

朱温见了先是一惊，接着眼睛一亮问："你是？"

"我是孟雪娘无畏营的庞英，你打了胜仗骑马游街那天，我还给你撒过花来！"

朱温拱手说："你就是那位会使筒箭百发百中的庞英。久仰久仰。想必你今晚是奉孟雪娘之命而来。"

"难道我就不可以来？"

"啊！可以可以，欢迎欢迎。来，请你喝酒。"

庞英走近朱温，水灵灵的大眼睛把他从头看到脚。

朱温感到奇怪："你这是……"

庞英觉得自己的失态，红着脸说："我好高兴。"

"高兴？"

"是呀，高兴能与我心目中的英雄这么近讲话……"

"英雄？过奖了。"

"不，你的事迹早就传遍。你的智谋，你的勇敢，你骑在马上的英姿，早已映入我的心里，你是我敬仰的偶像，是我心中的至高无上，我暗暗发誓，要以你为榜样，为咱义军建立功业……"

这话让朱温的心热乎起来，陡然间，流失的自信又重新回到体内，朱温的胸挺了起来，双目闪着异样的光。这小女子实在太可爱了。

他高兴地对庞英说："其实，关于你单人匹马寻仇长安街头，取了叛徒一只眼睛的壮举，我早就听说了。"

"其实，那只是过去……"

"以后还有？"

"就在两个时辰前，我在巡逻时就射杀了一个来劫狱的神策军！"

"啊！怪不得刚才听见城里闹哄哄的。我今日没去城里给大将军做寿，一点不知。"

"别提他了！"

"大将军怎么了？"

"他见我有功夫，便叫我给他当护卫。"

"你能给大将军当护卫，很幸运啊！"

"可是他竟对我非礼……"

"那就更是你的幸运了！"

"你怎么这么说话？"

"我说错了？"

"当然，他虽说是个将军，可不是我心目中的英雄……"说在这，庞英对朱温深情地望了一眼，脸更红了，双手不安地搓着。

那是一双修长白皙美丽的手。

朱温试着去抓那手，那手抖动了一下，随后便紧紧地被握在他的手中。

朱温低头亲吻着那手，闻到一个少女身上的馨香，一阵热流流遍全身，一种热烈的急待喷涌的欲望鼓动着他。

抬头，他看到一双灼着火光的柔情四溢的眼睛。

他的心再一次被震荡被鼓舞。他站起身，用温热的嘴唇亲吻那双多情的眼睛，那炽热的脸，那冰凉而柔软的甜丝丝的嘴唇，接触到了她更加柔软灵巧的舌尖。

他们整个地搅在一起，搅起了一场热腾腾的爱的火焰。

在火焰中，黑夜悄悄地退去。

……

回了营房，看着庞英空荡荡的床，孟雪娘长长地叹了一口气。

记记说："雪姊，别难过。英子长大了，她会照顾自己的。"

秀秀围上来说："英子那个性，走到哪儿也不会吃亏。何况，她进了都统府，又有大将军的关照，说不定呐，将来她比咱们都强！"

孟雪娘苦笑道："我倒不是担心她别的，就觉着我们姊妹在一起生生死死这么多年，一下子不在身边了，心里空空的，好难受……"

记记说："我也是。天天在一起时还不觉得，怎么才一晚上不见，心里就不是滋味。"

秀秀接过说："我也是……"

孟雪娘听见她俩的叹息声，连忙说："好了，大家都别难过了，快睡觉，休息好，过两天还有大行动。"

记记、秀秀异口同声问："什么大行动？"

孟雪娘手一挥说："睡觉，明天再说。"

曹蔓、盐盐骑在一匹马上，各背一包袱，朝汴州城前行。

盐盐拍着曹蔓的肩说："大嫂，明天咱们就可以见到大哥了。你一定高兴吧？"

曹蔓回道："高兴呀。一转眼，几个月就过去了，不知他怎么样？"

"哥不是给你写信说了吗，他好着呢，信上还说他想你，叫你快去！"

"好个死丫头，你敢偷看我的信？"

"他信上是说怎么怎么想你嘛……"

"女孩子家，也不害羞？"

"怪了，他想你，你不害羞我害羞？"

"再瞎说，我把你颠下马去！"

"我偏说，就是偏要说——大哥想死大嫂了，大嫂想死大哥了……"

曹蔓使劲打马，马飞奔起来。

盐盐紧扶马鞍，笑哈哈地说："再颠高点，真过瘾……"

第十七章　情殇

一觉醒来，王仙芝发现自己躺在地上，衣服也没脱，他翻身爬起，头脑中冒出一个美丽的身影："不是她把我扶回来的吗？她人呢？"

他对门外大声喊："来人。"

卫士进屋："大将军。有何吩咐。"

王仙芝摸了摸有些发昏的头问："昨晚新来的那个无畏营女兵呢？"

卫士答："昨晚就走了。"

"哪儿去了？"

"出大门去了。"

王仙芝拍拍脑袋，渐渐地想起了昨晚发生的一切，对卫兵："快去把二将军请过来！"

少顷，黄巢进屋问："大将军有事？"

王仙芝说："昨晚酒醉，庞英扶我进屋后，今晨发现她不辞而别。难道是她不愿在府中当护卫，回无畏营去了？"

黄巢问："让我去无畏营看看她在不在？"

"我请你来就是这个意思。她要是在那儿，就叫她回来；她要是不愿回来，你要她晓之利害。不过，此事不宜张扬。"

"我明白。"

大清晨，记记、秀秀挤在孟雪娘的房里梳洗整装。孟雪娘利索把长辫子一绕一卷，形成一个漂亮的发髻。

秀秀用羡慕的目光对记记说："瞧，雪姊的头发太漂亮了。"

"岂止是头发？我们雪姊身上的每一处都很漂亮。"记记自豪地对秀秀说。

"你怎么知道，你又不是二将军。"秀秀悄悄地说，一脸怪笑。

记记轻轻地打了秀秀一拳，二人冲着雪娘笑。

"两个小丫头，嘀咕什么呢？"孟雪娘问。

此刻门外女兵报："二将军到。"

孟雪娘忙说："请。"

记记、秀秀相视一笑。

黄巢进屋说："奉大将军口谕，有一事相问。"

孟雪娘说："二将军请讲。"

黄巢看了看记记和秀秀，欲言又止。

记记、秀秀同时说："我们去练兵去了，你们谈。"说完二人退出，反身把门关上。

孟雪娘说："黄大哥，有什么事请讲吧。"

黄巢问："庞英在吗？"

"她不是昨晚留在都统府当护卫了吗？"

"大将军说，昨晚酒醉，庞英扶他回房，但今早醒来却不见她，让我来问她回来没有。"

"她没有回来。平日，我们同睡一室。"孟雪娘指着一张空床："你看，那就是她的床铺……"

"怪了，她会到哪儿去呢？"

"庞英是个性子硬的姑娘，是不是昨晚……"

一路说笑，终于来到汴州。

曹蔓、盐盐在黄巢住处下马。

曹蔓向前问卫兵："请问兄弟，黄巢住这儿吗？"

卫兵说："你是问二将军吗？是住这儿。你是他的谁呀？"

盐盐上前说："黄巢是俺大哥，她是俺大嫂。"

"啊！他刚出去。"

"去哪儿了？"

"去大将军都统府。"

此时黄巢侍卫走过来。卫兵问他："你不是跟二将军一起出去的吗？二将军夫人从曹州来找他呢。"

侍卫说："二将军去无畏营了。"

曹蔓："无畏营？"

侍卫解释："我随二将军从都统府出来，走到无畏营营门口，他就叫我先回来了。"

曹蔓问："无畏营离这多远？"

侍卫："不远，北门上，拐个弯就到。"

曹蔓说："盐盐，你随这位大哥先进去，把马拴了，走这么远，也让它歇歇。你也先歇歇，我去找着你大哥一起回来。"

雪娘对黄巢分析说："这丫头性子烈着呢，她要是不愿意的事，谁也勉强不了她……"

黄巢看着孟雪娘轻声说道："什么将带什么兵，这点倒与你很像。"

孟雪娘回他一句："你说什么？东拉西扯的。"

黄巢笑着说："我说她不愿意，也犯不上跑呀？回无畏营就是了。"

"回来？大将军又叫她去怎么办呢？"

"依大将军为人，他是不会勉强谁的……"

"她又怎么知道呢？再说，那是没进汴州时，而今……"

"这么说来，她一定跑远了。"

"我想不会，庞勋大哥牺牲前把他交给我，我们亲如姊妹，她舍不得我和我们无畏营。她不会跑远。"

"那我们分头去找，但不能张扬。"

"当然不能张扬，除了你我以外，不能让人知道……"

"对，不能让人知道。好，我走了。"说完黄巢站起来准备离开。

孟雪娘打开房门，二人往外走，抬头一看，都愣住了。

这是一个美丽而疯狂的夜晚。

朱温与庞英彼此欣赏，彼此惊喜，沉没在狂放的激情中。

枕着欢乐与满足，朱温很快进入了梦乡。

而庞英却激动得难以入睡。

她脸上闪着幸福的光泽：我没有看错，他不仅是英雄，更是一个好男人。今生今世就这么定了……

一大早，换上卫士衣甲的庞英拱手立于朱温床前报："大头领快醒来，有紧急军情报告。"

朱温被惊醒，迷糊着，怒言："什么紧要军情？吵醒我的好梦！"

睁眼见床前一清秀的陌生卫士，惊问："你？！"

庞英莞尔一笑："在下庞英愿为朱大头领作终身护卫。"

朱温拉过庞英，摸着她的脸蛋说："你，你真会调皮。"

庞英说："昨晚，你不是担心我躲在你营里会被人知道吗？现在，你不担心了吧！"

朱温搂紧她说："我的小心肝，我的好人儿……"说着把嘴伸了过来。

庞英娇嗔说："别……大头领，大白天的，你不怕被人看见了。"

朱温理直气壮地说："我怕什么，有你这样一个美人护卫，谁敢擅自闯入？"

他们亲吻在一起，理直气壮，肆无忌惮。

曹蔓站在门口，黄巢很感意外，他问："你怎么来这儿了？"

曹蔓意味深长地看了他一眼说："刚到，听说你在这儿就赶过来了吧。"

孟雪娘笑着说："是嫂夫人吧，我是孟雪娘，刚与二将军商量完公事，进来坐吧。"

黄巢说："不麻烦了，你还有事，我正好与夫人一起回去。"

黄巢与曹蔓相伴而行。

凉风徐徐吹来，清晨的天边还挂着一轮圆月，路边的花草沾裹上一层露珠，显得格外柔美。

曹蔓随手摘朵小花把玩："这是我们第一次散步吧。"

黄巢指着天上的圆月，打趣说："可不是？还漫步在花前月下呢。"

曹蔓扬着手中的花："你是指这个。"

黄巢看着曹蔓说："我的夫人，你当然知道我指的是什么。"

曹蔓一下羞红了脸："我在你心中是花吗？"

黄巢说："那当然，一朵开不败的生命之花。"

曹蔓说："几个月不见，嘴学得这么油了。别人那么远来看你，可这么凑巧，我来了你就去了她那儿。"

黄巢说："公务，大将军交办的公务。"

曹蔓抬起头问："是'除你我之外不能让旁人知道'的公务？"

黄巢面带难色："实在是凑巧。"

曹蔓却笑道说："凑巧门又关那么紧……"

黄巢正色地说："夫人，别人也许要误会，你可千万别误会呀。"

曹蔓说："我当然信得过你。那我问你一句话，你可要老实回答。"

黄巢心一惊："什么话？"

曹蔓望着黄巢的眼睛说："听说漂亮能干的孟雪娘倾心于你，你动过心吗？"

此刻，他们已来到了黄巢驻地。

黄巢正要开口，侍卫跑上前报："二将军，探马回来了，有紧急军情报告。"

探马跑过来："报二将军，淮南、义成两处兵马，停止向我汴州前进，掉头原路回去了。"

黄巢回头对曹蔓说："夫人，你先休息一下，我去去就回来。"然后对探马说："走，随我去都统府见大将军……"

唐僖宗乾符三年（公元 876 年）九月九日，僖宗在大明宫宴请大臣。僖宗说道："上苍恩泽，入夏以来，关中普降喜雨，旱情大解。今秋农田丰收，物价渐稳，朕借九九重阳佳节，设宴宫中，与群臣共贺。"

众大臣举杯齐声："托天子洪福，我大唐复得振兴。祝皇上万寿无疆，万岁万万岁！"

僖宗说："因连年干旱，兵戈难息，军需不足，国库空虚，朕决定赐空名殿中侍御史告身五通，监察御史告身十通，有愿出家产财赀十万以上者，朕下诏赏官，子孙永享。"

谏议大夫林奇离席谏道："陛下不可。目下买卖官爵已成官场大害，今陛下决定以十万赏御史，无异于认可买官卖官。上行下效，贻害无穷。"

拥在僖宗身边的田令孜指着林奇说："林奇休得胡言，皇上赏官与买官卖官可以同日而语吗？污蔑皇上，罪不容诛！"

林奇不慌不忙地说："田大人，请息怒，下官是谏议大夫，职责所在，待我说完，再诛不迟。"

僖宗挥挥手说："让他讲。"

林奇接着说："今日皇上赐宴，以今秋丰收，物价渐稳为由，其实，今年农田丰收只在关中一小块地面，全国大多州县，水旱蝗灾肆虐，饥民饿死者日以千万计，故陈州、颍州、寿州、鄂州等地盗贼又起；且南诏边患未平，幽州节度使被逐生乱，太原李克用父子反叛，更有王仙芝、黄巢二贼占据汴、濮、曹诸州。几多事关我唐朝兴亡的大事不议，仅因区区关中多收了几石粮就大摆筵席庆贺，实为不当……"

王铎起身批驳道："林奇所奏，危言耸听。关中长期干旱，今年天降喜雨，粮食丰收，物价平稳，乃托皇上洪福，理应感谢上苍，感恩皇上，一万个值得庆贺。所言南诏边乱，皇上早已下诏增兵，高骈已于上月平息；幽州节度使张公素因图谋不轨被部将李茂勋所逐，上表荐其子李可举代之，皇上已下诏从其所请，命他统军讨伐太原李克用父子叛乱。前日得报，李克用父子已兵败逃亡鞑靼。原赴太原讨伐李克用的曾元裕兵马已掉头回攻盘踞在汴州、濮州的王仙芝、黄巢。至于陈州、颍州、鄂州等地的小股盗贼，早已命淮南、义成诸镇兵马去征剿了，指日便可平定。这么多喜庆之事你林奇一叶障目不见泰山，却趁今日吉宴大放厥词，是何居心？该当何罪？"

林奇还要讲话，僖宗抢先说："朕今日设宴与群臣相聚，本想多听吉言，让大家都高兴快乐，可是你尽说丧气话，破坏朕的兴致。殿前卫士，把他押下去，削去他的官爵，发配三千里外，永不准回长安！"

望着黄巢与曹蔓远去的背影，孟雪娘心里有一股说不出的滋味。

"我不是希望他幸福吗？说他的幸福就是我的幸福吗？可为什么看见他们这样我并没有幸福感却只有一种酸楚和空落？"孟雪娘这样问自己。

她知道自己没有理由。所以她总是在克制自己，只是默默保存那份美好，那份镌刻在生命中的美好。

如果命中注定只能这样，那她就守候好了，哪怕守候一辈子。

反正她这一生都"嫁"给了无畏营，无畏营是她真实的家。

她转身回屋拿起长剑去了练兵场。只有与姊妹们在一起时，她才感到快乐充实。

练兵场上，秀秀和记记等各自带兵对阵，孟雪娘在旁看着，不时地予以指点，有时亲自示范。

练完后，秀秀和记记跑上来缠着孟雪娘问："雪姊，你昨晚说过两天有大行动，是什么大行动，给我们讲讲。"

孟雪娘悄声说："可能要攻打洛阳。"

秀秀、记记："好哇！太刺激了。"

旋即，记记说："不过我听说年前哪儿也不去，就在汴州城里过冬。"

孟雪娘问："谁说的？"

记记答："都这么说。"

孟雪娘："想得真美，官兵能让你在这安稳过年吗？"

记记、秀秀说："我们也这么想。"

孟雪娘接着说："在这儿过冬是不可能的，想都不能这样想。至于攻洛阳还是攻其他地方，这两天开会议定，因此，我们要随时作好出发准备。"

记记凑上前对孟雪娘小声说："今天二将军来找你，你们两个在屋里叽叽咕咕半天，说些啥呀？是不是……"

孟雪娘笑着推开她说："小丫头，说啥呢？都是公事。"

秀秀在一旁偷笑说："偏偏又遇上黄大嫂来……"

记记说："这下可有些麻烦了。"

孟雪娘摇着两人的肩说："好姊妹，我的好姊妹，我求你们别再提这档子事了好不好？"

第十八章　唐末，更是女人的黄金时代

今年的秋天比往年来得晚，但一来就气势汹汹。一阵秋风之后，绿色退去，树木被扫荡得光光秃秃，风也一天比一天凉，转眼间似乎就能看见冬天的影子了。

冬天，当是作战的好天气。

汴州都统府大厅，大将军王仙芝召诸头领议事。

黄巢对大将军说："眼前天气转寒，关于我军的下一步方案，应尽快决断。根据快马报，向我汴州进逼的淮南、义成两处兵马已掉转马头回去了，原因是陈州、颖州等地盐民起事，要回去对付他们。我义军不如趁此机会尾随杀去，取了陈州、颖州，与盐民起义军汇合，以壮大我义军队伍……"

尚君长起身说："依我之见，时已深秋，严冬将至，汴州城内物资齐备，看来官兵已自顾不暇，不会来打扰，不如休息几个月，到明春养得膘肥马壮，看局势变化，再议朝哪个方向进军。"

头领中有不少人附议："此议甚好。目下衣食无忧，多休整些时日，以便来年更有实力出战。"

孟雪娘立即反驳："此议不妥。汴州城内虽有足够的物资过冬，但我义军人马有限，如官兵多路来攻，很难长期坚持。必须主动出击，另图发展，才是长远之策！"

头领中有附议者说："此议有理。试想如官兵攻来，切断我与曹州、濮州联络，困守孤城，怕很难守住。"

黄巢见王仙芝来回走动，犹豫不决，尚未拿定主意，便起身侃侃而谈：

"不错，我们目前占有汴、濮、曹三州之地，现有的粮食衣被也足够我两万弟兄挨过冬季。但谁能保证这么长的冬季没有官兵来讨伐？如果来了，像我们现在有些人的心态，是否能有足够的勇气和力量去对付数倍甚至十数倍于我们的官兵？明天是什么样我不清楚，但我清楚今天。如果我们像今天这个模样，我们的斗志和勇气一定会随冬天的到来而慢慢冷却。各位头领兄弟们，到时候，你会悔得用头去碰墙！但已后悔莫及，那时你跪下磕头也救不了自己。远的不说，十五年前湘东裘甫起义，五年前的徐州庞勋起义，莫不因为稍有小胜便苟安一时，或在紧要关头犹豫不决，错过时机导致失败，留下千古遗恨。大将军对此早有考虑，成竹在胸。他在三十岁生辰前曾向我谈到挥师西进计划，下面请大将军给大家明示……"

王仙芝一听，立即被鼓动了起来，挥着手大声说："二将军的话我听了很激动。我们不能光顾眼前，这汴州才多大地方？比起东都洛阳，只能算个乡下的小集！小时候跟我父亲去过洛阳，进城门老远就看到当年武则天大帝住的皇宫，又高又大又气派。城里，横街竖街数不清有多少条，那街道之宽，可以并排过四辆大马车。街两旁店铺全是楼房，一幢接一幢。那酒楼里窜出来的香味，别提有多好闻了，现在都能记住。那时我就想，将来有那么一天，我一定要坐进那酒楼里海吃它一顿……大家想想，今年冬天我们要是能在那儿过冬，不比窝在这汴州城强？"

尚君长激动起来，举臂呼应："对，咱们听大将军的！"

王仙芝接着激情高昂地说："再说了，攻洛阳就要选在这个时候。洛阳城的护城河又深又宽，下个月是十月，正是河水结冰的日子，又不用淌水。我就说到这儿，看众头领还有什么话说？"

众头领齐口说："没有了！"

王仙芝果断地说："那就这么定了，三天内出发，各自做好准备。至于行军路线，谁先锋谁断后谁留守，一应军务，听二将军安排。"

众头领听后点头，情绪高昂地陆续散去。

王仙芝想起一件事，低声问黄巢："那个叫庞英的女兵有消息吗？"

黄巢答："正在查访，还没有。"

侍卫装束的庞英在帐篷里舞剑。

两人的世界虽说温馨浪漫，但庞英内心总感到有点空，有点慌。特别是激情之后的那种寥落。她觉得有点认不出自己了。她从来没有如此迷恋过、深陷过。她不敢想象姊妹们知道这件事后对她的态度。她开始想念无畏营的生活，那种姊妹间坦荡的、亲密的、无私无畏的日子。以前她最不喜欢在人前躲躲闪闪、遮遮掩掩，没想到自己如今却像老鼠一样。她曾经为自己属马而骄傲。既然属马，就应该飞奔。

庞英正想着，朱温兴致高昂地走进营帐，一边换衣，一边对她说："英子，要出发打仗了！你又可以欣赏我朱大英雄的英姿了。"

庞英忙收回剑，喜滋滋地接住他的衣服挂上，给他端上茶，问道："大英雄，去哪儿？"

"攻打洛阳。"

"太好了，咱俩可以并肩作战了。简直是太幸福了。"

"你跟我并肩作战？"

"怎么不能？"

"你嘛，平时是我的侍卫，打仗时是我的马伕。"

"什么什么？马伕！"

"喂马，牵马，遛马，都是你的活儿。"朱温一脸正经说。

"你怎么这样对我？我不干，我回无畏营去！"

"我这是爱护你，今天散会时，我亲自听见大将军问二将军：'那个无畏营的女兵呢？'"

"二将军怎么说？"

"他说他正在查访，找着了马上就送回都统府去。你回去，正好被他们逮着。"

"那无畏营的姊妹们也一起去攻打洛阳吗？"

"听说让她们留守汴州城。"

"那我非去无畏营不可。"

"你不跟我并肩作战啦？"

"不，我只想去看看她们，雪姊、记姐，还有秀秀，她们对我多好啊！她们一定也很挂记我，我去向她们告别。"

"现在你去不得……"

"管他的，我本来就属于无畏营，再说了，我能在你这儿藏一辈子呀？"

提到无畏营，孟雪娘那不可侵犯的俊美形象又出现在朱温的面前，一股酸酸涩涩的感觉涌进他的心旦。

每次看见无畏营的女兵操练，盐盐心里都痒得慌。那天她终于对曹蔓提出："大嫂，我要参加无畏营。"

曹蔓抚摸着她的头坚决地说："不行，你还小。"

"无畏营里有些女兵比我还矮半个头呢！"曹蔓仰着头比画着说。

"那也不行。"

"为什么？"

"我是你嫂，不能让你去。"

"没道理，我要去！"

"要去，跟你哥说，他准你去你就去。"

"好大嫂，你帮我说说嘛。"

"我说了也不管用。告诉你，有一个人说了准管用？"

"谁？"

"孟雪娘。你哥最听她的话。"

"她，我认识，我去找她。"盐盐说。

趁着茫茫夜色，庞英走在熟悉的小路上，快步来到无畏营近傍的小树林里。小草散发出淡淡的清香，蟋蟀在欢快地鸣唱，这里的一切都令她感到亲切，引发出她许许多多说不出的感动与伤怀。

她望着曾与小姊妹们住过的帐篷漏出的灯光，眼里闪着泪花，远远地向孟雪娘、记记和秀秀告别，句她们诉说感激和想念，请她们原谅和理解她的逃走："我的心永远追随你们，我永远是无畏营的一员，今后永远为无畏营增光添彩。哪怕战死沙场，我的魂也会飞回来与你们团聚……"她喃喃自语，既怕碰见人，又想碰见人。她试着向帐篷靠近了些，"英子姐。"突然耳边冒出一清脆的声音，庞英一惊，心里扑扑乱跳，回头见是盐盐，问道："黑灯瞎火的。你跑到这里干啥？"

盐盐说："找雪姊呀。"

"什么要紧事？"

"我求她给我哥说说，准许我参加你们无畏营。"

"那你算找准人了，她给你哥说了，准保成。"

"英子姐，黑灯瞎火的，你一个人在这儿干啥？"

"我，我在这儿放哨。"说罢，她故意岔开说："你不是去找雪姊吗，顺这路过去，你看，她就住在亮着灯的那顶帐篷里。你去吧，我还要去巡哨呢。"

为了在司空图生日那天给他一个惊喜，鱼玄机开始了一个大胆的行动——排演舞剧《兰陵王》。剧情讲的是北齐兰陵王高长恭因容貌姣美不足威敌，常戴假面以御敌的故事。她把身边的人全动员起来，亲自策划主演，硬是把皇宫的歌舞搬到了后院。

只见她身着兰陵王的绣金袍服，又勾了脸谱，一上场，竟惊得司空图半天合不上嘴。她太艳丽迷人了。精心勾画的五官流韵飞扬，举手投足，飘逸婉媚。惹得前院的人不断后涌，整个场面比过年还热闹。

司空图的大太太本说要去长安，却迟迟不动身，听说鱼玄机在后院上演《兰陵王》，便在丫头们搀扶下赶到戏台前。抬头看去，妈呀，这个鱼玄机收拾打扮得实在是艳丽耀眼，在台上又是舞又是唱的，那抛媚眼的功夫勾魂摄魄，看得她妒火中烧。

"呸，哪里来的狐狸精！"大太太指点着鱼玄机说。

身边婢仆们尽皆暗自发笑。

鱼玄机看出大太太的不高兴，故意夸张地表演着。

司空图最喜欢她的夸张姿态，看得很投入。

"司空图，这是哪里请的戏子？演得人不人鬼不鬼的！"大太太叫着司空图问。

"你，你，你这是干什么！？"当众被人羞辱，司空图忍不住对大婆吼去。

"好你个司空图，你长脾气了！"大太太尖声吼道："叫她停下！堂堂一个观察使居然家里养戏子，传出去像什么话？"

"太太你放心，人人都知道观察使家里没有养戏子，只养了一条母老虎！哈哈……"鱼玄机用戏腔语言一字一顿地说完，然后一步一摇地走到大太太面前，轻言细语地说："给大太太请安。"

大太太气得全身发颤，转身冲着司空图大叫："司空图，快给我到堂上来！"

"来了，来了……"自知捅了马蜂窝的司空图连声应着向堂上跑去……

自曹蔓来了后，黄巢居住的小院彻底变了个样，不仅屋里变得干净整洁了许多，连那杂草蓬生的院坝也被平整了出来，作为练武的场地。

黄巢对正在月色中练武的曹蔓说："这次攻打洛阳，我想要你跟我一起去。"

曹蔓惊喜地问："真的？"

"真的！"

"你不怕我成为你的累赘？"

"那是以前，现在，你马也会骑了，又学了几套武艺，有你在身边，我会更有信心打胜仗！"

"那盐盐呢？"

"只有带上她吧。"

"她闹着要去无畏营。"

"只是小了点，我不放心。"

"你看我猜对了吧。"

"什么猜对猜错的？"

"盐盐想去无畏营，我说你不同意，她求我给你说，我叫她去求孟雪娘，说你哥最听她的话……"

"你，你怎么尽跟我开这种玩笑？她去了？"

曹蔓敞开嗓门喊盐盐，不应，又几间屋找了找，也不见："说不定真的去了。"

"你看你，天这么黑……"黄巢说着走出门外。

曹蔓问："你去哪儿？"

"去找盐盐。"

"司空图，我问你，你就任由着那不知来历的女人欺负我？"大太太端坐在太师椅上，怒气冲冲地说。

"今天的事明明……"司空图本想解释一下，还没说出，大太太抢过说：

"明明什么？说！"

"明明是好端端的一个歌舞剧……"

"那扭腰摇屁股，满场子抛媚眼叫歌舞剧？当年我随父亲进宫看到的《兰陵王》那气势、那舞姿、那唱腔，她见过吗？"

"我，我就觉得她表演得很到位……"

"什么？还很到位？怪不得看得你眼也直了，嘴也歪了，口水流了一下巴。你也不怕丢人？弄得上上下下里里外外都知道我们家来了个专勾男人魂的戏子。"

"你别一口一个戏子的，她是诗人，叫鱼玄机。"司空图辩解说。

"管他什么'鱼蟹鸡'还是'鸡蟹鱼'，司空图，你给我好好听着，我的家不是戏园子，如那女人再在我的后院里演戏什么的，我就轰她走，到时别说我给你难堪。"说完大太太起身而出。

盐盐把手试了又试，终于鼓起勇气敲开了孟雪娘的房门。

"小丫头，这么晚，有什么事吗？"孟雪娘问盐盐。记记、秀秀也笑盈盈地围了过来。

"雪姊，我是来求你的。"盐盐抓紧孟雪娘的手说。

"求我？"孟雪娘让盐盐坐下，给她一杯水，"别急，有什么事慢慢说。"

"我要参加无畏营，求你去给我哥说说吧。"

记记、秀秀在一旁直对盐盐竖大拇指，齐声对雪娘说："雪姊，你就去替她说说吧。盐盐跟我们在一起，他一百个放心。"

孟雪娘："我就怕他不会同意……"

这话凑巧被走近门口的黄巢听见，他说："我会同意！"

顿时，营帐里响起盐盐和记记、秀秀的欢呼。

孟雪娘指着一张空床："盐盐，你明天来，就睡那张庞英睡过的床吧。"

盐盐问："英子姐姐又睡哪儿呢？"

孟雪娘解释说："她呀，她去都统府去了……"

盐盐摆着手说："不对，刚才我还见她在站哨……"

黄巢、孟雪娘警觉地问："站哨？庞英在站哨？"

盐盐肯定地说："是哇，她还跟我说了话呢。"

黄巢问："她在哪儿？"

盐盐指着窗外说："就在营门外不远处的树林里。"

孟雪娘说："快带我们去找……"

众人出营房走到刚才庞英与盐盐说话的地方，盐盐说："就在这儿。她说她还要去巡哨，朝那边走了。"

黄巢："快，快找着她。"

记记指前面一个人影："那不是？"

众人攒过去一看原来是曹蔓。

盐盐问："大嫂，你来干啥？"

曹蔓："找你呀！"

三卷 青春激荡

第十九章　仰望洛阳

翌日，碧空万里，秋风徐徐，汴州城内人潮涌动，新入伍的义军战士要出征，亲人们为他们送别。他们送来花生、红枣、鸡蛋和鞋袜，手中还飞舞着柳枝。

黄巢指挥军队正准备出发。

"哥，等一等，我要去打洛阳！"盐盐哭着从无畏营跑来，"哥，雪姊分派我去放羊，不让我练武。我不愿意。她说这是命令！脸板得好吓人。哥……"

黄巢一脸严肃地说："无畏营是兵营，孟雪娘是头领，头领的话就是命令，你愿也得听，不愿也得听。"

"可无畏营是兵营，又不是庄稼户，为什么要我去放羊？"盐盐瞪大眼睛问。

曹蔓从旁劝说道："盐盐，放羊才有羊肉吃，你看无畏营的姑娘一个个长得多精神，都是羊肉吃的。"

"反正我不去放羊，要跟你们打仗去！"盐盐翘着嘴回答。

"这丫头，你不是自己闹着要去无畏营的吗？"黄巢问她。

"就是，还要我给你哥说叫放你去，又叫你哥给孟雪娘说情收留你……"曹蔓说。

盐盐仍嘟着嘴："我是去练武，练了武好打仗，不是去当羊倌。一个女孩子家，拿个羊鞭成天在羊屁股后吆喝，多丢人……"

黄巢蹲下身，小声对她说："你把耳朵伸过来……"

盐盐迷惑地伸过耳朵。

黄巢对她耳朵低声说了几句，还用手比画了几下。

顿时，盐盐收了眼泪，一脸笑容地说："那好，我，我去，我去放羊。哥，嫂，你们攻下洛阳，我把羊喂得肥肥的慰劳你们……"

盐盐喜滋滋地一路小跑回无畏营去了。

孟雪娘见了问她："盐盐，刚才你跑哪儿去了？"

盐盐用手擦着脸上的汗珠说："哥嫂他们要走了，我去送送。"

"那你背个包袱干啥？"孟雪娘指着她背上问。

"你不是命令我去放羊，叫我搬到羊圈去住吗？"盐盐大眼睛一眨一眨机灵地回道。

"那你愿意了？"孟雪娘笑着问。

"早就愿意了。"盐盐直点头。

"好，跟我走。"孟雪娘把盐盐带到一座木楼下，指指楼上说："楼上圈里有十几只小羊羔，早晨，你顺着这楼梯把小羊羔一手一只抱下来，赶到有草的地方去放；晚上，你把它们一手一只抱上去。等到每只羊长到一百斤重时，你就搬回无畏营跟我一起住，我再教你别样的武艺……"

盐盐高兴地说："雪姊，打小我就喜欢放羊，你放心！"

此时卫兵来报："孟头领，大将军马上要出发，有事请你去。"

孟雪娘翻身上马，扬鞭离去。

由大同至汝州的行军路上，凄厉的秋风把"诸路行营招讨使·曾""诸路行营监军使·刘"的旗子拧成麻花，李混大声训斥着举旗的士兵。

曾元裕与监军刘行深并马而行，一路交谈。一骑飞驰而来在二人面前下马："报二位大人，王仙芝、黄巢贼军已攻下汝州，正整顿兵马西攻洛阳。"

刘行深长叹一声："唉！这伙毛贼，又让他们先走了一步。"

曾元裕眼睛一转，提议说："保住洛阳要紧，改道去救洛阳，刘大人意下如何？"

刘行深点头："正合我意。"

曾元裕下令："停止前进，改道去洛阳。快！"

李混高声传达："改道去洛阳。快！"

士兵们立即改道，踏上去洛阳的官道。

曾元裕问刘行深："刘大人，到了洛阳我军大营扎在何处为宜？"

刘行深回道："当然扎在洛阳城中为宜。"

曾元裕说："贼军从汝州进攻洛阳，中间横亘着一道险峻的龙门山，其唯一通道是离洛阳三十里的伊阙山口，如果我们抢先占了山口，便堵住了贼军进攻洛阳的去路。故依我之见不如把大营扎在伊阙。"

刘行深摸着下巴说："大人此议不妥。你我这次出征，从关内道走河北道，又去河东道，再下河南道，马不停蹄，人不歇鞍，行程数千里，虽然没有打仗，但早已人困马乏，而今去了洛阳，那里粮食军需不愁，且城高壕深，进可攻退可守，让将士们多休息几日。待贼兵来时，我军正好以逸待劳，或出城迎战，杀他个人仰马翻；或固守城池，厉兵秣马，待来年开春，再发兵收复河南河北沦陷诸州县也不晚。再说，像我已四十出头，年事已高，长期在外行军打仗，住营房，睡草铺，饥一顿饱一顿的，你看看我这身子骨，瘦成什么样了？放着个洛阳城不去住，却去守山口风餐露宿……"

"那就遵照大人意思，把大营扎进洛阳。"曾元裕停顿了一下，看着刘行深说："只是末将愿分兵一部去守伊阙山口，大人，你看如何？"

刘行深摇头说："那也不妥。你把兵分走了，这守洛阳的兵不就单薄了？都进洛阳，有事咱俩也好商量……"

"那就依大人的。"曾元裕口里这样说，但心里已另有打算，他要利用伊阙山口的有利地形把王仙芝的势头压下去。

王仙芝与黄巢等头领在汝州大营商议下一步行动。

王仙芝站在地图前，叉着腰指点着说："我们拿下汝州已有两天了。据报，洛阳城内官民慌作一团，城外官兵全都龟缩城内。由汝州去洛阳道路畅通无阻，没有半个官兵把守，就连去洛阳的必经之路伊阙山口，也无官兵。曾元裕的兵马，虽已离洛阳不远，但从太原远道而来，早已疲惫不堪。另外几处援兵都在路上。我决定乘胜前进，攻打洛阳……"

黄巢忙说："攻打洛阳从目下看确实是个机会；我军新胜，士气正旺；敌兵节节败退，普遍厌战；且洛阳城内军心不稳……但也要看到不利方面，我军兵力有限，与洛阳城内官兵数量相比，相差很远；何况，曾元裕的兵马已过阳武，正向洛阳疾进。宋威的淮南、义成两军大量补充兵源后正向汝州逼来。另外还有陕州、滑州的官兵，也正在向洛阳集中。兵法云，兵者，诡道也，官兵不在伊阙设防其用意何在，尚不敢肯定。故依我之见，不如做个攻洛阳的架势，设疑虚晃一枪，把敌人大量兵力吸到洛阳周围后，我主力则乘机南下，攻取宋州、亳州、郓州、蕲州等地，驰骋江淮，广召兵马，扩大队伍，充实给养，待力量壮大后再回过头来取洛阳不迟。"

王仙芝拍着黄巢的肩说："二将军此言差矣，兵书说兵贵神速，我义军如不乘此大好时机攻破洛阳，在城中安稳过年，大冷天去四处流窜，自讨苦吃，岂不被人笑话？本大将军决定，明日三更造饭，五鼓出发！"

"好，太好了，兄弟们就盼着在洛阳过年！"尚君长点头赞叹。

"大将军……"黄巢的话还没有说出口，王仙芝便阻止说："事情就这样定了，二将军不必再议了。"

"我是想请大将军允许我说两句关于进军险隘地带应注意的事项，行吗？"黄巢不得已解释说。

王仙芝点点头："你说……"

精心准备的舞剧被母大虫搅黄后，又被撵出来住进简陋的小院，加之前段时间排演操劳过度，鱼玄机病倒了。司空图吩咐下人买了乌骨鸡配上莲子百合红枣炖了汤端去，玄机只吃了两口便把筷子搁下了。趁大太太不在时，司空图溜去小院。见玄机娇娇滴滴地躺在小屋床上，也不梳妆，一头瀑布般地黑发掩着半张白嫩憔悴的脸……

司空图心疼地说："玄机，让你受累了，好好休息吧。想吃什么，尽管说。"

鱼玄机笑了："我还认为你被母大虫管制起来，再也不敢出来了呢。"说完，强打精神挺起身来，对着司空图："把演唱的行头拿来。"

"你这是做什么？你还病着呢！"司空图大为不解。

"你来了，我的病就好了。我想单独为你演一场《兰陵王》。"鱼玄机伸出纤手从枕下抽出一张白绢展开，只见上面写着："易求无价宝，难得有情郎。"

司空图看了，只觉心一下被刺痛，情不自禁双手搂住玄机，唏嘘不已："我的好人，你的心我领了，我是这世上最幸福的人了。可……"

"可就怕被母大虫听到了？"她捶打着他的胸口说。

"你又不是不知道大太太的脾气，用不着与她纠缠。"

"谁想与她纠缠？我是看你欢喜，专门为你演。"

"我知道你的心，多一事不如少一事吧。"司空图宽慰着。

"司空兄，要不是她父亲当个什么狗屁尚书你至于这样吗……"鱼玄机要把那股压抑在心的怨气吐出来。

"我的玄机，这世上最理解我的就是你了。你消消气，别与她计较，咱们都别提她：'将取一壶闲日月，你我对弈话人生。'来，我俩喝酒下棋。"他取出棋子儿，笑嘻嘻地哄着鱼玄机说。

"你呀……真没出息！'鱼玄机长长地叹口气。

伊阙山又名龙门山，位于伊河西岸，为南入洛阳的唯一天然门户，远远望去，险峰林立，山口狭窄幽深，河谷两面都是峭壁，历来为兵家必争的险要关隘。

王仙芝派探马探视，一连三起探马来报说，伊阙山口未发现官兵。王仙芝大喜，亲率列队待令的义军纵马向前，黄巢阻止道："大将军且慢，等尚君长回来后，再进不迟。"

王仙芝及众头领望着伊阙山口，焦躁地等待着。

曾元裕在洛阳南郊的军帐中对着伊阙山的地图向众将领作精心安排："这次我们分左、中、右三路包抄，来他个瓮中捉鳖！哈哈……"布置完后，对左右："叫李混进帐。"

李混进帐躬身行礼道："随军校尉李混参见曾大人。"

曾元裕点点头："免礼。赐座。"

李混惊喜地："谢大人。"

"今日找你来有喜事相告：奉皇上诏，凡贼中有引三百人归顺朝廷者，赏将军衔。从即日起，你不再是随军校尉，而是我帐下的一员将军了。特向你道喜。"曾元裕意味深长地看他一眼说。

李混连忙离座向西下跪："谢皇上恩典，祝吾皇万岁，万岁，万万岁。"起身后，又向曾元裕下跪："谢曾大人栽培。李混愿为曾大人誓死效命！"

"好好干吧，李将军算是时来运转了，前途不可限量呀。起来起来。快把曹州城中的情况，仔细给我讲来……"

伊阙山口前，一队义军骑兵从山口而出，尚君长手中提着两颗人头，骑马在前，走到王仙芝马前，将两个人头丢下，向王仙芝拱手道："大将军请看，这是两颗官兵的人头。我领数百弟兄走过伊阙山口，直到洛阳城下南郊曾元裕营房前，杀了他的两个巡哨官兵，来回未遇任何官兵阻挡，山口两面山上，也无任何动静。路我仔细地查看了，大将军只管大胆领军杀过去！"

王仙芝听罢，一脸喜色，往后手一挥，吼一声："上！"

黄巢在他身后喊道："大将军，你稍等……"但王仙芝已率义军冲进山口。

山谷中顿时回声起沉闷的马蹄声和欢快的喧闹声。

黄巢跃马而上，追了上去。

小屋门外柳树下，司空图与鱼玄机对弈。

"侬家自有蓬草屋，对弈赏诗看伊容。"看着鱼玄机冥思苦想的样子，司空图诗兴大发，摇头晃脑地来上一句。

鱼玄机杏眼圆睁直逼司空图，顺口接道："方头大耳一对手，自鸣得意撩人心。"

"喂，别只顾看我的方头大耳，看看这儿，"司空图指着一局残棋说道："看看，这盘棋跟上盘一样，你又输了。罚酒，罚酒。"

"还不是因为你总干扰我思考。再说了这盘棋输得跟上盘不一样，你看，车马炮齐全，棋子儿多着呢。"鱼玄机数着棋盘中的棋子说。

"棋子儿再多，也是输。快来斟酒。"司空图高兴地搓着手。

"反正输的不一样。"鱼玄机给司空图斟上酒。

"那倒是，棋嘛，难找一局相同的，恰如人生。"司空图品着酒说。

"人生如棋局局新。司空图，你说贼兵打进洛阳来后，你我这局棋又该怎么下呢？"

"谁也说不准。"

"真滑头！看来是指望不上了。"

"指望什么？"

"随时跟在身边保护我呀。"

"哪我又指望谁呢？"

"真没劲。喂，我问你，你那母大虫说回长安，怎么这么久了不见动静？"

"长安岳父家都来人接了，她却不走了。"

"为啥？"

"她说怕路上不安全。"

"那这儿，贼兵打进来了她安全？"

"她听人说，贼兵不杀不掳，也就不想走了。"

"不是听说官兵要进城吗？"

"你是说的曾元裕的兵马？"

"是呀。"

"他们不进城。前日东京留守府公议，为了避免官兵入城骚扰滋事，只让监军刘行深带少数随从进城，其余兵马城外驻扎。"

"他们乐意吗？"

"先看咱们城里百姓乐不乐意。"

"那皇上不知道？"

"都什么时候了，还管他皇上知不知道！"

"这么说来，你那个母大虫不走了？"

"不走了。"

"你就让我住在这冷冷清清的茅屋里，你又难得来一次。"

"母大虫的脾气你也知道，闹起来，招架不住。"

"再没办法了？"鱼玄机盯住他问。

司空图无奈摇摇头："实在想不出办法。"

"那好，我有办法……"

鱼玄机为了司空图，已忍让得太多，她决心以自己的方式反抗，让那些敢欺负她的人知道厉害！

第二十章　兵败伊阙

　　王仙芝领数千义军冲进伊阙山口，行进在两面石峰壁立的山涧中。十余里的峡谷走过大半，未见一处埋伏。王仙芝面带喜色地前行着，黄巢却越走越担忧，他转身对王仙芝说："这么凶险的山间小道，官兵很可能在此处设伏，我们可要注意啊！"

　　王仙芝看了看小道两边浓密的树荫和陡峭的山峰，点头道："我们分散队伍加快速度，小心前行。"

　　尚君长却在一旁说："大将军放心，我早已派探马探过多次，我又亲自带兵侦察了两个来回，没发现任何可疑之处。官兵被咱们吓怕了，全都躲进洛阳城里去了……"

　　尚君长话音未落，半空中突然响起一声号炮，顿时，滚木礌石夹杂着箭矢和漫天的雪花从天而降。义军措手不及，两边夹击，四面受敌，乱了方向。只听木石撞击声、马嘶人叫声，响彻山谷。

　　"大家不要惊慌！赶快躲在岩石下！"黄巢大声喊叫指挥人马，"保护好大将军……"一块石头砸翻他的坐骑，他被摔下马，头部触地，昏了过去。

　　第一眼看见李混，曾元裕就知道他是什么样的人了。以他的作战经验看，利用好这样的人往往是打胜仗的关键。

　　他问他："你知道王镣大人现在何处？"

　　李混忙回道："自上次劫狱失败，贼兵对王大人的看管更加严密，他在何处，尚未探知。但估计王仙芝不会把他带去行军打仗，眼下仍在汴州的可能性很大。"

"该不至于被贼兵杀了吧？"

"不会，肯定不会。"

"你敢肯定？"

"是的。大人明白，凡造反的人起初只不过为了求个活路，一旦声势大了，便盼朝廷招安，讨个官做。能逮住朝廷官员，便想借他做个跳板搭个桥，要是杀了，岂不自断后路。就像末将，与官兵作战总留一手，图的是以后有个退身的地方……"

曾元裕点点头，问道："你能肯定王仙芝、黄巢也是这样？"

"对黄巢，还不敢说；对王仙芝，末将早就看出他有投靠朝廷的意思。"李混蛮有把握地回答。

"什么时候？"

"他在汴州做三十岁生辰宴时，竟让乐工奏《上元乐》。"

"这与他想投靠朝廷有关？"

"末将认为有关。《上元乐》乃先皇高宗皇上所作，王仙芝命乐工演奏它，请人排演，无外乎是表示他对大唐朝廷的忠诚。"

"有道理，没想到你懂的还真多。"

"末将只不过读过几年书，粗懂音律而已。谢大人夸奖。"言词间，李混掩饰不住一脸的得意。

"此外，还有什么根据吗？"

"当然有，最明显的莫过于他对王太守的态度，不但不杀，反而对他优渥有加，又派他的心腹尚君长去看管，对他关怀备至。"

"其实，当初黄巢在曹州俘获他时，对他的照顾也不错。"

"以末将看来，黄巢不杀王大人，对他关心照顾，是为了利用他引诱官兵，牵制官兵；而王仙芝的不杀他，优待他，是为了以他作为投靠朝廷的牵线人和讨价还价的本钱……"

"你说得透，是过来人的心里话。不过，王大人在他们手上，始终是我一块心病，你应该想尽办法把他救出来，一则可以对王相国有个交代，再则也好让我们放手去剿贼！"

"末将谨遵大人将令，就是拼了性命，也要救出王大人……"

此时探马急报："报大人，王仙芝领数千贼兵在伊阙山峡中了埋伏，死伤大半，没死的正在逃跑。"

曾元裕听罢兴奋地起身："果如我所料。"命左右，"快备马！"

那晚北风呼啸，一身白衣白裙的鱼玄机带着鬼面具轻巧地攀上后花园墙头。她有一种说不出的快意，她想象得出母大虫看见后的反应，她迫切想看看这个趾高气扬不可一世的尚书千金被吓得惊恐万状的模样。

出逃、巧遇、作诗、演戏、下棋、装鬼……鱼玄机想不到仅仅为逃命而活着的生命可以如此丰富刺激，原来愿望是可以上升为行动的，只要肯大胆地做，说不定还有更精彩的人生在等着自己。这时，她有一种发现自我的快乐。她站在墙头，迎风而诵"人生无根蒂，飘如陌上尘。分散逐风转，此已非常身……及时当勉励，岁月不待人"。陶潜的诗不仅给她灵感，更让她体会到"陌上尘"的真实，自己不就是他笔下的"陌上尘"吗？她要在不停地飞扬中寻找着自己，扩张着自己……

黑暗，数不清的黑暗层层地向他压来，胸被压得喘不过气来，他想喊，可使出了全身之劲也喊不出来，他渐渐失去了知觉……一阵钻心的疼痛刺醒了他。黄巢强睁开眼，见大汗淋淋的秦宗汉正背负着自己一步步地挪着向伊阙山口爬去。他喊道："宗汉兄，快放下我！"

"你终于醒了？太好了！"秦宗汉精神为之一振，高兴地放下黄巢，他的肩上全是血迹。

"你受伤了？"黄巢指着他身上的血迹问。

"不，那是你受伤的血。"秦宗汉指着他的头部。

黄巢急着说："咱们快去找大将军。"

在散发着血腥味的战场，二人小心翼翼地搜寻，终于在死人堆中找到了受伤的王仙芝，搀扶着他跟跄奔向山口。此时山上滚木礌石渐稀，未被砸着的义军牵过马来，扶王仙芝、黄巢上马。黄巢指挥幸存的义兵迅速撤退。

"反贼！哪里逃？"忽然身后喊声大起，曾元裕领兵呼呼地杀来。

黄巢大吼一声，掉转马头，手舞大刀领着残兵与曾元裕对阵，且战且退，退至入口处，被后队兵马接住。

曾元裕见入口处义军阵容整齐，不敢冒进，一招手，指挥官兵退进山谷，撤军而去。

王仙芝环顾左右，清点跟随自己攻洛阳的头领，少了好几个，幸好大部分尚在，他特别问尚君长一句："交给你的人呢？"尚君长回答："保护好着呢，大将军放心。"

随即，王仙芝在汝州召开的军事会议上，完全采纳了黄巢挥师南下的建议。因伊阙之战义军伤亡巨大，决定将濮、曹、汴诸州义军合军一处，突破官军的合围，强渡淮河、长江，向朝廷兵力薄弱的江南一带发展。

鱼玄机悠然自得地在自己小院里吟着新作："翠色连荒岸，烟姿入远楼。影铺秋水面，花落钓人头。根老藏鱼窟，枝低系客舟。潇潇风雨夜，惊梦复添愁。"

"好诗哇好诗。全诗写柳却无一柳字，真乃不着一字，尽得风流！"在门外偷听的司空图拍手叫好。

"好你个司空图，鬼魂似的，悄没声息地就进来了，把我吓一跳！"鱼玄机用手指戳着司空图宽阔的脑门。

"娘子休怒，在下给你赔礼了。"司空图拱手赔笑。

"好几日不来，我当你真的去王仙芝麾下当贼去了呢。"

"这几天，我在搬家。"

"你搬什么家？"

"我大婆前日已去长安了。"

"如此说来，你是要接我进你府第，与你同游麒麟阁了？"

"只是，我又怕你不去了。"

"那么好的宅院，我为何不去？"

"里面在闹鬼！"

"闹鬼？"

司空图比画着："我大婆在后花园墙头上看见的，一个披头散发、舌头伸出来有一尺长的女鬼，还瞪着铜铃般的眼睛咿咿呀呀地说着什么。"

"我不怕，我最喜欢跟鬼打交道，尤其是女鬼，最投缘。"鱼玄机心里直好笑。

"既然如此，那你明天就搬过去住。"

"我就等你说这话。"

女人、美酒、香茶，这才是我刘行深想要的生活。驻扎在洛阳监军使府内的刘行深，此刻闭眼睡在躺椅上听着悠扬婉转的歌声。身边一群袒胸薄裙的浓艳女子为他弹琴唱歌，捶背搓脚，两旁数名太监殷切侍候，一会儿上酒，一会儿上茶。

屋里旺旺的升着一盆火，暖融融的恰似春天。

门上报："大人，探马有紧急军情禀报！"

刘行深拉长声音说："叫他进来。"

探马进门跪下，兴奋地说："禀报大人，王仙芝率数千贼军攻洛阳，在伊阙峡谷中我军埋伏，死伤无数，大败而去。"

刘行深从躺椅上一跃而起，高声传令："随军书记官听着！快写捷报，立送驿站，快马送往京城田公公府上。记住，一定要强调本监军顶风冒雪亲临督阵，杀贼人数要翻番！"

书记官躬身上前说："遵命！"

门上又报："诸路行营招讨使曾大人到！"

刘行深一挥手，令歌女、丫头撤下，复又睡倒在躺椅上说："有请。"

曾元裕进门拱手："刘大人安好。"

刘行深略略欠身："请坐，看茶。"

曾元裕坐下尚未开口，刘行深抢先说："怎么样？我早就预料到王仙芝攻洛阳要走伊阙这条道，所以呀，我早就要你安排在峡谷两边山上设伏。这次大捷，早在本监军预料之中。哈哈哈。"

曾元裕心一沉，马上反应过来，干笑几声，附和着说："大人神算，下官佩服之至。"

刘行深摇晃躺椅问："下一步你有何打算？说来听听。"

"下官就是为此前来向大人请教的。"

"那就按原计划，咱们就在这洛阳城里过年。至于王仙芝残部嘛，穷寇勿追。只是通知各州府县，守好城池，严加防范就是。待明年开春，再出征清剿，来它个斩草除根。"刘行深一板一眼地说。

"谨遵大人指教，只是雪大天寒，城外扎营，实难过冬……"

"进来进来，通通进城来，大家好好地热闹一下，犒劳一下兵士。他东都留守府的王八蛋们要是再敢阻拦，咱就把衙门给他砸了！"

"好！刘大人，有气魄！哈哈……"曾元裕望着刘行深，又是一阵干笑。

只要开心，只要宠爱她的人在身边，管他住在哪儿，只要有个遮风避雨的地方就行。经历过如此多的起起伏伏之后，鱼玄机变得平和多了，再风光旖旎的日子都经历了，欲望已渐渐减退。只要他常在身边，足够了。因此司空图叫她准备搬家，她实在有些心灰意懒。但想想自己装神弄鬼把大婆吓走，颇费了一番心思，不搬去住也不划算；再说了，他府中那座高大华丽的麒麟阁视野开阔，冬暖夏凉，蛮适合自己，因此她收拾了大包小包，等司空图派人来搬。

司空图被盼来了，只见他喘着粗气匆匆而入，倚着门长叹一声道："唉，又搬不成了！"

鱼玄机满脸疑惑地问："怎么，母大虫又不走了？"

"不是，是贼兵败走了，官兵进城了。"

"这不是好事吗？"

"好事？官兵进城没地方住，遍城占房，我们的府第也被占了。"

"唉！花儿，看来咱们与麒麟阁无缘了，只有住破房子的命。"鱼玄机伸手摸狗没摸着，她大声地叫起来："我的小花呢？好半天没见着了。花儿，花儿……"她冲出房屋，四处搜索，边跑边叫。

司空图紧随在她身后，鼻子皱皱说："玄机，别喊了，你等等，好好闻一闻，这是什么香味？"

鱼玄机停下步子，用力地吸了一口气："妈呀，是炖狗肉的香味。坏了，咱小花……"

话音刚落，隔壁墙外毛茸茸扔进一物，司空图拾起一看，叹息道："狗皮，咱小花的皮。隔壁院子一定住上官兵了。"

鱼玄机捧着狗皮哭起来："我的花儿，你死得好惨啊……"

司空图苦笑说："玄机，别哭了，就算慰劳官兵了。"

鱼玄机哭泣着捶打司空图的背脊说："想不到我们的小花竟死得这样凄惨，你这个观察使是怎么当的？"

"这从何说起？"司空图哭笑不得。

"不就是你观察不到位，小花才惨遭不测。"鱼玄机仍不停地哭，哭声中，墙外还不断有狗骨头扔过来。

接着捷报，田令孜一路快步直奔大明宫，他要把这个好消息第一个告诉皇上。近来宫中谣言四起，说什么王仙芝杀进洛阳快要称帝了，弄得人心惶惶，这下好了，还是我田令孜有眼光，选人得当，打了胜仗，稳定了民心。当他气喘吁吁跑上文华殿，殿上御椅却空着。"皇上呢？"田令孜问值殿太监。

值殿太监回答："回公公，皇上刚刚去了后宫。"

田令孜跑遍后宫的斗鸡亭、蹴鞠场、掷骰房……都不见。

田令孜扫视一下四周的太监，管蟋蟀的小太监说："皇上去了偏殿。"

偏殿在正殿的两侧，像一对翅膀护着正殿，为一个颠倒的凹字形，与正殿间有一条很长的走廊相连。田令孜走进偏殿，只见厢房门前直挺挺站着太监总管。

田令孜上前问："皇上在里面吗？"太监总管面无表情地盯着他不回答。田令孜跨步要往里走，太监总管却伸手挡住说："不许进！"

"什么，这皇宫里还有不许我进去的地方？"田令孜怒问。

"有，当然有！"太监总管面无表情地回答。

"你……你难道不认得我？"田令孜指着对方问。

"您是田公公。"太监总管仍然面无表情。

"既然知道我是谁，还不把手放开！"田令孜怒火冲天地吼道。

"不行，皇上说了。不准任何人进去！"

田令孜举手对准太监总管一巴掌打去，骂道："好个不知好歹的东西，闪开！"但当他用力推开门，里面便传来女人的尖叫声，使他踏进的一只脚赶快缩了回来。

田令孜后退不迭并赶紧关上门，不无惶恐地站立在门外等候。

第二十一章　皮日休插足

司空图在小院的杨槐树下挖了坑，鱼玄机把小狗的皮和骨头放进坑里，眼泪也顺着脸庞往下滑，一滴滴掉进坑里，和着泥土一起掩埋。

司空图感叹道："我最爱狗，可我又最怕养狗。怕的就是这一刻啊！"

鱼玄机红着眼，捧起一把土说："这狗跟我忒有缘，头天见到我就那么亲热。这么久了，天天陪着我，孩子似的跟前跟后，看它变成一张皮，一堆骨头，心里难受死了……我可怜的小花，千想万想都没有想到会是如此的结局！这些天杀的官兵！我非去找他们不可！"

司空图阻止她说："玄机，忍下这口气吧！这年月，人遭受的委屈就够多的了，谁还顾得上一条小狗？"

门上传来紧急敲门声。

二人面面相觑，思考着对策。

"一定是官兵，玄机，快抹上泥！"司空图说着，抓把泥要往她脸上抹，鱼玄机伸手挡开道："我就不相信，他们长着三头六臂？"

敲门声更紧，司空图小心翼翼走向大门。鱼玄机大步向前，抢先走到，拉开门闩，一小女孩蓬头垢面，跌跌撞撞进了小院，跪于二人面前不停地叩头说："叔叔婶婶，救救我……"

司空图、鱼玄机扶起小女孩说："孩子，别怕，有什么只管对我们说。"

小女孩抬起头，哭泣道："俺叫柳花，住南门外柳庄。今早俺爹进城卖菜，俺跟上进城买点针线。俺爹本不叫俺来，说城里有官兵。俺说城外住那么多贼兵都没对俺咋的，官兵会咋的？谁知刚进城便遇上两个官兵买菜，叫俺爹把菜挑进营房，刚放下挑，几个官兵扑上来把俺爹身上衣服扒了，硬给穿上当兵的号衣，还说爹是逃兵，捆走了。把我关在一个黑屋里，几个官兵进来扒俺的衣服，我狠咬了他们几口，冲出营房逃了出来……大叔大婶，你们救救俺，救救俺爹……"

鱼玄机直感到怒火往上蹿，她转身对司空图说："司空图，你看你们这些官兵还有王法没有？你快帮这孩子想想办法。"

"这种事自官兵进城后洛阳城里每天不知出多少起，谁敢管？"司空图一脸无奈地说。

"喂！你大小也是洛阳留守府里一个观察使，观察民情也是你的本分，你不替这孩子做主谁做主？"鱼玄机冲他吼道。

"唉，这世道只有一个法儿：躲！"司空图叹道。

砰砰砰，敲门声又起，女孩惊惧地找地方躲。

"一定是来找她的官兵。这咋办？"司空图来回踱着步子，着急地问。

鱼玄机用不屑的目光看了司空图一眼，拍着小女孩："你别怕，有婶子在，看谁敢欺负你！"说着，挺挺胸，深吸一口，迈步走向了大门。

按唐宫规矩，奴才冲撞了皇上的好事，是要掉脑袋的。田令孜很尴尬地站在门口，心还在扑扑乱跳。也怪自己太大意了，怎么就没有想到这事呢？不过他很快就镇静下来，想出对应的办法。

半晌，里面僖宗发话了："阿父，你进来吧。"

田令孜进屋向坐在床边的僖宗跪下："奴才给皇上请安。"

僖宗正了正帽子说："阿父免礼，请起。"

田令孜见僖宗身后躲着一个乖乖巧巧的小宫女，便闪身向她下跪："恭喜，恭喜。"

小宫女满脸羞涩，不知所措急朝僖宗身后躲。僖宗轻轻地对着她的耳朵说了句什么，小宫女红着脸，退了出去。

僖宗问道："阿父急急忙忙找朕，有什么要紧事？"

"好消息呀皇上。王仙芝的贼军已被刘行深、曾元裕的队伍消灭在伊阙峡谷，洛阳之围已解。"田令孜眉飞色舞地说。

"啊，洛阳解围，除却了朕心头大患，可喜可喜。"

"刘行深、曾元裕二人立下旷世奇功，奴才认为应予慰问奖励。"

"应该，应该，阿父看着办了就是。"

"刘行深在奏折中说，东都留守傲慢自大，庸碌无能，延误军机，不堪其任……"

"把他免了！"

"奴才推荐神策军统军刘允章替任，皇上看如何？"

"就是那个球踢得好的大胡子？"

"皇上天聪，记得真清楚！"

"准了！"

"奴才还有好消息奏报。南诏国元帅酋龙病死，其子接替帅位，愿与我大唐永世修好，已派出使臣来长安朝觐。"

"好，封他个什么官，再给点什么好处，保住边境平安无事，让朕安心玩乐就好。"

"奴才还有好消息奏报。"

"快说快说。"

"逃到鞑靼的李克用上表请罪，后悔当初不该背叛朝廷，他听说中原王仙芝作乱，愿领兵前去平乱，戴罪立功。"

"这李克用父子，反反复复，不理他！"

"皇上英明，奴才也是这个意思。"

田令孜奏事罢，便双膝一弯向僖宗跪下叩头不止。

僖宗惊异地问："阿父这是干什么？快起来，快起来。"

田令孜仍不停叩头，忏悔说："奴才有罪，请皇上宽恕。"

僖宗不解地问："你犯了什么罪？"

"皇上已长大成人，奴才却思虑不周，冒犯了皇上，死罪死罪！"

"阿父，你到底要讲什么？朕听不懂。"

"男女之事若在民间，属小事，但在皇室，却是关乎皇权继承和皇脉延续的天大之事。皇上临幸宫中女子，一定要把她的身世弄清楚，若非皇亲国戚名门大户之女，将来不知会惹出什么乱子。故今日与皇上交欢之宫女，请皇上交与奴才，待把她的祖祖辈辈查个一清二楚后，再作处置……"

僖宗急了："处置？怎么处置？"

"如系名门望族出身，倒也罢了；如系卑贱低下出身，便赏她一服药，把胎气打了，以免污秽了龙种……"

"阿父，这，这哪儿行？"

"皇上，这是祖上的规矩，奴才不敢违例！"

鱼玄机双手叉腰，挺胸昂首走向大门："我今天就要看看谁能……"

"请问这是司空图和鱼玄机的府上吗？"门外，一句浑厚带磁性的声音传进来，分外悦耳。

鱼玄机忙打开门，定睛一看，心中顿起一阵波澜：来人是一个书生打扮的中年汉子，仪表堂堂，气度不凡，唇边留着一圈黑色的胡须。特别是他那火一样烫人的眼神，一眼便点燃了她胸中蛰伏已久的激情。

她只觉得有点眩晕。

他们相互对视了片刻。

鱼玄机回过神来，笑盈盈地说："正是。请问你是……"

"在下皮日休，从西京来，特来拜会二位诗人。"皮日休拱手答道。

"你就是写'爬搔林下风，偃仰涧中石'的'闲气布衣'呀！失敬，失敬！"鱼玄机拱手致礼。

"我读过皮日休的诗——'高名不可效，胜境徒堪惜。墨沼转疏芜，玄斋逾阒寂。'落笔不凡，真过瘾。原来是你！请进请进。"司空图笑容满面地走上前抱拳相迎，"久仰大名，今日得见，三生有幸。"

皮日休回礼道："别说我了，你们俩人的诗'秋霜造就菊城花，不尽风流写云霞；信手拈来无意句，天生韵味入千家'天下闻名啊。在下奉诏随礼部官员前来洛阳慰问打了胜仗的官兵，听说二位在此，特意偷时间与二位一见，向二位诗坛大家请教。"

"请，快情屋里坐。"鱼玄机伸手把他让进屋中。

坐定后，皮日休见立于墙角的小女孩，惊讶地问道："这是二位的女公子？"

鱼玄机端上茶，摇头叹息："这可怜的孩子是来躲难的……"接着向皮日休讲述了小女孩今天的遭遇。

皮日休听罢拍案怒道："想不到我从京城风尘仆仆来此慰问的竟是这等残害百姓的贼！小姑娘，你把你父亲叫什么名字，家住何处告诉我，三日之内，我一定把你父亲找回来。"

柳花听了立即向皮日休跪下叩头致谢。

皮日休把她扶起，听她讲了相关情况后，起身拱手道："今日特来拜会二位，本想以文会友，在一起喝酒吟诗作词，纵谈文坛兴衰。谁想听了小姑娘柳花的遭遇，胸中怒火涌动，心潮难平，已全无谈诗论赋的兴致。待三日后我把柳花的父亲找到，再一起来府上共聚。告辞！"说罢，也不听司空图和鱼玄机的再三挽留，拱拱手出门而去。

鱼玄机立在门口，用灼热的目光追随着他，直到他人影消失。

当晚，鱼玄机安顿司空图和柳花入睡后，自己却翻来覆去睡不着，在寂静的午夜她只听见自己的心在激烈地跳，她内心中最敏锐而炽热的东西被再次唤醒。一闭上眼，全是皮日休的眼，那双像火一样诱人的眼，那双盛满她渴求与希望的眼。

这感觉熟悉而遥远，渐渐地撕开了她心中封存的隐痛。

当年她虽身为贵妃，伴随皇上左右，成为宫中众多女子羡慕的焦点，但她内心里早已为多年来全身心地争夺一个男人而感到乏味甚至反感。而令她最痛苦的是身为女人，从没有过她所想象与期待的场面与激情，没有过真正的快乐与幸福，她总是被安排，被接受，她实在想不通为什么男人们可以随心所欲，而作为女人的她只能被支配，被压制。

在那次皇上的生日宴会上，能歌善舞的她以出众的容貌、轻盈的舞姿和银铃般的歌声征服了在座的皇亲国戚，皇上更是被她逗引得神魂颠倒、心醉神迷。但是她只对一双眼睛有兴趣，那眼光热烈而清澈，有一种奇异的光芒，那光芒直射她的心扉。于是，她便意味深长与他对视片刻。她不知道他是谁，半年后在早朝大殿上为女儿选驸马时，她又见到了他，于是她为女儿，同时也是为自己，大胆地选择了他。

他是如此年轻英俊，高大魁伟，充满了诱惑。她搜遍了她的所有记忆，还找不到一个男人能与他相比。在每一次聚会上，她的眼睛都不由自主地追寻他，而他也以同样炽热的眼光回应着她。

在她的精心安排下，他们终于秘密相会了，望着他那双深情的目光时，她全身火一般燃烧起来。她为他斟酒，与他对饮，最后款款地挪动身体为他起舞，最后一起醉倒……

她肆无忌惮地寻找享受着她的快乐，沉没其中不能自拔。她明知对女儿的伤害，但她已顾不上考虑女儿的感受，她只在乎自己的感受。在一次次的放纵中，她甚至还体验到一种报复男人、报复皇上的快感。直到那天，当她听说女儿因此而服毒自杀时，她的心像被挖了一般，周身颤抖着冲过去，跪倒在地，抚尸痛哭，痛不欲生。她好后悔，后悔当初不该给他那多情的一瞥；她更后悔，后悔与他的那些刻骨铭心的相会……

此后那双炽热而深情地眼睛便永远地烙在心中，成为她心中永远抹不去的伤疤。

如今皮日休的出现，撕裂了昔日的伤疤，那疼痛翻卷起层层波澜，把她渐已平静的心搅得稀烂。

辗转反侧，一夜无眠。第二夜，第三夜，鱼玄机也没有睡好，眼窝深深陷了下去。

三天后，当皮日休果然带着柳花的父亲出现在家门口时，鱼玄机的眼里又恢复了神采，她急忙下厨张罗饭菜。

父女重逢，泪洒一地，一种劫后余生的快乐让父女俩对皮日休和司空图、鱼玄机感恩不尽。鱼玄机端上精心烹饪的饭菜，大家把酒共饮。席间，三个诗人从柳花父女的遭遇谈到对现实的失望与愤慨。皮日休当场作诗一首：

> 梦里忧身泣，觉来衣尚湿。骨肉煎我心，不是谋生急。
> 如何欲佐主，功名未成立。处世既孤特，传家无承袭。
> 明朝走梁楚，步步出门涩。如何一寸心，千愁万愁入。

鱼玄机读罢，很有感触，也当场回了一首：

醉别千卮不浣愁，离肠百结解无由。

蕙兰销歇归春圃，杨柳东西绊客舟。

聚散已悲云不定，恩情须学水长流。

有花时节知难遇，未肯厌厌醉玉楼。

司空图特别擅长评诗，他说："皮日休的诗思与境谐，雄浑中透出辛辣，冼炼中蕴含清奇，构成'韵外之致'；而鱼玄机的诗取语甚直，计思非深，灵巧自然，柔媚生动，突出了'味外之旨'，都是上乘佳作……"

而皮日休对他的说法却不苟同，他说："诗之美者，闻之足以观乎功；诗之刺也，闻之足以戒乎政。而非雄浑、含蓄、清奇、自然、冼炼之所包也。像鱼玄机这种柔软无力的诗风是达到不警世刺人之目的……"言语中还对司空图、鱼玄机的柔媚诗风毫不客气地进行了批评。二人洗耳恭听，频频点头。

席散后，皮日休告辞说他即回长安，后会有期。柳花不愿回家要与鱼玄机做伴，其父只得一人回去。

皮日休走后，一连几天，鱼玄机神志恍惚，做事走神，司空图还以为是失去小花的原因，也没在意。

一日，司空图办事回来，只见家里收拾得整洁干净，却没有了鱼玄机和柳花的身影。他感觉有些异常，四处查寻，在棋盒下看到鱼玄机留下的一首诗：

细水浮花归别涧，断云含雨入孤村。

香侵蔽膝夜寒轻，闻雨伤春梦不成。

妾与君间缘分尽，从此各去多珍惜。

读罢，司空图的脑袋像被人狠狠地击打了一棒，那疼痛让他失去了思考，失去了知觉，只呆呆地面对一座空屋，两行眼泪流过面颊。

第二十二章　鱼玄机私奔

汴州城在无畏营的管辖下恢复了活力，街道秩序井然，百姓生活安定，城郊荒芜的农田长出了庄稼，冷清的街市又开始了熙熙攘攘，人流如织。

原都督府正厅里，孟雪娘召集原地方各司官员及功曹、仓曹等训话："奉大将军令，我驻防汴州义军完成了护城任务即将开拔，特请原各有司衙门官员到此，有几句要紧话交代。我义军驻此期间，除少数与我为敌又民愤极大的官吏被处决外，在座多数官员能遵守我义军所颁布的命令，协助管理地方治安，我们深表感谢。今我义军将移师他处，地方治安就全交给你们啦。望各位恪尽职守，切勿听任歹徒乘机作恶，如有为非作歹、残害百姓、抢劫杀人、放火掳掠者，当捕的捕，当杀的杀，不能放纵，以保一方平安。这里，我向大家先致个谢。"说着，孟雪娘向在座众人深深一揖。

众人忙回礼，连说："谨遵吩咐。"

孟雪娘接着又说："另外，我义军在此驻扎期间，狱中在押有各类案犯十数名，其中除两名罪大恶极者外，一律释放回家，望其认真思过，改邪归正。那两名罪大恶极者中，一是前都督府司兵参将，他在我义军入城后多次组织叛乱，杀死义军及百姓多人；另一个是城内有名的恶霸，平日欺压百姓无所不为，义军入城后对其再三教育，不思悔改，杀人劫财，横行街市，民愤沸天。今决定对他二人斩首示众，为后者戒！现把两名罪犯押上，请在座诸位验明正身！"

众人见了齐声说："正是他们，该杀，该杀！"

孟雪娘厉声下令："把两个死囚押赴刑场，当众斩首！"

犯人押走后，孟雪娘走下大厅，跨上战马，在众亲兵护卫下疾驰至比武校场。

此时，校场上已整齐排列着数百名一色服装的无畏营女兵，她们个个英姿飒爽，精神抖擞，面带红光，气韵动人，恰如一朵朵绽放在冰天雪地的蜡梅，分外夺眼。四周，挤满引颈观望的无数百姓。

一身戎装的孟雪娘在欢呼声中策马入场，由记记、秀秀陪同，逐行检阅队伍。阅毕，孟雪娘登上阅兵台，一声令下，指挥着女兵表演一套"风云剑"。但见几百只剑在日光下闪闪发光，如游蛇穿梭，翻腾于天地间，看得人目眩神迷。然后是精彩的杂技表演。首先孟雪娘表演了她的绝活——顶碗，只见她纤细的身材配以灵动的技艺，把十几只大碗叠摞在头顶连翻筋斗。人们凝神屏气，心提到嗓子眼，嘴惊得半天合不上，而那碗像粘在头上一样，纹丝不动。更为精彩的是她的马技。但见她飞身跃马，在飞快奔跑的马背上跳上跳下，竖蜻蜓、倒立桩、俯身拾地上的花朵，那高技巧利索的动作震惊了观众。接着是女兵们表演的各种杂技：爬杆、蹬坛、踩高跷、走钢丝……喝彩声一浪高过一浪，引得观众掌声雷动。表演结束后，孟雪娘指挥女战士们走出校场，进入街市。

无畏营女兵们踏着整齐的步伐走过大街，她们军容威严，形象俊美，频频向百姓挥手辞别。两旁的百姓忍不住泪水涟涟，执手相送；有的跑上来送水、送花、送枣、梨和鸡蛋，有的干脆把东西放在车马中随车护送，整个场面令人激动。

汴州城郊，李混用黑巾蒙上一只瞎眼，戴着黑缎帽，穿着大红袍，化装成富商模样，带领他的手下混在人群中窥探着，不断用手势相互联络。他们特别关注无畏营队伍后那几辆遮盖严实的马车。

与百姓挥泪相别后，孟雪娘率队伍走出城门，顺大路向东行进。李混一行人隐蔽随行。

在颍州王仙芝大营里，王仙芝包着头，躺在床上，脸色苍白，见黄巢进来，挣扎着起身。黄巢见了，忙扶他躺下说："大将军，有喜事相报，刚刚收到消息，前锋朱温又连克两域，已达长江边的蕲州城下，正作攻城准备；濮、曹、汴三州义军已全部撤出，不日即将与我大营会合。"

王仙芝称赞说："好啊！还是二将军谋划得好。伊阙失利至今才一个多月，我们就连连攻下宋州、颍州，兵员物资得到补充。下一步，就按你的计划，攻光州、寿州，打到长江边，然后集中人马过江……只是，伊阙一战我受的伤至今未愈，一切还望二将军多操心。"

"大将军静心休养，军中事务大事请大将军裁决，小事弟当分忧。只盼大将军早日康复。"说罢黄巢拱手告辞。

少顷，尚君长进帐，问候了王仙芝病情后，提议说："大将军，我认为大营人马不宜过长江，那边雨水多湿气重，北方人很不习惯，离家远了想回家看看也不容易，不如就在河南河北山东淮南一带活动。这些地方我们又熟悉，守着运河有吃有穿。朝廷虽有重兵，但力量分散，指挥混乱，等他们调集了兵马，我们早就跑了。再过半把年，我们兵马多了，再去攻洛阳……"

王仙芝直身靠在床头说："这事咱们得跟二将军细细商量了再定。对了，我问你，那个王镣近来怎样？"

"好着呢。只是长期把他带着打仗，真是个累赘。"

"耐心把他看好，此人对我们用处大着呢。"

"明白了。俺有一事向大将军禀报。"尚君长有些迟疑地说。

"你我兄弟，有什么只管说。"

"听说那个叫庞英的无畏营女兵现在在朱温营里。"

"是吗？"

"朱温攻颍州时，与敌将阵前大战，不分胜负。朱温身后一侍卫手一伸射出一支筒箭，射中敌将面颊，朱温乘势上前一枪刺于马下，挥军掩杀过去，攻下了颍州城。有认得的人说那个放筒箭的侍卫是女扮男装的庞英！"

"噢？有这等事……"王仙芝心中顿时升起一股莫名的气恼。

宋州、颍州、光州、寿州，一路过关斩将，所向披靡，朱温率领义军前锋部队打到蕲州城外安下营寨。

夜色茫茫，营帐里一灯如豆，烛光下，庞英换上女装，兴致勃勃为朱温斟酒说："朱郎，你真算得上是个大英雄。不到两个月，带上不足两千义军，横扫千里，连连攻下五城，手下兵马日下已到四千。跟着你我是大开了眼界。你真了不起。"

朱温拉过庞英说："要不是你阵前阵后相助，我哪能打这么多胜仗！来，夫人与我喝杯交杯酒吧！"

说着，朱温与庞英的手臂相缠，碰杯对饮。庞英一边斟酒一边说："朱郎，不过呢，古人云胜勿骄，你要小心才是。"

"谢夫人提醒。其实不是我骄傲，实在是官兵太不经打，像攻光州那次，守军一听说我的名字，降的降，跑的跑……"说着朱温伸手挽过庞英。

庞英趁势靠在他的肩上说："所以你才这么大胆，孤军深入到这长江边。但是这次我倒劝你别慌着去攻城，等后面大营人马到了再说。"

"兵贵神速，战机要抓住，该攻时就得攻。"朱温说得很坚决。

"你这个人啦，样样都好，就是太固执……不过呢，就连你的固执我也喜欢。"喝得一脸通红的庞英醉倒在朱温的怀里……

行军路上，孟雪娘不动声色地观察着李混的动静。来到卵石河滩石沙沟处时，孟雪娘悄声对身边的秀秀和记记说："鱼已上钩了。注意了，前面就是石沙沟。传下去，活捉那个眼上蒙了黑布的家伙，行动要快。"

"是，活捉那个眼睛蒙了黑布的家伙！"秀秀小声回答着，转身向后面的马车跑去。

石沙沟岸边的草丛中，李混用一只眼死死地盯着无畏营中那几辆马车，他似乎已经看到王大人的身影，脸上露出得意的微笑。他指着渐渐走近的无畏营队伍，对身边部下说："看见了吧，待他们大部分人马过了沟，后面的几辆马车经过满是石头疙瘩的河滩时，准走不动。那时我们一起跳上马车，救出王大人后，由两人背上快跑，其余断后。曾大人说了，只要救出王大人，除了重赏，每人官升两级。"

孟雪娘指挥无畏营战士涉水过河，大部队过完，后面几辆马车由不多几个女兵赶着，在坑坑洼洼的卵石河滩上左右颠晃，艰难地爬行。此时一声尖厉的呼哨响过，李混领着二十来名军汉从周边的草丛中奔出，提刀跃上马车，高喊着："王大人，曹州香梨奉命来救你啦！"挑开布篷，但见布篷里钻出来的却是化装成王镣的盐盐，只见她扯下胡须，丢下官帽，喊一声"杀叛贼"！带领着无畏营女兵，见官兵就杀，一连砍翻好几个。

秀秀大声喊道："姐妹们，抓活的，抓住那个眼睛上蒙了布的。"众女兵细看，军汉们眼上全蒙有黑布。秀秀忙说："全抓活的，不放走一个！"

几辆马车上跳下几十个女兵，她们迅速地形成了一个包围圈，把官兵团团围住。她们凭着高强的武艺，打得官兵抱头鼠窜，但没跑几步，一个个都被抛上头顶的绳索套住，捆翻在地。

这时孟雪娘走过来，一个个揭开军汉们眼上的黑布，终于认出了乔装打扮的李混。她怒火上涌，抽出长剑顶在李混的喉头说："好你个李混，总算有了今天……"

李混脸色发白，睁大着一只眼，用颤抖的声音说："孟雪娘，别这样，不管怎么你还算是我师姐，当年我……"

"呸！不知廉耻的东西，闭上你的狗嘴，你这个作恶多端的叛徒，杀死你是便宜了你……"说着，孟雪娘把剑收了起来，命女兵们把他双手捆了个结实，顺手扯下他的帽子塞进他的嘴里。

朱温虽然意想不到地得到聪慧美貌的庞英，但心中并不特别快乐，他心里老是惦记着孟雪娘。她迷人的脸蛋，她亭亭玉立的身段，令人欲罢不能。她的美是世间少有的，她的那种女中英豪的气概更是独一无二的。他本以为凭自己的军功可以轻而易举地得到她，不想，在众首领的聚会上竟遭到她的拒绝。哼！她也太小看我朱温了……借着几分酒意，他忍不住独自对着军帐外的夜空自语起来：

"孟雪娘，你不外乎认为我朱温仅凭攻破汴州那点军功不配你罢了，可如今，我亲率兵马连攻下宋、颍、光、寿四州，现在屯兵蕲州城下，拿下它易如反掌！此时，我想你一定在后悔，后悔你对我的态度，后悔那日你对我的当场拒绝。不过，我还可以给你一次机会，待攻下蕲州后，我再去向大将军请求要你，希望你别再错过了。告诉你，雪娘，我朱温可也是个有大志向的男人，如果你再错过，那你定会后悔终身的……"

"朱温哥哥……"帏帐后庞英的呼唤打断了朱温的自语，他掀帐入内，原来是她梦中呓语。灯光下，见庞英红扑扑的脸蛋上两个小酒窝一深一浅变化着，他忍不住俯下身去轻轻地吻着。他心里对她说："你如此美丽聪明勇敢大胆，阵前助我攻敌，帐中为我谋划，有你白日伺候左右，夜晚伴我安眠，也算我艳福不浅，可是，比起她，你究竟不及……"

"朱温哥哥……"庞英被他的吻撩拨醒，伸出双臂紧紧地把他抱住……

第二天，精神焕发的朱温领兵搦战。蕲州城门开处，守城刺史裴勇出兵应战。相互通报了姓名后，一个执枪，一个舞刀，对杀起来。只见那枪在朱温手里如飞龙穿云十分娴熟，轻松地抵住了裴勇的一次次进攻。裴勇渐渐不支，掉转马头往斜坡上跑去，朱温紧追不舍。

庞英见了大喊："朱温莫追，小心有陷阱。"此时，朱温已追出百十丈远，眼见快要追上，却"扑通"一声，连人带马掉入陷坑。庞英打马追赶去时，抢救不及，眼睁睁看着朱温被埋伏的官兵抢走，从另一城门押进城去。裴勇回过头，一脸得意地看着庞英。此时，庞英身后士兵大喊着："咱们冲上去救大头领呀！"庞英见有埋伏，向士兵作了一个收兵的手势，立即策马回阵。

退兵回营后，庞英找来几个头领商议对策。此时，卫兵手持一信进帐，说是敌楼上射下的。拆开信看，上面写道："请以王镣太守赎朱大头领，其他条件免谈。蕲州太守裴勇手书。"

庞英对诸头领说："这事要大将军才做得了主。好在他们已到光州，离此地不远。各头领在此扎营等候，我去大营求救。"说罢告别众头领，走出营帐，飞身上马，朝光州大营疾驰而去。

鱼玄机女扮男装，与皮日休结伴而行。他俩一见倾心，悄悄离开洛阳，赶路去长安。

穿上男装的鱼玄机，俊美中透出一股别致的风韵。皮日休见她了吟道："天生红艳露凝香，腹有诗书气自华。此貌只应天上有，哪修福分伴女郎。"

鱼玄机听了心里高兴，笑着回答："女郎本是长安人，生长良家颜如玉。可叹才高偏命蹇，飞花散蕊伴君行。"

"好一个'飞花散蕊'。花唯飞才生动，蕊唯散才娇媚。说起来也太巧了，我就称自己为'飞石散沙','节奏唯听竹,从容只话山',自由地来,自由地去,看来我们的相似处还真不少……"皮日休感叹说。

"看来咱们是应了香山居士那句'同是天涯沦落人,相逢何必曾相识'……"

鱼玄机的话还没有说完,皮日休接过去说:"既然是有缘之人,又以兄弟相称,今天不提那些伤感的事,咱们像男人们那样谈诗论文过过瘾,你看怎么样?"

"说得好,仁兄,人生难得一知音,小弟今天可一吐为快了。"说着,鱼玄机向皮日休作一揖,晃着脑袋吟咏道:"'古之杀人也,怒;今之杀人也,笑。古之置吏也,将以逐盗;今之置吏也,将以为盗。古之官人也,以天下为己累,故己忧之;今之官人也,以己为天下累,故人忧之。'仁兄文章干净犀利,读来爽口爽心,不愧为'飞石散沙'。令小弟不解的是,贤兄才华横溢,正在朝中为官,怎敢如此明目张胆直抒心中愤慨?想来你是不想干了……"

"你分析对了,我的确早就想摆脱官场了,不然又怎么有咱们这一天……"皮日休有几分激动地解释说。鱼玄机听了点点头,两人心灵相通相视而笑。一路上,二人以山、水、人、物为题,吟诵评论,指点是非,畅所欲言,好不快活。

临近中午时,天空飘起了丝丝细雨。他们走进路边一家小酒店,点了酒菜,二人落座之后,鱼玄机见窗外细雨霏霏,又见小河中一叶扁舟缓缓而行,不禁雅兴顿起,对皮日休说道:"现在我们来猜猜字,以助酒兴,不知意下如何?"

皮日休连声说道:"好呀。我也正有此意。"

鱼玄机指着江面的小舟,即景吟道:"细雨洒轻舟,一点落舟前,一点落舟中,一点落舟后。"

吟罢,鱼玄机笑着问皮日休:"不知仁兄能否猜出我所说的究竟是指何字?"

那皮日休本是一位天资聪颖的才子,岂有猜不出的道理?但他并没有直接将谜底点破,而是笑着对鱼玄机说道:"我这儿也有一则字谜想请贤弟猜一猜，如果贤弟能猜出我所出的字谜，你那则字谜我也就不用猜了。"

鱼玄机听罢，笑着说道："行，那你快说！"

皮日休随口吟道："三星伴月似弯镰，浪花点点过船舷。"

鱼玄机听罢立即拍手称妙，大笑着说道："原来你早猜出来了，这二谜同底。我没看错，仁兄的确是个有'心'人，哈哈……"

皮日休笑道："我有心，贤弟亦有心，咱们心心相印……"

鱼玄机立即接着说："永结同心！"

"说得好！"皮日休举杯，"来，为我们的永结同心！"

二人举杯，一饮而尽。

第二十三章　女神

　　一路风尘，庞英赶到光州，打听到黄巢驻地后，直奔军帐。

　　曹蔓坐在火盆边细心地缝补军衣，一抬头，见一年轻义兵径直向军帐走来，她感到奇怪，便问："你找谁？"那义兵眼圈一红，进门扑在曹蔓膝上伤心哭起来。

　　曹蔓躲闪着说："你，你是谁？"

　　义军仰起头，一把扯下头巾，一头黑发瀑布般泻下，她抽泣着回答："大嫂，是我，我是庞英呀。"

　　"啊，英子，你，你这么久到哪儿去了，可把我和你大哥找苦了。快起来坐下，好好跟大嫂说说，这些日子你都跑哪里去了？"曹蔓放下手中的活，给她倒上一碗水。

　　庞英端碗喝了水，抹去眼泪，依偎在曹蔓身边坐定，便细细地把她逃到朱温军营，与他一起生活战斗，以及他在蕲州被捉，裴勇提出以王镣交换等经过一一讲来，说着又拿出裴勇的信给曹蔓看了，然后哀哀切切跪下说："大嫂，现在只有求你救我了……"

　　"丫头，快起来说。"曹蔓扶起她问："这个王镣在哪儿？你知道吗？"

　　"我哪儿知道？"庞英说："大哥一定知道。"

　　曹蔓为难地说："没听他说过。但他即使知道，也做不了主。这等大事，一定要大将军才能做主。"

　　"大将军？他那儿可千万提不得，他正在到处找我，要把我抓回去呢。我就是怕这个才躲避在外的。"

"就连你大哥也在找你，找着你也要把你送到大将军那儿去。"

"什么？那这么说来朱温就死定了，我也死定了……"

"谁死定了？"一身无畏营女兵打扮的盐盐刚走到门上，听了问。

盐盐布巾包住头，看不清脸，把曹蔓、庞英吓一跳，同时问："你是谁？"

盐盐进帐中火盆边，取下头巾笑道："我是盐盐。大嫂，英子姐，几天不见你们就不认识我了？"

曹蔓惊喜地拍着她的肩说："谁想到是你，半空云里掉下来似的，让人摸不着。"

"这就对了，雪姊说了，我们无畏营女兵就是要出其不意，让敌人摸不着行踪。"盐盐兴奋地说。

曹蔓点着她的脑袋说："好个盐盐，才去无畏营几天就让孟雪娘给调教出来了，不过我要问，我们是敌人吗？你的行踪对我们还要保密？"

"不保密不保密。"盐盐对大嫂和庞英笑着说："我们无畏营从汴州出发，走了好多天，离这儿不足五十里了。我性急想着哥嫂，就向雪姊请个假，先跑回来了。没想到英子姐也在这儿。喂，你这么久跑哪儿去了，把雪姊、记姐和秀姐都急死了。原来你不跟我们在一起，躲到大嫂家里烤火……"

庞英抓着盐盐的手，急切地问："盐盐，我问你，那个王镣你知道在哪儿吗？"

盐盐说："我不知道。不过前几天雪姊用我装扮成王镣钓了条大鱼。"

"什么大鱼？"庞英反问，曹蔓听了也睁大了眼睛。

"把那个可恶的叛徒李混逮住了！"盐盐提高嗓门说。

"啊！那太好了。他与我有杀父之仇，这次我一定要亲手宰了他！他在哪儿？"庞英咬牙切齿地握紧了拳头。

"关在我们无畏营里。"盐盐回答。

"快带我去，我要剥他的皮，吃他的肉！"庞英拉着盐盐的手往外走。

"你慌什么，明天，雪姊她们就到这儿跟大营会合了。"盐盐把庞英按在凳子上。

"我恨不能马上就去！"

盐盐抚着庞英的肩说："再急，也等我跟哥嫂说句话吧，你看我刚刚见到嫂子……"

曹蔓说："不过呀，英子的事也实在太急。"

盐盐急问："什么事呀？我只听你们说死呀活的。"

曹蔓把事情经过对盐盐讲了，盐盐立刻站起来说："此事耽误不得，雪姊利用王镣活捉了李混，但王镣确实不在无畏营。"

庞英说："即使王镣不在，只要见到雪姊，她也会想办法救朱温的。"

"我看，即使她想救，也难。"曹蔓分析说，"你们想，王镣不在她那儿，准在大营里，这就要经过大将军。像你们中间有那么多理不清的事儿缠着，大将军会轻易同意把王镣交出来吗？"

盐盐眼睛一亮，拍着手说："我倒有个办法！"

庞英高兴地摇着她的肩说："什么办法？快说！"

盐盐说："雪姊那里不是有个李混吗？可用他去换朱温哥呀。"

曹蔓点头赞道："这倒是个主意，怕就怕孟雪娘那儿……"

庞英蛮有信心地说："不会的，我去求她，她会同意的。"

盐盐说："对，你去求她，我们姊妹再帮你求。别看雪姊铁面无私，心肠最软。"

曹蔓站起身来说："那好，事不宜迟，你们马上就去。迟了，大营的人都知道无畏营抓了条大鱼，就费周折了。"

盐盐也站起来说："好，我陪英子姐去。大嫂，快给我倒碗水，再找两块饼，光顾说话，我都快饿昏了。"

曹蔓用菜叶包了几块饼，盐盐抓过来狼吞虎咽吃下，又喝了一大碗水，拉着庞英便跑出营帐。

此时，蕲州城内刺史府里灯火通明，一顿丰盛的接风宴席之后，裴勇与宰相王铎派来的特使在内厅议事。

特使说："王丞相收到裴大人的书信后，特派下官日夜兼程赶来蕲州向裴大人再三致意，并送上南方特产椰子、香蕉、甘蔗等皇上所赐的贡品，以感激大人对王丞相兄弟王镣大人的关切之情。"

裴勇说："王丞相乃下官恩师，学生有今日，全靠恩师提携。区区小事不必挂齿。"

"裴大人果然是一位有'青有义之人。"特使说："下官临来前，王丞相一再交代，要把朱温看管照顾好，他是王仙芝、黄巢手下的重要头领，他的价值远不止是换回王镣大人，还可以利用他作为条件，以招抚王仙芝和黄巢。这些年朝廷连年兵祸天灾，国库空虚，政局动荡，望裴大人在这方面有更多作为，为皇上和朝廷分忧……"

裴勇点头道："其实，据下官所知，贼人内部早有一些头领盼望朝廷招安，只是我各镇兵马使出于自身利益，在剿与抚上意见不一，相互掣肘，反倒留下许多空隙，助长了贼势。今王丞相托大人将朝廷的意思明白告诉了下官，裴某当竭尽全力做好这件事，既保证王大人平安回朝，又能促使王仙芝、黄巢早日归顺。只是希望朝廷对归顺之贼宽大为怀，既往不咎。首领人物不吝赏赐，一般从贼妥善安置……"

特使大加赞扬："很好！下官回京一定向王丞相转达大人的此番意思。有裴大人这样有长远目光之人替朝廷分忧，我朝兴旺可待矣！"

当孟雪娘看见庞英时．她的头脑里立刻闪过了庞大哥的身影，想起他的临终嘱托，想起与庞英相处的日日夜夜，浓浓的思念之情涌上心头，她多想上前拉着她，拥抱她，与地热烈的倾诉，但作为一个无畏军营的头领，她不能仅凭感情处事。孟雪娘努力克制着自己，板起面孔，背对着庞英，冷冷地站着。

终于又回到了梦中渴望的众姊妹中，望着无畏营那特有的旗帜，看着每一张熟悉亲切的面孔，一种久违的情感涌上心头。像离家的孩子回到了家，像飞倦的鸟儿归了巢，庞英内心万分激动，但是，当看见孟雪娘的那冷若冰霜的表情，她知道自己的不辞而别已深深地伤害了姐妹之情。她低着头满怀歉意地说："雪姊，这段时间让你担心了，实在对不起。本来我几次要回无畏营的，可我怕大将军他……"

"对，是大将军强行留下英姐的，英姐没办法才……"盐盐在旁为庞英开脱。

“盐盐，你给我闭嘴。”孟雪娘厉声说，“庞英，我一直认为我了解你，你会给我一个确切的消息，给我一个明确的解释，看来我是错了……”

“不，雪姊，我是想这样做的，我做梦都在想你和无畏营，可事事不如我所想……”庞英声泪俱下讲述自己的遭遇，有自责，有委屈，有悔恨，有祈求：“这段时间，我碰上了以前想都没有想过的问题，我很苦恼，我曾想回来请求你的帮助，可又怕连累你，我迫使自己学会了思考，学会了面对，但很多事我仍弄不太明白，这些日子既是我最矛盾，也是最难忘、最苦恼的日子……”

庞英尚未讲完，孟雪娘转过身打断她说：“学会面对与思考当然是件好事，但现在我们要谈的是纪律。我无畏营人称铁军，没有铁的纪律，就不配这个称号。值日头领！”

秀秀跑上前大声说道：“在！”

孟雪娘命令：“把庞英带去禁闭起来！”

秀秀回答：“是！”

“连同盐盐一块禁闭！”

“是！”

盐盐一听，噘着嘴，不解地问：“呀，雪姊，我，我犯了哪一条？”

孟雪娘一脸严肃地说：“少啰唆，自己去反省！”

秀秀把二人带下。

跨进禁闭室，庞英抬头见供着“拯民大将军庞勋之神位”的香案，凄厉地喊一声“爹”便跪扑下去，泣不成声。盐盐也不由得陪着她低声抽泣。

不到半炷香的工夫，禁闭室门打开，秀秀喊：“盐盐，雪姊叫你去！”盐盐被带了出去。

不到一炷香的工夫，禁闭室门打开，秀秀喊：“庞英，雪姊叫你去！”庞英跟秀秀来到孟雪娘营帐。

“庞英，按无畏营纪律，你的行为要受到重罚，然后交大将军处置。因情况紧急，暂免。刚才，盐盐已向我讲了你来找我的原因，我思之再三……”孟雪娘一直阴沉着脸，冷冷地说，“现在，我给你一个任务，我把你要的人交给你，由你来处置。记住，他是你的杀父仇人，你是用他的血祭奠你父亲的英灵还是用他去赎你的所爱，由你自己决定。"

一股热流淌过心间，眼睛突然间酸涩起来，庞英哽咽着说："庞英请雪姊明示！"

"我说了，交给你处置。"孟雪娘说着转身一挥手，"来人，把李混押上来！"

五花大绑的李混被押进帐里。当他看见庞英时，脸色变得苍白，恐惧地垂下头。

孟雪娘问："庞英，你看看，他是不是你要的人？"

庞英用冒着火花的眼盯了李混一眼说："是我要的人！"

孟雪娘放低了声音，对庞英说："那就交给你啦。你把他带走吧！"

李混大声喊叫："我，我不能跟她去……"

孟雪娘厉声说："把嘴给他堵起来！"

卫兵立即取抹布把李混嘴堵住。

孟雪娘对庞英说："快走吧！路上小心！"

庞英拱手致意："谢雪姊！"

孟雪娘对盐盐："既然你领庞英来的，现在就送她回去，把好事做到底！"

盐盐痛快地回答："是！"

二人押着李混兴奋地走出营门。

"太出乎意料了，朱温是小心谨慎之人，怎会被俘了呢？看来是立功心切遭到了埋伏；可想不到的是大将军的态度怎么会这样？"黄巢焦急地在营帐里来回踱步，自语说，"这事我一定不能袖手旁观，还得一管到底。"

曹蔓关切地问："遇到什么麻烦事了？"

黄巢长叹一声："唉……"

曹蔓说："有什么难事？是不是朱温被俘，人家提出要王镣交换，可是大将军不同意……"

黄巢惊奇地问："你怎么知道的？"

曹蔓回道："瞎猜呗。"

"你说说看，朱温为我义军立下多少功劳，还被封为英雄，提拔为大头领，怎么反而不如一个俘虏有价值？"

曹蔓分析说："这事可能与庞英有关。"

黄巢用惊异的眼光看她："你怎么知道得这么多？"

"你想，我跟你住在大营里，什么消息不知道一点？特别是男男女女的事，别看它不冒烟，传得最快。"

"唉！"黄巢叹口气说："这庞英不知什么时候竟跑到朱温营里去了，你说大将军气不气？"

"不过大将军也是，为什么偏偏选中一个女孩子去给他当什么侍卫。"曹蔓装作不解地问。

"他是咱义军大将军，有一两个女侍卫也算不了什么。"黄巢解释说。

曹蔓盯着黄巢问："如此说来，义军的二将军要是有一两个女侍卫也算不了什么啰！"

黄巢正色说："我是这种人吗？看你，扯到哪儿去了？"

曹蔓笑了："那扯回来。你说，这大将军不同意用王镣去换朱温，朱温岂不就死定了；朱温死定了，依庞英那性子，她还能活？一个是你金兰兄弟，一员义军猛将；一个是无畏营武艺高强的女战士，你能见死不救？"

黄巢说："我不是正为此事发愁，在想办法吗？"

庞英骑在马上，手中握着捆住李混双手的绳头，李混跟在马后吃力地跑着。盐盐骑马紧随其后。在一僻静树林里，庞英下马，从怀里摸出一红布小口袋，挂在树干上，然后朝那布袋跪下，虔诚叩头，凄声说道："父亲在上，女儿把出卖您、杀害您的叛徒李混押来了。今天，女儿要用他的血，洒在您的面前，让您在天之灵安息……"话还没说完，庞英已泪水扑面，她抽出腰刀，指着李混鼻尖叱道："李混！跪下！"

李混双腿一软，跪在地下。

庞英指着树干上的小口袋问："李混，你知道这口袋里装的是什么吗？"

李混双眼发呆，茫然地摇着头。

庞英厉声发问："李混，我问你，我父亲庞勋是怎么死的？"

李混低下头回道："凌，凌迟而死。"

"谁动的手？"

"是……小人也是被迫……"

庞英说："这红布口袋里装的，就是那天你一刀刀从我父亲身上割肉时滴在地上的血土！"

李混叩头不迭："我罪该万死，都是他们逼着我干的呀，我冤枉呀！"

庞英指着李混的头说："冤枉？不杀了你才是真正的冤枉。你这个忘恩负义的混账，我父亲当年如此信任你，重用你，你居然见利忘义，暗通敌军，恩将仇报，做下天地不容之事……"

李混脸如白纸，叩头道："我……我……"

盐盐在一旁挥舞着寒光闪闪的大刀，愤怒地对庞英说："英子姐，杀了他，杀了他这个恶魔！快杀……"

庞英举刀，咬牙切齿向李混狠狠挥去……

●第二十四章　人渣

　　李混绝望地闭上了眼，头脑中突然冒出庞勋临死前冒着火与血的眼睛。当年为了表明对朝廷的"忠诚"，得到升官发财的机会，他暗地里地勾结官军出卖义军，剿杀昔日的战友。当他一刀刀割杀恩人庞勋时，内心也曾有一丝愧疚，但腰间沉沉的赏银和头上闪亮亮的官帽让他感受到"无奸无毒不丈夫""黑心方能成大事"的实在。陡然间，心就变得像铁一样冰凉坚硬，亲自操刀完成了对结义大哥义军头领庞勋的"凌迟"……我李混无父无母，从小到大，从小乞丐到小店伙计，从伙计到庞勋部下副将，又从庞勋副将到高骈副将，如今已混到将军，哪一步离得开出卖与背叛？人生不就是利用与被利用吗？比起那些小混混，我李混好歹也算是有头脸的大混混了，也值了。这些年结怨多了，早晚都难免落到冤家手里，能死在如此美貌的庞英手上，也算是我的"福气"，我认了。想到这儿他居然想好好看一眼庞英，一睁开眼，只见庞英手中舞动的刀发出呼呼响声直砍过来，他顿时感到从未有过的惊恐与虚脱。

　　这感觉让他全身颤抖起来。

　　突然，如一阵狂风扫过，刀锋从李混头顶滑过去，砍进树干，几至淹没刀背，树叶纷纷震落了一地。

　　盐盐大声喊："英子姐，这么恶毒的人，留在世上是个祸害！杀死他！"

　　李混如一摊烂泥坍塌在树根下，全身冒着冷汗，哭求道："饶了我吧，饶我一条狗命吧……"

　　庞英从树干上拔出刀，用刀尖指着李混说："不，我不杀你，不但不杀你，还会让你接着去当朝廷的官，享受荣华富贵，去过狗一样的生活……盐盐，还愣在那儿干啥？走！"

盐盐先是不理解地迟疑着，最后走过来，一把抓起瘫在地上的李混，呵斥道："给我站起来，你这个杀人不眨眼的叛徒，你也有害怕的时候？没出息的东西。"

李混瘫在地下不起来，说："我的脚都跑烂了，实在走不动了，两位姑奶奶就行行好吧！"

庞英鄙夷地盯了他一眼："哼！当初你不是这样对待我父亲的么？你也配叫男人？没骨气的畜生，起来！"

盐盐说："我早就给他准备好了。来！"说着，她从马鞍下取出一条麻袋，对着李混，"识相点就快点钻进去！"

李混瘫在地上不动，盐盐牵着口袋，对着他的屁股狠踢两脚，踢进后把麻袋口拴紧，轻轻一提，夹于胁下，然后轻松上马，对庞英："英子姐，走吧！"

庞英看得呆了，回过神来感叹说："看不出来，动作如此利索！你小小年纪，哪来这么大的力气？"

盐盐说："还不是雪姊逼着我放了半年多羊，天天把羊楼上楼下来回抱，练出来的。"

"真是好样的，我们无畏营姊妹一茬比一茬强！"庞英说着，取下挂在树上的小布袋放入怀中，跨上马，二人快马加鞭，飞驰而去。

黄巢仍在营帐里来回踱着方步，脸上堆满了焦虑。

曹蔓给黄巢端上茶笑着说："二将军，你就别来来回回走了，坐下喝口茶。有什么想法不妨给我说说？"

黄巢接过茶杯坐下说道："想法倒是不少，不过……"

话还没有说完，曹蔓接过话来："我给你出个主意吧，咱义军攻下这么多个州县，没逮住一两个朝廷的大官？用他们去换回朱温不就得了。"

黄巢说："你与我想到一块了，可是还真找不着一个能换下朱温这样有分量的人呢。我愁的就是这个。"

曹蔓神秘地一笑："我倒知道一个。"

黄巢问道："谁？"

"李混。"

黄巢想了想说："莫非是那个背叛庞勋投降朝廷新近被封为将军的李混？"

"正是。"

"他又未被我们俘虏。"

"前两天被孟雪娘的无畏军逮住了。"

"你咋知道的？"

"实话告诉你，今天盐盐回来过，她说的。"

"盐盐呢？"

"她走了。"

"走哪儿去了？"

曹蔓便把庞英到此的情况一一向黄巢讲了。

黄巢听完急了："夫人，你不该给她出这个点子，又叫她去找孟雪娘。"

"不找孟雪娘难道找你？让你把她送到大将军那里去？"曹蔓反问道。

"我是说，孟雪娘是个认真的人，她不会把李混交给庞英……"

"我已经把李混交给庞英了，而且让盐盐陪着她一起去了蕲州……"此时突然进帐的孟雪娘大声说道。

黄巢、曹蔓一惊，望着她说："什么？你……"

孟雪娘说："不过现在我有一点后悔。"

曹蔓问："是怕大将军知道了？"

孟雪娘说："当然不是。"

"那李混是庞英的杀父仇人，怕她半道上杀了他？"黄巢猜测说。

孟雪娘接过曹蔓递过来的茶杯坐下说："更不是。我是觉得李混的分量太轻。叛徒，即使在敌人眼里，也是不值钱的；何况庞勋的势力早已被扑灭，他就更不值钱了。"

"说得对。"黄巢点头说。

孟雪娘低头叹道："唉，现在她已走远了，就让她去试试吧。但是，我们要做下一步准备。"

黄巢说："我已经对大将军说了。他说有王镣在我们手上，朱温是安全的，先等等，看看再说。"

孟雪娘说："黄大哥，你一定要说服大将军用王镣换回朱温。莫说是朱温，就是一般义军头领，乃至普通战士，只要人家提出交换俘虏，我们都要积极回应，无条件答应，让被俘的弟兄和所有的人都感到咱们当头领的心里有他们、看重他们；不然会让人寒心的。"

黄巢、曹蔓用十分佩服的目光看着她，异口同声道："雪娘，你说得太好了！"

孟雪娘认真地看了看黄巢与曹蔓，然后说："我还要说一点，大将军不愿用王镣换回朱温，固然有庞英的原因，但我认为还有别的原因，我们中有些人想利用王镣作投降朝廷的跳板……"

"不至于吧……"黄巢闪心一惊，欲言又止。

孟雪娘用眼睛盯着他说："黄大哥，其实你早就看出来了，只是不愿往那方面想罢了……"

黄巢再次用赞赏的眼光望着孟雪娘，眼前，闪现大将军王仙芝的飘浮不定的眼神，以及他躲躲闪闪的态度。难怪每次与他商量提到与官兵作战的建议都被他以各种借口加以否定，难怪这些天他与自己说话时眼光总是躲闪回避，语气也少了以前的果断与气势，吞吞吐吐，欲言又止。当时他心里就有一种不祥的感觉，但他尽量从好的一方面去想：一定是大将军生病的原因。现在看来，他的病不是在身上而是在心里。如今听雪娘这么一讲，说不定自己最不愿去猜去想的事可能真的要发生了。虽然为了大局一再忍让妥协……这时，他才明白义军的团结一致不是靠妥协退让所能获得的。他决定去找大将军推心置腹地好好谈谈。

蕲州城内太守府，裴勇正为写了建议以朱温交换王镣的信没有回音而焦急，手捏半截甘蔗咬着，使劲咀嚼着想心事：在这个太守的位置上我待得时间太长了，也该向上挪挪了。平时对王宰相的进贡虽然不少，但苦于缺少向他效忠的机会，现在，这么好个机会就在眼皮底下，我可不能失手。如果成功了，到那时……想到这，他兴奋地把甘蔗渣向空中随意甩出，飞得满地都是。

忽然城上守军来报："裴大人，城门外有贼军头领押着一个被俘的官兵，说要跟大人换那个朱温。请大人快去回话。"

"想不到老天爷如此体恤我，想什么就来什么。"裴勇听了心中一喜，急步走上城头。果然见有两个骑马的贼兵头目押着一个俘虏在城下等候。

城下庞英高喊："喂，城上那位可是裴太守？"

城上裴勇大声回道："正是下官，你是何人？"

庞英说："我是应你信中所请，来与你交换俘虏的义军头目。我们已经把俘虏带来了，你快把我们的头领朱温放下来吧！"

裴勇说："好吧，请让王镣大人站前一步我看看，只要是他，马上就把朱温送下城来当面交换。"

庞英推出李混："裴大人请看。"

裴勇看了摇头说："王镣大人我认识，这位不是。"

庞英解释道："这位虽不是王大人，也是你们朝廷命官，还是位将军呢。"

裴勇装着一脸茫然地说："将军？什么将军？没见过。"

庞英命李混："讲！"

李混说："裴大人，我名李混，是京城神策军军官，随诸路行营招讨使曾元裕大人和监军刘行深大人出征，任随军校尉，因军功显赫，升为将军……"

裴勇摇头说："我们要换的是曹州太守王镣大人，别的人不换。"

李混说："我虽不是太守，我是将军，是为朝廷立过大功的将军，庞勋叛乱全靠我才得平定，我出谋划策救王镣大人几次，就差一点点就救出来了……为了朝廷我可是九死一生，忠心不二，高骈大人、曾元裕大人、刘行深大人都对我大加褒奖……"

裴勇无心听他啰唆，不耐烦地拿着甘蔗撕咬。

下面的庞英、盐盐齐声说道："裴大人，换了吧，这个李混对你们用处大着呢，对朝廷又那么忠诚，换回去一百个值……"

裴勇用眼角鄙夷地扫了一眼狼狈不堪的李混，对庞英说："告诉你们的王头领、黄头领，不是王镣大人，我不换！"

李混看看无望，使出无赖手段，大声喊道："姓裴的小子听着，老子是诸路行营招讨使曾大人、刘大人手下的将军，是他们的心腹，你瞧不起老子，也就是瞧不起曾大人和刘大人。到时候老子在他们面前说上几句，要你后悔也来不及……"

裴勇听了心火直冒，怒道："好你个李混，当我不知道你？你本是庞勋贼子手下一个爪牙，后来卖主求荣投降过来当个小校尉。你是什么东西？敢与咱曹州太守王大人相提并论？跟你明说了吧，你呀，就像我手中的这把甘蔗渣，水嚼干了，一文不值！"说罢手一扬，把手中的蔗渣撒下去，落了李混一身一脸。

庞英指着裴勇说："叫你换你不换，我回营发兵，踏平你蕲州城！"

裴勇哈哈大笑道："好呀，小妞，我最喜欢与你们女人一起打仗了，请注意：千万别连你的朱温大头领一起踏平了！"

"这裴勇，太可恶了。这下该怎么办……"盐盐押着李混往回走，嘴里喃喃地念叨着，庞英低着头沉默无语地跟在后面。当她俩无精打采地回到营地，刚跨进营门，尚君长领一伙兵士围上来缴了两人的械。

庞英、盐盐又惊又怒，吼叫着："你们，你们凭什么？"

尚君长黑着脸说："大将军令：庞英、盐盐违犯军纪，押回大营听候处分！俘虏李混，交大营监狱关押！"

庞英、盐盐说："我们无罪，我们抗议……"

尚君长不理会她们，挥手命令兵士："把他们押上马车，连夜送回大营！"

庞英、盐盐齐声道："我们要见大将军……"

尚君长转过身，怒道："你们还好意思说见大将军，大将军都让你们给气出病来了，正躺着呢！"

马车上，庞英拉着盐盐的手，安慰说："妹妹，别着急，雪姊会替我们做主的。"

庞英的猜测没错。

当听说她俩被关进大营之后，孟雪娘对大将军的做法很有些失望。现在大敌当前，作为义军的最高指挥官怎能与两个小女子过不去？再说了那庞英与盐盐明明是我手下的人，是我同意她们去的，他这样做可能不仅仅是因他与庞英之间的过节吧？这哪像一个成大事男人的行为？雪娘越想越觉得蹊跷：既然大将军对我们心存芥蒂，我们一定要有所准备。这事得先掌握真实情况，再与二将军好好商量商量。不过目前最要紧的是想个法子处理好这件事……

终于，让她想出了一个解救庞英与朱温的好办法。

王仙芝躺在营帐病榻上，听尚君长读裴勇给王镣的信："……拟以朱温换回王大人，趁交换之际，望王大人劝服王大将军归顺朝廷，大人兄长王相国传话说：'王大将军系忠义之士，应该以礼相待，朝廷会对王大将军及部下重加封赏'……"听到这里，王仙芝兴奋地动动身子抬头对尚君长问道："君长，你说，我带兄弟们起义，拼死拼活，图的是什么？"

"哎，不就是老婆孩子热炕头，图过一个安稳的日子吗。可好多弟兄还不知道女人是什么滋味就战死了，就像我的三弟、四弟。"尚君长说，"大将军，你不如趁这次机会带着我们接受朝廷招安吧！这么些年来，我们一路冲杀，虽然打了不少胜仗，但兄弟们也不断地流血死亡。官兵这样强大，要想推翻朝廷，不知要何年何月。你我年龄都不轻了，你的身体也大大不如从前了，能有那天吗？现在有这样的好机会，不能错过呀！"尚君长见王仙芝闭着眼没出声，索性搬了椅子坐在王仙芝的身边继续说："如今官兵围了城，断了我们的粮草，兄弟们吃穿都成问题，哪还有心思打仗？如果曾元裕一旦把援军搬来，我们只有被困死在这里了。大将军你赶快做决定吧！"

王仙芝点点头说："君长，你说得句句实在。这些天我也被这些问题困扰，时常想起浙东裘甫起义和徐州庞勋起义的事。他们声势闹那么大，可最终……与其那样，就像你所说的，还不如抓紧现在这次机会。虽说朝廷丧失了民心，可它毕竟根基强大，唉……以我现在的身体是心有余而力不足了，还是及早给兄弟们找条出路吧！君长，你赶快以王镣的口气给裴勇写回信！"

"遵命！"

尚君长应着正准备退出，又被大将军叫住："君长，你要好好物色一个传递消息之人。注意，千万别走漏了风声！"

"大将军请放心，我知道该怎么做。"

　　关在裴勇大牢中的朱温后悔不已，只怪自己建功心切，遭到裴勇暗算，落了如此下场。不是输在武力上，而是输在计谋上，这对一个指挥几千兵马的头领来说是一种耻辱。这下孟雪娘该看我的笑话了吧。一想到雪娘，眼前立即浮现她那俏丽多姿的身影和那迎风飘动的脚步……真是个让人着魔的女人……这个念头刚从心里冒出来，庞英那双黑亮亮的大眼睛便闪耀在眼前，饱含泪水看着自己，不知那个痴情的女人此时在为救我做些什么……

第二十五章　战地也浪漫

近些天，大将军因伤口感染半卧在床，除了尚君长，谁也不见。尚君长奉他之命去见了王镣和李混。

黄巢得知这些情况后寝食难安，内心十分着急。如果猜测变为现实，那结果将不堪设想。不能再等了，他要与大将军敞开胸怀好好谈谈。可刚到大将军军帐门口，就被告知大将军因头痛加剧，昨晚折腾了一夜，现在刚刚睡着。他不忍心吵醒他，转身去找郎中询问大将军病情。

王仙芝醒来，见尚君长手拿文稿立在床前，便问："王镣的信写好了？"

"写好了。"尚君长呈上信。

王仙芝接过信，刚看两行，便把信递还给尚君长："我这头，一看字就更痛，你给念念。"

尚君长接过念道："裴大人如晤：闻大人欲以朱温头领赎救下官，下官有救矣，万分感激。王大将军深明大义，愿息干戈，归顺朝廷，为皇上效命，望大人将此意速速转达吾兄王铎。至盼。王镣谨书。"

王仙芝说："可以。你找的人找到了吗？"

尚君长应道："就是抓获的神策军头目，现任曾元裕副将的李混，你看如何？"

王仙芝微微点头："有眼光！没有比他更合适的了。你跟他说好了吗？"

尚君长说："我对他说了，告诉他只要把这件事办好，不仅朝廷会重重赏他，大将军您也会重重谢他。以后他与我们就是同朝共事的兄弟了，过去的事一笔勾销。他听后立刻跪下，感激大将军的救命之恩，赌咒发誓以死效命。"

"那你就马上派他去，早日办成，免得夜长梦多。这事就你知我知，千万别说给他人。"

"大将军尽管放心。"

尚君长走后不久，孟雪娘闯进帐来，拱手道："参见大将军。大将军贵体好些了吗？"

王仙芝点点头说："好多了，好多了。雪娘你辛苦，请坐，看茶。"

孟雪娘提把椅子坐下，正色地说："我今天不是来喝茶的，是来要人的。请大将军把我无畏营的两个女兵还我。"

王仙芝说："我正准备派人把盐盐给你送去，你就来了。来人，去禁闭室把那个叫盐盐的女兵带来……"

孟雪娘忙问："怎么只有盐盐，还有庞英呢？"

"庞英她是我的侍卫，从我这儿跑的，就不回无畏营了吧。"王仙芝解释道。

"大将军头次留下她，当晚就跑了，这次留下她，又跑了呢？"

"已经跟她说好了，再留下她就不跑了。"

"只是她提了个条件，要你用王镣把朱温赎回来。"

"你哪儿打听到的？"

"这还用打听？傻瓜也能想到。"

"你是担心朱温回来她又不愿意了？"

"我不担心她不愿意，我是担心朱温不愿意，担心大伙儿不愿意。大将军为了一个庞英，闹得大家都不乐意，值吗？"

王仙芝无奈地说："那依你之见呢？"

"依我说，今天让庞英回无畏营去，大将军赶快用王镣把朱温换回来，然后由你主婚，给他俩热热闹闹办了喜事，让大家高兴高兴，然后打过长江，到江南求发展。"

"好，就依你。来人，把盐盐、庞英一起带来。"

孟雪娘又阻止："慢，还有一个李混呢？"

王仙芝瞪眼看了雪娘一眼："李混你要去何用？你那里又没有专门的监狱，关在大营这边更安全。"

"我逮住他以后还没来得及审问呢。有几桩事要问问他。"

"军医说他得了瘟病，把他关在一个小山坳里，不许外人接触。等他好了，再通知你来问案。好吧？"王仙芝强压着内心的不快编造说。

"唉！"孟雪娘心情沉重地叹口气道："大将军，你伤势一直未愈，我是来了三次才见到你。今天难得有这个机会，还有两句话，不说心理堵得慌。"

"雪娘，你我一起出生入死，情同兄妹，有什么话尽管说。"

"我听说有人在你耳边吹风，要你投降朝廷。可有此事？"

"没有没有，不要听信谣言。这等大事，如有，岂有事先不与众头领商议的。从我义军目前情况看，比前几个月好多了，又何必……"

"正因为好多了，朝廷才会给个好价钱。"

"雪娘，别瞎猜疑。咱们一门心思想着如何壮大自己，再过几天，等我的伤全好了，就带领大营兵马夺取蕲州，从那儿打过长江去……"

"既然是谣传，是猜疑，那就是我多虑了。大将军，你叫人把盐盐、庞英叫来吧。"

"来人，把盐盐、庞英带来。"

不一会儿，盐盐、庞英走进营帐。

孟雪娘命令她俩："快向大将军请安、认错。"

二人下跪行礼："无畏营庞英、盐盐向大将军请安！庞英办事鲁莽，擅做主张，违背军令，对大将军多有得罪，望大将军海涵！"

王仙芝心情复杂地看了庞英一眼不便说什么，只得挥手让她们起身。

孟雪娘见庞英一双眼睛通红，便说："庞英，你别伤心了。刚才大将军说了，他立刻派人带上王镣去换朱温。待朱温回来，大将军还要为你们主婚，气气派派给你们办个婚事。你还不快快感谢？"

盐盐从旁惊喜道："呀！大将军太好了！庞英好福气！"

庞英再次行礼道："多谢大将军！"

孟雪娘一行人刚出营帐，迎头碰着黄巢进帐。

黄巢对她会意一笑说："等会儿我来找你。"

　　孟雪娘说："恭候二将军大驾。"

　　裴勇坐在蕲州太守府大堂上，从李混手上接过王镣的信，看毕哈哈大笑："李将军，没想到，前两天咱俩才吵了一架，今天居然坐到一张桌子上了。世事变化真难预料哇！"

　　李混讪笑道："比起裴大人你来，末将感触更深一层，前几天还是他们的死囚，今天却成了他们的贵客，而且还有幸与大人再见面，共同做一番永垂青史的大事。只是前日末将多有冲撞，还望大人恕罪。"

　　裴勇忙说："哪里哪里，下官那天说话也有冒犯，请将军原谅。"

　　"咱们现在一家人不说两家话，裴大人看了王大人的信后有何安排，只管说，末将全力效劳。"

　　"下官认为可分三步：第一步为表示王大将军的诚意，先把对我蕲州之围撤了，退兵五十里。第二步双方交换王大人和朱头领。第三步，关于王大将军归顺朝廷之事，我马上修书一封给王相国，就赐官爵、下告身，整编队伍，遣散安置等诸多问题，请朝廷示下。李将军以为如何？"

　　"周到周到，裴大人想得周到。"

　　"前两件下官与王大将军商定了就是，只有这第三件，需要一位既熟悉各方面情况，又与朝中要员有交往的送信人，很不好找……"裴勇说到此意味深长地看了李混一眼。李混心领神会，接过话说："大人如果认为可以，末将毛遂自荐，甘当这位送信人。第一我对各方面情况最熟悉，特别是对王仙芝他们。我是从那伙人中过来的，什么情况我不清楚？第二，与朝中要员的关系，诸道行营招讨使曾大人，监军刘大人是我的顶头上司，就是宫中田公公面前，我也说得上话。"

　　"太好了，有李将军担此重任，穿针引线，上下活动，这事就算成功了。"

　　"大人，还不能这样说，就拿王仙芝来说罢，还是我用庞勋不听我劝告最后落得凌迟处死下场的例子才说动他的；还有他们中一些动摇分子，我还要去洛阳请曾大人、刘大人发兵，压压他们，才会服帖呢。"李混比画着颇为得意地说。

　　"李将军想得真周到，待事成之后，下官一定详详细细写封信给王相国，请他奏知皇上，重赏将军……"

"事情紧急，末将准备明日动身，行前，我想一见那位李温头领，大人你看可否？"

"小事，你想见这就去。"

黄巢满面春风地走进无畏营孟雪娘营帐，一见雪娘拱手道："恭喜恭喜。"

孟雪娘笑道："别开玩笑了。气还气不完呢，喜从何来？"

"曾元裕调宋威大军向我攻来……"

"这算什么喜事？"

"你不是天天闹着要上前线打仗吗？这下有仗打了，大将军已下了命令，调你去对付宋威的兵马。"

"大将军？不是你的意思？"

"也是我的意思。"

"大将军是嫌我碍事，把我支开。你该不是吧？"

"我么，我想到宋威原来是诸道行军招讨使，你跟他打，过瘾！"

"他么，原先都是个有名的常败将军，现在更不行了。"

"为什么？"

"因为他被撤职后由他的副手曾元裕当了招讨使，现在又反过来提调他，他会用心打仗？"

"他不用心你用心，岂不更能打胜仗！"

"现在我心思没用在打仗上。"

黄巢不解地问："为什么？"

雪娘一脸严肃地说："我怕上了前线后，你们联合了官兵前后夹击，让我和我的无畏营死无葬身之地……"

黄巢一脸严肃地说："怎么会这样想？雪娘，有我在营中，绝不会发生这样的事！"

"二将军，不是我不信任你，目前的形势的确让人担忧。"

"对！我找大将军谈过了，他的态度让人琢磨不透，说话少了以前的干脆与果敢，变得吞吞吐吐了，看来他的确对我们隐瞒了什么……"黄巢放低了声音说。

"那好，我们去外面走走，边走边谈，我也有好些想法要对你讲。"

两人走出营房，沿校场外的山路并肩前行，边走边谈，对王仙芝可能投降作了分析，并考虑了应变方案。两人越谈越投机，越谈越有兴致。

蜿蜒而上的山路两边是一片茂密的树林。冬天的冷风霜露将树叶染上黄白相间的色彩，一层一层的，在太阳的余晖下闪着光斑。

雪娘受到感染，脸上露出了久违的笑容。这笑容像醉人的冬日阳光从黄巢心中掠过。

突然，树上惊飞出一只鸟，它毛色鲜艳，体态优美，高声鸣叫着冲向天空。很快，另一只鸟被引过来。两只鸟欢叫着相聚，然后一前一后，一上一下，相依相随，飞出许多令人眼花缭乱的曲线。

"想不到这里的冬天还有这般景色。"在一棵茂密的老树下，雪娘伸手接住了一片在寒风中缓缓坠落的树叶。

"我真羡慕这树叶，在最凄凉时候被你这双手接住。它太幸运了！"黄巢看着雪娘手中枯黄卷曲的树叶，感叹道。

"你说什么？"雪娘装作没听懂问着。夕阳下，她的脸更红了。

"没什么，随口胡诌的。噢，对了，听说你提议让大将军给朱温与庞英主婚？这点子不错，既解决了大将军与庞英间的尴尬，又让大将军赢得口碑，更重要的是成全了一对有情人。不过对你来说却有些遗憾。"黄巢只顾说话，似乎没注意雪娘情绪的变化。

雪娘抬眼望着他问："为什么？"

"你失去了一次选择的机会。朱温……"黄巢这才发觉雪娘的眼神有些异常，想对自己的话作点解释。

"黄大哥，你怎么还提那个话？我的态度那天已经表达得很清楚了，而且大家都知道了。你是真糊涂还是装糊涂？"雪娘打断了黄巢的话，有几分气恼地质问道。

"雪娘，我……"面对雪娘美丽而清澈的眼睛，黄巢感到心颤。

那两只欢快的鸟儿俯冲下来，绕着他们飞舞了两圈，复又冲天飞去。

"你真的不明白我的心？怕我连累你？怕夫人责怪你？"雪娘眼神一下变

得火辣辣的，连连发出质问，但话里却充满了柔情，"我知道现在这个时候给你提这事有些不合时宜，可我不能终日在你面前戴着面具生活。告诉你，我是一个痴情守卫爱情的女人，一个视你为生命的女人。这才是真实的我。"说出这句话后，她打消了一切顾虑，变得一发不可收，"从我懂事起，我的生活就被苦难所包裹，我以为我的人生只是为了受苦。遇见了庞大哥后，我才知道，我可以通过自己的努力让我自己和更多善良的人好好地活着；当你像一道闪电闯入我的生活后，才发现人生还有更精彩的内容，你在我心中点燃一盏灯，我信赖你，牵挂你，我因能天天见到你而感到甜蜜，却又因相隔太远而感到痛苦。我忍受，我思念，我幻想。我忍受着你一次次地闯进我的梦里，搅碎我的心；我思念与你的每一次相会，回味每一个细节；我幻想你能像一个真正男人那么接受我……"说到这儿，雪娘满脸通红，压抑了太久的情感终于喷薄而出："可你却想着让别人来娶我，你就那么心甘情愿地看着我嫁给别人？而且是我一点不爱的人，连想你的权力都要被剥夺？你就不怕我因此而怨你？恨你？"她泪流满面，全身颤抖，有些支撑不住。

黄巢的心一阵阵地疼痛，觉得有什么东西在里面翻腾、撞击。那是血，是一腔汹涌澎湃的热血。

他上前一把抱着她，在她耳边低吟："不，不！我的雪娘，你是我在这世上最爱的人，我怎么会不知你的心迹？你聪明能干漂亮，太完美了。我庆幸自己能得到你的认可。从见到你的第一眼起，我的心就被你拿走了。你救我、帮我、爱我，我怎会不感动？不动心？不心痛？可我却无法给你完整的爱，你渴望的爱，这对你不公平，我实在怕伤着你、辜负了你。所以……"

一股热流游遍了孟雪娘全身："黄大哥，我不奢望占有你，我不会破坏你和大嫂的关系，只想帮你完成大事，完成大家共同的心愿。还让你清楚地明白我的心，明白我对你的爱。对你，我别无奢求，只希望能给我一点微薄的、只有你才能给的那点爱……"雪娘漂亮而深情的眼睛盯着那张无数次地出现在她的梦里的脸，然后抓住了那双热得发烫的手。

那是她第一次触到他的手，一双男人的充满力量与安全的手，那手再次抱紧了她。她有些晕眩，有些迷乱，她伏在他的胸前，听到他狂热而乱了节奏的心跳。

她陷入了快乐与幸福的旋涡。

"雪娘，我的女神，你太美了！"黄巢喃喃低叹。他抑制住强烈的激情，紧紧拥住青春的、完美的她，小心地亲吻着她的每一寸肌肤……

第二天，经过爱情滋润愈发光彩照人的孟雪娘按命令率领她的无畏营开赴前线。姑娘们个个兴致勃勃、雄心十足，期待着能在战场大展身手。

此时，唐州兵马使宋威领着他的两千兵马缓缓前行在瑟瑟的寒风中。

探马急疾而来向宋威报告："报将军，前面发现大队贼兵！"

宋威驰马高坡向前看去，果见大队阵容整齐衣甲鲜亮打着"孟"字军旗的兵马踏着尘雾而来。再四周一看，不远处正好有一个废弃的营寨，手一指，哈哈大笑道："此乃我营地也。"

于是传令官高喊："就前面的营寨扎营，深挖壕沟，修补栅墙，日夜坚守。没有宋大人的命令，不准出战。有违令者，斩！"

第二十六章　"扯清了，还叫爱吗？"

宋威正急急拆阅一封从洛阳送来的信。阅毕，他抿嘴微笑自言自语说："原来如此。"沉吟了片刻之后，他把信放于抽屉底层。

此时，军帐外，无畏营女兵的叫阵声伴随着鼓声阵阵传来。

偏将急匆匆进帐报告："宋大人，那些女贼在营外叫战，骂得难听极了，末将请求出战，杀他个落花流水，出口恶气。"

宋威面无表情地说："不可妄动！"

"末将已打探清楚，她们人不足一千，都是些小妞，我们有两千兵马，两个对一个……"偏将信心十足地解释说。

宋威说："你别小看了那些小妞，一个个武艺了不得，特别是那个贼首孟雪娘，几年前随庞勋造反时就令人丧胆。别轻易碰她们。她们刚来，士气正旺，等她们多闹几天，叫乏了，叫累了，再而衰，三而竭时，再出其不意围歼之。"

偏将再次请求："宋大人的主意虽好，可您不知道现在下面将士的士气有多高昂，个个摩拳擦掌，主动要求出战！"

宋威一拍桌子，高声吼道："妈的！上几次打仗，个个缩手缩脑当王八，今天见到小妞就摩拳擦掌士气高昂起来了。不准！叫他们忍着点，听候将令！"

在孟雪娘营帐中，姐妹们围着雪娘议论纷纷。

秀秀问："这个宋威任你怎么叫骂，缩头乌龟似的就是不出战。咋办？"

盐盐说："干脆，明天咱们拼命攻上去！"

庞英反对道："不能蛮干。我们可以绕道偷袭后寨，活捉宋威。后寨地势平缓，防守也松懈。"

孟雪娘听了说："英子的点子好。我有一计，你们附耳上来。"

几姊妹碰头听计，点头称是，相互会心一笑。

是夜，无畏营女兵们在宋威营寨前草坪上打着火把忙碌起来，她们在平整草地，搬来树桩搭木架……

百无聊赖的宋威正在中军帐中喝酒。

偏将进帐报："宋大人，女贼们在营寨外草地上打着火把搭木架。"

宋威嘬口酒问："是攻营寨的木架？"

偏将摇摇头："不像。"

"离寨门有多远？"

"至少一百五十步以外。"

"不管它，要是靠近了，用箭射；再靠近，就用刀砍枪刺。记住，没有我的命令，不准开门迎战！"

"是！"偏将退出。

宋威忍不住走出营帐，站于高处，果见女兵们在火把照射下搭木架，扯绳子，平整草地。这些个女贼用的什么计呢？宋威心里没底。

偏将问："大人，那些女贼在搞什么名堂？"

宋威只有说："她们诡计多端，猜不透。密切监视，切勿轻动！"

偏将应道："是！"

一夜之间，一个像模像样的杂技表演场子搭成了。

翌日，天色大亮之时，宋威营寨外响起锣鼓，还不时夹着人们的欢叫声。

马技、绳杖、高翘、天梯、爬竿、吐火……轮番上演。孟雪娘正带领一帮训练有素的女兵表演杂技。场子周围，还聚集了许多看表演的老乡，叫好声一浪高过一浪。

宋威军营中的官兵被吸引，纷纷涌向前寨观看。好水灵的姑娘，个个如花似玉，特别是那个孟雪娘，更是美如天仙。官兵们兴奋地议论着，对她们表演的节目更是大加赞赏。每个节目都是那么精彩、新鲜、刺激，看得官兵们乐不可支，掌声喝彩声不断。连站岗的士兵也挡不住被吸引，不时地踮起脚尖、伸长脖子，朝外面看。

偏将不断向宋威报告营外上演的节目，他不动声色地来回踱步揣测着孟雪娘的用意。他也算是久经沙场的老将了，可实在看不出这孟雪娘玩得是哪一手。当偏将报告说有只身上写有宋威两个大字的狗熊被牵出场时，宋威终于按捺不住内心的疑惑与气恼，急步从营帐走出，来到营门口一看究竟。

此时后寨的林荫处，一队无畏营女兵在庞英率领下从隐蔽处跃出。只听嗖嗖两声，庞英向把守寨门的两个卫兵连发两支筒箭，守门卫兵来不及出声就倒下了。十几个女兵飞身跃上寨墙，手中的大刀与长剑在阳光下闪着寒光，措手不及的官军仓皇应战，一连被放倒十几个。寨门很快被打开，大队女兵蜂拥而入，发出一片震天动地的喊杀声。守寨官兵还来不及弄清怎么回事，就稀里糊涂地做了刀下鬼。官兵一看寨墙上那迎风飘展的大旗已由"宋"字变成了"孟"字，更是大惊失色，慌忙丢了武器，仓皇逃命。女兵们边追边砍，顺手又点燃篷帐，趁着火势杀声震天扑向前寨。

杀声和火势惊动了前寨的宋威，他对偏将大喊："快下令迎战！"看表演的官兵此时才回过神来，转头一看，见营地篷帐着火，杀声震天，有的见了撒腿就跑，刚迈出几步，就被宋威飞刀刺死。官兵这才形成了一面人墙向表演的女兵们冲去。此时身披大红斗篷的孟雪娘纵身跳上高头黑马，领一队女兵冲向官兵。一把把刀剑闪出一道道耀眼的白光，所向无敌。官兵的人墙顿时坍塌，陷入一片混乱。宋威大喊稳住，但无人理会。

此时表演节目的女兵在秀秀的指挥下，把爬竿、天梯搭上寨墙，顺势爬上，飞燕般跃进营地，对惊慌失措的官兵一阵乱砍乱杀。化装成百姓的女兵则抽出藏于袍服下的板斧砍开寨门，后面大队随之涌入，霎时间，官兵被冲杀得七零八落，完全失去了抵抗能力。

宋威见大势已去，上马从偏门逃出。冲进寨里的庞英正四处找宋威，见一着紫色袍服的军官骑马逃出，立即跨马冲出偏门追去。

孟雪娘指挥扑灭余火，打扫战场。在宋威烧毁的书案里，发现烧残的纸片，一个半截信封引起她的注意，抽出信笺打开，见残页上尚有"……王铎力主抚慰，告身不日颁发……缓战为宜……"十余字。孟雪娘一看便知就里，忙把信收入怀中。因未见庞英，便问部下，回说庞英追宋威去了。她担心庞英的安危，急急纵马追了出去。

宋威快马加鞭逃得性命。他实在想不通，转眼间，两千兵马怎么说没有就没有了？这孟雪娘用的到底是哪招？这一仗怎么会输得如此不明不白，如此狼狈不堪？忽听身后马蹄声，刚一转身向后瞧，一枝飞箭擦耳而过。他赶紧缩下头，打马狂奔。

庞英快马加鞭，紧追不舍，眼看就要追上。前面出现一道江水，庞英心想看你往哪里逃？岂知那宋威纵身一跳，竟从马上扑入水中，向江心游去。庞英撵到岸边，因不会凫水，只有顿足叹气，眼睁睁看他游过江去。

庞英坐于江边叹息着："唉！这个宋威，眼看着就能抓住了，却让他给跑了，失去了这么好一个机会。我的朱哥哥该不会责怪我吧……不过，我一定会救你出来的……"面对滚滚江水，庞英尽情地诉说着对朱温的思念与担忧。

孟雪娘飞马赶到，看着宋威消失在对岸的背影，也很懊悔。她对庞英说："英子，别难过，宋威跑得过今天，跑不过明天。"

庞英说："宋威对我太重要了，他可是个比王镣还大的大人物，逮到他，准能换回朱温！"

"你真是个好女孩，时时事事都想到自己的心上人。"孟雪娘看着庞英提到朱温时特别发亮的眼睛和一种万分牵挂的表情，不由赞叹着。

"雪姊，我都不知道自己为什么会这样。魂儿被他摄去似的，整日都是对他无尽的思念，哪怕近在咫尺……唉！可他呢，总让人感到揣摸不透。"庞英拉着孟雪娘的手，与她并坐于江边。

孟雪娘问："你这话是什么意思？难道……"

"我一片心意对他，可他并不爱我，他真正爱的人是你！"

"啊？"

"他好几次在梦里呼叫你的名字。"

"朱温虽然勇敢善战，但我并不爱他。"孟雪娘把目光移向远山和白云。

"我知道你心中早就有了人。"

"可是，有道墙堵着，我怎能轻易逾越？我也只能默默地守望他了。"雪娘闭上眼，想起了与黄巢那幸福的一刻，一脸烂漫。

"倒好像有点像朱温对你。"庞英沉浸在对朱温的怀想中，对雪娘的表情没在意。

"不同的是，那个人是爱我的，真诚地爱。所以我的心中只有他，仅有他。"雪娘睁开眼，声音里充满柔情。

"刚才还说我呢，我看你比我更痴情。黄大哥足智多谋，英俊潇洒，你俩挺般配的。要是你早点对他挑明，该多好，只可惜……唉！雪姊，你说，世上的爱情怎么这么磨人？不爱的偏要爱，爱的却又偏不能爱，真是扯不清。"

孟雪娘笑道："扯清了，那还叫爱吗？"

"这么说来，永远也扯不清啰？"

"古往今来，谁扯清过？"

"可我想扯清楚。"

孟雪娘叹口气说："对女人来说，也许扯清了不一定是好事。"

"如此说来，就该一辈子难受下去了！"

"也不，比如现在，我就不难受了。"

"你哄我。"

"因为来不及难受。"说着，孟雪娘从怀中取出那半截信封交给庞英："你拿去看，看了，什么扯不清的事都会放到一边，也来不及难受了。"

庞英看罢气得跳起来："什么？大将军他要投降？"

"不会有假！"雪娘恢复了平日的沉稳。

"我坚决不同意。他要投降就跟他分手。雪姊，你领着我们干！"庞英拉紧了雪娘的手。

雪娘感激地点点头说："有你这个话，我就放心了。现在，我交给你一个任务，你带上几个人，化装成百姓去京城往蕲州的路上埋伏。朝廷告身多由太监颁发，见了太监模样的人，把他抓住，搜了他的告身来见我。说不定，那个李混很可能陪着太监一起去蕲州。这次抓住他，你当即就……"孟雪娘做了个劈的手势。

庞英立即起身，兴奋地说："雪姊我明白，我一定完成任务！"

官道上，一队官兵在缓缓移动，队伍中，李混与传旨太监并马而行，两人一路谈笑风生。

"公公，这趟差跋山涉水也真够辛苦的，一路上，没吃好玩好，还望公公见谅。"李混一脸谄笑地说。

"可以了，可以了。"太监满意地笑道，"有好多吃的玩的，就是在宫里也难办到，真让李将军费心了。"

"公公是宫中内仆令，专职侍候皇上的，末将侍候好公公也就是侍候皇上。能侍候好皇上，是末将天大的福分呀！"

太监听了心里很是受用，说道："难得将军一片忠心，你干事如此干练，待这趟公差办好，把王仙芝这伙反贼收拾干净了，我回朝奏报皇上，保你加官晋爵。"

"谢谢公公栽培。"李混连连拱手说："今晚，末将已派人去前面驿站作了安排，有更好的节目等着公公去消遣解乏呢。"

太监笑道："好哇，咱们快走。"

说罢，二人猛抽坐骑几鞭，在众兵士簇拥下向前跑去。

此时，庞英带领着女兵正混在路边采野菜的百姓中间，见了李混，几次把筒箭对准了他，但想到"告身"没弄到手，便咬牙忍住了。见李混和那个太监在官兵护卫下跑远了，手一招，领着姊妹们向前撵去。

夜半时分，几个蒙面黑影窜进驿站大院，撬开正房窗户，跳进屋去。庞英一把从床上抓起太监，把刀架在他脖子上厉声说："别出声！"

太监浑身颤抖着说："好汉饶命！金银珠宝任好汉取用，但求饶命。"

"告身在哪？我要这！"庞英说。

"在，在……"太监从枕下取出一个黄绸包双手递上。

庞英接过打开看了，揣进怀里，问："李混住在哪间房？"

"李，李混他，他走了。'

"什么？走了。他不是跟你在一起的吗？"

"好汉不知，天刚黑时，诸道行营招讨使曾大人派快马来，命他连夜赶去洛阳。"

庞英一顿足问："当真？"

太监说："李混是个什么东西？值得我为他说谎吗？我不要命啦……"

庞英叹口气，一把放了他，手一招，几个姊妹随她跳出窗外，消失在黑夜里。

头包花巾，一身蓝底白花村姑打扮的庞英匆匆来到来孟雪娘营帐。

庞英从怀中取出一卷纸小声说："雪姊，你看！"

孟雪娘接过念道："准王仙芝率部归顺，授予左神策军押牙监察使之职，食邑百户，其从者依功受职……"未及念完，便把告身往怀中一揣，对庞英："快把衣服换了，随我去找二将军！"

"雪姊，正如你所说，这王仙芝背着你和二将军就把我们给卖了，如果不是发现得早，几年前的惨剧又将重演了。想起来真后怕呀！"路上，庞英感叹道，向孟雪娘讲述截获告身的经过，以及从太监口中打探的许多机密。当谈到李混时，庞英惋惜说，李混本陪太监一路去蕲州的，那晚却被曾元裕派人叫走……"

"唉！又让他逃过一次！"

这些日子是黄巢最快乐的日子，也是最揪心的日子。军中不断升温的接受招安的传言令他感到很不安。身为二将军，他必须稳定军心，他上上下下、方方面面了做了不少工作，去稳住这条将会沉没的船……虽然他心里早有准备，但当孟雪娘把大将军受降的告身放在他眼前时，他还是感到吃惊与悲愤。

看着告身，黄巢只觉那一腔对王仙芝的忠诚顿时转成了愤恨，不停地在胸中涌动，眼里似要喷出火来。他一拳砸在支撑帐篷的树桩上，帐篷被砸得摇摇欲坠，鲜血从他手心往外渗。孟雪娘看了心一惊，忙取出手绢要为他包扎，黄巢用手一拦，用从来没有过的语气叹道："唉……虽说我们对此有准备，但我一直不相信他会这样做，无论怎样大家是出生入死的兄弟，他不可能也不应该背叛当初的誓言，拿兄弟们的生命做本钱去投敌？何况前几天他还口口声声地向我说他绝不会投降，而今……我的确看错人了。"

"怕什么？正好由二将军和雪姊领着我们干，打到洛阳去，掀翻黑朝廷，看他王仙芝还能当什么狗屁官……"庞英大声吼叫着。

雪娘用眼神阻止着庞英，转身拿起告身对黄巢说："二将军，对这样成事不足败事有余的软骨头，不值得为他痛惜。走，我们去向他讨个说法，看看他用什么话来回答我们！"

黄巢从雪娘手中拿过告身揣在怀里，斩钉截铁地："走！我就要看看这个昔日的结义兄弟、同生共死的大将军的第一个表情是个什么模样，听听他第一句话说些什么……"

从蕲州一路快马加鞭赶回光州大营，尚君长连水都顾不上喝一口，他喜滋滋地向王仙芝报告："大将军，有好消息。裴太守说了，专程颁发告身的太监正在京城到蕲州的路上，已派李混去迎接了，不日便到。他要我们这两天便把王镣大人护送到蕲州去换朱温，待告身一到，便举行恭迎告身大典，还备有酒宴礼物，与大将军和众头领共同庆祝。"

王仙芝捻着胡须点头皱眉说："安排倒是周到，只是至今还没对二将军他们通气，要是他不同意……"

"不同意咱们就单独干，朱温就不管他了。"尚君长说出自己的想法。

"那不行。要知道，朝廷对我们的封赏，是按我们归顺的人数而定的，他们不来，人数就少了一半；再说，朱温是黄巢结义兄弟，撂下他，黄巢更不会愿意了……"王仙芝分析说。

"反正盖子是捂不住的，迟说不如早说。"

"可是，我正愁这第一句话怎么开口……"

门卫大声报："二将军、孟将军到！"

第二十七章　真假招安

门卫话音未落，黄巢阴沉着脸闯进营帐中，一双布满血丝的眼盯着王仙芝，从怀中取出"告身"向他砸去："王仙芝，你干的好事！"

王仙芝先是一怔，然后身子一退，碰歪身后灯架，架上蜡台倒下，正好打在他额头上。顿时，鲜血从伤口中渗出。

身旁尚君长扶起王仙芝，怒气冲冲地大声叫道："二将军，你干什么！"

王仙芝手捂额头，喘着气说："二将军，你，你……"

黄巢俯身拾起"告身"，在王仙芝眼前一晃，缓缓地展开问："你看看这是什么？"

刹那间，王仙芝的脸由红变黄，由黄变白，不由自主地扭动着，然后深深吸了一口气，稳了一下情绪，故作镇静地说："这，这全是捏造！"说着一把抓过告身放入了抽屉。

尚君长挤出一丝笑容对黄巢说："二将军，你误会了，你难道看不出来是有人借机想破坏我们的关系吗？"说完有意地扫了庞英、孟雪娘一眼。

孟雪娘厉声呵斥："王仙芝、尚君长，想不到，事到如今了，你们还抵赖，还想乱咬人……"

庞英接过话提高嗓门说："那是我昨晚亲自从宫中派来的传旨太监身上搜到的，那太监都交代了，赖得掉？"

王仙芝一惊，脸上虚汗不停地冒，他用袖角擦了擦，低下头，沉默不语。

尚君长大声道："这不关大将军的事，一切都是我操办的，你们看着办吧！"

"你操办？你有那个能耐吗？你能让朝廷买你的账？"庞英怒目看着尚君长。

尚君长脱口骂道："好一个不知天高地厚的死丫头，你嚷什么嚷？我们这样做还不是为了大伙。"

黄巢盯着低垂着头的王仙芝，重重地叹了一口气说："唉！……王大哥，还记得吗？当初我们曾对天盟誓，要清君侧，救大唐，杀尽贪官污吏，扫尽人间不平！今天，你竟背着我们大家投靠神策军做起官来了。你，你打算把我们数千兄弟往哪儿送？你这样做是为了大伙吗？"

孟雪娘抢前一步说："当初我投靠你这位天补平均大将军，就是相信你能代表天意填补世界不平，给人间一个公道，为百姓谋一条活路。我们相信你，尊重你，对你忠心不二。而今，你竟然背着我们与官府勾搭，为讨个官做，竟把双手沾满我义军兄弟鲜血的叛徒待为上宾，把自家兄弟姊妹当作外人，一次次地糊弄我们，全不顾同生共死的情谊，你……"

尚君长勃然大怒："住口！孟雪娘，我们的大将军是你随便骂的？你们好心当作驴肝肺，不想想，我们不趁现今势力大时去归顺朝廷，到穷途末路走投无路时，想归顺都没门，庞勋的例子你是亲眼看见的……"

庞英用手指着尚君长："我更亲眼看见，要不是叛徒出卖，我们会失败吗？我爹会死得那么惨吗？你竟能说出如此的混账话，你的良心被狗吃了？"

尚君长气急败坏气势汹汹地走上前对着庞英："你这个不知羞耻的黄毛丫头，你私自跑去朱温帐中的事还没了，还敢来教训我？"

这时，大营众头领纷纷来到王仙芝营帐，弄清了原委后，七嘴八舌说起来：

"大将军，哪怕被打死、饿死，投降之事我们绝对不能做呀！"

"投降有什么不好？有吃有喝的，还能捞个官当当。"

"与其这样早不保夕地活着，不如投降算了，至少还能享受享受。"

……

头领们各持一端，怒目相视，眼看一场争斗就要爆发，如不劝解，后果不堪设想。

黄巢忙说："既然各位兄弟都来了，大家坐下，有话好好说。现在先请大将军示下。"

王仙芝缓缓起身，看了看众头领，用低沉的声音说："事到如今，我只得照实说了。我打心眼里是为了大伙。就拿黄巢兄弟说，读了那么多年的书，一肚皮学问，考了那么多次，为什么就考不上？最后一次考上了，还被刷了下来，你们看，那么多年的书不都白读了。读书人早把朝廷看穿了，所以才有不少读书人趁荒年啸众起事，攻州掠县，与朝廷较劲。事闹大了，朝廷只得让步，封官许愿收编了，这也是我们读书人做官发达的一条道，不信你们算算，各州府道的节度使、太守、兵马使，乃至朝中文武大臣，从这条道上去的还少吗？你我兄弟起事，说到头还不是为了这，现在趁势力强大朝廷看重我们的时候，见好就收嘛……"

尚君长、尚让、刘汉宏、王重霸、毕师泽等响应说："大将军说得对，请二将军和众头领别再死心眼了，咱们一起归顺朝廷，共享富贵。"

黄存、黄邺、黄揆、黄万通、秦宗汉等极力反对："我们不能背弃当初清君侧，兴大唐，杀尽赃官，拯救百姓，不达目的绝不罢休的誓言，就这么投降，坚决不干！"

两派头领针锋相对，互不相让。

王仙芝举手示意，制止了双方的争论，然后清了清嗓门说："好，事已至此，我再给大家说明白点。我们已与蕲州刺史裴勇议定，双方停战，蕲州撤围。明天就把王镣大人送去蕲州交换朱温，届时当众宣读告身，裴太守摆酒投宴备下礼品与我等共同庆贺。然后对众头领依功授职。到时候，我们都是朝廷命官，下面兄弟都是朝廷的士卒，享受朝廷俸禄粮饷。从今后大家不愁吃穿，快活过日子……"

黄巢此时已彻底失望，但同时也彻底清醒，他与孟雪娘点头会意地苦笑了一下，对众头领说："今日听了大将军一席话，恰如拨开日头见青天，我黄巢脑瓜开了窍。大将军这样也是一片苦心，都是为我们作想，实在盛情难却；只是来得突然，弟兄们一时转不过弯来，大将军莫见怪。明日，我等随大将军去蕲州共迎告身，谋个后半辈子富贵，免了终日冒生命危险行军打仗之苦，何乐不为……"

黄存大声抗议："到蕲州迎告身，那不就是投降吗？我不去！"

黄巢阻止说："不得瞎说！"

黄存瞪着黄巢，一脸怒气："我坚决不去，你去了我再不认你这个哥！"

黄巢对左右说："他酒喝多了，把他架出去！"

黄存被架出门外都不服地喊："我没喝醉，我不去，我坚决不投降……"

黄巢对王仙芝解释说："大将军见笑，我这位兄弟从小就是牛脾气，待会我自会去教训他。你放心吧。"

王仙芝感激地点了点头："既然二将军都这样说了，那请各头领回去准备一下。"他挥手让众人散去后，忙叫人把好门，悄悄地拿出告身整理平整，交给尚君长，叮嘱他："快去蕲州，把这个给裴大人送去，他一定急着找这个呢……"

一路上，孟雪娘默默无语。回到黄巢帐营，孟雪娘急忙问："黄大哥，今天你这番话是专说给王仙芝听的吧？明日真的与他们一同去蕲州迎告身，兄弟那儿怎么解释？"

"当然要去。在朱温没有被解救出来之前，我们只能这样做才能让王仙芝相信咱们，对我们不设防。至于兄弟们，我会沟通的。他们了解真相后会理解我。他王仙芝是死了心地要投降，我们只能各走各的了。唉……"黄巢叹了叹气，转而用欣赏的目光看着雪娘，"雪娘，还是你想得周到，我们提前做好了准备，否则今天我也有可能因冲动而酿下大祸。"

"幸好你今天在王仙芝面前表现沉稳，没露任何破绽，难怪黄存要误会你。只是，换回朱温后，下一步我们怎么走？"

"这个问题，我们上次讨论时你不是已提出来了吗？"黄巢用手指点着桌上的地图。

"上嵯岈山？"雪娘想起了他们在树林里的提议，低声问道。

"对，上次商议后，我派人专门踏看过。它距这儿不远，地处中原腹地，山势险要，易守难攻。还有一大优势是山上遍布溶洞，古树参天，便于藏匿……""太好了，我们这下连帐篷都不用了……"孟雪娘兴奋地提高了嗓音。

"嘘，小声点，来，我们再仔细讨论一下。"黄巢对着地图比画着，与孟雪娘仔仔细细地推敲着每一个行动细节。

听着黄巢周密而详尽的安排，看着黄巢的专注神情，孟雪娘心中升腾出一股希望，这希望带给她前所未有的力量，让她觉得她与他加起来完全可以支撑起这片天，给这个黑暗的世界来个天翻地覆的变化。想到这儿，她不由地发出了笑声。

"我有什么好笑的地方吗？"黄巢不解地看着她。

"不是好笑，是可贺！为我们义军找到了真正的有远见卓识的将军而贺！为天下百姓有了一个真正的企盼而贺！"孟雪娘把对黄巢的敬佩脱口而出。

"别把结论下得太早了，我们今后的路还很长。雪娘，没有你的帮助，我可能什么也不是。"黄巢感激地说。

"二将军，你永远是我心中最出色、最优秀的男人！我和无畏营是跟定了你和你的军队了。"孟雪娘深情地望着他。

"感谢对我的信任，不过，当前最关键的还有这几步……"黄巢指着地图谈起了他对时局的分析和构想。

送走孟雪娘后，黄存、黄邺、黄揆、黄万通、秦宗汉等头领被叫到黄巢的营帐。

翌日清晨，尚君长赶到蕲州太守府，向裴勇呈上告身。

裴勇喜出望外，拍着尚君长的肩感激地说："前天敕传太监到此，说告身途中丢失，下官正在为此着急，派人沿途查寻，不想你却及时送来了。"

尚君长说："幸亏我营暗哨在巡逻时拾得，上交到大将军处，大将军叫我连夜送来……"

"好，太好了，不然，真要误大事了。大将军他们动身了吗？"

"昨晚就作好安排，四更造饭，五更出发，一行三十余人护送王镣大人来蕲州，这时早已走出三十里以外了。"

"告诉你，诸路行营招讨使曾大人还特派代表来参加告身颁发庆典，到时候，我这蕲州城热闹着呢。就连你们，也风光啊！"裴勇一脸得意地说。

"谢裴大人提携。"尚君长拱手相谢。

大雪飞舞，寒风袭面如针扎，但王仙芝的心情有说不出的热乎。他特意在崭新的战袍外裹了一件白色的裘皮大氅，头戴一顶白色的皮帽，骑在那匹黄骠马上，带着众头领疾驰在由光州至蕲州的官道上，后面马车上，坐的是被待为上宾的王镣。

王仙芝掩不住满怀兴奋地对身边的黄巢说："二将军，你看远处的山和这路边的树多美呀！好多年都没有这种感觉了。"

黄巢淡淡一笑，放眼望去，轻轻地吟道："满空播撒大雪花，天扮山川披素纱。银花朵朵自然开，醉人隆冬景最佳。"

"黄巢兄弟，还是你学识高，有见解。这次多亏你顾全大局，说服了你的兄弟们，不然就麻烦了。"王仙芝亲热地说。

黄巢笑道："光是那个黄存，我就跟他讲了大半夜，后来总算把他说通，今天也高高兴兴一起来了。"

"今天，已是腊月中旬了，此去蕲州把这件大事办好，我们大家都可以回家过个团圆年了。算算，已有好几年没回家过年啦！"王仙芝说得异常兴奋。

黄巢回说："是呀，事情办好了，也免得大过年的还顶风冒雪四处奔波……"

一大早，蕲州太守府门口那对石狮子身上的积雪就被扫得干干净净，更加透露出雄壮威武之气。屋檐下悬挂着的那对大红灯笼，在漫天飞雪中也更加炫目。府内，一派喜庆。大厅里，整齐摆放了几十张案几和坐凳，两边檐下摆放不少盆景；后院里不时还传来缕缕丝竹声和歌伎的咏唱声。

裴勇今天的兴致也格外高，不停拱手穿行在大厅里，高声招呼着来人。待人们依次坐定后，他一挥手，司仪拉开嗓子宣布颁发告身的庆典开始。

裴勇主持说了几句开场白后，便是敕传太监宣读告身，太监润润了嗓子，用那尖细刺耳的声音读道："王仙芝深明大义……"

孟雪娘面无表情地听着，立于孟雪娘座位背后的庞英一脸怒气："雪姊，早知道这样，我真该当时就把他撕掉！"

孟雪娘示意她冷静，叫她耐心往下看。

接着是诸路行营招讨使代表讲话。只见李混不知从哪里突然冒出来，神气十足地走向典礼台。众人见了大吃一惊。

庞英更是按捺不住心中的怒火，她瞪着眼，正要抽刀扑上去，"我去一刀把他宰了！"孟雪娘转身紧紧拖住她："别急，我们有机会收拾他！"

"哼！"庞英长长地叹一声，收回刀，咬牙切齿地盯住李混那张狂得意的嘴脸。

当听到交换王镣和朱温时，庞英一个激灵，目光四移，努力寻找着她最渴望的那个身影。终于在大厅的左方，她见到在两名官兵的押送下走出来的朱温。只见他穿着单薄，一脸憔悴，庞英的心顿时痛了起来，盈着泪花的双眼紧紧地盯着他。他们的目光相遇了，他的眼睛看上去还是那样精神抖擞、英气逼人，庞英的心踏实了，渐渐地冷静了下来。

当看见黄巢与王仙芝并排坐在大厅中时，朱温一阵激动。他想到了无数个脱身的方法，竟没有想到会是在这样的场面中作为战俘与王镣互换。他虽感到有些窝火憋气，但又感到有些得意，毕竟对方是太守，而且是当朝宰相之弟，这足以说明自己的分量不轻。他搜寻到了那个让他魂牵梦绕的孟雪娘的身影，她还是那么光彩照人，像一座静静地坐在那里的玉雕。当他把灼热的眼光投向她时，她躲开他，转头向身后的庞英说着什么。这时他看到庞英那双柔情似水的大眼睛，正对他发出炽热的光芒，他的心一阵温暖，轻轻地向她点了点头。

这时最为得意的当算王镣，当裴勇讨好地让他说几句话时，他怔怔地站在大厅上，目光由朱温转到王仙芝再转到裴勇，由于激动嘴唇颤抖得厉害，最后咬牙控制着发颤的嘴唇，双手抱拳向天一揖说："皇上天威，震慑四方，王大将军能弃暗投明，归顺朝廷，乃明智之举，古人云，识时务者为俊杰……"

庞英悄声问孟雪娘："这家伙说的是什么屁话？"

孟雪娘道："有的人可喜欢听呢，你看王大将军，还有尚君长、王重霸，他们听得可认真了……"

接着，裴勇向王仙芝、黄巢等众头领赠送礼物——每人一套按职定制的官服。

接过鲜艳色彩的绸缎官服，王仙芝满面春风，当众试穿，引得阵阵叫好声。

自始至终，黄巢面带笑意，冷眼观察，沉默无语。

最后司仪宣布礼成，众人入席饮宴。此时早已准备好的歌舞伎们纷纷登台，或弹、或唱、或舞，与清拳敬酒声，闹成一片。

朱温举杯向王仙芝敬洒说："大将军蒙朝廷授予神策军押牙兼监察御史，可喜可贺，小弟敬你一杯！"

王仙芝举杯说："皇恩浩荡，你我兄弟都有一份，都有一份。"说毕一饮而尽。

当朱温把酒杯端到孟雪娘身边时，孟雪娘把庞英往他身边一推说："朱头领，你最该敬酒的人应该是她。为了今天，她为你付出了很多。这点大将军二将军可以作证。"

"可不是，朱老弟可要好好地对待我们这位庞妹妹呀！"黄巢打趣说。

朱温讪笑着点点头："小弟遵命。"

孟雪娘看着王仙芝说："大将军，不如咱们回去就把朱头领与庞英的婚事给办了？"

"好呀，来个喜上加喜。"王仙芝痛快地答应了。

宴毕，裴勇拿出封书信给王仙芝："请王御史立即派得力部下去京城，一是向皇上认罪谢恩，二是找王相国，请他知照兵部、吏部，给二将军黄巢及诸头领授官。王御史和众头领暂回光州驻扎，等派去京城的人取得朝廷任命状，再作统筹安排。事不宜迟，应抓紧进行。"

尚君长在一旁听有去京城的美差，立即喜滋滋地对王仙芝说："御史大将军，就派我去吧！"此刻他不知是随着裴勇叫御史好，还是往常样叫大将军好，便干脆叫个"御史大将军"。王仙芝听得顺耳，点了点头说："此等大事非你莫属，你就与王重霸同去。立即准备启程。"

一切都按着预想顺利进行着。王仙芝领诸头领回到光州后，整日杀猪宰羊饮酒作乐，庆贺荣获告身归顺朝廷，并着手制定整编队伍安置遣散的方案，只等尚君长从京城回来后根据朝廷指示做出安排。

选好了黄道吉日，这天，王仙芝准备给朱温和庞英办婚事，命随从通知二将军及各头领来大营，可报竟说二将军不知去向，黄存、黄揆、黄业、黄万通、秦宗汉等诸头领及他们的部下也都不见。

"什么？都不见了？"王仙芝听了大惊，赶去他们的营地一看，一夜之间，所住房屋空空荡荡，帐篷全都拆走。"他们什么时候走的？去了何去？"王仙芝大声地追问。

无人回答也无人知道。雪花无声地在空中飞舞，落在地上铺成了厚厚一层，皑皑白雪中，连一片脚印也找不到。

"报告大将军，孟雪娘与无畏营也没有了踪迹，她们的帐篷也全部拆走。"当听到去五十里外孟雪娘驻地的兵士回来禀报时，王仙芝这才彻底明白发生了什么事，他捶胸顿足，对着蒙蒙苍天莽莽雪原问道："为什么？为什么？黄巢兄弟你们在哪里？"回答他的，只是他的回声。

四卷 征战南北

第二十八章 "搅黄它！"

在唐州太守这一职位上，宋威之父曾苦苦坚守了二十多年，谙悉官场沉浮，虽年近七旬，但他头脑灵活，精力过人。他本想儿子能青出蓝而胜于蓝，谁知这小子却麻烦不断，而今恐怕连小命也保不住，还会祸及全家，真急煞人。他把手里文稿看了又看，长吁短叹，在后堂来来回回地转着圈，等着宋威回来。

宋威刚推门进来，宋父就急急地把手里的文稿递给他："这是曾元裕弹劾你的奏章，你拿去看看……"

宋威接过，边看，边以手抹额头上的汗。

宋父在旁指着奏章说："你听听上面那些话：'宋威欺罔朝廷，败衄狼藉，迹状如此，朝野切齿，以为宜正军法。'这就是说要杀你的头！杀了你的头不要紧，祸及九族，连我的头也保不住！你呀你，才一两年时间，你就从诸路行营招讨使的高位，降到节度使，再降为兵马使，这下可好，连脑袋都保不住了。"

宋威不解地问："也不知为什么，王年伯偏要把曾元裕那小子提拔起来……"

宋父双眼一瞪："你不要怪人家王相国，他最初可是提了让你连任的，郑畋反对，他才提的曾元裕。"

"那曾元裕该知道王相国与我家的关系呀，他为什么还要对我下此毒手？"宋威仍不解。

"这就叫官场。你官都当到这个份上了，竟还不懂，唉……"宋父点着他的眉心叹息。

"说这些都已晚了，父亲，你看这该咋办？"

"为父早就给你想好一个办法。你不是打听到蕲州太守裴勇正在劝说王仙芝投降吗？"

"有这事。"

"给他搅黄，让他的如意算盘落空！"

"怎么搅？他们已经谈妥，朝廷的告身都已经给王仙芝颁发了。前日，他已派尚君长、王重霸去京城认罪谢恩，给他的手下头领请官去了。"

"这个时候最好搅。尚君长和王重霸都是王仙芝的重要头目，你赶快领一支人马撵上他们……"宋父对儿子放低声说着，比画着。

宋威听了直点头，对老父佩服得五体投地："好！父亲，我马上照你老人家说的办。"

当下宋威就带一支人马匆匆出发。

由蕲州去长安的路上，骑在马上的尚君长和王重霸一路谈笑风生，洋洋自得。

王重霸用一种很不服气的口吻说："尚兄，昨日你看那李混小子抖的，真叫人看不入眼。"

尚君长笑了："要知道现在他可是个将军。兄弟，这次去了京城，你我至少也能捞个将军。到那时，高头大马一骑，后面跟上十个八个卫士，也一样抖！"

"怕没那么容易吧？大将军才捞到个什么左神策军押牙兼监察御史。"王重霸对此心存疑虑。

"你别小看了那个官。你听听，神策军！谁听了都打战，还是监察御史，要花十万两银子才买得到的官！"尚君长一脸羡慕。

"尚兄，我总觉得到手的东西太容易心里不踏实。"听尚君长这么一说，王重霸疑虑更重了。

"说你是乡下人少见识吧。你没见人家当官的，一句话，几个字，就是十万百万，少了才不踏实呢！这回呀，带你到京城去开开眼界长长见识。你听说过孟郊吧？"

"哪个孟郊？"

"就是那个写'昔日龌龊不足夸，今朝放荡思无涯。春风得意马蹄疾，一日看尽长安花'的孟郊，他屡考不中，四十六岁才考中了进士，写了这首《登科后》，此诗的心境与我们的差不多。你想想二十几年的寒窗苦读，一朝成功是什么感觉？"尚君长虽读书不多，但他也能吟上几句，一显其心境，二显其境界与众不同。此时，他便凭他的理解细细解读起来，"收起过去的龌龊，就好比我们不再去做不干不净的反贼，归顺朝廷后好好享受放荡的生活。骑着高头大马得意扬扬地穿行在宽敞繁华的街道上，一大堆天仙似的美人围绕着你，你的眼、你的心都不够用，那美的劲头呀，你就甭提了……"

"难怪人人都想去长安做官呢！"听了尚君长的一席话，王重霸的心里痒痒难忍，对长安更是充满了向往，便问："这么说来这西京比东京还大？"

"大，大得多，比起西京，东京只不过是个乡下小集。"尚君长以一副不屑的口吻指了指东京方向。

"真的？这么大的地方，要多少天才逛得完呀？"王重霸一脸惊喜地问。

"三天三夜也逛不完。告诉你吧，西京不仅大，那街道的繁华热闹，让你看了眼花。吃喝玩乐的花样，你听都没听说过。还有诗中提到的'长安花'，是个叫平康里的地方，里面的窑姐儿个个磁娃娃似的，一摸就碎；全不像我们无畏营的小妞，五大三粗黄眉瞪眼的。这次去呀，我带你去好好逛逛。"

"你知道得真多。你去过西京长安？"

"这不正去着吗……"

两人一路说着，都在为自己的前途勾画着美妙的图景。为了可以更快地接近心中的目的地，俩人快马加鞭，一路飞奔。突然，前面关口冒出一排官兵挡住去路。当中站立一个军官模样的人伸手呵斥："站住，下马检查！"

宋威营中偏将疾步走过来大声问："你们是哪儿的？"

尚君长说："我们是诸路行营招讨使衙门的，去京城有紧急公务！请给予方便。"

"给予方便？那是当然的，如果你们真是诸路行营招讨使衙门的……"偏将拉长了声音，上下打量着他们。

王重霸接着解释说："我们是奉蕲州裴太守之命去京城公干的。"

偏将诡秘一笑："我们是专事检查去京城公干的。"

尚君长急了："大人，我们真的是有紧急公事。"

"少啰唆！快下马！"偏将提高声音。

二人无奈，只得下马，偏将上前一伸手道："出示公文！"

尚君长问："什么公文？"

"你们不是说是奉裴太守之命吗？不是诸道行营招讨使衙门去京办差的吗？"偏将歪着头反问。

尚君长挺胸回话："这还能假？"

"那拿出公文来！"偏将上前两步，把手伸在他俩鼻子面前。

王重霸望着尚君长不知所措，尚君长犹豫着，想该不该交出那封信。

"难道你们冒充公人？"偏将厉声呵斥问。

尚君长伸手在里衣里摸索着，颤颤抖抖拿出裴太守的信。

偏将接过看罢，对他们说："跟我去见长官！"

二人站在原地没动。

偏将命令兵士："把他两个捆起来。"

两人急了，反抗说："就是捆我们也不去。我们真的有紧急任务，耽误我们的事，你们吃罪得起吗？"

"好大的口气！"偏将一个手势，士兵围上来就一阵拳打脚踢，然后捆了个结结实实。

押至营帐，偏将把信呈给宋威。宋威看罢转身把信投入火中。

"大人，烧不得！烧不得！"尚君长一边喊，一边想扑过去抢夺，无奈被捆绑的双手动弹不得；王重霸见状顿起脚叫："你……怎能这样？"

"哈哈……哈哈……"宋威哈哈大笑，随后收起笑容，手指着他俩大声吼叫："别以为我不认识你们，你，尚君长，你，王重霸，你二人系反贼王仙芝的得力帮凶，在汴州之战中被俘后乘机逃脱，本府缉拿你二人多日。天网恢恢，疏而不漏，今日终被拿获。你二贼逃跑出去干了些什么勾当，从实招来！"

"大人，我们冤枉呀！"二人叫屈，"我们虽是王仙芝部下，现在朝廷已颁发告身招安了，大人不也是朝廷命官吗，我们是一家人了……"

"一派胡言，来人，大刑伺候！"宋威一声令下，皮鞭、夹棍、烙铁等各种刑具摆满了一地。

各种刑具还没有使用一遍，二人实在经受不住，只得问什么招什么，最后在供状上画了押。接着，宋威写了公文，命偏将："把此二人秘密押去京城刑部。"

偏将领命把已折磨得散了架的尚君长、王重霸推进囚车，押往长安而去。

想不到一次意外的歌伎坊之行，竟让鱼玄机一日之间成为京城的著名诗人。

那日皮日休因公外出，住在京城郊外的鱼玄机难耐寂寞，她便去长安街上溜达，遥望余晖下厚重沧桑的皇宫，听着歌舞坊传出的靡靡之声，不禁感叹万分。如果说教坊开启了她的人生之梦，那皇宫便是好梦成真的所在，而今她站在那片琼楼玉宇面前，以一种命运征服者的姿态俯视着：过去那个郭淑妃以及她的斑斓人生已随着时光永远地淡出尘世，而今她——鱼玄机站在同样的起点上开始她崭新的旅途。她要让世人知晓皮日休和鱼玄机，她要让才子佳人的情缘成为世间的佳话。她眼珠一转，从容来到歌舞坊，把来意一说，亮出清脆的嗓音，把自己新作的几首诗谱上曲教给了歌伎：

> 枫叶千枝复万枝，
> 江桥掩映暮帆迟。
> 忆君心似西江水，
> 日夜东流无歇时。
> ……
> 今日晨时闻喜鹊，
> 昨宵灯下拜灯花；
> 焚香出户迎潘岳，
> 不羡牵牛织女家。
> 有花时节遇知音，
> 寄语东君更惜花。

……

很快，她的诗唱遍了京城内外。一时间，她的美貌，她的才华，她与皮日休的爱情，成为京城最热的话题。"上歌伎坊，吟玄机诗"成为长安城中的一大风景。

很快，鱼玄机的诗又传入宫中，连僖宗在玩鞠球时也多了一份爱好，让歌伎在一旁吟唱她的诗歌。有了美妙的歌声，鞠球场上热闹了许多。这日，僖宗正在玩鞠球，突接刑部奏报，说是抓获两个重要反贼。僖宗大喜，在田令孜的建议下，下诏命御史归仁绍审判。

刑部大堂上，归仁绍狠拍惊堂木："把反贼尚君长、王重霸押上来！"

二人蓬头垢面，疲惫不堪，戴着脚镣手铐上堂跪下。

归仁绍问了二人姓名身份及情由之后，说："你们说是受了蕲州太守裴大人招安来京城认罪谢恩的，可有何证据？"

尚君长回答："有裴大人给王丞相的书信为证。"

归仁绍问："那书信呢？"

尚君长指着大堂一侧站的偏将说："他收去了。"

归仁绍问偏将道："公文呢？"

偏将说："归大人，此两贼随王仙芝攻打汴州时，被我官兵俘获关押在唐州兵马使狱中乘机逃脱。缉拿归案后百般狡赖，编造谎言，欺蒙官府，妄图逃脱罪责。所言裴太守书信一节，纯系捏造。请大人明察。"

尚君长、王重霸道："大人，冤枉。是这位官爷把裴大人的书信收了去，交给另一个官爷烧了。"

归仁绍眼一瞪："本大人审案，一向重证据。你无物证，当有人证。你们说，有谁能证明你们是受招安来京城办事的？"

尚君长点头说："有，蕲州太守裴勇大人，还有被我们俘虏后释放的曹州太守王镣大人。"

归仁绍问："他们在哪儿？"

"我们走时他们在蕲州。"

"你去把他们找来作证。"

"大人开恩，请放我们去。"

偏将上前阻止道："归大人，此二贼是想借此逃脱，大人莫上他的当！"

尚君长说："那就请归大人传他们二位大人来。"

归仁绍冷冷一笑："他们是朝廷命官，是能随便传的吗？"

尚君长、王重霸同声大呼："我们冤枉，请大人做主。"

归仁绍看了状子问："你们既然称冤枉，为何又在招供状上画押？"

"那是吃刑不过，才画的押。"二人说着亮出了身上的伤痕。

偏将大声反驳："这两个反贼做贼多年，身上的伤是做贼时被百姓打的。大人明察秋毫，切莫被他谎言蒙过！"

归仁绍威严地说："本堂知道。今日退堂，改日再审。"

归仁绍凭多年的办案经验知道，这案难以下判，便写了奏折上报。

僖宗看了奏折，问郑畋、王铎该如何判断？

郑畋一向反对招安，主张斩首示众。王铎主张再审，但因郑畋态度强硬，加之自己兄弟王镣已救出，再审还会牵连自己，便不再坚持。

几年来被反贼闹得神魂不安的僖宗立即提笔批了"游街三日，枭首示众"八个字。

马车上的囚笼里，关着尚君长和王重霸。

行刑刽子手手持大刀前行，两旁是神策军卫士队伍，后面是监斩官、审判官的大轿。一行队伍在长安街上缓缓而行。

王重霸一脸苦楚地说："尚兄，我总算看到又宽敞又平坦又繁华的长安大街了，只是，转了三天，也没看见你说的平康里……"

尚君长手脚被捆动弹不得，用下巴尖指指说："看见了，在那儿！"

"在哪儿？"

"你看左边街边上人群里那个戴书生方帽的是谁？"

王重霸兴奋至极大声说："看见了，那是王镣王大人！"

"快喊，喊他给我们作证。只要有他作证，我们兄弟俩就有救了。"

"是呀，我们救了他的命，在大营里你还对他那么好，他一定会救我们一命。来，我们一起喊！”王重霸对尚君长说。

“王大人！王大人！”二人齐声大喊。

归仁绍听见了，命：“停车！”车停下后，他问：“你们两个叫什么？”

“大人，我们见到王太守了！”

“他在哪儿？”

二人手指：“那不是，房檐下那个戴学士帽的……”

但王镣在人堆中一晃便不见了，归仁绍骂道：“哪有什么戴学士帽的？两个疯子！”

二人看着王镣最后的背影骂：“你这个不讲良心的狗官！”

囚车押至郊外刑场。

归仁绍问监斩官：“大人，这儿叫什么地方？”

“狗脊岭。”

“好，行刑！两个反贼只配死在这个地方！”归仁绍厉声下达命令。

第二十九章　问佛安国寺

　　长安安国寺大殿，略施粉黛的鱼玄机一脸虔诚地跪在蒲团上，双手合十，口中念念有词，叩头祈祷后，抽出一签，交与一老僧。

　　老僧的双眼突然发亮，忘了接签，轻声问："郭施主所问何事？"

　　鱼玄机一听，内心像惊雷炸响，抬眼一看，见是彻悟，便回答道："鱼玄机问心中烦恼之事。"

　　彻悟更是一惊，眯着眼细细地打量着她说："你？鱼玄机？没想到红了大半个长安的女诗人鱼玄机竟然是你！此处不便说话，请到禅房一叙。"

　　鱼玄机起身，随彻悟走进后殿禅房。

　　彻悟指着房中陈设："一切，都是当年的模样。而你一举手一投足，仍然那么飘逸妩媚。"

　　"没想到你竟如此有心。不过，我不是来寻旧的，是来求佛的。"鱼玄机淡淡一笑说。

　　"记得你不信佛。"彻悟也淡淡一笑。

　　"事急了，没了主张，不得已来临时抱佛脚。"

　　"噢？早就听说一个名叫鱼玄机的美貌女诗人被著作郎皮博士从东京拐到西京，两人诗词唱和，情深意笃，过着令人羡慕的浪漫日子。你的诗，你们的佳话已被歌坊传唱遍了，还有什么让你烦恼的事？"

　　"自然是关于他的。"鱼玄机回道。

　　"说出来，如能为你分忧，也是给我再一次补过的机会。"彻悟仍笑意融融。

"你是世上唯一一个了解我身世和禀性的人。我幼失父母，跟着舅父母长大，虽熟读诗书聪明伶俐，却难逃被卖给教坊的命运。那年被选入宫当了歌舞伎，进而成了贵妃，过起了养尊处优的日子；然而在宫里待久了才感觉到宫外的自由是多么可贵；我厌弃里面的单调冷酷，一心向往宫外大千世界的丰富温暖。我的眼前总活动着一个圆满，它引诱我，蛊惑我。终于，在你的帮助上，我如愿以偿。可是，当我真的获得那份圆满，却又发现它很虚幻，甚至很危险……"鱼玄机说得很低沉很酸楚。

"你现在生活得不如意，难道皮日休欺负了你？"彻悟问。

"不，比欺负更可怕！"鱼玄机一脸阴霾。

彻悟一惊，问："什么事？"

"他——要——造——反！"鱼玄机一字一顿地说。

彻悟大笑："皮日休，一介书生，他会造反？"

"你听听他说些啥：'古之取天下也，以民心；今之取天下也，以民命。''古之置吏也，将以逐盗，今之置吏也，将以为盗。'你说他脑子里装些啥？"

彻悟不以为然地说："书生牢骚话，满街都能听到。"

"他还说'尧舜大圣也，民且谤；后之王天下者，有不为王者之行者，则民扼其吭，牮其首，辱而逐之，折而族之，不为甚矣'！"鱼玄机提高了声音说。

彻悟狂笑："哈哈！狂士狂言，徒发空论，你也当真？"

"不过以前很少听他这么说，就是前天街上看见两个反贼被游街处斩，回来才这么说的。他还笑着轻松地讲，说不定哪天他也会像那两个人一样去造反，去被游街处斩……你说可怕不可怕？"鱼玄机说得十分认真严肃。

"这么说来，是有点可怕。"彻悟收敛了笑意，替他担忧起来。

"你说与这种可怕的人在一起过日子可怕不可怕？"鱼玄机声音越发焦虑。

彻悟像是不认识地望着她："这么多年你什么都没变，却变得这么胆小了。"

"不是我胆小。鸟儿也有飞累的时候，我累了，我盼望平静与安宁。所以今天来求我佛指点。"鱼玄机解释道。

"你不是刚才抽了一签吗？拿我解解。"

鱼玄机把签递给彻悟。

彻悟接过来看看哈哈大笑。

"和尚你笑什么？"

"你听听，"彻悟说，"签上这么说的：'杞人苦忧天，终夜不能眠，惶恐来日事，天明日头圆。'你听了吗？该不用我再说什么吧？"

鱼玄机顿时眉头舒展，须恼全消："这么说来皮日休只是随便说说，不会意气用事说做就做？"

"签上是这么说的。"彻悟点点头，但言语里也流露出些许遗憾："皮日休太刚烈，太直率，在他那里得不到司空图那种女人喜欢的温柔和缠绵……"

"其实我欣赏他的就是他的这种男子汉气。我希望他能对我更多的忠实与责任……"鱼玄机喃喃地说。

告别时，彻悟送她至前殿，他指着廊下晒太阳的小和尚问："你看他在做啥？"

"他在晒太阳挠痒痒。"鱼玄机不以为然地答着。

"那样子滑稽不？"彻悟又问。

"真是太滑稽了！"鱼玄机看看笑了。

"越挠不到的地方越痒，是不？"彻悟转过头问她。

鱼玄机望着彻悟似笑非笑让人猜不透的脸若有所悟，但不知该怎么回答。

蕲州太守大厅里，裴勇与李混正在对饮，厅下几个女孩边唱边跳为他们侑酒助兴。

李混往嘴里塞进一块肉咀嚼着说："裴大人，算时间，尚君长他们也该回来了。"

裴勇拿着杯细嘬慢饮："李将军是从京城来的，这京城里办事，哪个衙门都得走到，一点小事都是十天半月，何况这等大事。"

"可是我们洛阳曾大人这边也没消息。"

"李将军，你算算这是什么时候？年前节后，赴宴都排队，各种应酬多的是。将军莫急，等事情办妥，王仙芝的队伍，就归您统辖了，官阶要升一大截。来，再敬您一杯，以示祝贺。"裴勇为李混斟满酒，举起酒杯。

"彼此彼此……"李混忙举杯相碰。

门卫领进一军官报告："裴大人、李将军，诸道行营招讨使曾大人特派信使来见。"

信使上前拱手行礼："李将军，奉曾大人令，请将军立即回洛阳大营。"

李混放下杯子问："何事如此要紧？"

信使答复："曾大人只吩咐连夜赶回，不知何事。"

李混无奈，起身向裴勇拱手："军令急切，末将告辞。"说罢与信使匆匆而去。

李混走后，裴勇望着满桌佳肴，兴致全无，挥散阶下的歌舞伎后，总觉得曾元裕这么急把李混叫走，一定发生了什么事……正思虑间，他派去京城的探马上气不接下气地跑上堂来。

裴勇急问道："什么事？慌慌张张的。"

"裴大人，不好了，不好了！尚君长、王重霸在京城被杀了头！"探马缓过气来说。

"什么？什么？再说一遍。"

"尚君长、王重霸二人被刑部审问，皇上御批游街三日，斩首示众，杀于狗脊岭。"

裴勇一下瘫坐在椅子上，问："什么原因？"

"小人不知，只听京城议论纷纷说，二人原在攻汴州时被宋威部官兵俘虏，逃脱逮回后押送京城的。"

"这，这……"裴勇既愤怒又无奈，只觉得一阵头晕。

从安国寺出来，鱼玄机急忙往家赶，刚到小院门口，柳花笑嘻嘻迎上来说："婶，皮叔回来了，不知为什么，可高兴了。"

鱼玄机心里一热，笑盈盈地冲里屋就问："什么高兴事？我的博士，说来听听？"

皮日休迎上来说："错了，我错了。"

听得她莫名其妙，问道："什么对了错了的？"

"哼！那两个游街的贼该杀，一百个该杀！"

鱼玄机听了问："昨天，你说他们不该杀，一百个不该杀。今天，你却说他们该杀，一百个该杀。你这人怎么了？"

"昨天，是我不知就里，今天才听说那两个贼是王仙芝派到京城来投降朝廷，认罪谢恩讨官做的。该杀，杀得好！"

"他们来投降朝廷，朝廷反倒把他们杀了，岂不冤枉？"鱼玄机感到不解。

"这种冤枉好，越多越好，看还有哪个贼敢做叛徒投降朝廷？"皮日休一脸高兴。

"这么说来朝廷不是太糊涂了吗？"鱼玄机问。

"本来就糊涂，越糊涂越好！如今这世道呀……"

鱼玄机一看皮日休又要对官场评头论足了，忙取过一张诗稿展开对他说："算了算了，咱们别去管那些糊涂事了。我新近写了一首诗，皮博士给我评评。你好好听着：'红桃处处春色，碧柳家家月明。楼上新妆待夜，闺中独坐含情。芙蓉月下鱼戏，紫虹天际雀声。人世悲欢一梦，如何得作双成。'"

"好诗，好诗！"皮日休心不在焉脱口而出。

"怎么个好法？你说。"鱼玄机纤纤玉指点着诗稿。

"豪迈雄壮，催人奋进！"皮日休拍着她的肩，敷衍着说。

"喂，我的博士，你扯到哪儿去了？"鱼玄机重重打了一下皮日休放在她肩的手问。

"评得不对吗？"皮日休望着她不解地问。

"南辕北辙，一派胡言！"鱼玄机瞟了他一眼，很不甘心地收起了诗稿。

"什么什么，你听听'飒飒西风满院栽，蕊寒香冷蝶难来。他年我若为青帝，报与桃花一处开'评得不对吗？"皮日休从书箧里拿出一纸放在她面前，那上面墨迹尚新。

"这不像是你的风格。问你，这是谁的诗？"鱼玄机指着问。

"黄巢的《题菊花》呀。'皮日休自豪地说。

"就那个跟王仙芝一起造反的黄巢？"鱼玄机惊异地问。

"就是！他才是好样的呢！"皮日休滔滔不绝地介绍起来，"王仙芝要投降，他坚决反对。两人因此分道扬镳。据说呀，他现在正在嵖岈山上招兵买马，整顿军纪，训练义军，打的是'冲天大将军'的旗帜，不再用僖宗乾符年号，改元'王霸'。还任命了十几个将军和一些地方官吏，真正要铲除天下不平，让老百姓直起腰来过日子了。到那时老百姓人人都能过上'甘其食、美其服、安其居、乐其俗'的生活……"

鱼玄机打断了他的话说："你就住口吧？皮日休，你好歹也是太常寺的博士，学富五车，博古通今，这历朝历代哪一个造反是成功了的？再说了，你不是说年纪大了要过安静日子吗？"

"那是我过去的想法。如今这世道，宦官专权，官府苛暴，灾祸不断，哪有百姓的活路？天下即将大乱，这安静的日子从何而来？听说黄巢所到之处，深得民心，一呼百应，在嵖岈山不到一个月时间，已招得数万人马。此乃天助英雄立功建业之时。玄机，你是个头脑清醒的女人，不觉得……"皮日休一转身不见鱼玄机的人影，问柳花："你婶呢？"

"叔，她已进屋睡了。"柳花小声地回答。

王仙芝实在没想到这黄巢与孟雪娘不吭一声说消失就消失了，怎么自己一点征兆也没有看出来？他们说走就走，对即将到手的功名没一点兴趣，相比之下自己也觉羞愧，但转而一想，当初大家商议共谋大事时，他不也说是为了给大伙找一个活路吗？现在这条路就在眼前，伸手可得，而且还是皇上亲自御批的，有什么不好？虽说这事事前没有与他们商量，但事后他黄巢不是也表示同意了吗，还说服了那些反对的弟兄。我也算对他有情有义了，怎么说翻脸就翻脸？那个孟雪娘就甭提了，我对她不薄，可她倒好，竟与我作对，说不定就是她唆使黄巢这样做的，真所谓红颜祸水呀。唉！这女人呀……王仙芝被诸多问题纠缠着，越想头越痛，夜夜失眠，人越来越消瘦，白发一簇簇疯长。昨晚好不容易入睡了，快天亮时，又被噩梦吓醒。梦中的他跪在金碧辉煌的大明宫里，皇帝正在封赏他，王公大臣都向他表示祝贺。突然皇帝的御座旁窜出一只怪兽，瞪着圆眼，张着獠牙大嘴向他扑来，他大叫救命，可皇上与王公大臣们却视而不见哈哈大笑……醒来之后，他大汗淋淋，周身发冷。侍从端过热茶正要喝，突然探子走进营帐急报："大将军，不好了，尚头领、王头领在京城被判了死罪，游街三天，斩首在京郊狗脊岭！"

"啪"一声，茶杯落地摔成碎片。王仙芝顿感心跳加速，血液上涌，一张嘴，"哇"的吐口鲜血，滚于床下，人事不知。

侍从们一边叫人，一边把他抬到床上，尚让、刘汉宏、毕师泽等头领闻讯赶来，焦急地围着王仙芝。

在连声呼唤中，王仙芝渐渐苏醒，睁开了眼，叫一声："我的好兄弟！"放声大哭起来。

当众头领从侍从口里弄清真相后，一个个都惊呆了。

尚让第一个冲出营帐，仰天大喊一声："大哥！"便号啕大哭起来。

接着众头领和兵士也都放声痛哭起来。

营中顿时哭声一片。营帐在寒风中颤抖着，似乎要被哭声冲垮。

王仙芝挣扎着坐于床上，发话说："全军立即戴孝，悼念尚、王二位头领。刘汉宏带上卫兵快马赶去蕲州向裴勇和李混问个究竟，速去速回。小心警惕，以防不测！"

"是！大将军请放心！"刘汉宏应声出门，连夜带上人马出发。

刘汉宏走后，王仙芝下令："各头领马上回营加强戒备，作好打仗准备。"说罢一阵气紧，又吐一口鲜血。众头领去扶，他手一挥说："别管我，快去准备，不得延误！"

"这里好漂亮呀！""快看，快看！这么冷的天，居然有这么多猴子迎接我们。"当孟雪娘带着无畏营的姑娘们刚爬上嵖岈山，姊妹们便叽叽喳喳地闹腾开了；而当她们爬上嵖岈山巅举目四望时，一个个再不说话，都被眼前的景色迷住了：山上大大小小的石头神态各异，那边像一群石猴，活泼可爱，个个逼真；这边这块又像蹲踞山间的青蛙，鼓着大眼挺着大肚，憨态可掬；更神奇的是那块耸立在山巅的巨石，伟岸挺拔，大有刺破青天之势。山中古树参天，高大繁盛的树枝上挂着晶莹剔透的雾凇；碧波绿水的秀蜜湖、琵琶湖、天磨湖、百花湖像四颗明珠镶嵌在嵖岈山周围，大冬天里，它们居然没结冰，在寒风的吹动下掀起阵阵波纹……

"想不到这里还有这般人间仙境。要能在这里生活该多好！"盐盐眼里闪烁着向往。

"傻丫头，我们现在不就是住在这里了吗？"秀秀纠正她。

"我是说能在这里长期过日子。"盐盐说。

"像庞英与朱头领那样过日子？"秀秀指指庞英。

"死丫头，小心庞姐听见了撕你的嘴！"盐盐眨着眼睛说。

"你们背地说我什么坏话来？"庞英正与孟雪娘讲话，听说到自己，她问。

秀秀、盐盐只低头发笑，不回答。

"你们两个小丫头，说什么呢？"孟雪娘好奇地问。

"盐盐说这里太美了，适合过日子，要像庞英姐和朱头领那样在这里过日子……"秀秀盯着盐盐不往下说。

"怎么样？"孟雪娘、庞英都问。

"生出的孩子一定最乖！"盐盐脱口而出。

庞英指着盐盐鼻子说："盐盐，就属你嘴厉害，将来嫁个厉害男人不好好治治你！"

"哈哈哈哈……"大家全都大笑起来。

"说什么好笑的，那么开心！说出来也让我高兴高兴。"黄巢走过来问。

"报告将军，姊妹们说这里的风景太美了，高兴的笑。"孟雪娘回答说。

"是呀！真是美不胜收。"黄巢举目四望感叹着说，"只是我们现在在打仗，等以后仗打完了，大家再慢慢欣赏吧。雪娘，随我去营地看看。"

二人踏着积雪一路交谈着，经过一道山弯，走进一个巨大无比的溶洞。

"这里的石洞与众不同。我们选它是因它宽敞明亮，冬暖夏凉，再多人也能住下。你看，还洞洞相连，洞里套洞，能进攻，能防守，也便于隐蔽。"黄巢指点着给孟雪娘介绍。

"你选的这个地方实在太好了！"孟雪娘说，"我们可以在此好好练兵，等过了这个冬天，打过江南去！"

黄巢精神饱满信心十足："你说得对，我就是这个想法。"

第三十章　屯兵嵯岈山

　　光州王仙芝义军大营里全军戴孝，与大雪相映，构建成一首悲惋苍凉的哀曲，冷冷凄凄地渗入到每一个人的心里，悲痛欲绝。

　　"出师未捷身先死，长使英雄泪满襟。"在为尚君长与王重霸举行的悼念会上，王仙芝高声吟诵着杜甫这句诗时，禁不住放声痛哭。他心里不停地向自己发问：我王仙芝一呼百应，纵贯中原，横穿江东，也称得上好汉一条！为何竟遇上这种让人窝心的事？黄巢、孟雪娘的出走，尚君长、王重霸的被杀，让我两面不是人！唉！进也不可，退也不可……一阵寒风袭来，王仙芝久病的身子哪里经得住这样打击，头一晕，一个趔趄，身边人慌忙把他扶进大帐。

　　此时刘汉宏一行飞骑至大营。

　　刘汉宏下马进帐拱手说："禀大将军，蕲州四门紧闭，叫门不开，叫裴太守不应，多叫几声，乱箭射下，我差点被射中。"

　　王仙芝听罢，起身挥手下令："全军出动攻蕲州，捉拿裴勇和李混问罪！尚让为先锋，即刻誓师发兵！"

　　"遵命！"尚让应声说："请大将军好好休养，等我们的好消息！"

　　"那怎么行？我们全军行动，我要亲自为两位兄弟报仇。"王仙芝指着尚君长、王重霸的灵位说。

　　尚让率部为前锋，王仙芝坐车居中，车后打着"天补平均大将军兼海内诸豪都统"大旗。刘汉宏、毕师泽断后。一行数千人以急行军的速度杀向蕲州。

蕲州城出奇的安静，城楼里连站岗的士兵也不见一个。尚让大声喊话："我们是王大将军的人马，叫裴勇出来说话！"城上无人应声，再次高喊，仍无动静。众人大骂起来，城上还是没反响。

"用木头轰门，不信轰不出人来！"尚让下令攻城。

义军把早已准备好的巨木对着城门一阵猛撞，城门被巨木撞破。躲在门后的官兵仓皇应战，但在愤怒的义军面前，大败逃散。尚让率军长驱直入，几乎未遇抵抗，便杀入太守府。

太守府里堆满了箱笼，裴勇的家眷正准备上车逃跑。尚让撵上："你们往哪里逃？"大吼一声"杀"，但见刀光闪闪血肉横飞，一个个人头落地。顿时，太守府里血流遍地。

缩成一团的裴勇在阁楼被擒。

王仙芝用刀指着他问："裴勇你这狗官，如何诓我兄长去京城杀了的？如实说来！"

裴勇面对一张张愤怒的脸孔，只得硬着头皮赔笑着说："王大将军，各位弟兄，请听我说，这事完全是误会，误会……"

"人都被杀了，还说是误会？裴勇，我们一心待你，信任你，你倒好，暗使毒计，拿我兄弟的性命去讨好朝廷，你也太黑，太狠了……"王仙芝怒视着裴勇，转而对尚让说："送他去该去的地方……"

话音未落，尚让手起刀落，把裴勇斩于阶前，然后一一清查，逢人便杀。裴勇一家数十口及未及逃脱的府中官吏全数被杀，但始终没找到李混的影子，问杀剩下的府兵，说数日前已奉命去了洛阳。

此刻在洛阳诸道行营招讨使大营里，李混正向刘行深、曾元裕汇报最新打探到的情况。

李混躬身嗫嚅着说："末将已打听清楚，此事确实是唐州太守宋威所为。他亲率部下于途中设伏，捉了尚君长和王重霸，硬说他们是汴州之战逃脱的贼俘，命偏将送押京城刑部，皇上御批由御史归仁绍审判后，御批游街三日，斩首示众。"

刘行深顿足指着李混质问："御批，御批，此事由你一手经办，难道你就没有责任？问你，你为何不与尚君长一道进京？要是你去了，会是这样结局？"

李混苦着脸看了一眼曾元裕，委屈地说："曾大人命末将在蕲州负责与王仙芝联络，以便朝廷批文下达后，去收编王仙芝的队伍……"

曾元裕也从旁解释："那边也确实离不开李将军，只是这王丞相，他为何不出来说话？还有他那个弟弟王镣，当时就在京城，听说尚君长游街时在囚车中认出了他，叫他救命，他却一转眼不见了。"

刘行深把茶杯重重往桌上一放，茶水四溅，然后拍桌大骂："这些婊子养的，都是一路货，过河就拆桥。还有那个宋威心眼最坏，自己一败再败，损兵折将，两次贬官，看我们剿贼大功告成了他难受，怕再贬他的官，便使出这般恶毒伎俩来。哼！我让他不但保不住官，连脑袋都保不住……"

李混压低声说："刘大人恐怕还不知道，皇上以宋威剿贼有功已任命他为宋州节度使了，听说，还要让他同平章事呢！"

刘行深一惊，立即变了口气："啊……倒也是，宋威在军中多年，也立下不少汗马功劳，虽打过败仗，然胜败兵家常事嘛。这次把尚君长、王重霸送京城皇上亲自批示游街示众，震慑了盗贼，鼓舞了士气，实在英明。看来，那两个贼一定是宋威俘获后逃脱的……"

李混插嘴说："这怕不可能。当时宋威的兵马根本就没到汴州，后来奉调去了，但离汴州三百里地就因盐贼造反掉头回去了……"

刘行深眼一瞪怒道："就你知道得多。你有皇上英明？"

李混一怔，旋即明白过来，忙低头拱手说："末将该死！"

此时快马来报："反贼王仙芝的兵马破了蕲州，杀死裴太守全家和衙中官员，正起兵向申州进攻！"

"这……曾大人，先说说你的看法。"刘行深把目光转向曾元裕。

"这王仙芝归顺不成，恐怕要与黄巢合兵。"曾元裕指点着地图，"黄巢所驻扎之嵯峨山离申州不远。刘大人，依我之见，应立即发兵攻打蕲州，不让王仙芝北上。"

刘行深摸了摸光滑滑的下巴，点点头。"我也是这个意思。曾大人你就领兵去攻蕲州；只是我腿疾未愈，待天气转暖腿脚方便后再去营中与大人并肩剿贼。"

曾元裕笑笑说："刘大人只管安心养病，我这便准备出发，先把盘踞在蕲州的王仙芝解决了，再回师攻打黄巢，各个击破，务取全胜。有紧要事我及时派人回来向大人请示。"

刘行深深表满意："新春出师，大吉大利。祝曾大人早日凯旋……"

蕲州城内，王仙芝每日领诸头领训练士兵，巡查防务，清理缴获物资，以防官兵来攻。

当听说官兵要来攻城的消息，王仙芝说："曾元裕这次领了五万大军来攻我蕲州，我兵力单薄，又是孤城一座。我想派人去嵖岈山与黄巢兄弟取得联络，请他出兵相助，众头领以为如何？"

尚让举手说："我同意，与他联系成掎角之势，于大家都有利。"

刘汉宏阴沉着脸说："我以为不妥。我们归顺朝廷未成，这时去求他，不被他奚落？"

毕师泽点头应道："就是，黄巢要是不发兵，岂不自讨无趣？"

王仙芝看了看刘、毕两人说："依我看，黄巢不是那种人。"

刘汉宏走近王仙芝说："黄巢在嵖岈山扯起了'冲天大将军'的大旗，还改了年号，封了官员。明摆着是跟咱们对着干，何必去找他？"

毕师泽也走过来："再说，我们以前在汴州，曾元裕不也是几万大军团团围住，可后来却不战而退。这蕲州，城墙这么高这么厚，他们能攻下？"

刘汉宏说："不过大将军的话也有道理，我军孤守蕲州，也太被动，不如分兵一部去城外扎营，即使曾元裕围了城，我们也可以内外呼应，让他腹背受敌，逼着他非撤兵解围不可。"

王仙芝拍了拍刘汉宏的肩说："汉宏兄弟言之有理，那就派你分兵两千去城外扎营，以牵制官兵。"

刘汉宏起身拱手道："遵令！"

几场大雪下来，嵖岈山成了一个洁白无瑕的冰雪世界，这是一个令人神往的世界，天又高又蓝，地又广又白，在单纯与美丽之间，一切苦难与艰辛都消失了，留下的只有对未来的憧憬与狂想。站在高高的嵯岈山上，面对银装素裹白雪皑皑的广袤平原与起伏山峦，黄巢在军旗撕裂着风的尖叫声中，陡然间找到一种感觉，一种撕碎一切、踏平一切、征服一切的雄心与快感！他不觉感慨道："如今昏官当道，忠良被害，百姓受苦，饿殍遍地。请苍天作证，我黄巢堂堂一男儿，定当承担扭转乾坤之责，重新打造一个崭新世界，让人人有饭吃，人人有衣穿，老者有其依，幼者有其养……"

"真一个血性男儿！"一阵掌声后，伴之以孟雪娘的由衷夸奖。

"你怎么会来这里？"黄巢惊喜地问。

"我也不知道为什么，只是顺着一双熟悉的脚印就来了。"孟雪娘说着，脸在大雪的映衬下变得更加红了。

望着雪娘那双含情脉脉的眼睛，一种幸福感从心底升起，黄巢抑止自己不断上涌的热情，激动地说："孟将军，刚才我的话你也听到了，这个愿望我是没法一个人完成的。我非常需要你的帮助，也想听听你对此事的看法。"

"大将军，雪娘的态度你最清楚。你说出了我心底多年的愿望，我愿为了你和咱们共同的愿望献出一切，牺牲一切……"说到这里，雪娘坦荡而深情地看着黄巢，一绺黑发随意飘动，使白里透红的脸蛋上平添了几分妩媚，"不过现在最需要的是扩充军源，补充粮草，做好作战的准备，同时，要有一个长期的作战部署。"

"跟我想到一块了。"黄巢再也抑制不住对雪娘的感情，冲上前抓住她被冻红了手，捧在嘴边哈着热气暖着，"雪娘，你真不愧是个有远见卓识又善解人意的姑娘，要是我们没有一个长期打算，那跟流寇山大王有什么区别？回想我们在一起的战斗岁月，每每在至关重要的时刻，你都站在我身边，为我拿主意，支持鼓励我走出困境，你是我最知己的人，如果没有你，我不知道会怎么样……"

"谢大将军抬举，我只求能伴你身边，一起打造一个崭新的的世界，一个百姓不再受穷受苦受欺凌的世界！"雪娘依偎在黄巢身边，对他描绘着美好的未来。

听着雪娘的喃喃低语，看着她那双黑得发亮的眼睛，黄巢的内心被一种责任，一种感动冲击着，他静静地倾听，默默地思索。他知道他们心心相印，灵魂相通，再也没法分开。她那么完美，那么不可挑剔，在她身上，不仅具备女性的细心与多情，还有一种清醒与果断的大丈夫豪壮之气，与她在一起，他会觉得更勇敢，更有信心。他为自己今生能与她相遇，能与她如此亲密而庆幸。

行军路上，风雪飞舞，曾元裕与李混坐在马车里领军前行。

寒风夹着雪花直往人的颈窝里钻，曾元裕伸出头看了看车后的官兵，他们个个龟缩着头，步伐迟缓，便问李混："李将军，你与王仙芝他们打了那么久的交道，你说这种天气攻蕲州该怎么打？"

"回大人，末将认为这种天气打仗对我们最有利，早就听说他们的过冬物资匮乏，而且贼军中还有好多南方人，根本受不了这种天气。再说虽然王仙芝攻占蕲州，但其实力已大不如以前。黄巢分手后他兵力大减，这次归顺失败又使他们军心涣散，因此天时地利，此去费不了多少劲就会打败他们。"李混分析说。

"我问的是怎么打？"曾元裕对他的分析不感兴趣。

"除了硬打，末将以为仍可以用招降的办法。"从义军背叛出来的李混最了解一些义军首领的心思，他大胆地向曾元裕献策。

"上次都让搅黄了，这次……"曾元裕有些怀疑。

"末将建议这次对归顺的头领任命低级的校尉之类的八九品武官，免去了朝廷审批的周折，就不会遇到那种事了。"李混信心十足地说。

"这个点子倒不坏。"曾元裕点头应着，抬头见有那座巍峨的高山，他指指问："你看看，左边这座大山，叫什么呀？"

"那就是黄巢盘踞的嵯岈山。"李混伸头看看说。

"果然雄奇险峻。我们去攻打蕲州，黄巢会不会下山来从背后发动袭击？"曾元裕担心地问。

"末将看不会。王仙芝与黄巢分手后，两家隔阂颇深，黄巢绝不会去帮助他。再说现在大雪封山，也下不了山……"

"唔……还是提防着点为好。"曾元裕想了想说。

"是！"李混答道。

　　黄巢面带微笑，步伐有力地走进那座作为大营的石洞。洞中央的火塘里燃着熊熊烈火，围火而坐的义军将领见黄巢进来纷纷让出位置："外面真冷，大将军快来烤烤。"

　　黄巢问侍卫："还有酒吗？"

　　侍卫回答："还有。"

　　"快拿来，给大伙倒上，驱驱寒气。"

　　侍卫取出酒罐倒入碗中，大家一人一口轮流喝着，笑声不断在洞中回荡。

　　卫兵进洞大声报："大将军，山下有官兵！"

　　众人一听，纷纷惊起。黄巢挥挥手说："大家坐下喝酒，这么大的雪，官兵敢上来找我们麻烦？一定是过路的。说不定正是曾元裕去攻打蕲州的兵马。"

　　卫兵回答说："正是，大旗上写有斗大的'曾'字。"

　　黄巢说："你和弟兄们再去仔细探来，有什么动静马上来报。"

　　卫兵应声欲走，黄巢喊住他，帮他把衣领竖了起来，把酒碗递给他："来，喝一口。"卫兵稍稍犹豫，端起猛喝一口后，抹抹嘴，感动地向黄巢拱手行礼后退出。

　　黄巢转身对大伙说："这一向当得知曾元裕率大军攻蕲州王仙芝后，我就想这么一个问题：我们该不该帮他一把？"

　　"帮他？大将军，你忘了他是如何背叛我们的？"黄存首先站出来表示反对。

　　"是呀，大哥，咱们可不能当东郭先生，被人恩将仇报。"黄邺、黄揆也附和着说。

　　"大将军，我觉得还是应该出手相救，毕竟他与我们称兄道弟过。"朱温说道。

　　"再说了，曾元裕肯定希望我们不救他，这样他消灭了王仙芝之后，好趁机攻打我们，所以我以为应该帮王仙芝。"黄万通也站起来说。

　　"那王仙芝本来就不是一个成大事之人，没必要浪费我们的人马。"黄存坚持说。

"古话说，冤家宜解不宜结。"黄万通劝黄存。

"为什么不问问孟将军的意见？"秦宗汉问道。他很想听听孟雪娘的意见。

"嫂子快生了，孟将军帮忙去了。"黄邺说。

黄巢看着争论的两方说："兄弟们意见不一，我也犹豫不定。刚才山下曾元裕的部队已向蕲州开去了，再没时间犹豫了。我想咱们还是义字当先，危难时帮他一把。此事就烦朱温兄弟走一遭，你带上本部人马下山，伺机相助。"

朱温一听，笑着站起，大声说："还是大将军看得远，末将遵命。"

众人羡慕地望着他："你真走运，一冬都猫在洞里把咱们憋死了！"

这时传来婴儿响亮的啼哭声。

盐盐急急地跑来，笑眯眯地说："哥，嫂子生了，一个胖小子，快去看呀！"

众人听了欢呼雀跃，举杯欢庆，石洞里一下热闹起来。

第三十一章　背叛者终结于背叛

接到黄巢的命令，朱温内心一阵狂喜。他太需要这样的机会了。

入夜，朱温带领义军穿上自制的滑雪板从嵫崡山后山滑雪而下，侍卫装扮的庞英紧跟在朱温身边。

曹蔓包着头半卧在炕上，脸色虽然苍白却洋溢着初为人母的自豪。火盆边，孟雪娘和秀秀等人正给洗净的新生婴儿包扎。

"大嫂，这孩子五官清秀，身体强壮，恭喜你了！"孟雪娘给小孩子穿好衣服后，抓着小家伙的胖乎乎的手亲了亲，想把小孩抱在曹蔓身边。

"让我抱抱！"记记仙出手来小心地接起孩子，"我从来没有见过这么小的孩子，好柔软，好可爱，好漂亮呀。难怪庞英姐这么快就结婚了，肯定是想要一个可爱的孩子。对了，上次我按大嫂的吩咐还在他们的婚床上放了不少红枣、花生、栗子呢！那庞英姐是不是也该生了？"

"傻丫头，他们结婚才一个多月，哪有那么快？"曹蔓笑着说。

"那小孩要在母亲肚里待多久才长得这么可爱呀？"记记盯着孩子的小脸一本正经地问。

"哎，你还有完没完。我还没有好好地抱下小侄子，让我抱抱！"秀秀一把从记记怀里接过孩子，认真地端详着："看，这孩子天庭饱满，双耳肥大，是个大贵人相，将来肯定能干番大事！"

"那是当然。我们义军的后代一代比一代强。"雪娘看着孩子说。

"嘻嘻，秀秀姐还会看相？那你看看这孩子怎么样？"盐盐钻了进来，把一只活泼可爱的小猴子抱在秀秀面前。

"哈哈……"姊妹们笑成一堆。

"我的儿子真有那么乖吗？让我瞧瞧！"黄巢兴冲冲地进屋，走到曹蔓身边说："夫人，辛苦你了……"

"大将军，恭喜你！好好瞧瞧你的乖儿子吧！我们告辞！"姑娘们把孩子放在曹蔓怀里后，在孟雪娘的带领下，纷纷走出洞门。

黄巢叫住走在后面的盐盐，抚摸着她怀里的小猴问："是那天在雪地里拾的那只？"

盐盐笑着回答："是的，把它救活了，撵它不走，怪可怜的。"

"那你就把它好好养着。"黄巢拍拍盐盐的头。

"我会的，别看它小，它可聪明着呢，今后让它给小弟弟做伴。"盐盐说着抱着小猴一蹦一跳地出了门。

黄巢坐在曹蔓床边，一手搂着夫人，温情慰问；一手抱着儿子，亲昵亲吻，一家人沉醉在天伦之乐中。

少顷，孟雪娘复入，对黄巢和曹蔓一拱手："大将军，大嫂，此时本不该打扰你们一家。可我有一句话，堵在心里，不吐不快。"

"雪妹，我喜欢你这性格，有什么话就说什么！如果你太客气了，我可受不了。"曹蔓亲切地说。

"对，孟将军，有什么请讲！"黄巢说。

"我认为你派朱温下山去支援王仙芝不合适。"雪娘干脆地说。

黄巢有些吃惊地问："是因为庞英那档子事？"

"那档子事闹得还小？朱温能忘记？"雪娘质问道。

黄巢解释说："可是后来能把朱温赎出来，还全靠王仙芝。我想朱温也不会忘记的，是他主动提出帮王仙芝的。"

"仇难消，恩易忘，是世人一大通病。朱温可不是个心胸宽阔的人。"雪娘想起朱温那深不可测的眼神心里就很不是滋味，"他平时阴阴的，叫人捉摸不透。"

"他还是很讲义气的，打仗又有一套。"黄巢说。

"我不过是凭直觉信口说说，说出来心里才畅快。好，我走了。大嫂多保重！”孟雪娘说着准备出门。

曹蔓叫道："雪妹，你别走，过来炕上坐坐。"

孟雪娘坐于炕边，曹蔓拉过她的手说："再坐近点，咱们姊妹好说说心里话。"见黄巢抱着孩子赖着想听，便说："把孩子给我，我们女人家说话，不准你偷听。"

黄巢放下孩子笑着说：'不许说我的坏话……"

曹蔓指着他说："专拣你的坏话说，让你耳根发烧。"

黄巢走了出去，转身把门轻轻带上。

曹蔓说："这一两个月我沉着身子没出门，听说你当上了将军，你的无畏营扩大成无畏军了。我真为你高兴，向你祝贺。"

孟雪娘扶着曹蔓的肩，低下头，不好意思地说："大嫂，你别寒碜我了，全靠大哥大嫂栽培……"

"哪里，你太能干了，武艺高强，又会打仗，心眼又好。统领这么大支女兵队伍，不容易啊！再说了，你还长得这么漂亮，我太羡慕你了。"

"也是无奈啊。说心里话，你更值得羡慕。"孟雪娘坦率地说。

"看你说的，在军营里我是什么忙也帮不上，还给你添了不少麻烦，比起你来，我无地自容。"曹蔓握住了雪娘的手，说得很真诚。

"你可是我们全军受人敬重的大嫂，响当当的大将军夫人。其实，作为女人，你最值得人羡慕的是……"雪娘欲言又止。

"你这话叫我不懂。"此时，婴儿啼哭，曹蔓抱起喂奶。

孟雪娘看着脸上洋溢着笑容的曹蔓说："此时此刻，你更该懂了。"

"是的，我希望儿子像他那样，做个女人心目中的英雄……"曹蔓轻拍着入睡的儿子，眼里闪着幸福的光。把孩子轻轻放下后，她接着说："他是个很好的男人，他有很大的抱负，可我时常感到自己帮不上他；幸运的是，他遇到了你……"

"大嫂，你……"听到这话，雪娘不知该说什么，脸一下红了。

"说实在的，我很高兴看到你们在一起。"曹蔓真诚地说。

二人交谈至深夜，临别，曹蔓拉着孟雪娘的手，吩咐说："雪一消，你们就要下山打仗了，看我这样子，是不可能跟你们一起走了。他，我就交给你了……"

是夜，蕲州城郊的刘汉宏兵营里，一场阴谋在黑夜的庇护下悄悄进行。

刘汉宏想不到自己与毕师泽共同策划的城外驻兵计划，竟被王仙芝毫不犹豫地采纳了，心里很是得意：他王仙芝不过是见利忘义的人，他不仁就别怪我们不义，他的投降行动失败了，我们不能陪着他一起完蛋。与其把命运交给他，还不如把他的命运攥在自己手心里，在生死关头谁顾得了谁？想到这里，刘汉宏长长地舒了口气，悠闲躺在椅子上，盘算着事态的发展。此时卫兵进帐报告："刘头领，营外有人求见。"

刘汉宏问道："叫什么名字？"

卫兵答："他说见面就知道。"

"请吧。"刘汉宏话音刚落，一个用帽子遮了大半个脸的人走进帐来。

刘汉宏抬眼看了对方一下说："不见面我也知道。李将军，好久不见。"

李混摘掉帽子和围巾说："刘兄神算。"

"我还算出了你的来意。"刘汉宏微微一笑，起身请对方坐。

"佩服佩服。"李混连连拱手道。

"正是因为算出你要来，所以我特地在此扎营等你。请喝茶。"刘汉宏递过他一杯茶。

"如此说来，我再说什么都是多余的了？"李混接过茶大大喝了一口。

"是的，因为说多了，周折也就多，好事也会变成歹事，像尚君长遇见的那样。"刘汉宏盯着李混，不动声色地说。

"今天就简单，简单到你怎么也猜不中。"李混神秘兮兮地说。

"除非你带来了告身。"

"跟告身差不多。"李混说着放下茶杯，从怀里取出一张纸："请刘兄看。"

刘汉宏接过，手摸纸上的大红印兴奋地说："今天，总算摸着这玩意儿了。你给我念念，这纸上咋写的？"

"听着：任命状，兹任命刘汉宏为神策军修武佐校尉。诸道行营招讨使，曾，大唐乾符五年二月辛酉。"李混一字一顿地念着。

"修武佐校尉是个什么官？"刘汉宏大字不识一个，对朝廷官名一窍不通。

"不是写清楚了吗？神策军里的军官。"李混摇晃着手里盖有大红印的纸。

"是个几品官？"刘汉宏进一步打听。

"从九品。"李混作了一个九字的手势。

"比咱乡下乡官大吗？"刘汉宏眼睛笑成了一条线。从小他最羡慕的是乡官进村时那种气势和排场，还有那村官对村民说话时指手画脚的威风。

"大多了。乡官够不上品。"李混耐心解答。

"有马骑吗？"刘汉宏想象着自己骑着高头大马行在官道上，乡人围观时的风光场景，内心一阵狂喜。

"不但有马骑，还有轿坐。"李混肯定地说。

"那好，就这么定了。来！拍手算数。"刘汉宏迫不及待地伸出手。

"行！"二人重重拍手。

刘汉宏把委任状装模作样地细细地看了一遍，再用手抚摸一遍后小心折好放入怀中，然后用劲按了按说："有了这个，咱就是朝廷的人了。李将军，你说让我干啥吧！"

"第一，把蕲州城拿下；第二，把王仙芝杀了。"李混靠近身子交代着。

"这两件事嘛，不是咱夸口，不费吹灰之力。"刘汉宏想到与毕师泽的策划，十分有把握地回答。

二人密议一番后，第二日夜，在刘汉宏的掩护下，李混带官兵隐蔽在城下。

刘汉宏的手下对城上喊道："刘头领有急事向王大将军禀报，请开城门！"城上卫兵正是毕师泽的人，于是大开城门，刘汉宏手一挥，带领官兵杀进城去。

听到厮杀声，王仙芝在尚让、毕师泽护卫下逃到蕲州治下的黄梅县坚守。虽然毕师泽与刘汉宏勾结欲杀王仙芝，无奈有尚让在一起不敢贸然动手，只好等待时机。

两天之后，曾元裕追兵至黄梅县城，尚让吩咐毕师泽好好保护大将军，自己领兵出战。

趁尚让出城迎战之际，毕师泽率心腹随从闯入王仙芝住所。

王仙芝见了不经意地问："兄弟有何事？"

"向你借件东西。"毕师泽一脸笑意说。

"只要有的兄弟尽管拿。"王仙芝说。

"当然有，就是你的吃饭家伙！"毕师泽说罢脸一变，气势汹汹抽出了刀："大哥，我毕师泽跟你多年，功没少立，苦没少吃，可没捞得过一点好处。今天，是大哥最后的日子，看在你我兄弟情分上，把你的人头借给我，不仅救我一命，也让我老父老母妻子儿女不致失去依靠……你今儿个走了，我记住这个日子，年年给你烧纸。你看，是你自己了断，还是我帮你上路。"

"你……你怎能这样，当年是你哭着求我收留你，还拜我为师……"王仙芝非常惊愕和愤怒，颤抖着手指着毕师泽话不成句。

"当年不是你亲口告诉我有官当，有好日子过吗？而今这些东西在哪里？对不起了，我们只有自己去找，只有拿你的人头去换！"毕师泽恶狠狠地说。

"你杀了我，不怕尚让回来找你算账？"王仙芝提高嗓音质问。

"我已下令关了城门，他回不来了。"毕师泽提刀上前逼近王仙芝。

王仙芝拔出刀说："既然如此，就来吧，你那两手还是我教的，谁赢谁输还很难说。"

两人摆开阵势互杀，几个回合下来，王仙芝越战越勇，毕师泽渐感不支，这时刘汉宏赶来，王仙芝刚开口呼叫："刘汉宏救我！"刘汉宏、毕师泽两把刀同时压住他的头颈，使之不能动弹。

王仙芝大吼："没想到，你们两个竟是叛徒！"

刘汉宏狠狠地瞪着眼说："叛徒，这个话只有黄巢有资格骂。你自己就是一个叛徒，有什么资格说这话？"

毕师泽指着他大笑："哈哈……记得在光州时，我们不愿当叛徒，你天天动员我们，开导我们，说当叛徒投降朝廷有多少多少好处。这不，我们是按你的话在做啊……"

此时李混突然走进。王仙芝见了，大喊："李将军，救我！我……"

李混阴着脸说："现在么？你连当叛徒的价值都没有了，想当，也没资格了！"说罢，对刘、毕二人一歪嘴，二人同时杀去，王仙芝惨叫一声，顿时鲜血四溅，身首异处。

朱温一行尾随着王仙芝的人马来到黄梅县近郊扎下营寨。当他了解到曾元裕的官兵到来，却没采取行动；后来又听说李混的人马杀来，他还是没行动，严令手下静观其变听候他的命令。是夜，庞英按捺不住了，闯进朱温营帐内质问："朱温，朱将军。今天你为何不发兵去救王仙芝？"

朱温反问："难道你忘了他是怎么样对待你的吗？"

"可是这件事早就了了啊！"庞英不解地说。

"难道你忘了他是怎么对待我的吗？我差点成了他的刀下之鬼！"朱温把拳头握在胸前。

"可是后来他终于还是把你救出来了嘛。没想到，你这人咋这么小心眼。"庞英用一种陌生的眼光看着他。

"凡是跟我过不去的人，我迟早也让他过不去。君子报仇三年未晚，这还没到三年。"朱温背过身去，像是自言自语，又像是向庞英表白自己。

"这不过是私人恩怨的小事，黄大将军交办的可是大事啊！"庞英痛心地开导他。

"大事？黄大将军目光也太短浅……"朱温看着远方，一脸轻蔑。

"什么？他救王大将军是目光短浅？"庞英真是搞不懂了。

"这我比你清楚，你只是我的侍卫，不干你的事，少管！"朱温用严厉的口吻说。

"你是我的丈夫，是我们义军的英雄。英雄，就应该心胸宽阔，不计较个人恩怨。"庞英实在不明白他是怎么想的，还想开导开导他。

朱温突然笑着说："不计较个人恩怨？你为什么死死记住那个李混，发誓非杀掉他不可，这么多年了，你都不忘……"

"你，你怎么这么比，说的话这么混账！"庞英的内心像被人抽了一鞭，感到难言的痛苦与愤慨。

"什么？你刚才说什么？竟敢骂我混账？"朱温冲上前去，对准她的脸就是一巴掌。

"你，你敢打我？……"庞英恨恨地盯了他一眼，双手捂着发烫的脸奔回后帐，一头扎在床上痛哭起来：一阵阵剧痛袭上心头，那个英勇多情的朱温形象正一点点地在她心中消融，取而代之是她深感陌生的蛮横与狭隘。他是她的英雄，是她的偶像，怎么突然间会变得如此陌生？他的真实面孔是怎么样的？他到底是这样一个人？庞英被一个接一个问题压得好累，心被压得好痛好痛，不知不觉中她进入了梦境，梦里，她在寻找她失去的英雄……

醒来已是深夜，庞英伸手摸摸身边无人。见前帐有灯光，便下床走去。走近，听到朱温说话声："不行，非统军不谈……而且，一定是御批告身……"庞英跨进前帐，一人闻声迅即转背逃去，消失在黑暗里。

庞英指着消失的人影问："他是谁？"

朱温面带愠怒回答："一个来谈军情的部下。"转而又柔情搂着她的腰说："我的英子，原谅我，我是太着急了，太……快回去先睡等着我。"

庞英挣脱他的拥抱，后退两步说："你刚才是怎么对我的？居然还打我！你越来越让我感觉陌生，感觉害怕……"

"我不是为刚才的行为给你道歉了吗？英子，男人都是有脾气的。你要理解我呀！我所做的一切都是为了你……"朱温看着她薄绸下丰满的身子在风中微微发抖，他有些冲动，想上前搂抱她。

庞英躲避着他，问道："我把心掏给你，把一切都给了你，你能不能对我真实点？你还是我心目中那个英雄侠义、顶天立地的朱大哥吗？"

"你现实点好不好？我的傻妹子！"说着朱温一把抓住她，搂到胸前吻了她，然后捧起她那张冷峻的脸说："你现在知道了吧，我不仅是你的朱大哥，还是你的丈夫，你的将军！现在就回去睡觉。"

庞英用力挣脱他，转身跑回后帐。

庞英刚走，门卫进帐报："朱将军，营外尚头领求见。"

朱温深感意外，问道："是王仙芝手下那位尚让？"

"正是，他说黄梅战败，路过这里，打听到是朱将军营地，特来相见。"

朱温听了，沉思片刻，立即起身说："欢迎，欢迎！"一直迎到营门口。

●第三十二章　像模像样再活一次

冰化雪消，泉水潺潺。草木复苏，嫩枝抽芽。嵖岈山初涂春意，四处散发着春的气息，人们心中怀揣的梦想随着春的到来正展开双翅冲向云天。

三通战鼓响后，行军司马黄揆宣布誓师大会开始，冲天大将军黄巢站在点将台上，向军容整齐的义军宣读誓词后说："我部义军自去岁与王大将军分兵来嵖岈山休整，附近州县青壮闻讯蜂拥而至，我义军实力大增。休整期间，我义军扶困济贫，惩治恶徒，扫荡不平，深得嵖岈山区百姓拥戴，对我们多方支援，保证了我义军的粮草供给。养精蓄锐数月后，战士个个身强力壮，情绪饱满，求战心切。山下朱温将军与尚让将军已聚集数千兵马，盼望与我大营早日汇合，已来催问多次。今趁初春雪消，我义军誓师下山，会师朱、尚两部后，杀向洛阳，再西进长安，除尽奸佞，拯救万民，为王大将军复仇，为我牺牲的义军兄弟复仇！出发！"

"除尽奸佞，拯救万民，为王大将军复仇，为我牺牲的义军兄弟复仇！"数万人齐声欢呼，嵖岈山沸腾开来，每个山谷都回响着义军的口号声。

田令孜带上刘行深走进大明宫便殿，向僖宗跪下："恭喜皇上，贺喜皇上。为害数年的草贼王仙芝终于被全歼于蕲州。诸道行营招讨使监军刘行深特献王仙芝首级阙下，请皇上验证。"刘行深将手提木箱打开，置于御案前。僖宗玩兴正浓，全神贯注地抛骰子，只微微地点了点头。正陪皇上掷骰玩耍的宫女们见了血淋淋的人头，吓得惊叫着向后殿乱跑。僖宗边追边说："往哪儿跑，快回来！还没玩完呢！"

见皇上一溜烟地跑了，刘行深不知所措，田令孜悄声对刘行深："你等着，别慌。"说着他撺向后殿。少顷，田令孜把僖宗扶出殿来安置在御椅上说："皇上，你看看，这是要推翻我大唐、闹得皇上不能放心玩耍的草贼王仙芝的首级。多亏皇上英明，任命刘行深为诸道行营招讨监军使，才把此贼杀了，从此天下永享太平……"

僖宗瞧了一眼，用手捂着鼻子说："就这家伙？太恶心了！闹得我大唐不得安宁，早该杀！"说着望了望后殿，一脸不耐烦说："还有什么，快说。"

见田令孜示意，刘行深说："奴才这次奉旨出征，托皇上洪福，剿灭了草贼，献王仙芝首级于阙下。班师回朝时，带了点小礼物孝敬皇上。"

僖宗连问："什么小礼物？什么小礼物？"

刘行深转身向殿外招招手："快进殿叩见皇上。"

四个艺人打扮小女孩上殿给僖宗叩头："奴婢向皇上请安，吾皇万岁万万岁！"

僖宗看着眼前乖巧伶俐的女孩说："抬起头让朕好好看看！"

身穿红衣红裙女孩像四朵迎风初开的鲜花，个个五官清秀，眉目含情，娇艳无比，看得僖宗眼都直了。

刘行深说："快把你们的拿手节目表演给皇上看。"

四个小女孩立即表演起了精妙绝伦的柔术杂技来：只见她们一会儿像四只小鸟轻快跳跃，一会儿像四朵彩云冉冉飞起；柔软如蛇，轻盈如绸。她们似乎是没有骨骼的软体，随心所欲地做着各种造型，变幻难以想象的种种身体与肢体的形态。使在场的人惊奇得张大了嘴。

僖宗看了也为之心惊肉跳，他从来没有看过如此柔美圆润、婀娜多姿的表演，没想到世上竟还有这般女孩，不由喜滋滋说："表演得太好了，先安排她们去后宫歇息，等会儿朕再慢慢欣赏。"

值殿太监把四个女孩领走后。僖宗冲着刘行深满意地点了点头说："好，好……"

田令孜说："刘行深奉旨在外征战，风餐露宿，不顾寒暑，立下旷世奇功，奴才以为应予重赏。"

"当然当然，他已是左神策军中尉了，官算封顶了，进封他个国公，再赏邑千户。"僖宗爽快地答应。

刘行深上前跪拜："谢万岁爷隆恩。"

田令孜言道："皇上平时教诲臣下，有功者赏，有过者罚。郑畋身为宰相，不懂讨贼方略，举措失当，贻误战机，又气质乖张，不堪宰冢之任，应予处罚。"

僖宗点点头说："朕早就想处罚他了。那次跟王铎闹架，竟当着朕的面摔砚台，实在太嚣张。阿父，你看给他个什么处罚？"

田令孜说："把他撵出京城！凤翔节度使出缺，奴才看叫他去。"

"好。只是，郑畋走了，谁来接替他？"僖宗又问。

"兵部侍郎卢携可当此任。"田令孜眼睛一转，走到僖宗面前说，"还有那个身为诸路行营招讨使的曾元裕，年纪老迈，头脑昏聩，讨贼不力，奴才建议让他退休算了。"

"依你。"僖宗忍不住又望了望后殿。

"奴才还有一事奏报。"田令孜说。

"快说。"僖宗有些坐不住了，他想着那盘没有完成的掷骰游戏，想着那几个小女孩和她们的表演。

田令孜说："那个逃亡到鞑靼的李克用最近又上表自责，表示忏悔，还献上胡马十匹，以示真诚。奴才见了那些胡马，个个高大壮实，骑上它打球，定能百战百胜。"

"这个李克用还算识时务。收下那些马，回赐些绸缎金银之类的，算给他一个面子。"僖宗只想快点把此事了结。

"遵旨。"田令孜大声回应着。

僖宗怕田令孜还有事要讲，起身离开御座说："阿父，其他事下次再议吧。"说罢一溜烟跑回后殿去了。

长安街头，人头攒动，欢快急促的锣声引来不少看客，一耍猴老者敲锣唱："打开柜子揭开箱，唱一段猴子学装腔。先学清官坐大堂，再学赃官把银藏。什么样的官儿都不怕，就怕衙里的活阎王。"那猴子上蹿下跳地忙碌着，按唱词内容，不断去箱里换脸壳，一会儿抓出清官模样的面具戴上，学着官员背着手踱官步；一会儿又换上赃官模样的面具，不断把银子往衣兜里藏，逗得围观的人拍手大笑……接着，一个扎着羊角辫的女孩一个接一个地翻着空翻筋斗上场，刚立定，那猴子一个筋斗站在她肩上，跟着锣声，她逗猴跳圈、走绳、翻跟斗；然后教猴子向观众抱拳行礼。那猴一边行礼一边龇牙咧嘴扮鬼脸，其状滑稽可笑。而后，小女孩揭下草帽伸向看客，频频向施钱者行礼致谢。

原来那小女孩是盐盐，老者原本是猴戏班头张老爹，因不堪地痞流氓的敲诈，投了义军。他俩是义军派到京城来完成一项特殊使命的探子。

在一个阴云沉沉的日子里，郑畋率数骑去凤翔赴任，一路上，看着天边被风吹来刮去的云朵，就像在观看自己被不断改写的命运。

一段陡峭的山路在眼前延伸，郑畋勒马问："前面是什么地方？"

随从回答："马嵬坡。"

马嵬坡，这个为一代贵妃杨玉环的生命画上句号的地方，引起了郑畋不少嘘唏感叹，不禁叫一声："下马！"

郑畋下马后缓步向马嵬坡前的杨贵妃祠走去，祠前祠后，徘徊良久，思古抚今，一阵叹息。接着默默吟道："六军不发无奈何，宛转蛾眉马前死。"百年前的场景一点一滴闪出现在他眼前。记得那是天宝十五年（756）六月，安史乱军攻陷潼关，长安危急，玄宗仓皇逃蜀，途经马嵬坡，六军哗变，杀了奸相杨国忠，逼玄宗赐死贵妃。可怜这位开创了开元盛世的玄宗皇帝，当时是何等的无奈，何等的无助，挥别心爱的女人，眼睁睁地看着她那美丽的头套入白绫……站在这里，当年的一幕幕在眼前复活：玄宗皇帝的泪眼，杨玉环的呜咽……郑畋忍不住大吼一声："拿笔来！"随从忙取笔送上。郑畋进祠，提笔在壁上题诗一首。题罢，笔一甩，翻身上马而去。

近来皮日休待在家的时间越来越多了，但话却明显少了，虽有些不对劲，但鱼玄机还是暗自高兴，认为安国寺那一签还真灵。她想着法子使两人的生活更有情调些，她为皮日休的诗谱曲，教柳花跳舞，还铺纸泼墨，为自己与皮日休的诗配画，把家庭和美气氛调和得浓浓的。

这天鱼玄机为皮日休《药名联句》配曲弹唱："香然柏子后，尊泛菊花来。白芷寒犹采，青葙醉尚开。艺可屠龙胆，家曾近燕胎。乳鸽啼书户，蜗牛上研台。"琴声轻快流畅，歌声婉转动听，柳花在旁一直叫好。在琴声中，皮日休默默地回到家宅，鱼玄机上前为他取下外氅问："今日回家这么早？"皮日休接过柳花送过来的茶喝着，仍闷声不语。

鱼玄机说："博士，我把你的《橡媪叹》谱了曲，弹唱你听听看如何？你听着。"说罢，抚琴便唱，没唱两句，皮日休把手中茶杯猛掷于地，骂道："哼！什么世道！"

鱼玄机惊问："谁惹你了？"

皮日休愤愤地说："这京城实在是住不下去了！"

"前几日不是跟你说好了，不走了吗？"鱼玄机反问道。

"现在不是我走不走，而是人家要逼我走！"

"谁敢逼你？"

"兵部！"皮日休咬牙切齿地说。

"你招惹兵部谁了？"鱼玄机走近他。

"兵部今天分派好几十人来太常寺上班，要挤我们的饭碗！"

"再挤，也挤不了你呀，你可是太常寺正六品博士。"鱼玄机安慰他。

"正六品博士，稀奇！街上一抓一大把，前日刮大风，西大街刮倒一棵树压死三个人，就中两个博士，剩下那个是翰林院学士。"皮日休激动地说。

"也真怪，兵部管打仗，太常寺管礼仪祭祀，他们来挤个什么劲？"鱼玄机也深感此举荒唐。

"兵部冗员太多，无处安排，便挤来了。都是有背景的。大字不识几个，还要来当博士、寺丞、奉礼郎、祝读官……"皮日休一一数落着。

"朝廷，也太不像话了。"鱼玄机忍不住说。

"与其让他们撵，不如自己走！"皮日休说着站了起来。

"别……我看再瞧瞧。"鱼玄机有些急了，拉他坐下，"等等再说，你是有家室的人了，不要这样冲动。"

皮日休盯着她说："记得当初你对我说，与我一同背上行囊浪迹天涯，可是如今，你不愿践行你的诺言不说，连我要离开这发霉的地方，你都阻挠。

你们女人，真是变幻莫测。"

"是的，当初，我第一眼见到你时，一种流浪游子找到家的感觉顿时漫过全身，你成了我终身的皈依与幸福，我珍惜你，尊重你，处处顺着你，只想一辈子守望着你，因此我精心构筑我们的窝。可是现在你要离开，而且是要去那危险的地方，而我，并非出于胆怯，实在是心的翅膀已经折断，再也飞不起来。你一定要走，你走吧，我不阻拦你，我把窝煨得暖暖的永远等着你……"鱼玄机眼圈红了，声音哽咽起来。

盐盐这次来长安除了探听情报以外，她还有一个重要的任务——递交黄巢写给皮日休的信。大哥再三叮嘱了，这信很重要，千万不能泄密，一定要当面送给皮博士。揣着这封信像揣着一团火，盐盐既感温暖又感到危险，一到京城就小心翼翼地打听皮日休，当她听说了皮日休与那个名叫鱼玄机的美女诗人之间的浪漫故事后，更想早点见到皮日休，看看这两个与众不同的人。

终于，盐盐打听到皮日休的住所。在一个凉悠悠的清晨，她兴致勃勃地找到皮日休所住的街巷，此时，她突发奇想地想从来来往往的路人中找出他。一路上，她仔细地观察着每一个相遇的男人，想象着皮日休的模样。能被大哥看中的人，一定不同寻常，应该像大哥一样有学问、有能力、有魄力，他一定是一个富有智慧的老者。

在大街上去盯着男人看，这对盐盐来说可是头一遭，是以前想都不敢想的事，但为了完成大哥交办的差事，她不得不偷眼去看，但越看越觉得失望。瞧，一个个歪瓜裂枣似的，没有一个像是她想象中的皮博士。"唉……"她不觉地叹口气。

叹息间，忽然听到一个小女孩的哭声，寻声而去，见一提菜篮小女孩被一高一矮两个小恶棍堵在巷口，恶棍脸上露着淫笑，把手伸向小女孩的脸蛋，小女孩惊恐不安哭叫着缩成一团。盐盐见了一跃而上，一个飞腿扫向高个，把他踢倒，返身一拳打中矮个的鼻梁，接着绳子一抛把那个想跑的高个拴住，一个倒钩腿把矮个放倒在地。两个小恶棍不吃眼前亏，忙跪在盐盐面前哀告："大姐，饶命！"

盐盐指着那小女孩说："你们快去向她道歉！"

两人爬过去，跪在小女孩面前说："小的错了，请大姐宽恕！小的再也不敢了。"

小女孩被盐盐的一招一式看呆了，对她投去无比感激与崇拜的目光。

盐盐警告两个恶棍说："如下次再让本姑娘看见你们干坏事，小心狗命！"

两个小混混捣蒜般点头，当听到盐盐一声"滚！"便撒腿滚得没了踪影。

小女孩走过来抱住盐盐说："谢谢你了。我叫柳花，就住在这巷子里，请恩人姐姐进屋喝口水。"

"这没什么，我还有要紧的事，不麻烦了。对了，问你，你知道一位叫皮先生的住处吗？"盐盐问。

"皮先生，你说的是皮日休？他是我叔。走，我带你去。"柳花欣喜地拉着她。

"啊！太巧了！"

两个小女孩有说有笑地走进院落。

"叔！叔！有人找你。"柳花大声地叫着。

皮日休在屋里问："是不是兵部送信的？柳花，你告诉他……"

"是送信的，但是从嵯岈山来的。"柳花回答道。

"嵯岈山？"皮日休快步走到盐盐面前，认认真真地看她一眼，然后关上了大门，领她们进堂屋后，转身关上了堂屋门。

"叔，这是盐盐，专程为你送信的。"柳花向他介绍说。

"皮先生，这是我们大将军黄巢写你的信。"盐盐双手把信呈上。

"你，从嵯岈山到京城给我送信？"皮日休拿过信，快速地看过之后被黄巢的真诚大大感动。他实不敢想在兵荒马乱的时节，一个小女孩是如何穿越那千里路程来到京城送信的，他既感激又佩服地看了看盐盐。

"叔，你别小看盐盐姐，本事可大着呢！"柳花比画着，把刚才在巷口的遭遇说了一遍。

"早就听说你们义军神勇无比，无畏军的女兵个个了得，果然名不虚传！谢谢你了，盐盐！"皮日休由衷地赞美着。

盐盐笑了，她仔细打量着皮日休：个子不高不矮，体形不胖不瘦，皮肤不黑不白，三十出头四十不到，说起话来声音洪亮激情四溢，倒像个小伙子；而看他一身灰布长袍，戴一顶学士帽，又像个学问高深的老学究；最令盐盐感到奇异的是他有一双又细又长深不可测的眼睛，怎么男人也会生一对像雪姊一样好看的眼睛？盐盐有些迷惑，但更有些羞涩，因为她从来没有这么仔细地看过一个男人。

"请转告黄大将军，皮某不才，谢谢他的抬举！如有机会，定与他晤面。"

见盐盐失神地盯着皮日休，柳花碰了她一下。盐盐意识自己的失态，脸一下红了，忙拱手说："盐盐一定把皮先生的话带给大将军！我这就告辞！"

"等等我！"柳花拉住盐盐的手，转身对皮日休说："叔，我要像盐盐姐一样做一个有本事的人，我要参加义军！"

"谁要参加义军？"鱼玄机从里屋走了出来。

"我，柳花，婶！"柳花说着把盐盐拉到鱼玄机面前，"我要向她学武艺，学本事，再也不受坏人欺侮。"接着又向鱼玄机介绍盐盐如何有本事，打得两个混混抱头逃窜的经过讲了一遍。

盐盐看到一个体态丰盈的美丽女子，她穿着翠绿色的长裙，头发松松地挽个髻搭在肩上。脸上虽只略施粉黛，却妖娆无比。她就是那个名叫鱼玄机的美女诗人？盐盐感到她除了媚气外，还有一股傲气，特别是她的眼睛里透着一种令人很不舒服的光，虽然她笑着看着盐盐，但盐盐还是从她的眼里读到了她的不快。

"柳花，你再好好想想，你父亲把你交给我们，我们已把你当亲人了，学本事的办法很多，比如我教你的舞蹈……"鱼玄机对柳花说。

"婶，叔，我知道你们对我好，可我不能总靠你们。我已经决定了，跟盐盐走。"柳花见鱼玄机还要劝她，便抢先说，"婶，别说了，这世道学跳舞有什么用？我要学武功！"

"玄机，既然如此，我们就给她们饯行吧！"皮日休决定说。

是夜，皮日休辗转难眠。他一生追求正直公平，但走遍江南、淮西，行程二万里却一无所获；历经艰辛考取的功名，换来的却是窝火与失望。他已年过不惑，再没有时间耗下去了，该为自己像模像样地活一次了。他把黄巢的信拿来又细细阅读后，更坚定了离开长安去投奔义军的决心。唯一让他不忍心的是鱼玄机对他的深情。

当他把想法告诉鱼玄机时，玄机暗自垂泪。她了解他，他决定了的，谁也改变不了："我早料到有这一天，你去吧，我会等你的。"说完这句话，鱼玄机的心里一阵揪心的疼痛，她本想与他共度后半生，与他共享自己的过去，可是付出一个女人的全部还不能得到他，除了孤零零地留在家中，她还能做什么呢？她感到很寒心。

黄巢的行动，引起了沿途官员惊慌，一份份急报传到长安。

新上任的宰相卢携进宫奏道："启奏皇上，王仙芝被歼后，其从贼黄巢在嵖岈山广招兵马，又收留王贼余党尚让二千残部，气势汹汹。黄巢自称黄王，号冲天大将军，建元王霸，还任命了文武官员，领贼众万余，分兵陷沂州、濮州、宋州、滑州，向洛阳形成包围之势……"未等卢携说完，僖宗急了："快调兵把黄巢给我堵住，东都那边，千万闪失不得！"

王铎忙上前禀报："中书门下已议定方略，调昭义、河南、宣武诸镇兵马十万奔赴洛阳，拱卫东都。臣请亲自督促各州道讨贼，不取黄巢首级，誓不回朝。"

僖宗说："朕就依你，封你为晋国公，兼诸道兵马都统，快去拟诏，周知各处兵马，统一由卿调度，以保东都！"

"臣遵旨！"王铎领旨谢恩后，急匆匆走出皇宫。

第三十三章　挥师南下

黄巢指着地图对众将说："我义军从嵖岈山誓师出发，从陈州到汴州，再到濮州、曹州，而今南下宋州、颍州，绕了一大圈，总算把官兵主力调集到洛阳周围。你们看，新上任的诸道兵马都统王铎把他的十万大军是这样布置的：洛阳城内，他投入两万，城四周要隘伊阙、河阴、武牢、环辕各投五千。另外六万，分布于阳武、汴州、郑州、唐州一带，形成一道防御圈，他们在圈内严阵以待，留出一条通道守株待兔等我们去攻洛阳。只要我们一进圈内，就腹背受敌，陷于绝境。兵法说：'夫兵形象水，水之形，避高而趋下；兵之形，避实而击虚。'洛阳，是朝廷重地，有重兵层层把守，我们不必去硬碰。而江南大片土地，朝廷鞭长莫及，且有数股义军在洪州、湖州、宣州一带活动，于我南下极为有利。现在，我们的先头部队已进军寿州，离长江已不远。长江防务我已打听明白，蕲州一带因是上游江面窄，官兵防守很严；下游一带因江面宽，敌军防守松懈。我们就从这里出其不意渡过长江。今日会后，各将军领本部兵马立即渡江！"

众将齐声回道："遵令。"

黄巢领义军从和州、宣州一带渡过长江后，势如破竹，士气大增，所到之处所向披靡，连连攻下宣州、杭州、越州等重要城市。得到消息，朝廷慌作一团。

田令孜、王铎、卢携慌慌张张向僖宗办公的便殿走去。皇上不在殿中，问值殿太监，说皇上在后殿。三人快步撵向后殿。

僖宗此时正在与宫女们玩瞎子摸鱼。他双眼被黑布蒙了，一步一晃地向发出乞乞笑声的宫女们摸去。

田令孜刚一闯入就被僖宗当"鱼"一把抓住，被罚搔胳肢窝。田令孜护痒，笑得直不起腰说不出话，旁边宫女说是田大人，僖宗不信。直到王铎、卢携大声解释，僖宗取下黑布，见果是田令孜，自己也大笑不止。

田令孜整理了衣冠向僖宗奏报："奴才等有重要军情奏报皇上。"

僖宗把宫女赶走，坐下道："快说。"

王铎向前拱手报："小臣领旨后去洛阳督师，重新调集了兵力，安排了城防。城内城外以及附近州县，皆有重兵把守，可以说已达到坚如磐石、固若金汤的程度。区区黄巢一两万贼兵，不攻则罢，一旦来攻，有进无出，有来无回。因黄巢自知不是对手，只得率贼众渡长江，与潜伏于江南一带的王仙芝余党相勾结，接连攻破宣州、杭州、越州等大小十余州县……"

僖宗听了急问："你们拿出办法来没有？"

卢携答："臣等已议过，西川节度使高骈治兵有方，颇有谋略，拟荐他去江南征讨黄巢。"

僖宗说："准奏。"

田令孜吞吞吐吐说："皇上，奴才有一句话不知该不该说？"

僖宗说："只要能剿灭黄巢，尽管说来。"

田令孜说："依奴才看，皇上登基，年号乾符，用了这么几年，年年不顺。究其原因颇值得考究。"

僖宗有些着急："阿父您就直说。"

田令孜仍慢悠悠地说：'乾者，潜也；符者，伏也。江南一带，先是裴甫，后是庞勋潜伏于越、桂一带作乱。乱平，其余党王重隐、曹师雄等潜伏于江浙等地时聚时散，而今会合于黄巢，贼势才大起来。奴才认为，要把那些潜伏的反叛势力彻底铲除，就要改个与之相克的年号……"

僖宗拍手说："阿父言之有理。朕坐皇位这些年来，没哪年清静过，四处潜伏危机，看来是年号上出了问题。朕同意重改一个，阿父与中书省大臣细细商讨，议几个来待朕选定！"

于是第二天宣政殿朝会讨，田令孜在僖宗的御座前双手捧诏高声读道：

"朕承继宝祚，嗣守宗祧，夙夜一心，勤劳八载，实为驱民于仁寿，致华夏之升华。然国步犹艰，灾变不止，贼盗窃弄干戈，连攻群邑，狂谋不息。思之，实为年号不吉。经与群臣商议，卜之神灵，改乾符七年为广明元年。近日，东南州府，频奏草贼结连。本是平人，逼于饥馑，驱之为盗，然黄巢贼党，诱之反叛朝廷。今作高骈，前往平剿。特封高骈为江南行营招讨使，江淮盐铁转运使，进封燕国公。剿贼方略，应抚剿兼用，对贼自首归降者，不必勘问；如不倒戈，登时剪扑。因遭贼乱，农桑失业，人户逃亡。自广明以前，诸色税赋，十分减四。再吏部选人，逾益泛滥，作即改正。兵部选人，全无根本，武官转文官，愈演愈烈，败坏纪纲，官民共愤。当严究……"

皮日休一身百姓打扮，与盐盐、柳花和义军老者张老爹一行离开长安南下，一路追赶黄巢大营，但因义军进军速度很快，一直没撵上。

途中，为了应付官兵盘查，他们扮成江湖艺人。皮日休与张老爹父子相称，肩挑戏班行头，对义父关怀备至。柳花改称皮日休为父，按婶婶的吩咐照顾皮日休的生活。

柳花对盐盐说："我俩以姐妹相称，我叫皮叔为父亲了，你也该叫父亲。"

盐盐摆手说："不行，不行，我比你大多了，怎么好意思叫父亲？再说了皮先生是我大哥的朋友，我应该叫哥才对。"

"你叫皮叔大哥，岂不是比我大了一辈，要我叫你姑姑？不行，不行！"柳花不愿意。

两人说着争论起来，谁也不让谁。

皮日休乐呵呵地看着她俩说："别争了，小丫头，其实叫什么不重要，重要的是不要让官兵看出破绽。"

"可是盐盐这样的叫法就是自相矛盾嘛。"柳花撅着嘴说。

张老爹拍着柳花的肩说："我看这样吧。平时你俩还是姐妹相称，遇官兵盘问时你就称盐盐为姑。"

"这个办法好！"盐盐赞成说。

"也只好这样吧。"柳花不好再坚持终于撅着嘴妥协了。

一行四人一路卖艺，一路说笑。皮日休感到从未有过的新奇与快乐。

这天，盐盐问张老爹："咱们这猴戏唱来唱去都是老一套，能不能换点新词唱唱呀？"

张老爹说："有新词唱那当然好，可是编新词要有学问才行，我可编不好。"

盐盐说："张老爹您看看，守着一个有大学问的皮博士在，写诗作文他样样精通，请他编上几段一定好听。"

皮日休听了故作谦虚说："我哪会作诗作文，盐盐你别取笑我。"

"谁取笑你了？你们听，'天地吾知其至广也，以其无所不覆载……'还有'秋深橡子熟，散落榛芜冈。伛偻黄发媪，拾之践晨霜……'这都是皮大哥写的。"

几个人一听，都愣住了。

柳花说："我跟皮叔这么长时间，也不知道他写了这些诗文。盐盐姐姐真行，在我家才住一两天，就能背出他的诗文，真让人佩服。"

张老爹说："这下好了，守着这么一位大才子，我们不愁没有新词唱了。皮博士，你就给咱编几段。"

皮日休见大家都推崇他，心里自然高兴，特别是盐盐居然能背出他的诗文，他更为感动。他决定露一手，便说："既然大伙让我编几段，那我就不揣冒昧，献丑了……"

"皮大哥，"盐盐忙插嘴说，"可不要那些文绉绉的，要编大伙都能听懂的那种。"

皮日休说："那好，你们听着。"

说着皮日休清清嗓子，晃着脑袋，闪着挑子唱起来：

敲响锣鼓唱猴戏，
小猴钻进玉米地……

看着皮日休那孩子气天真的表现，听着他那有些滑稽可笑的唱词，盐盐心底突然升起一种异样的感觉，产生一种渴望，一种想了解他，走进他的渴望……她暗自低头绞着头发，疏理着飞扬的思绪，而思绪却不听使唤的乱窜，于是她只能痴痴发呆，任凭身上血液加快，脸上烧得发烫。

情感就这样悄悄地降临，没有任何征兆。

情窦初开的盐盐无可救药地爱上了皮日休，而这一切皮日休浑然不知。

当皮日休对未来的新生活充满激情时，鱼玄机却对他的旧生活无法割舍。她翻着他的诗稿，守着他睡过的床，回忆着这里曾有过的良辰美景，她写下不少情深意切的诗词谱曲弹唱：

> 聚散已悲云不定，恩情须学水长流。
> 怅望情郎何处在，行云归北又归南。

> 枕上潜垂泪，花间暗断肠；
> 多情伤别离，况当庭满月。

对夜当歌，暗自伤怀，鱼玄机守着空房低声叹息：他是一个出色的男人，他的神采，他的才华，他的气节，他的个性都让她着迷。她不顾一切地跟着他，怀抱着梦想。她原想他是她的巢，守着他就能守着自己终生的幸福。她真正地爱他，全身心地爱。可她高估了自己了。他不属于她，不属于任何一个人。他只想跳出这变化无常的世道。而她只能继续变化无穷的人生。她影响不了他，甚至主宰不了自己。她所面对的不是生死就是别离。但她还怀揣着希望——愿这次别离后便是真正的团聚。

高骈奉旨率兵开赴江南，在扬州扎下大营，他深知黄巢义军势力正旺，不敢正面迎战，便派部将张璘先在衢州山谷地带设伏，等义军全都进入包围圈时发动进攻。义军过江后，一路顺利，并不把高骈放在眼里，在进入衢州境内时，先锋黄邺不顾黄巢的劝阻，率领两千弟兄冲向敌阵，把敌人杀得狼狈而逃。正在这时，高骈的精兵从背后杀来，把黄邺的人马分割成几段，紧紧包围起来。黄邺率义军奋力厮杀，终于不敌，最后连他自己在内两千人马全被歼灭。

　　得知兄弟黄邺战死，黄巢强忍悲痛，沉着指挥，他把骑兵部队分成两股，互相策应，专向敌人的步兵冲杀，忽东忽西，忽分忽合，打乱敌人的队伍，不断地杀伤和疲劳敌人。他采用这样的战术把战场上的主动权稳稳地抓在手里。突然，黄巢在混乱的敌阵中发现了一个目标，他拍马飞奔，像出山的猛虎似的向杀死黄邺的敌将张璘冲去，大吼一声："还我兄弟来！"只见他长剑一挥，把张璘手中的大刀削落在地。吓得张璘伏鞍而逃。他身后官兵见了，纷纷后退，闪开一个缺口。

　　黄巢率义军冲出伏击圈，一口气跑了数十里地，在一条河边停下，命部下寻找渡船过河。此时义军人困马乏，又饥又渴，纷纷去河边饮水。突然一声炮响，埋伏于附近林中的官兵冲向河滩，黄巢急令抵抗。但仓促间还手不及，无数义军战士被杀。黄巢带领人马左冲右突，未能冲出官兵包围。正在危急之时，孟雪娘率无畏军及时赶到，杀声震天冲向敌阵。官兵早就领教过无畏军的厉害，一听是她们的声音，便有三分惧怕，尚未回过神来，就被驰马先到的孟雪娘举刀砍翻好几个。官兵见了阵脚大乱。黄巢乘机重振士气，指挥义军配合无畏军杀退了官兵。因见高骈早有准备，黄巢下令不再前进，就近进驻信州，扎营休整。

　　休整数日后，黄巢正待下令再次攻打衢州时，军中突发瘟疫，近三成士兵染病不起，军医束手无策，眼看死亡人数与日递增。黄巢心急如焚，因焦虑过度，竟也一病不起。孟雪娘放心不下，亲自带几个贴身女兵日夜守候在他身边，服侍汤药。

　　躺在病榻上的黄巢处于半昏迷状态，因为发烧，额头上沁出粒粒汗珠，孟雪娘取出手绢轻轻为他拭擦。

　　黄巢醒来，见孟雪娘为他拭汗，挣扎着伸出手来挡住她说："雪娘，你走！"

　　"为什么？"雪娘问。

　　"无畏军那边需要你。"

　　"你这里更需要我。"孟雪娘说，"那边，我已安排好了，有庞英、秀秀、记记她们在，你放心。"

　　"你一定要走！"黄巢命令着。

"你这样，我不能走！"孟雪娘回答得很固执。

"唉！你要明白，我这个病，会传染的！"黄巢终于说出了原因。

"传染我也不怕。何况，刚才军医说了，你的病是操劳过度，加之风寒所致，不会传染，吃两剂药便好。"

"雪娘，你……"黄巢试图说服她，但缺乏力气。

孟雪娘命令的口吻说："军医说了，你要安心休养，少说话，快把眼睛闭上，什么都别想，一心睡觉，听话！"

黄巢拗不过，只得闭上眼，昏沉沉睡去。

少顷，尚让、朱温、黄存等诸将领前来探视，见黄巢入睡，向孟雪娘问了病情后退出。孟雪娘送至大厅外后转身走向大厅。

故意走在后面的朱温扭头见孟雪娘婀娜多姿的背影快要闪入大厅时，再也按捺不住，转身跨步上前叫道：

"孟将军请留步。"

孟雪娘转过身来，见是朱温，问道："朱将军有何事？"

一句话真把他问住了。他能说没事，只想跟你在一起待一会儿，多看你几眼你的鲜艳美丽，多听两句你好听的话音？或者干脆说，难道你忘了吗？我可是早在几年前攻下汴州城的庆功会上当着众头领的面宣布要娶你为妻的……这些当然都不能说。他稍稍愣了一下，很快便找到回答的话：

"大将军病如此沉重，雪娘你……"

"朱将军你放心，我会照顾好他的。"孟雪娘说。

"我是说，他的病会传染，你要注意……"朱温把话挑明了说。

"军医说了，大将军的病不传染人，朱将军不必多虑。"

"啊，那就好，那就好。"被软软的钉子碰了下，朱温不知道下面该说什么了，他感到有些手足无措，真的愣在那儿了。

还是孟雪娘给他找了个台阶。她说："朱将军是不是有事要见庞英，不便去找，是吗？我马上派人去叫她。"

"是，是，好，好……谢孟将军关照。"朱温回答得有些语无伦次。

孟雪娘对身后女兵说："你快去无畏军告诉庞英，说朱将军有事找她，让她马上去。"

　　女兵应声快步走出大门后，孟雪娘对朱温笑道："无畏军大营离朱将军大营很近，朱将军回去时，恐怕尊夫人已经在营地等你了。"

　　朱温这才意识到自己该走了。他向孟雪娘抱抱拳，转身走下台阶，但不知什么缘故竟踩空了一脚，差点摔倒在地。不过幸好，这时孟雪娘已经走进屋去，没有让她看见。

　　在孟雪娘的精心照顾下，黄巢的病情大为好转，但军中瘟疫仍在漫延，黄巢下令一面坚守信州，一面派人去乡间访医问药，要把瘟疫治住。

　　这天，孟雪娘正在病榻前与黄巢叙话，盐盐突然跑进屋来叫一声"大哥，雪姊"便扑倒在他们面前呜呜哭起来。

　　雪娘忙把她搂时怀里，拍着她说："不哭，不哭……"

　　黄巢拉过她的手说："这么久了，我正为你担心呢，回来就好。"

　　盐盐止住哭泣，把去长安送信，与张老爹、柳花和皮博士等一行四人一路撵义军大队的曲折经历讲了一遍。

　　"他们人呢？"孟雪娘问。

　　"张老爹，柳花都在无畏军大营休息……"盐盐回说。

　　"那皮日休呢？"黄巢急着问。

　　"他，他……"盐盐哭泣得不成声。

　　"他怎么了？"孟雪娘问。

　　"他挑着担子走在后面，被乱军冲散，不知去了哪里。"

　　"你们没去找？"黄巢问。

　　"找了，找了好几天也没找到，那一带官兵多着呢。就怕他……"盐盐伤心得再也说不下去了。

　　"唉！那皮日休不远千里来投我义军，我们一定要找到他。盐盐，这趟你辛苦了，回去好好休息，我会派人把他找到。"

　　"劳烦大哥一定多多派人把他找到。"盐盐央求道。

　　"那是当然。"黄巢回答。

　　"听说大哥病了，好了吗？"

　　"你看，我这不好着吗？"说着，黄巢让孟雪娘和盐盐搀扶下床，在地上走了一圈，大家齐声高兴地说："好了，真的好了。"

却说皮日休被乱军冲散后，为避开官兵，昼伏夜行，历经多日，终于找到信州黄巢的黄王府。

黄巢已经入睡，接待皮日休的是孟雪娘。

"先生您？"孟雪娘问。

"在下襄阳进士皮日休，仰慕黄巢大将军，特从长安赶来……"皮日休说着掏出了黄巢写的信。

孟雪娘接过一看，惊喜地说："久仰大名，果真是皮先生，失敬，失敬！"

皮日休见到面前这位英姿飒爽、美貌无比的女将，一脸惊喜地问："在下冒昧，请问你可是无畏军的首领孟将军？"

孟雪娘回道："末将正是，不知皮先生何以知晓？"

"我沿途走来，从官兵和百姓口中早就听熟了你的美名，真是如雷贯耳，今天能见到你，真是三生有幸，三生有幸呀！"

"皮先生过奖。"孟雪娘说着请皮日休进入大厅："皮先生请坐。"

卧室里的黄巢一听说皮先生，忙从床上起来走上大厅一把拉住皮日休："皮先生，可把我想苦了！"

皮日休紧握他的手："大将军，终于找到您了！"

两人一见如故，彻夜交谈，黄巢的病竟全然好了。

听说义军中流行瘟疫，皮日休不顾旅途疲劳，立即去民间遍访郎中，配制医治瘟疫的方剂，救治病员。听说高骈派张璘来攻打信州，他又为黄巢献计，以挽救义军走出困境。

盐盐回到无畏军，心里一直挂记皮日休，直至孟雪娘回营，盐盐得知他已安全到了大营，这才转忧为喜。但这一切并未瞒过孟雪娘。

高骈部将张璘率兵至信州城下，只见城外新坟累累，坟上灵幡随风飘动，一派冷清阴森景象，令人心里不寒自栗。张璘命士兵叫战，城上不应，只得率兵回营。

皮日休装扮成郎中来到张璘帐中。

张璘问："你是何人？"

皮日休回道："串乡走户的郎中。"

"你有何事？"

"两件关于将军的大事。"

"说来我听。"

"一件是救你性命，二件是送你富贵。"

"啊，有这等事？请往下讲。"

"张将军屯军信州城下，意欲攻城，不知为何不攻？"

"因见城下冢冢新坟，不知就里，正在派人打听。"

"张将军果然是位有勇有谋的战将，名不虚传。"

"先别给我戴高帽子，有话直说。"

"城中正在流行瘟疫，凡染病者，十死六七，故每天都要添许多新坟。将军如果贸然攻城，两兵交战，无论胜负，都难免染上瘟疫，故冒险前来相告。不是来救贵军性命是什么？"

"如真是这样，本将军真是要感谢你了。那第二送富贵又作何解？"

"黄大将军过江以来，攻下城池二十余座，入城后对平民百姓秋毫无犯，对富户大室毫不客气，抄查金银财宝无数，全都囤积在信州城内。黄大将军让在下带话给将军，如能向高将军转达他向朝廷归顺之意，愿把其中一半相赠……"

经过一番口舌，张璘被说动。

第二天，皮日休带上黄巢的书信和十箱珠宝献上。

张璘立即退兵三十里，并修书一封交皮日休去扬州大营见江南行营招讨使高骈。

第三十四章　冲出危局

皮日休急匆匆赶到扬州江南行营招讨使高骈大营。一番通报寒暄之后，皮日休说："高将军，十年前，黄将军与您有一面之缘，他要我来专程向您致问候。"

"皮先生，真搞不懂你。放着好好的博士不当，却千里迢迢从京城跑到江南入伙黄巢为贼，今天又来替他当说客，你不怕我把你抓了送交朝廷？"高骈问道。

"感谢高将军教诲，今日就是来向您投案自首的。"皮日休拱拱手。

"你算是识时务。"高骈点点头。

"当然，同时也代表黄将军向您投案自首。"皮日休再次拱手。

"他呀，如今被我逼到信州那个角落里除了投降再没路走了。"高骈得意地扬扬头。

"不过，黄将军的投降对您最为有利。"皮日休故意卖个关子。

"高见。请讲下去。"

"在下最近读皇上诏书，皇上下旨把高将军从成都调到江浙并加封高官显爵其用意何在？当然是为了让你尽心尽力讨伐黄巢，而今大功即将告成，却遇到意想不到的困难……"

高骈说："你是说黄巢的兵士中瘟疫流行，我不敢去打？"

皮日休慢悠悠地说："将军一定要打谁也拦不住。庞勋乱时有将领不顾瘟疫硬要去攻他占领的泗州，结果城破不到十日，官兵染疫十死六七的事例，将军大概不会不知道吧。"

高骈说："我不攻，听其困死。"

"不过那时候，"皮日休故意把声音拖得长长的说，"征讨黄巢的胜利果实就不属燕国公您了。"

"有这等事？"高骈很关注地问。

"高将军不会不知道，朝廷为了早日扑灭黄巢，已派王铎率军渡江坐镇江陵督师吧？如果你不接纳黄将军归顺，那他只有去江陵找王铎了。皇上诏书中剿抚并重的方略出自于他，他会拒绝吗？到时候，高将军千里迢迢从成都跑到江南的剿贼之功岂不尽弃？"

高骈觉得皮日休言之有理，接了黄巢的求降书，连夜上表朝廷，请给黄巢赐官。可朝中对黄巢求降之事争论不休，以郑畋为主的一派人说：有王仙芝投降的前车之鉴不予理睬，坚持主打；以王铎为主一派人说：此乃收降黄巢、稳定人心的大好时机，坚持主和。僖宗对此事举棋不定，连田令孜也想不出更好的办法，便一拖数日。而这时，黄巢义军中瘟疫已治住，部队也得到休整。

看时机成熟，照皮日休的提议，在一个大雨滂沱的夜里，黄巢率五千精兵以迅雷不及掩耳的速度出击张璘，当时张璘正躲在帐中与歌舞伎寻欢，当他反应过来时，已人头落地。部下得知主将张璘被杀，四处乱逃，自相践踏。一夜之间，张璘的三千兵马全部被歼。接着黄巢率义军乘胜向扬州进军，与高骈在衡州交战中又占了优势。至此，双方形成对峙局面。

两仗下来，黄巢带领义军走出危局，士气大振，整个营房充满了笑声。皮日休也因此声名鹊起，吸引了不少来自全国各地的书生、术士和社会贤达到信州投奔义军。

这日，黄巢与皮日休坐于纳贤馆内面试应招者。

一位身材瘦长、身着长袍手持拂尘的中年人慢悠悠步入馆中，见了黄巢、皮日休躬身合十道："在下见过黄大将军，见过皮博士。"

皮日休拱手还礼说："先生请坐。"

来人坐下后，黄巢拱手问："先生尊姓大名？仙乡何处？"

"在下姓冯，单名一个用字，鄱阳人氏。"

"先生有何擅长？"黄巢再问。

"幼遇异人，学有奇术。"冯用把拂尘一挥说。

"何种奇术？"

"有种石术、种果术、求仙术、役鬼术等多种；还学了六门遁甲之法，能预知未来。"冯用掰着手指一一列举着。

"可否请先生演示一二？"

"当然可以。"

冯用应声走下庭院，随手从地下拾起一块石子植入土中，抓两把土盖了，舀一瓢水浇了，从怀中抽出一张红绸盖了。然后口中念念有词，那红绸下便有了动静，有一物不断往上拱，不断抖动着往上长，长到有斗般大小时，冯用上前揭开红绸，下面竟是块光亮带有茶花图案的大石头。看得大家啧啧称奇。少顷，冯用复用红绸将石头遮住，口中念念有词，那石头便抖动着渐渐缩了下去。再揭开红绸一看，下面仍是当初放置的那块小石子。

黄巢、皮日休见了都暗暗称奇。黄巢请冯用上堂入座后问："先生说能预知未来，请讲来听听。"

冯用双眼微微一闭，说道："前日吾会神仙，得一谶文曰：'欲知圣人姓，田八二十一；欲知圣人名，果上三屈律。'今日，在下把这四句谶文献给大将军。"

黄巢说："先生可否讲得明白些？"

冯用把拂尘一甩，故作几分神秘说："天机不可泄漏。"

黄巢与伏案记录的皮日休交换一下目光后说："冯先生请外面稍坐。"

冯用走后，皮日休问："他的谶文倒是对大将军很有用，大将军要录用他？"

黄巢笑道："此类神鬼方士之术，不可信。留他何用？"

"我同意将军意见，不录用他；但他对我们并非无用。"

"你的意思？"黄巢想问个明白。

"高骈现在对我们之所以围而不攻，是因为留下我们，他才可以长期留在江南，才有与朝廷讨价还价的本钱。一旦情况有变，他是不会放过我们的。

他手下兵力雄厚，实力强大，我们应避其锋，跟他磨时间。高骈最信神鬼之道，何不把冯用推荐给他，再送他些礼品，一则表示我们对他的尊敬，二则可以让他把心思放在这上面，消磨他的时间和意志，之后我们可以腾出手来……"皮日休细细地分析着。

"博士，你的主意好，我立刻修书一封……"听得黄巢连连点头一脸兴奋提笔便写。

写好书信，叫卫兵请进冯用。

黄巢指着桌上的金银和书信："冯先生，你的奇才奇术令人佩服之至，但我眼下处于信州弹丸之地，前有官兵相逼，后有仙霞岭、武夷山阻塞，地窄人稀，进退无路，生存尚且困难，岂容得下先生这样的奇才。高骈与我有多年交谊，凭我这封书信极力推荐，他一定把先生待为上宾。这里备有一份送给高将军的礼品，请转达。另有纹银二百两，送与先生作盘缠，请笑纳。"

冯用接过书信，收下礼物和银两，向黄巢深深一揖："谢大将军赐银，在下定知恩图报；再有，大将军请勿忘了在下献给您的二十字谶文……"

虽然没日没夜操劳忙碌，但这段时间是皮日休人生中最为舒心畅快的日子。他终于能按自己的理想去办一件件受人称赞的事。他生活在义军中间，为他们的热气腾腾和朝气勃勃所感染。他觉得自己年轻了，更敏锐，更有智慧了。他为自己的选择庆幸，为自己过去自以为得意的"醉民""醉士""醉吟先生"的醉生梦死生活感到可悲。作为一个男人，不应该仅仅是为自己活，还必须为他人活，为自己的国家而活，当民族出现危难时，应挺身而出承担起拯救天下之责。从黄巢身上，他找到自己年轻的影子，找回了自己初始的理想，他打心眼里为义军有黄巢这样的统帅高兴。

除了高兴，皮日休的心里还多了一份牵挂。每当夜深人静时，那份牵挂便塞满他的心中：孟雪娘的一笑一颦、一言一行浮现在眼前，一阵阵闪电般的感觉游过全身。他在情场混迹了半辈子，得到过不少女子的青睐和钟情，可他都没有如此动心过。比如鱼玄机，她的神秘，她的才华，她的美丽，他虽然很欣赏，很喜欢，但他从内心里并没有彻底接受她，因为她只想拴住他，想用如火如荼的狂热情感重铸他。在她面前，他的毅力在消退，理想在消融，整天的风花雪月让他快没有了自我……但孟雪娘绝不同于他认识的任何一个女人，她清纯美丽，刚中带柔，坚韧自信，睿智果敢。她身上有一种说不出来的魔力，吸引着他，诱惑着他，让他有一种勇往直前的动力。而且，她的一举手一投足都是那么高贵，那么令人迷醉，往往使他不能自恃。他本是一个极为狂妄的男人，可在她面前，无论怎样掩饰，内心中那一份跳跃仍强烈地冲击着他。

他陷入了对她深深的思恋中。当他知道她还是独自一人，他的心头掠过一阵阵惊喜，哪怕仅仅为了她，把自己的后半生搭出去也值！他鼓起勇气，大胆向黄巢袒露了自己的心迹，并请黄巢当月老。黄巢先是一怔，想说什么却说不出口，只得笑着答应试试。

爱情是粒奇异的种子，它往往不选择时间地点毫无理由肆无忌惮地萌发和疯长。当皮日休沉陷在对孟雪娘的爱情中时，盐盐对他的爱却在与日俱增，她日思夜想，想他的音容笑貌，想他的幽默才华。要不是皮日休整日与大哥相伴，盐盐真想去找他当面倾吐自己的心事。

当听到皮日休向自己坦露对雪娘的感情时，黄巢的确有些吃惊。这么久的生死与共的相处，他比任何一个男人都更能感受雪娘的魅力，她是他的灵魂，是他的生命的一部分，但她有权利选择自己的未来。他内心很矛盾，但这次他决不能再犯上次朱温托他说媒时的错误，他要让雪娘自己拿主意。但此刻他还来不及想这些，还有更重要的事要办。义军已被高骈围困在仙霞岭多时，如果长期再被堵在这里，义军的前途不堪设想。

黄巢召集众将说："我义军目下被高骈堵在这仙霞岭下，进退无路。但我们绝不能坐以待毙，等待高骈来消灭。唯一的出路是打通仙霞岭通道，进入福建后南下广州，再图发展。但此事要快，一定要抢在高骈向我发动进攻之前完成。这条通道长七百里，任务艰巨，众位将军中有谁愿领此重任？"

黄存举手道："给我三千兵士，半年内一定打通！"

黄巢说："士兵都在防地，哪里敢动？再说半年时间也太长。"

黄揆站起来说："给我两千士兵，四个月如何？"

黄巢说："那也不行。"

沉默片刻后，孟雪娘说："我只要无畏营五百女兵，两月内完成。"

众将听了一阵惊异，发出小声不可置信的议论。

黄巢提醒说："五百女兵，两月之内。军中无戏言啊！"

"绝不是戏言，但有个条件。"孟雪娘提高了嗓门说。

"请说。"

"请把赈救饥民的粮食交给我。"

黄揆问："那么多饥民让他们饿死？"

"现在我们赈济饥民的办法有毛病。凡饥民有求就发放，吃完了又来领。这固然好，但却养了懒汉。我要把它改成凡领粮的青壮要凭修仙霞岭通道的工签……"孟雪娘话说到此，大家一片赞扬。

皮日休眼睛一亮，大声赞赏："孟雪娘的办法好，它能吸引更多人来修路。我赞成！"

孟雪娘接着说："仙霞岭满山是宝，开工后砍下的竹木藤条山货药材，都可以换银子，到时候，还可以给修路的饥民发零用钱……"

听到这儿，大家不约而同地报以掌声，皮日休再次向孟雪娘投去钦佩的目光。

在众头领的掌声中，黄巢宣布："孟雪娘听令，仙霞岭通道修建任务就交给你无畏军了！事关我万余义军前途命运，定要如期完工！"

"遵令！"孟雪娘用信心十足的声音回答。

"博士你看，"黄巢指着仙霞岭工地上井然有序欢快劳动的人群对皮日休说，"咱们的女将军还真有一套，本是一些嗷嗷待哺的饥民，竟让她一个点子就调动了起来，干得这么欢，那劲头，两个月内打通仙霞岭通道无问题……"

"是呀，是呀。"皮日休回答着，但心不在焉，他的目光正在工地上巡睃。

"啊，真美！"皮日休的目光很快找到人群中的孟雪娘，只见她挑着一担土，扁担闪悠悠在肩上晃动，那姿态，美极了，他不觉发出一声赞叹。

黄巢也在人群中发现了孟雪娘，见她的身姿那么轻盈灵动，竟也忍不住赞道："太美了！"

皮日休听了觉得奇怪，掉头问："大将军，您是说……"

"我是说，"黄巢随手指着指，"这蓝天白云，这青山翠谷，简直太美了。"

"但是都没有她美。"皮日休指着孟雪娘说："大将军您看，那姿态，恰如一只翩翩起飞的小鸟，那一身曲线，恰如一帘令人销魂的梦……大将军，烦劳您……"

还没等皮日休往下说，山坡下的孟雪娘发现了他们，快步跑上山来。

皮日休迎上去赞道："孟雪娘身为无畏营将军，亲自挑土，率先垂范，令人佩服！"

孟雪娘笑道："我是立下军令状的，当然要带头。要不，大将军可饶不了我。"

黄巢笑道："那可不，军中无戏言，说好的，迟延一天，五十大板，绝不宽待。哈哈……"

说毕，三人一起大笑。

黄巢问："女将军，工程进度如何？"

孟雪娘手向工地一指："你看，我把民工分为十队，各队由无畏营女兵带领，分段包修，干多干少，五天一结算。粮食和工钱，按完成工程多少发给。各队较着劲拼命干，根本不要人督催。"

黄巢点头道："这个办法好。但千万不要累着大伙。时间看来也不会太紧。根据探子回报，冯用给高骈设计的迎仙楼已经动工，楼高八十尺，雕梁画栋，饰金嵌玉。高骈等着修好了登上去会神仙呢。"

皮日休笑道："别看冯用那模样，居然当了判官，像模像样的做起官来了，不过还算没有忘了我们的推荐之情，他给高骈出的成神成仙的点子一套一套的，够他们玩的。"

黄巢说："还有，高骈还把来支援他的平武、忠武两镇兵马撵走了，看来他三两月内不会来进攻。"

孟雪娘接过话说："这下我们干起来更踏实了。"

皮日休此时看了孟雪娘一眼，给黄巢递了个眼色说："我去采草药去了，你们好好谈。"说罢朝山上走去。

孟雪娘望着皮日休的背影说："大将军，我真佩服你！"

"雪娘，你这话什么意思？"黄巢不解地看着她。

"千里迢迢从长安请来了这么一位大能人，点子一个接一个。几招下来，我们义军就恢复了活力，走出困境。你的眼光能不让人佩服？"

此时，在远处一直关注皮日休的盐盐，跑了出来，向皮日休追了上去。

"皮大哥，你等等我。"盐盐轻声喊道。

皮日休回头见了说："噢，是小盐盐，你还好吧。"

"本来不好，但看到皮大哥就好了。"盐盐红扑扑的脸上全是笑意。

"小丫头，几天不见，说话就学得像大人了。"皮日休放慢了步子与她同行。

"皮大哥，你别一口一个小的，我快十八了，本来就是大人了。"

"噢？你看上去还真是小姑娘。"皮日休坦率地说。

"希望皮大哥能把我当作与你一样的大人。"盐盐眨着眼睛，挺挺胸，装出一副成熟女人样。

"在我面前，你根本就是一个小不点，顶多算是小妹妹吧。"皮日休说着，目光却不放过那边的孟雪娘。

盐盐内心闪过一丝失望，但很快她找到了机会。

在一个山凹处，盐盐故意伸出手对皮日休说："皮大哥，我爬不上了，帮我一把。"

皮日休伸出健壮的胳膊拉起了她。

握住他的手，盐盐内心热浪翻滚，她再也控制不住自己，眼光变得火辣辣的，深情地望着他，欲言又止。

碰到她那烧燃的眼光，皮日休突然明白了什么，他感到一丝惊慌，有些手足无措，他想抽回自己的手，那手却被盐盐死死地攥住，动弹不得。

盐盐紧紧地依偎着皮日休的臂膀，低头咬了咬嘴唇，转而用朦胧、哀怨的目光望着他，喃喃地说："皮大哥，我……好久好久没见到你了，真的好想你……"

"想我？"皮日休躲开那进攻的眼睛。

"你难道一点都没有感觉到？你可是诗人。"盐盐盯住他问。

"这……这段时间事情实在太多，我……"皮日休感到自己的舌头不灵活了。

　　"那你来这干吗？"盐盐看到他的脸被问红了，心里觉得好笑。

　　"采草药。"找到合理的回答，皮日休终于松了一口气。

　　"那走，你教我认，咱们一起去采……"

●第三十五章　狂野盐盐

在仙霞岭工地上，孟雪娘指着盐盐飞奔的背影说："看见没有？"

"盐盐，她跑上山干什么？"黄巢问。

孟雪娘笑了笑说："你看她前面是谁？"

"皮日休！盐盐还小，你要管管。"黄巢大感意外。

"无畏军的丫头，一个比一个野，咋管？盐盐以前蛮老实的，就去了趟京城，变了，嘴里天天念着皮博士。"孟雪娘说。

"真没想到。"黄巢想到皮日休托他的事。

"盐盐也十七八岁了，要是太平年月，早该谈婚论嫁了。不过他们不般配，听说皮博士早已成婚。"孟雪娘继续谈论着。

"成婚倒没有，只是跟女诗人鱼玄机住在一起。"

"你怎么这么清楚？"孟雪娘问。

"我不仅清楚这，还知道他很多。"

"皮博士告诉你的？"

"他什么都跟我谈。比如他说自打来这里，他的内心就牵挂一个人，一个深深打动他内心的人，但不是盐盐。"

"那是谁？"孟雪娘突然想起了皮日休第一次看她的眼神。

此刻，黄巢却认真地端详起孟雪娘，然后对着她的耳朵悄悄地说："雪妹，你实在很美！难怪……"

"你这是怎么了？"孟雪娘脸一下红了，轻轻推开黄巢。

"实话告诉你，皮日休说他第一眼见到你，就被你的风采所吸引。他托我做个月老，让我撮合撮合……"

"你答应了？"孟雪娘认真地望着他。

"我说我试试。"黄巢笑着说。

"那今天你想试试当这个月老？"孟雪娘扭扭头，明显有些不悦。

"不，我让你自己做主。刚才你还说他是大能人……"

"这完全是两回事。我的性格你最清楚，黄兄！我……"孟雪娘有些愠怒。

"雪妹，你的心思我明白。咱们好不容易有一次这样的见面，就不说这个了。"黄巢不再逗她，"说说别的。"

"那就说说你，看你，又瘦了许多，真叫人心疼。"孟雪娘话语里充满着爱怜。

"你还不是？还亲自挑土……"说着黄巢抓过她的手，摩挲着。

"谁叫你让我当这个无畏军将军的？我是个女人，也想守在家里做做针线，做饭炒菜喂猪带孩子，更想身边有个人来心疼我……"孟雪娘与黄巢手拉手远离了工地。

"心疼你的人不就在身边吗？"二人谈着，渐渐转过山弯，走进丛林……

上山途中，皮日休加快了步伐，想与盐盐拉开距离。

盐盐紧跟他身后大喊："喂，博士，走慢点不行？"

"你别躲着我，我不会吃掉你！"盐盐跑了上来，"我是真的欢喜你，你到哪里我就跟到哪里。"

"唉，盐盐，你是知道的，京城里我有个家。"皮日休喘着气靠着一棵大树站住了。

"我知道，那个女诗人只是跟你搭伙住在一起，又没有正式成婚。"盐盐靠着树坐下，喘喘气说。

"可是，我们不般配。"皮日休苦笑说。

"当然啰，你是诗人，博士，而今天又是我们义军的掌书记，我只是个不识几个字的村姑……"盐盐撇撇嘴说。

"我不是说这个，是咱们的年纪。"皮日休指指自己有些花白的头发。

"我不在乎，你这样年纪的男人懂得心疼人，我喜欢。"盐盐拉过他一起坐下。

"实话告诉你吧，我心□另外有了人，而且已托媒人说去了。"皮日休被逼道出了原因。

"谁？"盐盐瞪大了双眼。

"……"皮日休憋红了脸，不知该怎么回答。

"你告诉我，看她是不是比我强？"盐盐摇着皮日休的肩头。

"她……她就是你们无畏军女将军孟雪娘！"他终于说了出来。

"哈哈哈……"盐盐一阵狂笑。

"你笑什么？难道她不比你强？"

"肯定比我强！"盐盐止住了笑。

"那我不配？"皮日休问。

"你不配谁配？"盐盐反问。

"那你笑什么？"

"我笑你来了这么久连雪姊早就有了意中人都不知道。"盐盐捂住嘴又笑了。

"她已经有了意中人？"

盐盐点点头。

"告诉我他是谁？"

盐盐摇摇头。

皮日休扶着盐盐的肩哄着问道："好盐盐，你告诉我，他到底是谁？"

盐盐含情脉脉地看着他说："说一声喜欢我，我就告诉你。"

皮日休拉着盐盐的手轻轻地拍着说："好，盐盐，我喜欢你。"

盐盐内心一热，有些怀疑问："真的？"

皮日休笑嘻嘻看着她说："真的！"

盐盐摸着他的胡子说："不哄我？"

皮日休收起笑意，一本正经地说："我胡子一把了，会哄你？"

盐盐说："我好高兴呀！"

皮日休问她："高兴什么？"

"高兴你喜欢我呀！"盐盐仰头回答。

皮日休急着问："唉！盐盐，快告诉我他是谁？"

盐盐得意地笑着说："他么，就是俺哥，咱们义军的黄大将军！"

"啊？是他？"皮日休太感意外了，一脸难堪地说，"我还求他去向孟雪娘说此事呢。他也满口应承了的。"

盐盐笑着说："你求他，他敢不应承？"

皮日休搓着手说："那我要去找他。"

"好，我陪你去，他们就在山下，走！"盐盐手拉皮日休往山下走出。

盐盐拉着皮日休走到山下，不见黄巢和孟雪娘，民工指着说："大将军和孟将军转过山弯那边去了。"二人又撵过山弯，走进一片丛林，透过枝叶，盐盐见到相拥在一起的黄巢与孟雪娘，她拉了拉皮日休的衣袖说："喂！博士，见到了吗？快，快去问啦！"

皮日休看呆了，他屏气凝神地看着他们在紧紧的相互拥抱中和谐、静美地享受着片刻温馨，看来，他们才是天生的一对。他叹了一口气，拉着盐盐手，讪讪地笑着："君子不夺人之美。咱们还是悄悄地走吧。"

在孟雪娘的组织指挥下，仙霞岭通道比预期提前数日修通。黄巢率义军昼夜不息行军七百里，连连攻下建州、泉州和福州。义军所到之处，严肃纪律，秋毫无犯，又开仓救民，严惩恶霸，赢得百姓的拥戴，慕名而来的人络绎不断。黄巢除招募了大量士兵外，还接纳了不少知识分子，义军的实力猛增。黄巢告诫部属要善待读书人，切记"逢孺则肉师必覆"的古训；但对顽固与义军对抗的读书人他也毫不手软地坚决镇压。

进士周扑，原是福州节度使手下的一个推官，很不得志，加之与同僚的关系紧张，一气之下，跑到天门山泉灵院做了隐士，自称"扑处士"。当他听说黄巢义军占据了福州后，大肆诬蔑义军是"蝗虫军""大逆之军"，并在天门山开讲坛宣布所谓"黄巢蝗虫军的十大罪恶"。为了争取和警告他，黄巢与皮日休亲自登门想对他作些宣传解释，不料周扑居然把刺客藏在他禅房外的大树洞里，侍二人在走近时，刺客一跃而出，抽刀便砍。幸亏黄巢眼疾手快，夺过刀来，杀了刺客，然后命部下捆了周扑，押往市曹，历数其罪状后枭首示众。

在福建经过短暂的休整后，黄巢挥军南下，兵围广州。广州节度使李迢急报京城求救。

僖宗接到急报，惊恐万状，怒斥高骈失职，下旨切责，并命他赶快去广州解围。

传旨太监日夜兼程，赶到扬州高骈行营，却遭到高骈的冷落。因为他说现在正在修炼，眼看着就要成仙了。

扬州燕国公府内新修的迎仙楼上，高骈身着羽服，飘然坐于云台之上，双手合十，一脸虔诚地仰望天际；一旁身着八卦道袍的冯用抹白了脸，披散着头发，手执拂尘和着音乐达舞边唱。小道童四周站立，敲响法器，诵念迎仙经文。

正在此时，迎仙楼下，传旨太监高声大叫："高骈接旨。"

护卫上前制止："公公请您小声点。昨日，我们下面说话声大了，正在作法的冯大人说冲撞了神仙，当即责罚我们每人二十大板。"

传旨太监揩了揩汗说："什么？我可是从京城八百里快骑赶来传旨的，耽误不得！"

"高将军交代了，就是圣旨来，也得等把迎仙接神的法事做完再接。公公，您就耐心等等吧。"护卫劝说着。

"唉！"传旨太监望了望那高耸入云的迎仙楼，长长地叹息一声，只得耐心等待。

法事做完，高骈踱着方步慢悠悠地从迎仙楼走下接旨。

传旨公公对他高声念道："江南行营招讨使高骈奉旨讨贼，本应克尽职守，除贼务尽，却因举措失当而敛兵退缩，纵贼逃逸至广州。今着即率兵南下，速收回广州，以补前过。"

"知道了！"高骈拂袖回到书房，立即写了奏章，交传旨太监回京呈给皇上。

长安，大明宫含元殿朝会上，值殿太监宣读高骈奏章："臣高骈启奏。吾皇以讨江南黄巢贼党之重任交臣，臣夙夜辛劳，枕戈待旦，不敢懈怠。十日驱骑三千里，剿灭黄巢贼党数万，贼势已渐销匿；无奈福州、泉州等地防守不严，致贼窜去广州。臣奉诏即亲率大军，自大庾岭去广州袭剿黄巢。然广州不属江南道辖制，行军多有不便，请皇上下旨岭南道协同讨贼……"

念毕，殿上大臣一片哗然：

户部侍郎豆泸大声说："高骈如此狂妄，竟敢对皇上不恭，应予严加治罪！"

吏部侍郎崔沆大声跟上："高骈野心不小，当了江南行营招讨使，还嫌不够，又想把岭南也收于麾下。据说还在扬州大兴土木修了二十多层的迎仙楼，他想干什么？"

接着，其他大臣纷纷说：

"对这种人应马上撤职！"

"对！连当初谁推荐他的人一起撤！"

"推荐他的是谁？"

这时朝臣们都把目光盯着了宰相卢携，卢携只得把头低下。

僖宗惶惶然坐在高高的御座上听大臣们唾沫乱飞地争吵几句后，僖宗手一挥高喊："肃静！"

大臣们立即停止了高声喧哗，个个都用期盼的目光望着他，等他拿出主意。可是僖宗却手一摆说："散朝！"

"啊？"众大臣大失所望喧闹着散去。

在回后宫的路上，僖宗无精打采问田令孜："阿父，你看今天这事咋办？"

田令孜说："那些大臣个个都是不识抬举的蠢货，你尊敬他叫他议政，他就不知高低目中无人起来，倒不如皇上有什么主张宣旨出去，谁敢不听？"

僖宗微微点头说："倒也是。阿父看那高骈之事……"

田令孜出主意道："高骈身在江南，手握重兵，不要轻易动他。皇上已封了他那么多顶官帽了，再封他两顶也不费事，比如给他个扬州大都督，再加个岭南招讨使，让他为皇上卖力，有何不可？"

僖宗又问："那个卢携呢。今日殿上都吼他下台。"

田令孜摸着光光的下巴说："依奴才看，皇上不如就顺了大家的意思，把卢携的宰相免了。今天殿上数户部侍郎豆泸、吏部侍郎崔沆闹得最凶。皇上就任命他两个当宰相。干得好，是皇上知人善任。干得不好，到时候好治他们的罪！"

"还是阿父点子多，就依你。"僖宗脸上终于有点笑容。

田令孜见僖宗心情好转，想起了前日答应曾元裕的事，便赔笑提议说："那个退休在家的前任诸路行营招讨使曾元裕，正值盛年，熟读兵法，又有作战经验，如今朝廷用人之际，恰荆州镇守使出缺，让他去顶上。皇上看如何？"

"可以。"僖宗一口答应。

田令孜扶僖宗上台阶，看着几个拿着球具的小太监在旁恭候。

田令孜顺势问："皇上近日打马球骑上李克用送的胡马，不知感觉如何？"

"好，骑上那马打球，从未输过。"僖宗颇为得意地说。

"那李克用是真心认错了，近日又上表皇上表忠心，愿终身为皇上效命……"收了李克用一笔大礼金的田令孜把他扎实鼓吹了一番。

"他李克用不与朕作对就好，那就赏他个官做。"僖宗说。

"让他仍回太原当兵马使，皇上看如何？"

"行。让中书省一并拟旨！"说着，僖宗从小太监手中接过球杆，挥动双臂使劲打出一个球去。

第三十六章　誓师北伐

长安城曾元裕府内，灯火通明，仆人们忙着抬成捆成箱的行李，大厅里笑声不断。

曾元裕手捧盖有皇上御印的委任状大笑："真灵验，比去庙里求菩萨还灵验。哈哈哈！"

李混拱手祝道："恭喜大人。"

曾元裕指着委任状说："三天前才去田公公那里打通关节，今天就拿到了委任状。半年前我就年老昏聩了，而今返老还童成了正值盛年。李混，你说灵不灵？"

李混连连称赞："那是大人的神通大，神通大。"

"哪里是我的神通大，是银子的神通大。就这张纸，就值二十万两白花银。"曾元裕抖动着手中的委任状一脸苦笑说。

李混凑身过来，细细地看了看委任状说："大人，荆州可是个要紧地方，镇守使，官职也不低。值！"

"你平日说江湖险恶，只有随大流，同样，你看见了吧，官场也一样险恶。你平日说人在江湖身不由己，而今，人在官场也身不由己。李混，跟着我接着干！"曾元裕说罢一阵狂笑。

"大人，我李混一直不离开您的府上，等的就是这一天……"

鱼玄机不得不承认自己的胆子是越来越小了，她怕进屋，屋里每一件东西都让她想起他，那个让她心疼又心酸的男人：茫茫人海中找到他，一个让她可以永远停泊的港湾,一棵可以永远依傍的大树。她本以为他们是林中的比翼鸟,是池中的戏水鸳鸯,相拥相依,须臾不离,直至终老。但她却忘了他是一个不低头、不苟活、不畏权势的硬汉。她欣赏他已是年近半百的人了,还要换个方式重新活一回,但她不能接受他留下的孤独与伤感。当他走出小院,背影消失在小巷尽头的那一刹那,她真想扑上去抓住他,但她知道他决定的事绝不会更改。枯坐在小院里,鱼玄机的心事随着杂草疯长:难道我注定要在孤独中终了一生?注定要一次次重复悲剧?是命运对我的作弄还是上苍对我伤害女儿的惩罚?她本已淡忘了的过去,最近也不断向她袭来。女儿常出现在她梦里,仍是那么忧郁的表情,一双饱含愤怒的眼睛死死盯着她……她去了好多地方烧香还愿,但每到夜晚,她仍被苦不堪言的噩梦缠绕,难以入睡。直到有一天她走到真宜观,虔诚地拜了师,成了一位修行的女冠,她的心情才有所转变。

与青灯黄卷为伴,终日在蒲团上打坐默念经文,鱼玄机的心静了很多,她终于可以在清冷的更鼓声中入睡了,虽然脸上常常挂着两行清泪。

白日里,鱼玄机的日子当然好打发得多,她可以轻拨琴弦唱:"别路云初起,离亭叶正稀。所羞人异雁,不作一行飞。"也可以在案前为皮日休缝制冬衣,口中还轻轻吟刚构思的诗:"红烛制袍夜,金剪呵手裁。遥寄千里客,奴心为君开。"是的,她的心袄皮日休带走了,她要用一个女人的所有情怀和努力去找回那颗失落的心,找可那段绚丽快乐的人生。

正当鱼玄机在苦苦思念皮日休,要用她的全部情怀和努力去找回那颗失落的心时,皮日休也正经历着一次情感的煎熬,他向苍天发问:为什么偏偏是他?要是换一个人,他可以毫无顾忌地把她夺过来,就像从司空图手中夺过鱼玄机一样!但对黄巢,他心中至高无上的偶像,他不敢,也不愿这样做。唯一能做的是对他们的衷心祝福和压制心头偶尔冒出来的非分之想。盐盐利用这个机会渐渐走近皮日休。她以她的大胆狂野和青春热烈征服了他。盐盐,恰如她的名字,她把皮日休的生活调配得有盐有味。皮日休的雄心和激情被盐盐的一把火点得更旺了,他一心扑在黄巢的事业上,要助他成就一番大事业。他觉得自己重生了,像年轻了二十岁,浑身有使不完的劲,用不完的力。

义军攻占了广州后，他向黄巢提出一系列发展壮大义军队伍，伺机北伐中原的建议，黄巢一一采纳。

这日在黄王府的大堂上，黄巢、皮日休与众头领正在审问被俘的浙东观察使崔一、广州节度使李迢。

审清他们的罪行后，黄巢说："按现有罪名，你二人足可以死上十次。但本王念你二人年纪大了，给你们一条出路。只要你们向朝廷上书为本王求得广州节度使的'告身'，你们即可免死。二位意下如何？"

崔一已跪得双腿发颤，他抖动着声音说："谢黄大将军的不杀之恩，只是下官朝中无人，哪里弄得到什么'告身'？"

李迢先是一阵狂笑，转而一怒道："我堂堂大唐广州节度使，岂能为你弄什么'告身'，你做梦吧！"

黄巢一拍桌子，当即下令斩了李迢，放崔一回长安，让他奏报朝廷，如朝廷不许，黄巢便自封为广州节度使并任命所属各州县官吏。

崔一被逐出大堂后，众将纷纷发表议论。

黄存大声吼道："我不同意归顺朝廷。我们现在有五十万兵马，完全有力量去攻打长安。"

黄揆也表示反对："我们从北方打到南方，难道就是为了给大哥讨个节度使当？"

尚让不服气地说："要当，就争个大点的官当，朝中的宰相尚书之类的，一个节度使，也太不值了。"

只有秦宗汉赞成黄巢的意见："我看也差不多了，大将军当节度使，我们众兄弟当个州官县官，也不错。"

……

黄巢与皮日休静静地听着，等大家说完，黄巢这才笑道："还是请我们的掌书记官皮博士给大家讲讲我的意图。"

皮日休走到大伙中间说："是的，我们有五十多万人马，但多数是新招的和从官兵投诚过来的，不经过几个月的整顿训练能打仗吗？我们也有以广州为中心的一大块地盘，但并不稳固。而官兵方面，仅仅高骈手下就有三十万精兵，认真打起来，我们不是对手。只是因为他留下我们好向朝廷讨价还价，还因为他被冯用迷惑一心想成仙，才顾不上来攻广州。这种局面维持不了多久，一旦朝廷命令下来，他也不敢屯兵不动。故此，我们要做出一副胸无大志，只求有广州一隅就满足的样子，麻痹他们，让朝廷不把我们放在心上，不急着派兵来讨伐。这样，我们才有时间广招兵马，加强训练，一旦兵强粮足了，大将军一声令下，挥师北伐，直捣长安……"

"啊！原来是这样！"大伙如梦初醒。

东方尚未发白，高骈与冯用就早早地等候在迎仙台上了。他们面南打坐，心里默念经文，虔心等待上界神仙的驾临。按冯用的说法，今天非同小可，神仙要亲临迎仙台会见高骈。

太阳都出来老高了，仍没有动静，高骈有些坐不住了，问："冯先生，你看我还有哪些方面没做好，惹神仙怪罪，迟迟不降临迎仙台点化我？"

冯用睁开半眯眼说："贫道也觉奇怪，待我去瑶池问问九天玄女。"说罢命道童用一块红绸往身上一遮，其身渐渐隐没。不到半炷香工夫，其身又渐渐显现，红绸一揭，冯用如大梦醒来，向高骈躬身稽首道："玄女言，高骈系上界紫薇星下凡，有至尊之位，应蓄势待机，不可轻动，时机一到，自有天神相助……"

高骈内心一阵狂喜："原来这是上天神意，谢冯先生指点。只是近日朝廷催我发兵攻取广州，这兵发得发不得？"

冯用摇了摇头说："高大人有自己的伟业要做，莫去为他人消耗实力。"

"但朝廷那头怎么回复？"高骈再问。

"可写个《讨黄巢书》到处散发，虚张声势，讨而不伐。不就把朝廷敷衍过去了。"冯用一副成竹在胸的样子。

高骈频频点头说："那好，就照先生指点的办。"

《讨黄巢书》很快传到广州的黄王府。黄巢拿着《讨黄巢书》说道："大家听听，'虽通降款，未息狂谋'还有'圣上于汝有赦罪之恩，汝则于国有辜恩之罪'。高骈中了我的缓兵之计，下不了台，只有写这样的话自我解嘲。当初，我们弟兄盟誓冤句，不捣长安，誓不罢休。我黄巢岂会投降，做个被后世唾骂的背盟卖友不义之徒？而今我义军占领广州已数月，练就精兵百万，粮草充足，士气高昂，拥有物资财帛无数，择日北上，直取长安。皮博士已拟好了《北伐檄文》，请他给大家读来。"

皮日休手捧檄文，高声朗读："百万义军都统、率土大将军昭告天下：经年以来，朝纲紊乱，阉人当道，与权臣相互勾结，蒙蔽圣聪。上苍为之震怒，频降灾害。人祸天灾交加，饥民四逃，饿殍遍野。官吏毫不体恤，反而加重盘剥。巢不忍民陷水火，聚众兴师，应者云集。现以百万之众北伐，问罪朝廷，清除君侧奸佞，扫尽天下污秽，还人间一个清爽干净世界。义军所到之处，文武官员出降者不咎既往，州县官良者继任，有乘机贪赃敛财者，族诛。我大军径取长安，各地守军勿挡吾锋，各不相犯，相安无事；如敢阻遏百万雄师过境，无异螳臂当车，必为齑粉……"众将听罢齐声叫好。

荆州以境内蜿蜒高耸的荆山而得名，它不仅是楚文化的中心，更是闻名遐迩的兵家必争之地。

曾元裕在李混等人的陪伴下爬上荆州城楼。"怪不得昔日刘备借荆州不还呢，"他叉着腰，指着眼前山川对随行人员："你们看清了，那个山坳叫葫芦坝，是个有进无出的地方；再看那边远看是块平地，两里以外就是断头岩，岩下百丈深渊。瞧那些痕迹，就是当年刘备火烧曹兵留下的。记住了，贼兵若来，我们就利用这两处地形，十万八万也叫他有来无回。"

曾元裕吩咐毕，把李混叫到一边："这次本想派你去广州活动，拉他几个人过来，但见贼势正旺，难有收获，以后伺机再说，咱不钓则已，要钓就钓几条大的。加之探马回报，黄巢北上，直取长安，荆州为必经之地，到时免不了一场恶战。你留在此，也多一个人出主意……"

李混忙躬身回道："末将听从安排！"

黄巢百万义军誓师北伐，一路攻克桂州、永州、衡州、潭州，捷报频传。官兵闻风丧胆，往往一触即溃，州县官员非逃即降。浩浩荡荡的队伍几乎没遇到强敌，便以破竹之势，一直打到江陵城下，黄巢才下令少歇。他对部下说，江陵可是统领江南兵马讨伐我义军的最高统帅王铎驻地，我们要认真对待。再有，江陵守将是杀了王仙芝大哥的义军叛徒刘汉宏和毕师泽，两个人会垂死抵抗，不可大意。

然而这次黄巢却过高估计了王铎，也过高估计了刘汉宏和毕师泽。

因为王铎已完全被黄巢义军的凌厉攻势打懵了，而他指望的高骈从侧翼出兵攻击黄巢的设想已完全落空，更主要的是民心丧失，百姓巴望黄巢义军早日到来，或为义军做内应，或在民间散布谣传，把黄巢说得神乎其神。

江陵城中流传的关于黄巢的传说一个比一个神奇：有说黄巢练有神功，两军阵上他手中刀轻轻一挥，官兵的头就像韭菜一样被割了下来；有说他在攻打衡州府时，只对着府衙吹了一口气，府中官员及其女眷的头发全都掉光，像被人剃过一样；还有的人说那黄巢是上天的星宿下凡，他手下的兵马都是天兵天将，个个青面獠牙，跑得比风还快，出手又狠又凶，杀人不眨眼。江陵陷入各种谣言的恐慌中，人们争相逃匿。

在这种情况下，王铎哪里有心守江陵？他连夜宣来部将刘汉宏、毕师泽对他们说："我奉命去襄阳与山南东道节度使王重荣的五万大军会合，从两翼和背后包抄黄巢，使他首尾不得相顾，然后你我前后夹击，把黄巢消灭于江陵城下。我交给你们三千人马，死守江陵，等待我的消息。"说罢开了城门奔襄阳而去。

刘汉宏和毕师泽听罢相互愣愣地看着，半天说不出话来。

"该把他杀了！"刘汉宏恨恨地说。

"杀谁？"毕师泽问。

"王铎！"刘汉宏说，"毕兄你想，这黄巢百万大军我们能抗得住吗？我们的出路只有一条：献城投降。"说到此，刘汉宏停顿一下。"可是，你我本是从义军中反叛出来的，还杀了黄巢起义的兄弟王仙芝，他能放过我们？"

毕师泽摇摇头说："他放过，他手下的尚让等一伙也放不过。"

"如果我们杀了这个朝廷专门派来剿贼的最高统帅王铎，把他的首级献于黄巢帐下，立这么大个功，他会不放过我们？说不定还给我们一个将军当呢。"

"刘兄说得对，那我们现在就去杀了他。"

"晚了，他现在已走远了，撵不上了。"刘汉宏叹息着说。

"那咱们现在该怎么办呢？"

刘汉宏没有回答，只把眼睛直勾勾地看着毕师泽，看得毕师泽浑身上下竖起一层鸡皮疙瘩。

"刘兄，你怎么这样看着我？"毕师泽问。

刘汉宏没有回答他，继续用那种目光看着他。

毕师泽明白了，他上前半步，也用令刘汉宏同样害怕的目光回视他。

两个人恶狠狠地对视着，心里都怀着鬼胎。

毕师泽说："你不说我也知道你这会儿心里想的什么。"

刘汉宏说："跟你这会儿心里想的一样。"

毕师泽冷笑道："我可不是王仙芝！"

"比起王仙芝，你的分量是轻了点，不过将就了。"刘汉宏说着急忙抽出腰刀向毕师泽杀去，毕师泽身子一闪，抽刀相迎，两人从厅上一直杀到院中。

正在二人杀得不可开交时，大门被一群士兵冲开，他们一拥而上，把刘汉宏、毕师泽捆了个结实，然后大开城门，把两个叛贼献于黄巢帐下。

尾卷

功败垂成

第三十七章　长安准备后事

　　黄巢率领的北伐义军拿下江陵后，立即向荆州进军，在荆州城外十里扎下营寨。一连三天，黄巢也不下令攻城，官兵挑战，他又不许出战。义军众将不解，都来询问。

　　"我们太顺利了。"黄巢解释说，"从广州誓师北伐起不到半年时间连连攻下桂州、永州、衡州、澧州和官兵诸道兵马都统王铎的大本营江陵，王铎望风而逃。我义军虽然士气高昂，但骄气也随之而生，加上在节节胜利中，军纪有所松弛，我有意停下来让军队休休整整。再说，荆州城在长江对岸，没有足够的船只，攻城人马如何过江？我已命人去上下游筹措船只去了，众位将军先别着急。"

　　急性子的黄存忍不住问道："那官兵来营前叫战，大将军为何不让出战呢？"

　　黄巢说了："这一带地形复杂，我们初来乍到，在没有把战场附近的地形弄清楚前，不能仓促应战。几年前王仙芝带我们攻洛阳在伊阙山口惨败的教训提醒我们，还是谨慎些好。众将军少安毋躁。"

　　这时大江对岸荆州城楼上，曾元裕指着黄巢的军营问李混："你说，我军叫了几天阵，这个黄巢为何不出战？难道他打探到我们的计谋？"

　　李混回道："大人，那黄巢作战既大胆又谨慎，一定是看那里地形复杂，害怕我们有什么计谋。"

　　"如此说来，他不出战，我们只有等他们养好精神了来攻城？"

李混略作踌躇后说："大人，末将有一个办法。"

"将军请讲。"

"末将亲自引兵去黄巢大营前叫阵。"

"能把他们叫出来？"

"能！"李混说，"黄巢和他手下的贼将们最恨末将，只要见我在阵前，一定会出战。"

曾元裕点头道："嗯，这个办法好。只是又辛苦李将军了。"

"末将愿为大人效命。"李混说罢，拱手跑下城去。

见是李混叫战，义军将领个个摩拳擦掌红着眼来找黄巢请战，黄巢拗不过，只得派兵马迎敌，结果一支义军被诱入两山陡峭的峡谷间，前后被山上放下的巨石堵塞，滚木箭矢齐下，困于山间的人马悉数被歼；另一支被引上悬崖后遭到突袭，惊惶中纷纷滚下，山涧里顿时陈尸一片。黄巢忙传令收兵，清点人马，死伤数万。接着，去上下游搜集船只的将领回报说，曾元裕早就准备，把船只全都集中到了对岸，除了找到几条小船外，一无所获。黄巢当即命令移师下游，另找渡江地点。

李混见黄巢兵马往下游撤退，向曾元裕建议说："大人何不乘贼兵退败混乱之际率大兵杀去，活捉了黄巢，立盖世奇功。"

曾元裕冷笑道："李将军，你的主意倒不错，但难道你忘了平王仙芝之乱的教训？王仙芝被我们杀了，可我反被罢官，还连累你也跟着我倒霉。皇上年轻贪玩，宦官擅权，庸臣当政，我即使立下天大功劳，也会被他们说得一无是处，说不定还带来祸患。朝廷如此薄情寡恩，又何必为朝廷拼命。黄巢嘛等他留着，只有他在，我们才有价值。"

李混忙点头说："大人高见，大人高见。"

黄巢攻荆州失利后，率义军沿长江而下，在下游采石矶突破官兵防线，渡过长江，挥兵攻取洛阳。洛阳城内一片慌乱，官员富户们纷纷逃往长安避难。

失魂落魄憔悴不堪的司空图高一脚低一脚走在长安城的街头巷尾，他在寻找那个他曾深深相爱的女人鱼玄机。他探访着，寻觅着，一层层绝望的皱纹布满他的脸上。

忽然，一阵幽幽琴声传来，他一脸兴奋地寻声找去，走进真宜观，此时，随着琴声，鱼玄机哀怨的歌声从房中传出："别君何物堪持赠？泪落纸笺一首诗……"

司空图急不可待地跨进房中夸道："好个'泪落纸笺一首诗！'"

鱼玄机吓了一跳："谁？"

司空图走近她说："你为之落泪的人。"

见是他，鱼玄机冷冷地问："你怎么找到这儿来了？"

"顺着琴声找来了。"

"你不待在洛阳，跑到长安来做什么？"

"难道你还不知道？黄巢领百万贼军从采石矶过了长江，一路攻下和州、颖州、汝州等数十州县，已快到洛阳了。"

"因此你就逃跑了。"

"我到长安好几天了，到处找你，今天好幸运，终于把你找到。"司空图一脸欣喜地靠近鱼玄机。"谢谢你，没忘了我，还想到为我流泪赠诗。"

鱼玄机起身避开他，越发冷淡地说："对不起，我为之流泪赠诗的，不是你。"

司空图妒火中烧："为那个皮博士？他现在可是黄巢贼党里的大红人啊！"

"贼党？"鱼玄机把眼朝他一愣："当初你不也说要去做贼吗？"

"那只不过是哄你玩玩。"司空图笑笑说。

"哼！"鱼玄机不屑地说，"你这个人啊，当官你怕负责任，当贼你怕掉脑袋。就凭这，就不值得我沉泪赠诗。"

"玄机，你，你怎么变化这么大？"

"那是因为你一点没变，还是那么玩世不恭，那么屈辱苟且，没有一点热血男人的气味。"

"玄机，"司空图带有乞求的语气说："别说这些了，让我们回到从前吧。"

"从前？从前是一个错误。"

"错误？"他回道，"那也是一个美丽的、值得永远怀念的错误。"

"不，一个早该遗忘的错误。"她纠正说，"要不是你今天的突然出现，我再也不会想起它。"

司空图感到很难过："如此说来，你不欢迎我……"

"你可以这样理解。"

他绝望地："那我就此告辞。"说罢转身便走。

"要去衙门告密，我等着。"她对着他的背影说。

司空图转过身来大声吼道："我抗议你对我的亵渎！你有一双明亮聪慧的眼睛，能看透我的人生，却未能看透我的灵魂……这是我的，也是你的遗憾！哼！你们女人，真叫人捉摸不透！"

从洛阳逃难来的官僚富户们很快把他们的惊恐和不安传染给了长安，城内军民脚步慌乱人心惶惶，可是深居宫中的僖宗皇上却一无所知，还在田令孜和一群太监宫女的侍候下打球玩耍。休息间，田令孜带着四个人一字跪在僖宗面前向他叩头请安。田令孜在一旁说："皇上，上次奴才奏报，西川、东川、兴元三镇节度使出缺，皇上命奴才物色人选，今选得陈敬宣、杨师立、王勋、罗元等四位英才，请皇上钦定。"

僖宗不解地问："怎么，三个职位，你却叫了四个人来？"

田令孜回道："请皇上考核考核，选定三个就是。"

僖宗看看四人，一时竟难住了。但当发现手上的球杆，立刻想出办法来。他问道："你们四个会击球吗？"

四人同时回道："会，陛下。"

"那好，你们各执球杆下场。阿父，你为他们记分。"

田令孜躬身："奴才听旨。"

陈敬宣等四人奉旨手执球杆下场，你追我赶，打得汗流浃背，气喘吁吁，看得一旁的僖宗拍手大笑。一场打下来，田令孜把记分牌呈上，僖宗见了说："陈敬宣，你得分最高，授西川节度使；王勋，你得分次之，授东川节度使；杨师立再次，授兴元节度使。罗元你得分最少，就等下次吧。不过朕得提醒你，要苦练球艺才行。"

田令孜忙说："还是皇上英明。你们还不快谢恩。"

陈敬宜等四人立即叩头谢恩，起身退下。

四人刚走，宰相豆卢、崔沆和刚从江陵逃回的王铎匆匆走进要见皇上，田令孜忙迎上去把王铎拉到一边问："战事怎么样了？"

王铎小声对田令孜说："公公，大事不好，黄巢先头部队已到洛阳城下了，田公公您看这……"

僖宗见了大声问："你们在嘀咕什么？"

田令孜忙上前躬身说："皇上，是，是这样的，黄巢贼兵有一小股窜到洛阳附近，他们来向皇上奏报。"

"王铎，你过来。"僖宗一脸怒气地喊着。

王铎赶快上前跪下："罪臣王铎给皇上请安。"

僖宗把手上的茶碗往桌子上一顿，指着他："你，你不是立下军令状去江陵指挥剿灭黄巢吗？怎么让他过了长江又过淮河，都打到东都来了？"

王铎伏地叩头说："臣该死……"

"还有你们两个，"僖宗指着豆卢、崔沆，"朝堂上瞎起哄，说卢携这不行那不行，再不行他把长江淮河守住了吧。你们倒好，一上台就让黄巢占了江南大片土地，现在黄巢都快打到朕的鼻子底下了。你们行，快拿出破贼之策呀！"

豆卢、崔沆忙伏地叩头连声说："臣等该死。"

"皇上息怒。"田令孜亲手给僖宗捧上一碗茶，然后转身对跪在地下的王铎等人说："还不快把你们的退贼之策向皇上奏来！"

王铎抬头奏道："高骈身为江南行营招讨使，对黄巢既不招，也不讨，臣几次催他发兵，他都借口推诿，握兵不动，纵贼自保。黄巢见他那样，才敢于肆无忌惮地长驱直入。"

僖宗说："这个高骈竟敢拥兵自重，一定要治治他！"

豆卢忙说："皇上英明，高骈拥兵自重，应当重重治罪，还应当连同推荐他的卢携一起治罪！"

崔沆接着说道："豆大人所言极是。那卢携罢官之后，十分不满，常在背地里妄议朝政，应把他交大理寺审问……"

僖宗正要开口说话，王铎忙奏道："豆、崔二位大人所言不妥，臣下之见，此时不宜对高骈和卢携治罪；不但不能治罪，对高骈还要重用才对。"

僖宗问："为什么？"

王铎说："那高骈手握重兵，长期驻兵江南，不可轻动。臣剿贼不力，不能胜任诸道行营都统之职，请皇上命高骈代之。"

僖宗看看田令孜，见他点头，便说："准王铎所奏，其诸道行营都统一职，任命高骈担任。只是，这黄巢贼兵已到洛阳城下，你们要快快想出退贼之策来。"

田令孜上前说："皇上，奴才近来听市井流传说，黄巢如此猖獗，恐与新改的年号有关。"

僖宗说："怎么，新年号又不吉利？"

田令孜说："唐去丑口换上黄为广，广明，去广为黄明，乃黄巢光明之意。黄贼横行无阻，不能说与年号广明无关啊！"

"阿父，"僖宗问道："当初乾符年号用得好好的，是谁想出用这个倒霉年号去更换的？"

"当初么，"田令孜说，"当初大臣们你一句我一句议的，记不起是谁说的了。"

王铎说："皇上，请下旨切查，查出来严加惩处。"

僖宗说："先改了再说，你们快议出个吉利的来。"

田令孜说："奴才早已与秘书省的大臣们谈过，他们提出改为中和，不知皇上以为如何？"

僖宗说："中和，这个年号倒不错。不过得再议议，看有什么漏洞没有。"

田令孜回道："奴才马上去召太常寺的博士和寺庙道观里的高僧高道开会，查阅儒释道典籍，认真仔细地研究研究，推敲推敲……"

"皇上，"王铎上前半步说，"眼下黄巢兵逼洛阳，还是快快发兵去援救才是，否则，洛阳不保，京师危矣。"

僖宗说了："那你快派兵出发。"

王铎说："臣只带数十骑逃回长安，手下无兵可派。"

僖宗慌了："那，那怎么办？"

王铎说："臣建议皇上下旨命凤翔节度使郑畋速派数千兵马来救急。凤翔离京师近，快马传旨，两天就到。"

田令孜说："这个主意好。"

僖宗说："那就赶快拟旨。"

王铎说："只是黄巢贼众有几十万，郑畋的几千人也不济事，臣还建议将京城的神策军也派去。"

田令孜反对说："我手下的神策军不过三四千人，再说，调走了，京师由谁保卫？依奴才之见，新任太原兵马使的李克用，多次上书请战讨贼，可命他派兵去救洛阳。"

王铎说："太原离两京都那么远，来回耽误，待李克用发兵时已来不及了。"

僖宗说："这么看来，还是京城里的神策军派起来方便，阿父你……"

"奴才遵旨，"田令孜说，"只是，这神策军调走了，保卫皇上的军队……"

僖宗说："那还不简单，新招就是。"

田令孜说："那好，奴才派神策军中尉刘行深领三千兵马去御贼，另招募三千新兵补上。"

僖宗说："那就有劳阿父了。"

田令孜回到他的神策军衙门后，立即把刘行深宣来，命他带三千兵马去救援洛阳。

刘行深一脸苦相对田令孜说："谢田公公栽培，把此等重任交与奴才，只是奴才实在不是带兵打仗的料，加之年岁已大……"

田令孜脸一变说："你是神策军中尉，又担任过诸路行营招讨监军使，平王仙芝贼乱时立下奇功，皇上还赏邑千户，进封国公，目下朝廷有难，你不去谁去？再说，这神策军里，你是我最信得过的人，这三千兵马，是我们最后的本钱，交给别人我放心吗？"

　　看看实在赖不掉了，刘行深便实话实说了："田公公您想，黄巢有百万之众，我这区区三千人马能抵得住？何况，这三千神策军都是京城富家子弟，平日在百姓面前耀武扬威，一个比一个神气，一听说要出征打仗，个个都哭鼻子，有的干脆花银子雇乞丐流浪汉顶替。这种乌合之众，打什么仗啊！"

　　"刘将军多年带兵，练兵有方，不需几天工夫，定会把他们练成一支所向披靡的铁军。"田令孜安抚说。

　　刘行深无奈说："公公莫开玩笑了，既是皇上的旨意，我也就认了。只是请公公一定要把给养跟上……"

　　田令孜拍着他的肩头说："刘将军放心去，我自会奏报皇上，保证粮草供应。"

　　冷风夹着雨花，阵阵掠过长安街头，一群群衣着单薄破旧的人缩着脑袋在街巷间穿行，他们纷纷挤向布告牌前，竖起耳朵听人念上面的招兵告示："神策军募兵告示，凡十六岁至六十岁男丁，愿入神策军者，速速报名，一切待遇从优，切勿错过良机……"

　　一老一少两个装扮成穷汉的义军探子挤进人群中，听了告示低头窃语："喂，小子，咱们去当了神策军，什么消息探不到？""好哇，那咱们就去报名。"二人刚走到神策军衙门口准备报名，后面一人上前拉住他们说："二位，这里不好，对面条件更优厚。城里那些当神策军的富户子弟，怕上前线打仗，花大价钱雇人顶替，二百两银子一个。快到那边去。"二人听了正要随那人去，神策军衙里出来一人拉住他们说："别过去，我们这里才是正宗神策军，穿的是新裘皮衣，吃的是大酒大肉，每月还有薪俸。走，随我来！"

　　拉拉扯扯中，老义军探子说："这样，我俩各去一边。你们别争了。"

　　老少两个义军探子相互点点头，分别报名去了。

　　那个老义军探子正是上次与盐盐一起去长安给皮日休送信的张老爹，他轻车熟路，再次带上一个年轻义军来长安打探情报，以供黄巢大军攻取长安之用。

第三十八章　再唱一曲《长恨歌》

　　当西京长安正忙着招募兵马去东京洛阳解围之时，东京留守刘允章已向黄巢递了降表，大开城门迎义军入城。义军军容整齐，纪律严明，对百姓秋毫不犯。街市照常营业，穷苦百姓普遍得到救济。洛阳城内很快恢复了平静。

　　这日夜晚，孟雪娘的无畏军大营里张灯挂彩一片喜庆，房中，姑娘们正为盐盐梳妆打扮。今晚，她要与掌书记官皮日休成婚，她脸上洋溢着幸福与羞怯，小姊妹们围着她说些让她又喜又恼的话，不时引得满屋大笑。

　　记记把一粒大红枣塞进盐盐嘴里，盐盐要吐出来，记记硬往里塞说："吃下！枣子枣子，早生贵子，快吃下，生个胖小子！"

　　刚吃下，秀秀剥两粒花生米给盐盐嘴里塞去："只生儿子不行，要花生，多为我们无畏军生几个姑娘！快吃！"

　　大家都高兴，唯有柳花一脸愁苦走过来拉住盐盐的手说："姐，你去了，我一人咋过？我要跟你去。"

　　众姑娘一阵爆笑。

　　记记说了："柳花，你盐姐跟皮博士结亲，你去算什么事？"

　　柳花正色说："什么'算什么事'？皮博士早就认了我做女儿，我叫他父亲，本是一家人，去他那儿是回家，你们笑什么？"

　　秀秀说："好啊柳花，这可是你说的，你叫皮博士为父亲，今天皮博士跟盐姐成亲成了夫妻，那你怎么叫盐姐呀？"

　　柳花语塞闭口不答。众姐妹不答应，笑着起哄道："快叫，快叫母亲。"

　　柳花硬着头皮说："叫就叫……"但当她面对盐盐时，却怎么也叫不出口，只得低声求盐盐："姐，你叫她们免了吧……"

姑娘们听了都不答应："不行！盐盐，平日她嘴利害着呢，今天是什么日子，你可不能免。"

盐盐欲言又止，难于启齿。

孟雪娘笑着跨进屋道："我看，姑娘们，就饶了她们两个吧。现在咱们义军打下了洛阳，过不几天，就会拿下长安，到那时，天下太平了，咱无畏营的姑娘们都有盐盐今天这样的日子，今天大伙饶了她们，到时候，她们自然会放你们一马。姑娘们，你们说是吗？"

姑娘们听了，都低头窃笑，不再哄闹。

此时营门外传来喜庆的乐声，门上报："掌书记官皮博士迎亲队伍到！"

顿时鼓乐齐鸣，鞭炮炸响，众姐妹把盐盐拥出门外。

月色朦胧，树影婆娑。黄巢与孟雪娘漫步在林间小道上。他们时而大声辩论，时而喁喁细语。

"没想到，真是没想到。"黄巢不经意似的吐出这么句话。

"是呀，"孟雪娘接着说，"打过长江后一路顺风，没费多大周折就拿下东都洛阳，真是没想到。"

"我不是指这，我是指盐盐与皮日休的婚姻。"黄巢解释说。

"我倒是早就想到了。盐盐那丫头年轻美貌，更那么执着，皮日休生就的浪荡秉性，哪顶得住她的主动与热烈。"

"从我本心讲，我不赞同他们的婚姻。"

"你是说他们也太着急？"

黄巢说："有这个意思，但更主要的……实话告诉你，要不是因为你，我不会让他们有今天。"

"怎么又把我扯上了？我不懂。"

"唉！你该懂。要不是盐盐死活把他拽着，他会对你死心？当初他向我谈到你的时候就说，这么优秀的女子要是错过了，我该下地狱！这话听了我好激动，也好害怕。"

孟雪娘不解地问："你怕什么？"

"我怕下地狱。"

"你——"孟雪娘狠狠捶了他胸口一拳,说道:"谈正经的,你打算让部队在洛阳休息好久?"

"我想再休息十来天后,择日西进。"

"不行!"孟雪娘果断地说:"最多再待三天,然后乘胜前进,取潼关,进军长安。不能给官兵喘息的时间,更不能给我军消磨斗志的时间。"

黄巢沉吟片刻后说:"是呀,这么多兵马待在洛阳,弊多利少,那就三天后出发,直取潼关,争取在年前攻进长安。这些年来,我做梦都在想象那一天:咱俩在众义军兄弟簇拥下,在百姓的欢呼和李唐朝廷降官的跪迎中骑马并肩踏上长安城中的宽阔大街……"

"不!"孟雪娘果断说。

"难道你不愿意?"黄巢不解地问。

"我也曾幻想过那样一天,但不行……"

"为什么?"

"那天你曾说要派朱温领一支兵马去邓州阻挡官兵从侧翼袭击我西进大军,此事你对朱温说了没有?"

"还没有。"

"那就好。我请求把这个任务交给我。"

"你说个理由。"

"当初,我们离开嵖岈山南下时,我与大嫂曹蔓有约,到了那天,我亲自上山去接她。嵖岈山离邓州不远,我要去兑现我的承诺……"

"除此之外,还有更重要的理由吗?"

"另外嘛,有……"

孟雪娘还没说出来,尚让突然走过来大声说:"大将军,孟将军,我正有事找你们……"

三天后,黄巢拨三万兵马给孟雪娘,让她去牵制邓州的官兵,并去嵖岈山接曹蔓母子下山。同时下令义军向长安进军。

消息传到长安后,僖宗听了大惊失色,忙问:"不是派刘行深领兵去抵挡了吗？"臣下回道："刘大人的队伍才出发，还没到华州呢？"僖宗又问："那李克用的骑兵呢？"回道："太原离洛阳那么远，哪能赶得及。"

僖宗泪流满面，泣不成声地："这，这如何是好……"

大臣们你看看我，我看看你，没了主张。叹息声、哭泣声此起彼伏，含元殿上一片凄然。

田令孜这时站出来说："皇上莫急，我们还有潼关可守，立即派人命刘行深率部赶往潼关，与守将齐克让合兵死守，再下旨命诸道行营都统高骈及河北河东诸镇守将急急派兵保卫京师。"

僖宗听了止住哭泣，说："还是阿父临危不乱，朕任命你为左右神策军内外八镇及诸道兵马指挥制置招讨使，调全国兵马保卫京城。"

田令孜忙上前躬身说："遵旨。"

散朝后，僖宗想想不对，叫来田令孜问道："阿父你说下旨命诸道行营都统高骈和河北河东诸镇守将派兵来保卫京城，那些地方离京城那么远，赶得及吗？"

田令孜回道："目下黄巢已攻下洛阳，兵至潼关，高骈驻防数千里以外的江南扬州，河北河东诸镇也远离京城，哪里赶得及？"

僖宗再问："明明赶不及，朝堂上阿父还要朕下旨叫他们派兵来保卫京城？"

"朝堂上哭成了一片，皇上，不那么说行吗？"田令孜说。

僖宗急了："那，那黄巢打来了怎么办？"

田令孜说："皇上别急，奴才早已安排好了。"

"什么安排好了？"僖宗急着问。

田令孜放低声说："上个月皇上不是任命了西川节度使陈敬瑄、东川节度使王勋吗？"

"朕还记得。"

"那陈敬瑄是奴才的亲哥，王勋是奴才的表弟。他们上任前我就作了交代，把当年玄宗皇上幸蜀时住的行宫翻修了备用，还特地叫他们多修几处球场。"

"这么说来，阿父是想让朕去成都？"

"皇上，不是奴才想，是形势所逼。您看这个样子，潼关能守住吗？潼关失守了，长安能保吗？奴才是皇上的奴才，不替皇上作想，能算奴才吗？"

"阿父真是有远见的好奴才。"僖宗表扬说。

黄巢拿下洛阳后挥师西进攻占了虢州，然后乘胜前进，兵逼潼关。黄巢把大营扎在与潼关遥遥相望的山头上，召集众将议破关之策。这时派去长安当探子的张老爹正赶进大帐报告情报："大将军，长安城内守城的三千神策军调走后只剩下老弱残兵不足三千人，所招新兵多是地痞乞丐流浪汉，全无斗志。凤翔节度使郑畋的援军不足三千，且尚未出发。城内人心惶惶，市街关门闭户，不胜饥寒的穷苦百姓都盼着大将军早日去解救他们呢。"

黄巢问道："潼关的情况如何？"

张老爹回报说："潼关守将齐克让的兵马不足二千，加上刘行深新到的三千，也就五千人马左右。他们粮草供应不上，军心极度不稳。"

黄巢又问："你从长安来路经潼关，是如何过关的？"

"从旁边一条叫禁谷的小路过来的。"

黄巢沉吟片刻后说："你再原路回去，把那条叫禁谷的小路细细打探一次。"

张老爹回道："是，大将军。"

"齐将军，你看看。"潼关城头，刘行深手指关下白衣白甲白茫茫一片的黄巢义军说，"这么多贼军，咱这潼关能守住吗？"

颇有信心的齐克让淡淡一笑，把刘行深拉向城墙垛口边说："刘大人，请你朝近看。看见了吗？"

"看见了。"刘行深说，"一道深沟。"

"这是我刚叫老百姓挖的。有了这道深两丈宽三丈的沟，贼兵再多，也难靠近我潼关关门。"

刘行深点头说："果然，除非贼兵长了翅膀。"

齐克让再把刘行深朝前推推说："刘大人请再朝近看。"

刘行深把目光挪到眼皮底下的城墙。齐克让问道："大人看见了吗？"

刘行深回道："看见了，好高好厚的城墙，我带兵打仗多年，还从未看到过这么高而又结实的城墙呢。"

齐克让拉着刘行深登上城楼，围着城楼转了一圈："请刘大人注意看看南北两边。"

刘行深朝两边看去，只见尽是高山深谷悬崖陡壁，连声叹道："如此险峻，贼兵休想攻上来！"

齐克让比画着说："南北两边陡如刀削，深不见底，他黄巢人马再多也没用。唯有正面可攻，但那么深那么宽的沟，他黄巢能跨过？就算跨过了，这么高这么厚的墙，能攻破？所以我说潼关天险，固若金汤！"

刘行深附和说："固若金汤，固若金汤。"

"只是，"齐克让说，"守关将士粮食接济不上，不知刘大人有何良策？"

"可是京城也缺粮，临走时王公公答应给我们补给，不知何时能送来。"

"过一两天断了粮，再固若金汤也难守住呀……"齐克让摇头叹息着说。

在经过几天对潼关地形和守军情况的观察了解后，黄巢叫来朱温说："你领上本部人马，跟上这位探子大哥，今夜从关左禁谷小路绕过去，明日午后听见前关厮杀声从后关发动进攻。"朱温领命而去。黄巢又叫来尚让说："你率领本部人马，准备锄头铁锹，把关前的深沟挖几条通道直抵城下，乘夜色开挖，明早挖通。"然后，又叫来黄存、黄万通等诸将领，命他们准备好云梯等攻城器具，明早发起攻城。

黄巢兵临潼关发动攻击的消息很快传到长安，豆卢、崔沆两位宰相慌慌张张跑进皇宫向僖宗奏报。僖宗听了说："你们两个是朕的宰相，快替朕拿出退贼的办法来。"

崔沆奏道："依小臣看，那黄巢起兵造反，不外乎是想当官，皇上赏他个节度使当不就得了。"

僖宗此时更没了主见，便点头说："好，就任命他个节度使，快去拟诏。"

豆卢奏道："依小臣看，要得贼乱平定，还得去安国寺烧香还愿，求菩萨保佑。"

僖宗忙说："好，快去准备。就近选个好日子，朕也去菩萨面前烧炷香。

记住，把祭品准备丰厚些。"

直到这时，僖宗皇上才发觉作为皇帝还有许多比玩更重要的事，可是为时已晚。

雪花漫天飞舞，风，灌在城楼的瓦缝间发出呜呜的怪叫。夜，被渲染得有几分恐怖。

每夜，刘行深与齐克让都相约上城巡夜。齐克让一身铠甲，刘行深披一身皮袍，在亲兵的护卫下缓缓走在潼关墙头。他们边走边谈。

"刘大人，"齐克让说，"末将当兵多年，像您这样做到神策军中尉、诸道行营监军的高官，天天晚上还出来尝试巡夜的辛苦，实在少见。末将真是佩服。"

"其实呀，这也是我头一次。"刘行深说。

"头一次？"

"可不。我在京城神策军衙门里，出外在监军位置上，什么事有下边的人去办，从来不用这么操心。现在不同了，皇上命我带三千人来守潼关，这潼关守不住，长安也难保，朝廷就完了；朝廷要完了，我等想尝巡夜的辛苦也尝试不到了。"刘行深无限感慨地说。

"大人您看，火。"随从指着城下的火光。

城下，果然有几处火光，那火光排列成长条形，每条都烧到深沟边。

齐克让见了惊道："坏了，是贼军在烤冻土，准备挖壕沟攻城。"

刘行深下令："快用箭射！"

士兵听令，顿时箭如雨下，但黑夜里漫无目标，加之又太远，箭都掉在沟里，除了引来阵阵义军的嘲笑，一无所获。

刘行深气急败坏地指着弓箭手骂道："你们这群不中用的王八蛋，这有多远，能射不到？"

弓箭手们个个垂手低头无人回话。

齐克让走近刘行深，小声说："大人，他们昨天才吃一顿稀饭，今天的粮食还没着落呢……"

刘行深说："叫他们忍着点，催粮的人我已派出去了。"

齐克让转身对士兵命令道："别射了，密切监视贼军动静！"

冻土渐渐烤化，尚让指挥士兵们挖沟挑土，欢笑声和劳动号子声阵阵响起。

老年义军吃力地使着锄头，一中年汉子过来，从他手中抢过锄头："老哥们，你先歇歇，让我来！"说罢，抢锄使劲挖去。

老年义军很感动，借着火光看去，惊叫道："大将军，您！"

黄巢回过头来向他笑笑说："怎么样，像个庄稼把式吧？"

老年义军说："像，像，是个好把式。"

黄巢一边挥锄，一边说："打小，我就跟着我爹下地，什么农活我都学过。"

"怪不得大将军这么向着咱庄稼汉呢……"老义军感动地说。

不一会儿，大将军也参加挖沟的消息传开，义军兵士们劲头大增。很快，通向深沟的几道壕沟挖通，土堆起来，渐渐把深沟填平。

天亮了，一挑挑饭菜送上来，义兵和自愿来相助填沟的乡亲们一圈圈围起来，馒头大肉呼啦汤吃得好热闹。

饭菜的香味随风飘上城头，饿昏了的士兵们聚在城墙上观看。军官驱之不散。黄巢见了发话说："待会儿沟挖平了，送些馒头到城下，叫城上放绳子拉上去，分给那些饿坏了的官兵弟兄们吃。"义军们听了纷纷向城上大喊："城上官兵听着，咱们大将军说了，待沟填平了，给你们送馒头来，快把绳子准备好！"

"卖鸡蛋，卖鸡蛋，刚出锅的盐茶蛋。"化装成村姑的庞英手提竹篮在潼关后关城门外大声吆喝。

城上守兵把她喊住："喂，鸡蛋提过来。"

庞英把竹篮提到城楼下，仰头问："一钱银子两个，军爷您买多少？"

城上守兵说："不管多少，全买了。"

"不多不少，刚一百个，五两银子。"庞英说。

城上丢下一锭银子说："就给你五两。"

　　庞英捡起银子，牙咬咬舌舔舔，确认为十足成色后，把城上丢下的绳头拴了竹篮，对城上守兵喊道："军爷快拉。拾了蛋把篮子给我丢下来。"

　　城头上士兵拾完蛋丢下竹篮喊道："喂，大嫂，给我们烙些饼来，银子有的是。要快，我们等着吃呢。"

　　"好，军爷等着，一会儿就给您送来。"庞英应着走下关去。

　　关前深沟通道渐渐挖平，几个义兵手提装了馒头的竹筐跑近墙根，仰头向城上喊道："城上的兄弟，快把绳子丢下来。"果然几根绳子从城头丢下，义兵接过把筐拴了，叫一声："快拉！"筐被拉上墙头。守城士兵蜂拥围过来抢馒头吃，还不时向下喊："谢大将军，谢义军兄弟！"

　　刘行深、齐克让闻报攒上城头，喝止不住，抽出刀来要砍，众士兵才散去。刘行深见城下送馒头的义军向城上张望，命令部下："给我放箭！"士兵们不得已抽箭射下，但无一射中。

　　此时，关前几处通道都已挖好，黄巢一声令下："攻城！"但见一队队义军拥过沟来，向城墙上架起长梯和云梯，爬上城头与刘行深、齐克让指挥的官兵厮杀。

　　"喂，关上军爷，快把银子丢下来，葱花油饼已烙好了。"潼关后关关门外，庞英手提竹篮对关上的守军喊道。

　　关上士兵丢下银子和绳头，庞英收下银锭，取过绳头把竹篮拴了，士兵们拉上去后，争相过来抢吃，但不一会儿，一个个便昏倒了下去。庞英见了手一招，关下树丛中钻出朱温率领的无数义军，他们把带钩的绳甩上城墙，顺着爬上城头，杀死守关官兵，开了关门，大军一拥而入。

　　前关城头，刘行深、齐克让正指挥官兵与爬上城墙的义军拼杀，突然杀声从后关传来，官兵顿时大乱。刘行深、齐克让见大势已去，欲夺路下城逃跑，遇上朱温指挥的义军迎面杀来，二人均死于刀下。

　　入城的义军打开城门，黄巢率大队义军进入关内。他爬上城楼，俯瞰城下义军潮水般涌入关内，不由热血沸腾，仰首对着苍茫天宇长啸一声："终于，乾坤被我扭转过来了！"

潼关失守，黄巢大军正向长安杀来的消息把皇宫搅成了一锅粥，太监宫女无头苍蝇似的四处乱窜。"别乱，别乱，各守其职……"田令孜喊哑了嗓子也无人听。他抽出剑来，朝一个迎面跑来的宫女劈去，那宫女顿时身首异处，鲜血洒满了一地。田令孜用剑指着血淋淋的尸首说："谁再乱跑乱动不听招呼，这就是下场！"

见众太监宫女安静了，田令孜说道："京城城墙又高又厚，贼兵哪攻得进来？你们各安职守，该做什么做什么去，要是不听指挥，格杀勿论！"说毕，提剑走向后宫。

后宫含光殿上一片狼藉，僖宗皇上脚步慌乱地走来走去，见田令孜上殿，忙迎上去叫一声："阿父……"眼泪便成串地往下掉。

"皇上别怕，有奴才在呢。"田令孜安慰着他，接着问："准备好了吗？"

僖宗说："准备好了。"

"那就请皇上登车启驾。"

在田令孜搀扶下，僖宗皇上跨上马车，接着，皇后皇妃公主太子也都纷纷上车上马，乘夜色悄悄出宫，在五百神策军的护卫下出了金光门路上，惶惶不安的僖宗掀开轿帘问田令孜："阿父，朕就这么走了，朕的那些文武大臣呢？"

田令孜回道："皇上，让他们守住京城，他们要是走了，谁去阻挡黄巢的贼兵呢？"

"阿父言之有理……"僖宗点头说。

●第三十九章　黄巢终于说出了那句:"众卿平身。"

僖宗皇上刚坐上马车便想到老祖宗玄宗皇上为避安禄山之乱的那次逃难，同一条路线，同一个目的地成都；但他很快却找出了不同，比如白居易在《长恨歌》里写的"千乘万骑西南行"，好大的声势，可而今，仅仅五百神策军护驾，除了后宫不多嫔妃和子女，连文武大臣也没跟两个。他感到无比的冷清凄凉。不过，当他接着把白居易的诗句背下去，读到"西出都门百余里，六军不发无奈何"时，便想，要是随从大臣带多了，一路上七嘴八舌不知要说出多少朕的不是来，说不定再来个"六军不发"，到那时马嵬坡前又找谁来顶罪呢？僖宗想到这里不住打个寒噤。看来，还是阿父想得周到……

没有鸣锣开道，没有旗帜仪仗，僖宗皇上西行的队伍悄无声息地行进着，要不是队伍中那几辆高大豪华的马车，谁也不会把这小队人马与皇家联系起来。

操劳了一夜的田令孜累了，他正歪在马车里打盹。一骑探马飞奔至他的车窗前报告："田大人，前面发现一支兵马！"

田令孜被惊醒，急问："哪里哪里？可是贼兵？"

"回大人，就在前方不远，是不是贼兵还不清楚。"

"浑蛋！快去打探。"田令孜骂着，转身命队伍立即停下，掉转马头，准备逃跑。但马车尚未掉过头，探马驰回报告："回报田大人，已打探清楚，是凤翔节度使郑大人派去京域的三千援军。"

田令孜听了放下心来，下令道："快去叫他们在道两边跪迎跪送，山呼万岁。如有怠慢，绝不轻饶！"

"遵令！"探马答应一声驰马向前传令去了。

僖宗皇上逃难的队伍在田令孜指挥下重新出发，在道两旁跪伏叩头山呼万岁声中缓缓行进。

走着走着，前面队伍停下了。田令孜命随从去打听，回说是凤翔节度使郑畋大人拦住不让走。田令孜听了跳下车来走到前面，果然见郑畋带一队骑兵拦在路中间。田令孜气冲冲走到郑畋马前说："郑大人，眼看贼兵追来了，你，你竟敢拦阻皇上御驾！"

郑畋在马上说："田公公，你别吓唬我，现在黄巢还没到华州，离长安还远着呢。你闪开，我要去见皇上。"

说着，郑畋便打马直冲过来，吓得田令孜赶快躲闪一边。

到了僖宗的马车前，郑畋下马拱手道："臣郑畋拜见皇上。请皇上下车。"

僖宗撩开车窗问道："这是什么地方？"

郑畋回道："马嵬坡。"

僖宗听了立即走下车来。

郑畋手指路边一座小庙："皇上请看。"

僖宗抬头看看匾额念道："贵妃祠。"

郑畋说："皇上还记得白居易那两句写这里的诗吗？'马嵬坡前泥中土，不见玉颜空死处。'以前，只是读着好玩，不想今日那段历史又重演了一次。"

"这，这都是黄巢反贼……"僖宗吞吞吐吐地说。

"黄巢？他有多大能耐？能聚集那么多反贼？都是陛下让那些百姓饿急了逼的啊！"

"朕，朕也曾下诏自责'恨不能均食以救饥荒'……"

"皇上能下罪己诏，总算比怪罪天灾移祸臣民好，只是事后官样文章，于事何益？时至今日，皇上真该好好想想了，置皇上于如此境地的根源究竟何在？"

在一旁的田令孜怒道："郑畋，你，你放肆！"

郑畋转脸对他怒目按剑："你，你想要我说你？"

田令孜急忙低头退后，不再说话。

郑畋走向一辆满载的马车，翻开篷布看了看，对身后士兵命令道："把车上的东西搬出来！"

士兵们登上车，搬下成捆的球杆，成箱的马球，以及鸡笼、鹅笼和种种赌具，又从车后牵出一头毛驴。

"皇上，此去成都三千里，道路崎岖，带上这些东西不嫌累赘？"郑畋说罢指着那堆东西下令："左右，架火烧了！"

鸡笼、鹅笼被点燃，球杆、赌具等一一投入火中，烈焰腾空而起。火光，在僖宗、郑畋和田令孜脸上跳出不同的表情。

"皇上，"郑畋说，"古人云玩物丧志，这是对一般人而言，对君王，则是玩物丧国啊！"

看看火尽，郑畋上前向僖宗跪下，叩头至地说："臣冒犯了皇上，请恕罪。皇上，请登车上路吧。"

田令孜把僖宗扶上马车，一声令下，马车启动。郑畋率部下跪送僖宗车驾至看不见。

僖宗一脸气恼登上马车，田令孜以为他是在可惜那些玩具，忙从袍里取出一支球杆和一个蟋蟀罐呈上说："皇上，这是奴才趁他们不注意时偷偷藏下的，请皇上收下。"

僖宗接下掷于一边，怒气未消地说："哼！朕真想杀了他！"

田令孜问："皇上要杀谁？"

"那个郑畋，他竟不给朕留一点面子！"

"皇上，杀不得。"田令孜忙说，"这种人这个时候杀不得，千万杀不得。要杀，也要等以后太平时……"

"朕实在忍不下这口气！"

"皇上一定要忍下，不但不能杀，还得提拔他。"

"提拔他？"僖宗不解地问。

"对！"田令孜肯定地说，"提拔他为京城西面行营都统，把保卫京城以西的责任交给他，没错。"

僖宗懂了，忙点头说："好，朕听您的。"

睡了一觉醒来听说皇帝连夜跑了，大臣们都不相信，纷纷进宫打听。他们聚集在含元殿上像往日那样把脖子伸得长长的等候皇上登朝。

这时京兆尹匆匆上殿，有要紧事向皇上奏报，听说皇上不在，便找着宰相崔沆和豆卢说，新招募的神策军与地痞流氓勾结横行霸道，鱼肉百姓，抢夺奸淫，无所不为，把个长安城搅得一片混乱。皇上不在，你们是宰相，请你们快拿个主意。

正说着，神策军统军将军上殿，找着崔沆、豆卢说，凤翔节度使郑畋派来守城的三千兵马进城以后便找神策军的岔，说神策军吃得好，穿得暖和，要我们分些给他，不答应就硬抢，已打伤了我们好几十个兄弟，请宰相大人管管。

崔沆、豆卢相互望望，摊摊手，不知该如何回答。

此时从后宫出来的太监告诉大臣们，皇上已于前晚带上皇后皇妃公主太子，在田令孜率领的五百神策军护卫下西出金光门去成都巡幸去了。众大臣听了犹如晴天霹雳，顿时哭作一团。

唯有不久前被贬职的宰相卢携没有哭，他双目失神面无表情地从含元殿大殿中走出来，抬头望望天，发出一阵令人恐惧的狂笑后，一头向檐下的石柱撞去，但听"噗"一声巨响后，脑浆崩裂倒地而亡。

众大臣除了惊惧和惶恐，再无主张。个个捂着流泪的脸走出宫去。

而此时，一身材苗条，面目姣好，身着白衣白裙，头披白色纱巾的女子却逆大臣们出宫的人流而上，有认出她的都惊叫一声："鱼玄机！"

鱼玄机对皇宫再熟悉不过了，她一殿殿往里走，走过她是郭淑妃时所经历过的地方，流连着，徘徊着，回忆着。最后走到上阳宫大门。门上老太监堵住她的去路，问："你是谁？"她并不回答，只缓缓揭去头上的白纱，两眼带笑地把他死死盯住。老太监惊叫一声："鬼！"而后昏倒在地。鱼玄机跨过他，推开门走进去，对着门里那一层层一叠叠的深不见底，大声喊道："姊妹们，你们自由了！"

唐僖宗广明元年十二月六日，是黄巢一生中最值得纪念的辉煌日子。天刚放亮，长安百姓就起来打扫街道，街两旁，摆下香案果品，以迎接天补大将军黄王入城。

正午时分，长安东大门春明门城门大开，一身戎装，骑在高头大马上的黄巢在众义军将领簇拥下踏上长安城的大街。他身后，是一排排旗仗鲜明，衣甲整齐的义军队伍。他们脚步整齐，秩序井然地走过大街。大部队之后，是数不清的辎重车辆，车上装满了食品和衣物，沿途向挨冻受饿的穷苦百姓散发。入城后，义军纪律严明，买卖公平，深受百姓欢迎。尚让、黄存等将领还亲自走上街头，向大众宣传说："黄王义军为百姓，不像李家王朝不顾人民死活。大家不必害怕，尽管放心过日子。"

进城以后，众义军将领主张黄巢入住皇宫。黄巢明白他们的意思，但他对这个问题实在还没有想好，更加上孟雪娘去嵯岈山接曹蔓还没回来。她很有主见，一定要听听她的想法。因此他拒绝住进皇宫，只同意把黄王府设在田令孜的府内。因此这里很自然便成了义军的议事厅。

皮日休向黄巢建议说："大将军，僖宗西逃凤翔，定走唐明皇老路去成都，我们应立即派兵去追，以免他到了成都恢复元气卷土重来。"

这本是一个常识性的建议，但黄巢却摇头拒绝："当初冤句起事，目标是清君侧，除奸佞，救民生，保大唐。而今取了京城长安，又派兵追杀西逃皇上，有悖初衷，我不愿背这个不忠不义的罪名。"

皮日休反驳道："大将军此言差矣！天下者，乃天下人之天下也。唐自安史之乱以来便显现出败象，及至文宗、武宗、懿宗诸朝，日趋败落。到了僖宗时，只知玩乐，不理朝政，大权落于宦官之手，民生艰难，苦不堪言。大将军揭竿起义，替天行道，四方拥戴，而今取了长安，应乘胜追击逃窜的末代皇帝，就势灭之，学汉高祖刘邦登基为帝，建立一个崭新的朝廷……"

"对，对，对，皮学士言之有理。"在座的尚让、黄存、黄揆、秦宗汉等将领齐声附和，并拿出众人签名的《劝进书》呈交给黄巢说："我等随大将军南征北战出生入死，等的就是这一天，望大将军登基称帝，我等一定忠心辅佐，共建一个为民造福的新朝。"

黄巢接过《劝进书》瞟了一眼置于案头说："众将军的心意我领了，你们先回去休息，待我想想再说。"

皮日休等人只得告退。

其实，黄巢早已把这些问题翻来覆去想过多少遍了，闹到今天这个地步，建立新朝，登基称帝，是一个不可避免的结局，但一定要选择一个最佳时机，好比地里的瓜，只有熟了才能摘。现在，还早了点。当然，他心里还有一个不可告人的原因：她还没回来。这些年来与她一起出生入死，每逢重大决策，她都有高人一筹的见解，何况这次又与她的命运息息相关。算算时间，她，也该回来了……

刚想到这儿，孟雪娘恰恰领着曹氏及三岁的孩子跨进大厅。

"大将军，您看谁来了？"孟雪娘高声说。

黄巢见是她，还有曹氏和孩子，惊喜地迎上去："你，你们……"

孟雪娘拱拱手说："奉大将军之命，末将去嵖岈山把嫂夫人母子接来复命。"

黄巢向她投去感激的目光也拱手说："有劳孟将军。"

曹蔓抱起儿子送到黄巢面前："快叫爹。"

孩子甜甜地叫了一声："爹。"

一脸兴奋的黄巢抱起孩子问："叫什么名字？"

曹蔓回道："叫土根。"

"谁取的名？"

"是我取的。"曹蔓说，"不合适，你改了就是。"

黄巢说："黄土根，黄本土，土中之根。好。"

见他一家说得亲热，孟雪娘转身走向一边，忽然见到案头的《劝进书》，她忍不住问道："大将军，他们劝你当皇帝？"

黄巢回道："是的。"

曹蔓问："你答应了？"

"还没有。"

曹蔓说："千万答应不得！"

黄巢问孟雪娘："你以为呢？"

孟雪娘回道："我同意大嫂的说法。"

"请说说原因。"

"我们仅仅占了长安周边一些地方，四面官兵虎视眈眈。且长安城内也不稳定，现在应把精力放在巩固自己上。"孟雪娘毫无顾忌地说下去，"再说，皇帝的御椅，是把消磨人意志扭曲人本性的魔椅，不适合你……"

曹蔓说："我也是这个意思。当明君不容易，当昏君误国害民。"

这时孩子已在黄巢怀中呼呼睡去，曹蔓接过孩子，黄巢叫来小丫鬟带引他们母子去后院安歇。孟雪娘见了，正要告辞，黄巢留住她说："刚才的话题还没说完，我想听你往下说。"

孟雪娘只得留下，黄巢请她火炉边坐下，给她沏上一杯热茶，放低声音说："真辛苦了你。"

接过他递过来的热得发烫的茶，听着他那关切的话语，孟雪娘不觉心头一热，鼻子酸酸的，眼泪直在眼中打转，陡然间，一种女人的感觉涌动，她真想一头扑进他的怀里。但她终于忍住了。端起茶碗使劲喝了一口，把胸中的激情压了下去。

"雪娘，这些年来，你对我太重要了，在这关键时刻，我会把你的意见作为我的第一考虑。"黄巢十分真诚地说。

孟雪娘说："我的意见嘛，刚才我不已说了吗？我觉得那把椅子不适合你。"

"可是，你看了众将领的《劝进书》，他们的热情那么高，我要是不答应，岂不冷了他们的心？"

"其实，我看你的热情也不低。"孟雪娘不无调侃地说。

"但同时我很冷静。"

"这我相信，只是我希望你再冷静一段时间，待局面更有利人心更稳定时再考虑登基，岂不更好？"

看说不动她，黄巢只得说："好……"

孟雪娘告辞说："你们夫妻已三年不见了，天色不早了，不再耽误你们了……"说罢起身欲走。

"慢着，"黄巢叫住她说，"我还有件事问你。"

孟雪娘停下问："什么事？"

"记得你从洛阳出发去邓州前，你对我谈到朱温时正要说什么，却被尚让来岔开了。这么久以来，我一直在想这件事。你说说是什么事？"

孟雪娘说："庞英悄悄对我说，她发现朱温行为异常，曾和李混有过接触，要我们注意着点。庞英是个单纯天真赤胆忠心的姑娘，她的话应当引起我们的警觉。"

"啊！朱温他？他可是我们最早杀出来的兄弟呀……"

面对黄巢信疑参半的表情，孟雪娘说："这话我只说给你，记在心里就是。好，我走了。"说罢一阵风走出大厅。

孟雪娘离开议事厅刚刚走进前院，就被在那里等候的尚让、黄揆、黄存等围住，都向她拱手说："请孟将军留步。"

孟雪娘停下问道："什么事？"

尚让说："有一事相求。"

孟雪娘说："请讲。"

"我们主张大将军登基做皇帝，可是他犹豫不决。我们想请你去劝劝他。"尚让说。

"这事……"孟雪娘为难地摇头。

尚让说："孟将军与大将军友谊很深，你的话，他会听……"

黄揆接了："唐朝都完蛋了，我们已占领了京城，这皇帝的位子理应由大将军去坐，请孟将军去开导开导他。"

声音大说话又无遮拦的黄存上前说："孟将军，我们都知道你与大将军关系非同一般，你去劝说他当了皇帝，我们大家拥戴你为皇后！"

孟雪娘听了大怒道："你，你们把我看成什么人了！"说罢推开众人冲出大门而去。

当将领频频出入黄王府劝黄巢登基称帝时，朱温却表现出异常的冷漠，这令他的夫人庞英十分不解。

"喂，听说将军们都去劝大将军登基当皇帝，你为什么不去？"

朱温冷冷地说："我还没想好。"

庞英奇怪地问："难道他还不合格？"

"有那么一点。"朱温很不经意地说。

"哪一点？"庞英问。

朱温认真地说："他太讲仁义。"

"难道皇帝就不讲仁义？"

"口头上讲讲可以，但行动上却不能。"

庞英不认识似的望着他："你的话我不懂。"

朱温笑笑说："古往今来，哪个皇帝又真正讲了仁义？汉高祖刘邦为了当皇帝父母都不要，当了皇帝就杀功臣。隋炀帝为了当皇帝弑父杀兄。唐太宗为了当皇帝连杀两个同胞兄弟……"

"你……"庞英望着他，不知该说什么好。

"还有，"朱温接着说，"他杀人不多。"

"什么？"

"你看他，每到一处都不叫乱杀人……"

庞英真的生气了："你越说越离谱，我不听了。"说着一转身生气走了出去。

这天，黄巢正在府中与皮日休议事，忽然门官来报："门外有个自称是大将军旧交的老道求见。"黄巢不耐烦地说："我与皮学士正在议事，不见。"门官正要走，皮日休叫住他后对黄巢说："大将军，我义军刚入京城，民心尚未稳定，有来见者，必有要事告诉，何况还是旧交，更不好慢待。"

黄巢听了点头说："那好，就请他进来。"

少顷，老道走上厅来，躬身合十道："大将军，皮学士，久违久违，贫道这厢有礼了。"

黄巢抬头看去，原来是在信州时见过的术士冯用，忙让座叫侍从上茶。

皮日休问道："先生不是在扬州高骈那儿做官吗？"

冯用不屑地笑笑："高骈么，一个根底浅薄的武夫，我早就离开他那儿了。"

黄巢问道："先生此来，有何见教？"

冯用说："大将军、皮学士，你们还记得三年前在信州时贫道给你说的'欲知圣人性，田八二十一；欲知圣人名，果上三屈律'那四句谶文吗？"

黄巢、皮日休点头说："记得记得。"

冯用说："该不是贫道打诳语吧？"

皮日休忙说："有道理，有道理。"

黄巢点头说："有那么点道理。"

冯用接着说："后来，贫道又预示僖宗把年号改为'广明'，实实是告诉天下，黄大将军如日月行空普照万民也。"

黄巢笑道："谢冯道长赐教，但我不信这些。"

"大将军不信这些那就不说这些，请问大将军进长安这么久去皇宫看了没有？"冯用问。

"没有得空。"

"宫里有个观星台，大将军不可不去看看啦。"

皮日休说："那可是个很神奇的地方，大将军应该去看看。趁今天冯道长在，我们陪大将军去看看如何？"

黄巢忽然来了兴致，说："好，这就走。"

黄巢在皮日休、冯用的陪同下，刚进入宫门，欢迎的乐曲便奏响起来，数以千计的太监宫女一路跪迎，然后由年轻美貌的宫女轮流搀扶黄巢游览宫中的各处美景和宏伟建筑。每到一处，歌舞相迎，既隆重，又热烈。休息时，香茶点心，四时果品，摆满几案，由宫女送到嘴边，任随享用。黄巢甚是满意，虽然游玩了大半天，仍兴致勃勃，毫无倦意。

一行人游至含元殿，皮日休指着殿上的那张大椅子说："大将军请看，那便是僖宗皇上登朝的御椅，那椅子只有他能坐，别人坐上去是会头晕的。"

黄巢问道："当真？"

冯用说："那还会有假？"

黄巢说："我偏不信这个。"说罢便踏上几步台阶，坐进了御椅。

这时，皮日休向身后一招手，大声喊道："还不快出来叩拜皇上！"

顿时，躲在大殿四周的尚让、黄揆、黄存等一干将领快步上殿，跪下便行三拜九叩大礼，"万岁，万岁，万万岁"的喊声震撼殿宇。

坐在御椅上的黄巢初时还有些许惶恐，但渐渐地心态也就平稳下来，伸出手臂，嘴里长长吐出一句："众卿平身。"

第四十章　曹蔓叹道："这当皇后比种地费心多了……"

坐上龙椅后黄巢不但不觉头晕，反倒感到从未有过的舒心畅意，于是他决定接受众将劝进登基当皇帝，以顺民意。

唐广明元年（公元881年）十二月十三日，即黄巢率义军攻占长安后的第八天，大明宫含元殿上，黄巢匆忙即位为承天应运启圣睿文宣武皇帝，定国号为大齐，建元金统，立曹蔓为后，拜尚让、赵章为宰相，黄揆为户部尚书，黄存为兵部尚书，皮日休为翰林学士，冯用为太常寺卿，朱温、孟雪娘、黄万通等为诸将军游奕使。其余军容使、枢密使、谏议大夫等各有任命。黄巢还专门下诏说，凡旧朝官员三品以上者罢官，三品以下者全部留用，希望他们恪尽职守，为新朝服务。宣诏罢，群臣向大齐皇上黄巢叩拜谢恩，山呼万岁。

下朝后，尚让走向黄巢奏道："陛下，旧唐荆州兵马使曾元裕发兵攻邓州，凤翔节度使郑畋发兵攻长安。臣已命朱温、孟雪娘分别领兵抵御去了。因时间紧迫，未及奏报。"

黄巢说："怪不得朕今天没见到他们两个呢。今新朝初立，有关施政纲领，你与皮学士多作考虑。他曾向朕交了一份《改制陈言》，提出废除旧朝陈规，另建新制的许多设想，朕希望你与他细细商议，提出方案，以备朝会时讨论。"

尚让回道："遵旨。"

鱼玄机心里一直忘不了皮日休，她找到他的翰林学士府，但几次都被挡在门外，不得一见。但她并不罢休。这天，她又来到皮府大门，门卫见了挡住她说："早就对你说了里面不见，你怎么又来了？"

鱼玄机说："你们说了我是鱼玄机么？"

门卫说："说了。"

鱼玄机又问："我交给你的那本书你递了么？"

门卫说："递了。"

"亲自递给皮大人的？"

"递给皮夫人的。"

"夫人？"鱼玄机问，"夫人姓什么？"

门卫有几分自得地回道："咱们皮大人的夫人么，是当今大齐皇上的妹子，叫盐……"

鱼玄机不屑地："啊，原来是那个跑江湖卖艺的小贱人！"

此时盐盐正坐轿回府，听有人骂她，跳下轿子骂道："哪个贱人不长狗眼瞧瞧，敢在这儿放肆！"

鱼玄机转身见了一身珠光宝气一脸骄横霸气的盐盐，不得不赔笑说："盐盐，我来找皮日休。"

盐盐正色说："皮大人现今是当朝一品的翰林学士，皇上的妹夫，有你随便叫他名字的吗？"

"盐盐，他以前跟我住在一起，你，你还来过我家。我想见他。"

"皮大人早就说了，他不再跟你这种来历不明的女人来往。他说以前是个错误，是个逢场作戏的错误！"

鱼玄机不相信，问道："他会这么说？"

"我是他夫人，什么话不对我说？我说你识相点，快走吧！"

鱼玄机绝望了："那，那我给他的那本书呢？"

"嘻嘻，"盐盐讪笑一声说，"不就是你写的那些爱情呀、相思之类的下流骚诗吗？早叫我丢进茅坑了！"

鱼玄机受到羞辱，愤怒了："盐盐你，你……"

盐盐转身向大门走去，指指身后厉声对门卫说："快把这个疯女人给我轰走！"

鱼玄机指着盐盐跨上台阶的背影想骂，但一时不知骂什么，脚一顿，狠狠地说了一声："你！"

这时，皮日休正在府内大厅上与尚让激烈争论。

皮日休说："既然是新朝，就应当万象更新。你看现在，什么同平章事、尚书、御史中丞，全是老一套，跟旧朝有什么区别？"

尚让说："也不是全依旧朝，好多都是取自《周礼》三公六官制度。"

"《周礼》是一千多年前定的了，而今还用？就不能变变？我设想的那套名实都彻底变革的方案，能令人焕然一新，可以保证新朝不蹈旧唐的覆辙！"

"你的《改制陈言》我看了，好是好，只是实行起来太难。特别是现在，四周是虎视眈眈的朝廷大军，长安城内也不安定，维持局面尚且不易，哪有时间想那么远？"

皮日休从椅子上站起来，坚定地说："不想远点，我们造反起义的初衷就难实现。走老路，旧朝的腐败丑恶就会在新朝滋生，最后，我们也会像僖宗那样逃窜！"

"唉！"尚让叹口气说，"现在新朝初立，千头万绪，火燃眉毛的事都处理不完，实在没有时间去实施你的方案。我看先稳一稳。皮大人您看……"

"新制度，应伴随新朝而诞生。尚大人，不能拖！"

尚让见说不服他，便说："不知皮大人还有什么指教，要是没有，下官告辞了。"说罢起身告辞。

皮日休也不挽留，送至大厅门口，突然想想一事，问道："尚大人，皇上登基那天，为何不见孟雪娘和朱温二人？"

尚让回道："实话告诉皮大人，因为他两个都反对大将军登基，我就趁郑畋、曾元裕发兵来犯把他两人支走了，免得闹出什么事来，冲撞了盛典。"

"啊，原来如此。"

皮日休送尚让至大厅门上，尚让等在门外的卫士向他报告说："尚大人，有紧急军情！孟将军与郑畋交战失利，被围困在马嵬坡，情况危急！"尚让听了转身向皮日休拱手告辞，然后匆匆出门上轿而去。

送走尚让刚回大厅案后坐下，盐盐便一脚跨进亲亲热热叫了一声："老爷——"

皮日休早就对她进城后的表现心中不满，低头批着公文问道："刚才大门外听你吵吵嚷嚷的，什么事？"

盐盐说："一个疯婆子发疯，我叫门上把她赶走了。"

"我让你去打听鱼玄机的下落，有消息吗？"

"我去她原来住的地方打听，说她早走了，不知去向。我走遍长安，也没找着。"

皮日休这才抬起头来，吃惊地问："你头上顶一头珠宝，哪儿来的？"

盐盐说："我去了宫里，皇嫂赏的。好看吗？"说着，还把头转过来转过去让他看。

皮日休敷衍着："好看好看。怎么，你一身酒气。"

盐盐颇为自得地说："皇兄皇嫂请我吃饭，各种稀有山珍，生猛海鲜，几十样菜，吃都吃不过来。皇兄今天特别高兴，赐我姓黄，又把盐盐的名字改为颜玉，颜如美玉的意思。老爷您看，我的脸还真像美玉呢！"

皮日休冷冷地说："其实，盐盐的名字我看更好。"

"有什么好？"她反驳说，"盐盐，是没有盐吃的时候的名字，现在鸡鸭鱼肉山珍海味都吃不完，还叫那个名字，多寒碜。"

"唉！"皮日休长长叹口气，不知该说她什么好，意味深长地叫了一声："盐盐……"

"你现在这么大的官当着，在家有人侍候，出门八抬大轿，叹个什么气吗？真是……"她觉得他太傻。这么有学问，连这么平常的理都不明白，真不可理喻。

装满了一肚子悲愤的鱼玄机高一脚低一脚走回到她寄居的道观，她恨盐盐，但更恨皮日休。盐盐，就别说了，她的浅薄来自她浅薄的根基；可是你，堂堂翰林院学士、响当当的诗人，难道也这么薄情寡义？其实，我对你没有别的意思，只不过希望你念在旧时情分上给我一个庇护，一个遮风避雨安身立命的地方，别无他求。可你却不愿向我伸出救助的手，难道你真忍心让你曾经疯狂热烈爱恋过的人冻饿街头抛尸荒丘？她不敢往下想，伸手从墙上取下那把竖琴，调调音，然后凄凄切切一曲哀怨悲怆中夹有愤激绝望的琴音从小巷道观里传出，并随风消散于茫茫夜空中。

听说孟雪娘与郑畋交战失利被围困在马嵬坡，黄巢十分焦急，立即调集五万大军并亲自督阵去解马嵬坡之围。郑畋得知黄巢亲领大军督阵，自觉不是对手，忙下令退兵，但却被孟雪娘率兵断了后路，郑畋的两万人马被堵在山谷中进退不得。无奈之下，郑畋只得自缚其身向黄巢请降。黄巢准其所请，仍授他为凤翔节度使。郑畋三跪九叩称臣，谢不杀之恩。为表示真诚归附新朝，愿以其子作人质送去长安。黄巢哈哈大笑道："朕既然接受了你的投降，咱们便是君臣，岂有为君者不信任臣下的，你放心去吧。"

得知放了郑畋，孟雪娘来到黄巢行辕，先向黄巢拱拱手说："大将军当了皇上还没忘了臣下，亲率大军来相救。臣下这里有礼了。"

黄巢知道她在赌气，赔笑说："雪娘，你我何必言谢？"

孟雪娘正色道："不过，臣下要问皇上，皇上您明明知道郑畋是走投无路后的假降，为何还要放了他？"

黄巢解释说："目下，已有夏绥节度使诸葛爽、河中节度使李都等等一大批唐将归降我大齐，要是我杀了来降的郑畋，他们作何设想？再说，如果杀了郑畋，他的部下必与我义军拼死顽抗。杀敌两万，难免自损八千。他们，可都是我大齐的子民啊！"

见孟雪娘一副不以为然的神气，黄巢把话岔开说："咱们好久没见了，今天不谈这些。"

"陛下今天想谈什么，请讲，臣下洗耳恭听。"

"怎么？才好久不见，什么陛下臣下的，如此生分。"

孟雪娘故作正色说："您如今已是皇上，我是你的臣民，这个界线可是要分清楚的。"

"君君臣臣的界线自然是要分清楚，但你我之间，就另当别论了……"

"陛下，你这是什么意思？"

黄巢靠近她说："实话对你说，这次，我是为你而来。我要让你回长安。你是我大齐新朝的功臣，我不能让你在这野外风餐露宿吃苦。"

孟雪娘有些感动地："你能想到就好，但我不愿去长安。"

"我知道你对我匆忙登基称帝有意见，我也犹豫过，但实在拗不过众将领的心意；再者皮日休早立新朝早建声威，有利于早日平定海内的建议也确实打动着我……"

她打断他："更打动你的，应当说是那巍峨的皇宫和那至高无上的皇权，还有那声色犬马的后宫生活。"

他打断她："现在，我才发现，新朝的建立虽然吸引了一些节度使的归降，但也促使一些持观望态度的节度使们转向逃往成都的僖宗，新朝成了个箭靶子，节度使们把勤王平叛的箭一枝枝射来，使我穷于应付。这个时候，我才想到你的那待局面更有利、人心更稳定时再登基的说法多么有远见。"

"那把龙椅不坐你都坐了，就稳稳地坐下去吧。"这时，孟雪娘只有转而鼓励他了。

"唉！"黄巢叹口气说，"没有你在，哪里坐得安稳？我只感到孤独。"

孟雪娘笑了："朝上有那么多文武大臣，后宫有那么多嫔妃宫女，竟然说孤独。这不是书生的感慨是什么？我早就说了，你本是个书生，可是你却当了皇帝，而且是大齐的开国皇帝。"

"你别打趣我了。"黄巢动情地说，"这些年，我们由北方打到南方，又从南方打回北方，朝夕相处，相依相伴，共同经历了多少生死劫难，终于有了今天，可是你却远离我。你知道吗？没有你在身边，我感到自己像失去了重量，心中空空的很难受。"

"你当我心里好受？"孟雪娘再也坚持不住她的矜持，把心里话说了出来："如今你已是皇上，当为臣民的表率，我不能让你为难。这里，无畏军的营地，才是我的位置。"

"宫里，有你更适合的位置。"黄巢终于说穿。

孟雪娘明白了他的意思，正色说："皇宫，那是埋葬有志向女人的坟墓。我绝不会去！"

"那就在长安城里我为你修个将军府？"

"可以考虑，但要等到四海一统天下太平以后。"

"这个日子我感到有些遥远。人生苦短，怕等不及啊！"

"那就耐心等下去。该明天才拥有的，我不想今天得到。"

"雪娘，你太狠心，真的要让我一个人回长安？"

"我的心会永远陪伴你，我的开国皇帝。"孟雪娘狠下心说，"你回长安去吧，那里有那么多军国大事等你去拿主意。你去吧，我在这儿守住长安的西大门，好让你安心处理朝政。"

黄巢怀里揣着一团莫名的恼怒回到长安宫中，曹蔓上前迎上说："你这么久没有回宫，可把我记挂死了。"

一句话点燃了他胸中的怒火，脸一板怒道："记住，我现在是皇上，你如今是皇后，别说话老是你呀我的。对我，要称皇上、陛下、圣上、万岁；你自己要称臣妾、奴家……记住！"

曹蔓倒抽了口冷气，不认识似的看了他一眼，回道："是，臣妾记住啦。万岁爷！"当黄巢从她身边走过后，她不由叹口气，自言自语说："唉！这当皇后比种地费心多了。"

黄巢在曹氏安排的太监宫女侍候下洗脸更衣，然后舒舒服服坐上躺椅，接过小宫女递过的香茶喝了两口后，气才觉着顺过来了。

曹蔓把身子挨近黄巢，低声柔气地说："皇上，听说您领兵出征打仗，又这么久未回，臣妾实在放心不下。"

黄巢这时已心平气和下来，缓缓地说："仗还没怎么打，敌人就投降了。只是回来路上，沿途巡幸了好几个地方，每到一处，迎来送往的礼数不能不敷衍；摆好的宴席，专为皇上准备的，总不能不吃；歌舞节目，专为皇上演出，总不能不看；还有畋猎、打球之类的活动，总不能每次都拒绝吧。一晃就这么多天过去了。你这一向在宫中还好吗？"

"好，好。"曹蔓回道，"只是这皇宫也太大，太冷清，皇上您走以后，也没人说话，更冷清了。前不久，上阳宫闹鬼，吓得我几个晚上没睡好觉。"

"上阳宫闹鬼的事，朕早就知道了，是旧朝懿宗投井而死的郭淑妃作祟，都死了这么些年了，突然从井里浮了上来。朕已经吩咐去找安国寺的高僧为她念经超度，然后送皇陵埋了。有见到的人说，那郭淑妃跟女诗人鱼玄机长得一模一样。"

"那也太凑巧了。"

"凑巧的事多着呢。"

曹蔓忙问："啥事？"

黄巢说："那天我去御花园球场打马球，一个太监牵过马来就趴下说：'皇上，请踩着奴才的背上马。'朕踩着他的背上马后觉得他的说话声音很熟悉，便问他叫什么名字。他说，奴才叫田卅。朕问他，你这名字咋这么怪？他回说是拜田令孜作干爷爷时给他取的名。朕问他原名叫什么？他半天不说话，问急了，才跪下叩头说：'奴才罪该万死，奴才名叫黄钦。'朕问：'你不是朕打听了很久的弟弟吗？'他回道：'正是。'朕立刻跳下马来扶起他，问道：'你知不知道我当上了皇上？'他回说：'奴才知道。'朕问：'那你为何不来相认？'他说：'奴才怕辱没了皇上。'皇后你看看，朕这个亲弟弟，他怎么变成了这样！"

"皇上，"曹蔓意义深长地说，"住在皇宫里不变行吗？陛下您不是也常常纠正我这不对那不对，不断提醒臣妾要学宫里的这规矩那规矩吗？"

黄巢点点头说："倒也是……"

僖宗西逃后，因后无追兵，一路逍遥到了成都，住进了西川节度使陈敬宣早就安排好的行宫。因见蜀中物产富饶，山川锦绣，便安心住了下来，下诏改年号广明为中和，任命田令孜为行在都指挥使兼十军十二卫观军容使同平章事，提升西川节度使陈敬宣兼任相职，把小朝廷的朝政全交给他兄弟俩。

这日，探马来报说凤翔节度使郑畋投降了黄巢，僖宗听了大惊，问田令孜道："要是郑畋引贼兵打来，朕又能逃往何处？"

田令孜回道："陛下放心，那郑畋已送来血书，向皇上誓表忠心。只因贼势甚旺，不得不避其锋顺其势；虚与委蛇，暗中，正在密约邻近诸路兵马，伺机反攻。"僖宗听了，复又信心大增，在朝会上对殿下文武说："朕自幸蜀以来，得众大臣尽心辅佐，谋划与南诏和亲，稳住了边境，保住了一方太平。近得报，太原兵马使李克用率四万鸦子军正向长安进发，江南都统高骈正率兵五万北上，其他朔方、河间、夏绥等各镇节度使亦在暗中准备，合力共剿黄巢。看来，平贼有期，朕还朝之日不远了！"

殿下众臣听了一片欢呼，万岁英明声不绝于耳。

唯有不识时务的左拾遗孟昭图出班奏道："臣以为在这个时候，陛下应切实反省过去，勿以些许小胜而自得。回想皇上撤离长安时，朝中文武大臣无一人知晓，致使黄巢入城时逃避不及，非死即降。圣上西行驻成都，诸多大事不召大臣商议，独与内臣议决，致使天子与臣下隔离，视朝臣若路人。长此下去，恐收复之期遥矣！臣作为谏官，冒死上奏，愿陛下熟察。"

田令孜不等僖宗开口，大声喝道："孟昭图，闭上你的臭嘴！殿前卫士，快把他押去刑部鞫问！"

正在此时，王铎匆匆上殿，喊道："且慢！"

僖宗见是王铎，问道："你是什么时候来成都的？"

王铎上前跪拜说："臣刚刚到成都。黄巢入城那日，臣逃出长安，先后去凤翔、河中、义成、河北等诸镇联络，又暗中与长安城中忠于我大唐的官员密议，组织各路兵马数万攻入京城，撵跑了黄巢，无奈各部队间没有统一指挥，不能协同作战，加之入城后官兵只顾抢金银，拥妓女，各自取乐，贼军便又乘隙攻入，官兵措手不及，被杀死无数。贼兵入城后大肆报复，纵兵屠杀，陈尸街巷，血流成溪。各镇见贼势猖獗，江南都统高骈率部逃跑，忠武节度使周岌等奉表降贼，其他各镇动摇退缩，唯凤翔节度使郑畋反正后坚守城池，誓死与贼兵周旋，但势单力薄，孤掌难鸣。臣这次来成都前，与郑畋作竟夜长谈，尽释前嫌。我两人认为黄巢窃据长安，建立伪朝，新拜之官员虽多为狐精鼠魅之辈，但也有如皮日休、尚让、朱温、孟雪娘等一批能人强将，要打败他们，还需吾皇认真检讨过去，重振朝纲，建立天子声威，方可号令四方，切不可稍有诤谏便罗织成罪，寒了臣下的心。只有君臣一体，才能协力同心讨贼，光复京城才有希望。"

僖宗听了好像突然清醒，连连击掌说："好，好，你的谏言，朕全都采纳。"

善于察言观色的田令孜立马换一副面孔，喝退了准备去捆孟昭图的卫兵。

僖宗立即下诏说："朕任命王铎为诸道行营都统，赐印信，有权调动各镇兵马，任命官员，遇事便宜处置；朕还任命凤翔节度使郑畋为京城四面行营都统，协同王铎指挥全国各镇兵马讨贼！"

　　王铎听了向僖宗跪下说："皇上重托，臣以死效命。三年之内不灭黄巢，听凭处置！"

第四十一章　绝恩义皮日休走人

黄巢大齐新朝初建的前两年，是在平稳发展中度过的，虽然曾有一次长安降而复叛的郑畋等组织的唐军攻占，但五天后复被黄巢义军收复。此后，黄巢重拳打击隐藏于长安城内的旧唐势力，又接连打了几次大胜仗，义军威势大震，不断有各镇节度使向大齐朝廷上表投降，当时唐藩镇四十八个中有二十一个投降了义军。这些消息震动着成都小朝廷，僖宗忽觉大难临头。

"都是郑畋惹的祸！"田令孜死死地记住在马嵬坡前郑畋对他的羞辱，向僖宗这样说，"他贪功冒进，准备不周，慌忙攻下长安后又慌忙撤出，让黄巢血洗京城杀了我好多忠于皇上的大臣，这还不说，还让一些持观望态度藩镇投降了黄巢。这个郑畋……"

"那就罢他的官，免去他的凤翔节度使和京城四面都统之职，押来成都鞫问！"僖宗更没忘记马嵬坡前郑畋那种目无皇上的张狂，舞动着手说。

"陛下且慢。"田令孜说，"现在不能动他。"

"为什么？"僖宗不解地问。

"郑畋现在被贼兵围在凤翔，我们还需要他在那儿坚守，不然，要是让贼兵攻下凤翔，他们就会顺路来攻成都。"

僖宗点头说："对，那就不罢他的官，让他守凤翔！"

"不但不罢他的官，还要升他的官。"田令孜说。

"升他的官？"

"是呀，给他个宰相空头衔，让他好死心塌地为皇上守凤翔呀。"

僖宗说："那好，朕下诏升他为京城四面行营都统同平章事如何？"

田令孜说："皇上英明！"

郑畋这一向的日子实在不好过：攻长安得而复失损兵折将不说，还被黄巢的兵马追来围了城池动弹不得，要是朝廷对自己的贸然行动造成巨大损失追究起来……难道，难道这一次真的去投降黄巢？

正在郑畋进退两难时，算命先生打扮的王铎突然到来。郑畋见了喜出望外，忙迎入内厅，二人细细交谈。

王铎向郑畋拱手道："恭喜郑大人。"

郑畋感到莫名其妙："败兵之将，困守孤城，正待朝廷处分，有何喜事？王大人莫取笑下官了。"

"告诉你吧，下官刚从成都来，皇上已下诏升任你为京城四面都统同平章事了，难道不是喜事？"

"当真？我贸然发动攻打长安，得而复失，损失惨重，正等着革职查办呢。没想到……"

"发动攻打长安，我也参与。皇上说了，光复京城，灭了贼焰，削了贼势，大振了朝廷声威，虽又失守，非你我之过。应当嘉奖。"

郑畋感动得起身向南方的天空长长一揖："臣郑畋谢皇上隆恩。"

王铎接着说："郑大人，下官还有好消息告诉你呢。"

郑畋忙问："什么好消息？"

王铎说："下官这几个月来，又走了许多地方，加之以前走过的，算来，全国十个道我走了九个，四十多个藩镇我走了三十来个……"

郑畋钦佩地说："不简单呀不简单，真辛苦哇真辛苦。"

"辛苦那是辛苦，但值得，可以说是不虚此行。"

"下官愿闻其详。"

"出乎意料。几乎每到一处，各藩镇都表示愿为朝廷尽忠效力，只要一声令下，立即发兵勤王，就连已降了黄巢的藩镇也一再表示是出于无奈，一旦有机会反戈一击以立功自赎。"

"难道江南高骈，太原李克用也都有了转变？"

"对高骈，大人是了解的，虽表示了，但他的话信不过，只看他以后的表现了。至于李克用，他本沙陀人，野惯了，这次倒是答应得很干脆，只不过提了个条件……"

郑畋急问："什么条件？"

王铎回道："提出剿灭黄巢以后，朝廷把河东、振武两镇十二州划归他管辖。"

"你答应了？"

"答应了。"

"唉！"郑畋摇头叹息道，"那么大一片土地啊！"

"你不答应行吗？"王铎说，"李克用实际上已控制了那片土地，不如做个顺水人情，只要他起兵把黄巢灭了，值！"

"王大人，李克用是个野心勃勃言而无信的人，切莫忘了当年安禄山写下的惨不忍睹的那页历史啊！"郑畋语意深长地说，"同样的故事，我们绝不能让它上演两遍！"

王铎说："可是现在正在上演。"

"那就就此收场！"郑畋捏紧拳头说。

"郑大人，如今这形势，你我不演，换一批人来，其结局恐怕更加惨不忍睹啊！"王铎伤感地说。

"唉！"郑畋叹口气，同时放松捏紧的拳头。"既然如此，我们尽力而为吧！"

王铎端起茶杯喝一口，换个话题说："告诉你郑大人，我这次走一大圈的收获还远远不止此呢。我还去过长安，打听到不少消息，收获大体会深啊！"

"什么消息？"

"都是对我们有利的消息。"王铎说，"他们君臣不和。黄巢与朱温、尚让、皮日休、孟雪娘之间，有着各种各样扯不清的矛盾纠葛。朱温嫌自己官小，尚让说自己权少，皮日休埋怨自己的建议不被采纳，孟雪娘不赞成黄巢称帝；她与黄巢、朱温、皮日休之间有说不清的感情纠葛，京城里传遍了他们的绯闻。还有些有趣的消息，说皮日休本与女诗人鱼玄机相好，后来黄巢逼着他娶了自己的妹妹，气得鱼玄机投井自尽。方士冯用说黄巢之子取名土根不雅，改名为舜之，又建议在宫中修黄氏家庙，而今修了一年多，工程尚未完成一半。黄巢的弟弟黄钦本是太监，却硬要娶皮日休的养女为妻……笑话一串串从他们间传出来。"

"看似笑话，可又不是笑话。笑话背后有文章啊！"郑畋说，"对了，刚才你还说体会深，是什么意思？"

王铎说："说体会深，其实浅得很，不过，我以为越浅显的东西越深奥。"

郑畋笑道："你怎么讲起玄学来了？"

"我这趟之所以有这么大的收获，就靠最简单不过的两件东西……"

"什么东西？"

"权与钱！"

郑畋伸长了脖子："愿闻高见。"

"有了皇上便宜处置的授权，走到哪儿都有人买账。"

郑畋点头说："这说明我大唐三百年来造就的威势至今犹存。"

"不过这个权在黄巢那里行不通，但钱在那里行得通，只要有银子，什么事都能办到，就连皮日休写给黄巢的《改制陈言》也能弄到。你看！"说着，王铎从怀中取出一卷纸双手递过。

郑畋接过来边看边夸："好，真好，把我大唐多年积累的腐恶弊病看得真透，所提出的医治良方也切中要害。真是远见啦！只可惜这个皮日休为贼所用。"

"其实，黄巢只用了他点皮毛，真浪费了他的一片苦心。据我观察，黄巢的大齐朝是一伙不得志的书生和一伙饥饿的农民组成，他们最大的弱点是容易满足，目光短浅，只图眼前和个人利益，因此，我们大唐的腐败与弊病他们全盘接受且发扬光大，却一点也不吸取我们的教训……"

郑畋说："不过，也要看到他们中的能人和战将啊！"

王铎说："大人提醒得好，所以我们得细细研究一下对付他们的方略……"

在营地外的空地上，孟雪娘正带着女兵练武。这些年，原有的几个亲近的姐妹庞英、记记、秀秀、盐盐一个个嫁了，只剩下一个年纪小的柳花了。虽然新招了不少女兵，但总比不上原来那些共过患难的小姐妹说话体己，她感到心里很不是滋味。抬头，见柳花一招一式练得正欢，想到即将降临到她头上的不幸而她却浑然不知，这使孟雪娘心里更觉不是滋味了。

就在这时，忽听一声"皇上驾到"，转身看去，黄巢的轿子已进了大营。孟雪娘上去接住他，二人并肩走进帐内。

见黄巢穿一身龙袍，孟雪娘觉着不舒服，说道："我希望下次见到你时，你别穿这身皇袍，看了觉着隔了一层什么似的，全不像以前青衣小帽那么让人感到亲近。"

黄巢说道："这个朕可以依你，但那件事你得依我。"

孟雪娘说："你一定要我同意把柳花嫁给你那当太监的弟弟黄钦？"

"正是。"

"你真给我出了道难题，他是个太监，娶个老婆有啥用？"

黄巢说："他是个太监不假，可是你看旧唐宫里的太监，从高力士起，娶老婆的还少吗？"

孟雪娘反驳道："那是旧唐，我们可是新朝。"

"新朝大小事都按旧唐规矩，这事也不例外，何况他是我弟弟，现在又是内侍省总监。"

孟雪娘针锋相对说："既然说到旧唐，旧唐明文规定男女婚姻可以自做主张，我试探着问了柳花，她不愿意。我岂能勉强？"

黄巢伤感地说："雪娘，你知道我那弟弟是怎么当的太监吗？他是为了能进入皇宫找机会劝谏皇上而自废其身的。在宫中受尽屈辱和煎熬，好不容易有了今天，给他娶个老婆，也算是个补偿。他又是我弟，你就帮帮他吧！"

"僖宗逃跑时，宫里留下上千宫女，有那愿意的，让他选一个就是，何必……"

"可是他偏偏就看上你们无畏军的柳花，你是无畏军大将军，你一句话，她柳花敢不同意？"

"你叫我下军令？"孟雪娘摇摇头说，"这我实难遵命。"

"你，"黄巢有些生气了，"你太缺乏同情心了！"

孟雪娘正色道："那柳花她不该同情吗？"

黄巢连忙改成央求的口气说："雪娘，我也难呀。作为皇上，我已答应了黄钦，古云'君无戏言'，这点事都办不到，我这个皇帝怎么当？再说，黄钦是我亲弟弟，这点亲情都不能照顾，我这个皇帝当了又有什么劲？雪娘，你就算帮帮我吧。"

孟雪娘听了不知如何回答，半晌无语。

黄巢见了问："雪娘，你在想什么？"

"我在想当初你带领我们造反时说的那些话。"

这下该黄巢不知作何回答了，他沉默着。

他们俩都沉默着。同时，他们俩又都在想，以往在一起时有说不完的话，怎么今天却没话讲了？

孟雪娘明白是话题没选好。便打破沉默说："我们好不容易见一次面，不说这个，换个话题……"

黄巢说："这事不说定，我没法向黄钦交代。我说雪娘，你就通融一次。这样，你就说是皇上的旨意，她要不从，那就是抗旨！"

孟雪娘不紧不慢地回道："既然是皇上的旨意，皇上您亲自对她说岂不更好？"

黄巢怒道："你？你怎么变成这样！"说罢，脚一顿，走出营帐。

孟雪娘也不送他，独自在营帐中来回踱步。她走至窗前，放眼远处的青山白云，口里不断重复叨念着："变了，变了，变得都不再认识了……"

比起孟雪娘来，皮日休对黄巢要把柳花赐婚给他当太监的弟弟黄钦之事更为气愤，柳花是自己的干女儿，这不仅是对柳花的侮辱，也是对自己的侮辱。一大早，他就进宫去找黄巢，宫里人说皇上去孟大将军营地去了，他便寻踪赶来。

皮日休急匆匆走进孟雪娘大帐，不见黄巢，大声问："皇上不是在这儿吗？他到哪儿去了？"

没人回答。

忽见面窗而立的孟雪娘的背影，皮日休喊道："孟雪娘你在这儿，"说着走近她，连珠炮似的对她说："请你评评理，今日咱盐盐从宫里回来说，皇上提亲要把柳花嫁给他当太监的弟弟黄钦。你说这柳花嫁给了他一辈子不就完了吗？他还叫盐盐去劝说，盐盐说，柳花是我们的女儿，这辈分上说不过去。他却说高宗皇上还娶了他父皇的妃子武则天作皇后呢……孟雪娘，你说咱皇上是咋想的？"

见孟雪娘背着身不说话，皮日休小心翼翼地问："孟大将军，您在生气？"

"哼！"孟雪娘用力哼了一声。

皮日休吓得退半步，小声问："生什么气？"

"什么气都生！"

皮日休知道她的脾气，不敢再问，一脸惶然地准备悄悄退出。

"你别走！"孟雪娘命令着，指着椅子说："你坐下！"

皮日休屁股刚落座便起身说："我要去找皇上。"

"我知道你去找皇上要说什么。"孟雪娘余怒未消，话里带着激动，"皮大人，不是我小瞧你，我都说他不动，你能说动他？最后必然闹到不欢而散。我大齐目下处境皮大人是知道的，不能再因这些事造成君臣失和……"

一提到大齐目下的处境，皮日休满肚皮的话倾泻而出："真没想到，大将军一坐上皇位，就比照旧唐建立了什么'控鹤府'，追求起玩乐来，又下旨修家庙建祠堂，分封亲王功臣……"

孟雪娘打断他："这你该理解我当初反对他匆忙登基称帝的用意了吧？"

"是呀！是呀！"皮日休不停点头说，"古话说，上有所好，下必甚焉。下面的臣僚们也都讲起享乐来，霸占田庄，修建府第，娶小老婆买小丫鬟，吃喝嫖赌一个比一个强，我几次愤而上书献言，试图制止此等风气漫延，可没人听。没想到本该一个王朝气数将绝时才会出现的败相，竟在我大齐初建两三年间就泛滥起来。尚让等大臣不是说我危言耸听，便是说我没得到心里不平，叫户部划拨银两为我重修府第，遭到我严词拒绝……"

孟雪娘说道："正因为你还能安心住在那陈旧的府第里，今天才留你在这里倾心交谈。皮兄，你是有学识有远见的人，你说要怎样才能让他回到从前？回到那个青衣小帽朝气蓬勃的好书生，回到那个一身戎装与我们并肩作战的补天大将军，回到……"

"可惜他现在已经是唯我独尊，生杀予夺大权集于一身的皇帝了，想改变他，是要冒风险的，'伴君如伴虎'的话可不是古人说来吓唬人的。"

"不过，凭我多年与他的相处，他还不至于那么可怕，你和我对他的劝谏，他还是会听的。"

"然而我们的声音太微小，比起他耳边那么多苍蝇嗡嗡声，微不足道。"

"这么说来你已对他绝望？"孟雪娘故意激他说。

"不！"皮日休猛地从椅子上站起来，"我不甘心！当初我满怀一腔热血背叛朝廷投靠他，辅佐他做下了这么一番惊天地泣鬼神的事业，岂能就此放手？我要去找他，就从柳花这件事说起，让他醒悟，让他回到从前！"

"皮兄，这可是要冒风险的，你……"

"为了他，为了大齐朝，为了我的女儿柳花，冒再大风险也值！"皮日休说着向孟雪娘拱拱手，然后大步走出营帐。

其实一切都是多虑，在皮日休身上根本就没有任何风险发生，因为他在皇宫大门上就被挡了驾，把门卫士说，皇上有旨，后宫有事，任何大臣都不接见。

后宫确实有事，而且是非同一般的大事：皇上的弟弟、宫中第一太监内侍省总监黄钦今日结婚。后宫张灯结彩，一片喜气。当今皇上亲自主持婚礼。考虑到黄钦虽是御弟，却是太监，不便请外官参加。本应请皮日休夫妇的，他们是新娘柳花的父母，但因他们反对这件婚事，只有罢了。孟雪娘是柳花所在的无畏营的最高长官，照说也该邀请，也因怕她在婚礼上发难，也只好作罢。于是，婚礼便成了黄巢及黄揆、黄存、黄万通和黄钦等兄弟的聚会，婚宴也就成了皇上的家宴。尽管柳花的哭啼吵闹声与宴会的喜庆气氛十分不谐，但并不影响兄弟间觥筹交错开怀畅饮。

来自皇宫的太监手捧圣旨强行接走柳花，柳花上轿前的抵死反抗和号啕痛哭……刚刚发生的一幕如毒蛇般撕咬着孟雪娘的心，她几次欲上马去宫中找他理论，跟他大吵大闹一场。即便要不回柳花，也要出口胸中的恶气。但一出大帐远远看见对面山头飘着的敌军"郑"字军旗，她便立即冷静下来，转身走回大帐，对着窗外那片青山白云暗自焦虑。

让孟雪娘焦虑的事情实在太多，宫中日益奢靡，官员沉溺享受，王铎指挥的各路兵马正向长安逼近……而这一切的焦虑最后都集中在他的身上：难道他真的被"万岁"声震昏了？连同他的睿智、敏锐、勇敢和远见卓识，才短短两三年间就被那把御椅消磨掉了？她不相信，但又不能不信。"你啊！你什么时候才能醒悟过来呢？"她对着苍天白云发问，"千万，千万不能等到被撵出长安，穷途末路众叛亲离时……我，我还等着你的承诺呢！"孟雪娘自言自语念叨着。

"报告将军，有紧急军情！"沉入遐想中自问自答的孟雪娘被帐外探马的话声惊醒。转身急问："什么紧急军情？"

探马说："发现郑畋的部队有异常调动，向我大营两翼迂回逼近。"

孟雪娘听了，向帐外大喊一声："备马！"她要亲自去察看。

怒气冲冲的皮日休回到府中伸手把头上的官帽扯下来猛地掼在地上，又上前用力踏了一脚，狠狠骂一声："去他娘的！"

盐盐跑上前拾起官帽拍着上面的灰说："大人，再大的气，也别拿官帽来出呀！"

"你不知道有多气人，他，他他……"

"皇上他不听你的陈述？"

"能当面向他陈述，哪怕他不同意还可以跟他争辩几句，可他，他根本不见我，把我拒在宫门之外，把皇帝架子拿得大大的。你说，这气不气人？"

"那他也太不给面子了。'盐盐也有了气，"他能当上皇帝你是第一份功劳。再说，柳花是我们的女儿，要是嫁给了他的弟弟，好歹我们也算是他的长辈。他也太拿架子了。"

"我已经想好了……"

盐盐问："你什么想好了？"

"这个官咱不当了！"

"什么？你就为这点事，官就不当了？"

"盐盐，"皮日休耐心对她说，"你想，既然有了这样的开头，以后的日子我们会好过吗？再说，他贪图享受，朝纲不举。旧唐大兵压境，也拿不出退敌的办法，前途实在堪忧。不管当面进谏，还是写奏折，一概不理。而今又遇上这种事，你说这官有啥当头？"

盐盐犹豫说："你不当官了，做啥呀？"

"你这话问得奇怪，世上当官的究竟是少数，那么多百姓不照样过日子呀。"

"过那种没盐吃的日子？"

"就是没盐吃的日子，也比现在这个日子舒坦！"

见盐盐一脸的不情愿，皮日休说道："那好，你留下过有盐有味的日子，我一个人走！"

盐盐忙说："你想把我丢了，想得美，我要跟着你，哪怕是没盐吃的日子，也跟你过。"

皮日休搂过她说："这才是我的好盐盐。盐盐，你还记得那年我们从长安出发，去投那时的冲天大将军的情景吗？"

盐盐说："记得记得，那时你挑着戏班行头，我牵着猴，张老爹杵根拐棍，柳花背个包袱，一路玩着猴戏，说说笑笑好不开心。"

皮日休高兴地说："好，盐盐，咱们就去过那种自由自在无拘无束的日子去。快去收拾收拾，今晚就走！"

傍晚，一辆小推车从皮日休府的后门推出，一路吱吱呀呀辗过长安大街，出了城门，渐渐消失在郊外的黑暗里。

就在黄巢为其弟黄钦办婚事后数日，突然军情告急，由诸道行营都统王铎和京城四面都统郑畋指挥的大军从四面向长安发动进攻，新任命的东北行营都统李克用从太原领鸦子军五万攻华州，江汉节度使曾元裕率兵五万攻邓州，郑畋则率领大军攻打长安西面扎营的孟雪娘的无畏军。黄巢急召尚让商议对策，因华州离长安最近，是长安的东大门，防守又薄弱，黄巢命尚让亲领大军驰救。

尚让领军在华州城外与李克用对阵扎下营寨，守营校尉来报说营门外有数百匹无主野马游荡。尚让问道："马背上没有人？"回说："没有。连马鞍也没有。"又问："是不是有人放牧？"回说："没见有人放牧。"尚让听了登上营门哨楼看去，果见数百匹无缰无鞍高大肥壮的马在营门前啃草嬉闹。便下令："打开营门放那些马进来，配上马鞍，分给各营，出战时好骑。"士兵们见凭空拣得几百匹好战马，都争着要骑。

　　第二天两军对阵，但见尚让率领的义军白衣白甲，军容整齐；李克用率领的鸦子军全身着黑，雄壮彪悍。三通鼓过，尚让拍马与李克用对阵，只几个回合，尚让便显力怯，只顾招架，无力反击。此时敌阵鸦子兵用沙陀语狂呼怪叫，义军阵中昨日拾得的马匹昂首回应，不再听指挥，纷纷放开四蹄朝敌阵跑去，马背上的义军喝止不住，在惊恐中被驮进敌营，尽遭乱刀砍杀。李克用趁义军慌乱之时，挥兵掩杀过来，战马冲入尚让营内，杀得义军溃不成军。尚让率残兵朝长安败退，华州被李克用占领。

第四十二章　图告身朱温叛变

华州失守后，长安的东面已完全暴露在唐军面前。然而，长安西面的形势也很严峻，郑畋吸取了上次低估义军作战能力的教训，从附近诸镇调集数倍于孟雪娘无畏军的人马，连杀几阵，把孟雪娘大营围在一座山上。孟雪娘组织义军死守待援，但军中粮草渐尽，情势十分危急。

这天夜里，劳累过度的孟雪娘坐于军帐中打盹，一身男装的柳花突然进帐，叫一声"雪姊"便扑进她的怀里哭泣起来。安慰她平静下来后，孟雪娘问道："你是从宫里偷跑出来的？"

柳花点头说："是的，听说华州失守，宫中人心惶惶，我便趁乱跑出宫来。我本是无畏军中的人，跑回来向您报到。雪姊，您该不会不留我吧？"

孟雪娘确实感到为难："就怕皇上他……"

"雪姊，我好不容易跑到您这儿来，您要不收留我，我只有死路一条了。"柳花眼泪汪汪地说。

"好，你留下，还是在我帐下。"孟雪娘决然说，"天大的事，我顶着。快去换上军服。"

柳花刚要出帐，外边卫兵喊一声："皇上驾到。"

孟雪娘拉过柳花，推进帏帐："你先躲一躲。别怕。"然后转身出帐，忙把黄巢接进大帐。

"你？"见黄巢一身铠甲，她感到惊异。

"得知你这边缺粮，特地送点来救急。"

"深更半夜的，又这么危险。"孟雪娘说着，为他解下肩上的披风。黄巢顺势握住她的手，却被她挣脱。

"你还在为柳花的事生爻的气？"黄巢问。

"难道不该？"

"该！"黄巢十分悔恨地说，"直到皮日休和盐盐双双出走，我才意识到这件事做得不妥……"

"怎么，皮日休已经走了？去了哪儿？"

"有看见的人说，见他俩平民打扮，推一辆小车乘夜色出城去了。"

"可惜呀！你没派人去追？"

"派了，可出城不多远便是唐军的地盘，哪里去找？唉！为了这件事我开罪了好多人，皮日休夫妇、柳花，还有你。"

"只要你御弟黄钦高兴就行了。"孟雪娘不无讽刺地说。

"他么，他听说皮日休夫妇出走，也后悔不迭，向我忏悔。"黄巢说着也后悔地叹气，"唉，悔不该当时不听你的劝阻，而今，为时已晚……"

"不晚，只要皇上你愿意，还可以补救。"

"补救？你是说放柳花出宫？"

"难道不该？"

"该！"黄巢说得剀切，"我回宫后立即下旨放她出宫。"

"柳花你听见了吗？"说着，孟雪娘转身拉开帏帐，"柳花，还不快出来谢恩！"

柳花快步从帏帐后走出向黄巢跪下："谢皇上！"

黄巢惊奇地问："你，你怎么在这儿？"

柳花叩头说："柳花乘身边太监宫女们不备，私自逃回无畏军大营，请皇上治罪。"

"是朕一时糊涂，你没罪，你没罪，快起来吧。"说着，黄巢把柳花扶起。

孟雪娘笑道："这就好了，柳花，快去换上军服，今晚随我一起巡哨。"

"是！"柳花应着，飞快跑出帐外。

帐中，只剩下他两人，说话立刻随意起来。

"你，终究还是你啊……"孟雪娘意味深长地说。

"只是，迟了一大步。要是当初依你的话，拿下长安后一鼓作气平定了天下再考虑登基称帝，也不至于落得众将领忙于争权争利丧失斗志的地步。想想，这事也还要怪皮日休，他与冯用事先商议好了让我去宫中参观，精心给我设计了一个圈套……"

"那是一个美丽的圈套。聪明如你，睿智如你，不会看不穿它，可也忍不住要往里钻。"

"惭愧！"黄巢低下头。

"其实，皮日休也是一片善意。那次来我这儿，让我向你转达一定要在长安东南蓝田道设重兵把守，以防不测。"

黄巢说："这个皮日休，难道把我们败退的路都算到了？我倒不信，华州虽失守，尚让却带回三万兵马，可以死守长安；你这边，我拟增兵二万，把郑畋堵住，待邓州朱温打败曾元裕后，要他出兵从后边攻打李克用，长安一定保得住！"

"朱温倒是一员战将，但却不能把他当作唯一的指靠……"

"你的意思我懂，我想，我与他有多年的兄弟情谊，他该不至于有异图吧。"

"但愿如此。"说着，孟雪娘看看帐外，"天都快亮了，我要催你走了，这个要紧时候，你的安全至关紧要。有你坐镇长安，天一定垮不下来！"

黄巢依依不舍地说："你这儿，我实在放心不下……"

"这儿我守得住，你放心去。只盼粮草和援军早早发来。"

"我回去就下旨调兵调粮，你等着，很快就到……"

二人紧紧相拥，依依惜别。

朱温与庞英的孩子友珪已经三岁了，长得白白胖胖煞是乖巧，整天都缠着母亲讲故事做游戏。庞英则一心一意带儿子玩，尽情享受做母亲的乐趣。虽然听说曾元裕领大军攻邓州，但邓州城内兵强粮足，丈夫朱温能征惯战，并不把曾元裕放在眼里，一点也不影响深居将军府中这对母子的玩耍兴致。

这天母子俩玩累了，都在床上呼呼大睡。醒来，庞英发现身边的儿子不在，她"友珪，友珪"喊着走向外厅，突然发现厢房内朱温与一个人神秘交谈，觉得蹊跷，便悄悄走近窗边偷听。

"曾大人说，尚让大败退回长安，华州已被官兵占领，李克用已领兵杀到长安城下。望将军抓住最后时机，如再犹豫，官兵攻下长安，将军节度使的任命就难保证了……"

庞英一下听出是李混的声音，不由胸中怒火陡起，正要破门而入，又马上压住。她要听听朱温是怎样回答，他们还要讲些什么，便低头侧耳细听两人一问一答讲下去。

朱温说："那皇上签署的告身，什么时候能拿到？"

李混回答："曾大人说了，入邓州城时，亲自把告身交到将军手上。"

"如有虚假？"

"我李混愿以脑袋担保。"

"好，咱们歃血为誓。"

"歃血为誓！"

庞英舔破窗纸，从洞中见朱温端只碗放在案头，倒上酒，他与李混各自取匕首在手腕上一划，把血滴入酒中。然后二人并立，拱手向天盟誓："朱温、李混，对天起誓，各自所着承诺，绝不背叛。如有背叛，天诛地灭，不得善终，打入十八层地狱，永世不得翻身……"二人盟誓毕正要端碗饮血酒，庞英一脚踢门闯入，指着李混骂道："好个李混恶贼，竟敢来策反我丈夫！"说着，她顺手从朱温腰中掮出长剑，向李混刺去，李混躲过，夺门外逃。庞英提剑去追，朱温拦住道："夫人息怒……"李混乘机逃出大门。

庞英怒目对着朱温，伸手抓住他的领口，厉声骂道："你，你这个叛徒！"举剑向他刺去。

朱温伸出手臂，把庞英手中的剑尖推开，说道："你，你犯了一个不可饶恕的错误！你要是知道实情，你会像当年崇拜我当英雄一样，再崇拜我一次。"

庞英问："什么意思？"

"你知道当年攻汴州之前我与王镣的一段交往吗？"

"不知道。"

"曹州太守王镣被俘后由我负责看守，他策反我，许我救出他去投降朝廷，保证给我一个将军的官当。我把这事向黄大将军报告了。黄大将军指示我假意答应他，然后利用救他之机打开汴州城门，我义军乘隙杀进去。正因此，我便得了英雄的称号。这一次，我只不过照样又做一遍，目的是为了消灭官兵，解我邓州之危，然后好腾出手来去袭击攻打长安的李克用。我用的是兵法上的'缓兵之计'，可是，却叫你搅黄了！"

"你哄我！"庞英仍怒目相向，"你们说得那么顶真，还歃血盟誓，会有假？"

"你呀！如果不顶真，不歃血盟誓，他不怀疑吗？真乃妇人之见！"朱温故作生气地说。

"反正我不相信！"说着，庞英还把剑朝他颈子上靠了靠。

朱温挺了挺脖子说："我已经把不该告诉你的都告诉你了，你不相信就杀吧。"

剑，在庞英手中发抖，她不知道该怎么办了。正在她犹豫不决时，友珪跑进屋来，抱住庞英的腿哭叫着："母亲，不要杀父亲，不要杀父亲……"

庞英被打动了，两行热泪流过她的脸颊，脚一顿，用力把剑抛在地上，抱起孩子朝后院跑去。

但她刚与孩子进卧室不久，便来了几个全副武装的士兵在门口站上了岗。

庞英见了奇怪地问："你们站在这儿干什么？"

卫兵回道："奉将军命令来保护夫人。"

庞英大声吼道："我不要保护，你们滚！"

这时一个卫兵乘机进屋抱起友珪就跑，庞英大叫："你为什么抱走我的儿子？放下，快放下！"她撵出门外，被卫兵们拦住，眼睁睁看着儿子在挣扎哭叫中被抱出后院。

"还我儿子，还我儿子！"庞英在屋中大哭大闹，但没人理睬，门已从外面锁上。门外，站着几个卫兵。她已经被看管起来。她明白，这一切当然都是朱温的命令。

她其实早就对他有了疑惑，但总是把他朝好处想。他是义军的将军，是她的丈夫，是他们共同的儿子友珪的父亲，她不敢把他朝坏处想。但今天发生的一切，使她彻底绝望了。她意识到自己处于非常危险的境地，她不能束手待毙。

天色渐渐地暗下来，她擦干了脸上的泪水，轻轻取出练武的短衣换了，手挽筒箭，挎上腰刀，趁黑夜打开后窗跳了出去。

前院大厅上灯火辉煌，一场关乎大齐朝廷命运的收买和出卖的交易正在进行。李混和朱温分宾主坐在茶几两边的椅子上，朱温怀里抱着在玩耍的儿子友珪。

"你那老婆好厉害，要不是你挡得快，差点要了我的命。在她手上，我悬了好几次了。"李混朝门外看看，心有余悸地问："现在她在哪儿？"

朱温笑道："你放心，我已把她关在后院，几个人看着呢。"

李混稍安，从怀中取出一张纸，双手捧给朱温："我家大人为了让将军放心，先让我把告身给您送来，请验证。"

朱温脸上一阵兴奋，忙放下怀中的友珪，双手接过告身念道："任命朱温为宣武节度使，赐名全忠，以示恩奖。"念完后立即起身向西而跪，连连叩头道："谢皇上隆恩，我朱全忠谨遵吾皇赐名教导，全心尽忠皇上。"拜罢刚刚起立，便听李混"哎呀"一声惨叫，一支筒箭射中他的眉心，倒了下去。朱温转身见庞英正把筒箭对准他，忙把地上的友珪抱起遮住自己，也不管手中的孩子哭喊着叫母亲，厉声下令："快来人抓刺客！"

院内卫士听了一齐下来把庞英团团围住。庞英手臂一伸，连发两支袖箭，射倒两个卫士后乘乱冲出大门，消失在黑夜之中。

黄巢走后，孟雪娘的营寨遭到郑畋指挥的唐军轮番进攻，虽然都被打退，但无畏军死伤惨重，且粮草将尽，孟雪娘盼望的粮草和援军却久久不到，最后等来的却是一道撤退的命令。孟雪娘只得连夜把无畏军撤回长安。

尚让和孟雪娘的部队撤进长安后，城内的防御力量是加强了，但人马多了，粮草供应更加紧张起来，黄巢紧急召文武大臣于含元殿商议对策。

黄巢开门见山说："为了守住长安，城内驻扎了这么多军队。户部尚书黄揆，你当速速调拨粮草，保障供给，切勿误了军机。"

黄揆苦着脸说："户部仓库早已空了，哪儿去弄粮草？"

黄巢说："拿银子去民间收购呀！"

黄揆说："皇上，银子哪还有？而且现在粮价飞涨，一日三变……"

兵部尚书黄存忍不住说了："三哥，你户部衙门和你这位户部尚书府第修造得那么豪华，哪来的银子？"

黄揆立即回道："难道你兵部衙门、兵部尚书的府第修得不豪华？银子哪儿来的？至今，你还欠我户部几十万两银子没还呢！"

黄巢问了："当初我们从南方来，带了不下两千万两金银，这些钱呢？"

黄揆回道："回奏皇上，这些年支多收少，都耗尽了。"

黄巢问："那么多钱，耗到哪儿去了？"

黄揆说："皇上，仅维修皇宫，一次就支了一百万，修家庙又支了一百万。"

黄巢有些恼怒地问："这才两百万，还有那么多呢？"

黄揆低头闷声，一时答不上来。

孟雪娘忍不住说了："我数了数，长安城内新修的府第不下二十处，都是我们今天参加朝会的文武官员的。试问，我们当初起义造反谁从家里带了一钱银子？我赞成皮学士《改制陈言》中的建议，把朝中文武大臣新修的府第全数充公，卖的银子充作军饷！"

黄存大声吼道："我坚决反对！我那府第是皇上为奖励我的战功御批修建的，谁敢充公！"

黄揆说了："我那住宅是我夫人出钱修的，她出身官宦之家，有的是银子。"

尚让说了："我也反对孟将军的建议，修府第的大臣不止一家，都充公了，岂不冷了大家的心？古言说，'法不责众'……"

黄巢阻止再闹下去，说道："好了好了，别扯远了。朕收到奏报，曾元裕大军围困邓州，朱温告急。现在华州已失，邓州要是丢了，我长安东面的屏障就没了。朕命黄存速领二万兵马去救邓州。黄揆你一定设法把这批粮草凑集起来，不得延误！"

正在黄存、黄揆两人四目相对各自想着推托的借口时，忽然庞英急急忙忙跑进大殿，向黄巢跪下哭着喊了一声"皇上"后昏倒在地。

顿时，大殿上下一片惊愕。

孟雪娘忙去扶起叫醒她："庞英，你，你怎么啦？快说。"

庞英醒来哽咽着说："朱温他，投降朝廷了，正领着兵马向长安杀来……"

"啊！"殿上大臣们都惊呼起来。

坐在御椅上的黄巢听了，先是一阵头晕，但很快便镇定下来，以出奇平静的口吻说道："众爱卿安静下来，安静下来。"待大殿平静后，他接着说，"朱温的叛变，实在出乎朕的意外，想当初他与我结拜为异姓兄弟，共举义旗，出生入死，经历数十百战，打下今日大齐江山。他的功劳无人可比，朕正准备把他调回京城，委以宰相兼诸卫大将军重任，总掌朝政。恰恰这时他投敌叛变了，实在是天佑我也。要不，他入朝掌管了中枢，作起乱来，其危害就更大了，而今让我们识破他，也算除去我朝一心腹大患。"

殿下大臣们听了，纷纷点头称是，情绪也渐趋平稳。黄巢接着说："庞英虽为女流，却深明大义，不与叛徒丈夫同流合污，实在难得。朕下旨给予表彰，让她好好休息数日后，仍回无畏军请孟大将军委以军职。"

庞英听了快步上前跪下说："谢皇上。"

朱温已经投敌，派黄存领兵救邓州之事自然不必再议。但城内这么多兵马的粮草供给如何解决，还得让大家出主意。当黄巢把这个话说出来后，孟雪娘抢先对黄巢说：

"皇上，末将愿把皇上赐给我修将军府的十万两银子捐出来作军饷。我早就说过，在我大齐尚未一统中华，天下尚未太平前，我不修将军府。"说到此，孟雪娘故意停了停，把目光向殿上大臣们扫了一圈，然后接着说，"说不定修的再好，也是替别人修的，白忙活！"

几句话，像一阵滚过大殿的惊雷。在一片令人窒息的沉默后，黄巢说了："孟大将军的话真叫做振聋发聩呀！再明白不过了。朕深受感动，也深受启示。朕这里宣布，宫中所修家庙和祠堂立即停工，把银两发还户部，不足部分在朕的膳食、车马等用度中扣除。户部尚书黄揆。"

黄揆出班应道："臣在。"

"你听见了吗？"黄巢问。

"臣听见了。"

黄巢说："下朝以后你回到户部衙门，把银库打扫干净，准备好收银子的戥子和秤，朕派人把银子送来，你准备验收。"

黄揆回道："是。"

"还有，"黄巢补充道，"要是有其他大臣要来捐银，你仔细记下姓名数量，呈交朕审看。"

"是，皇上。"

黄巢扫视了殿下一圈说："这件事就议到这里。"

此时殿下大臣们交头接耳，窃窃私语，黄巢假装不见，只把游奕使黄万通叫出来问道："皮学士有消息吗？"

黄万通回道："臣派人去曹州蛤蟆村打听，回说皮学士和夫人盐盐没回去。"

黄巢问："那皮学士老家襄阳呢？"

"回皇上，襄阳不属我大齐治下，没法去打听。"

"唉！"黄巢听了长叹一口气说，"可惜！"

黄存上前大声说道："可惜什么？那天皮日休跟皇上吵架我也在场，他骂皇上那些话好恶毒！依我，杀了他！皇上居然还想找他回来……"

黄巢怒斥道："退下！"

黄存极不服气地退回班列。

黄巢叫住尚让问道："朕前几日要你调集两万人马去蓝田道布防，你落实得如何？"

尚让回道："因兵力不足，只布置了两千人。"

"蓝田道对我们太重要了，非派重兵把守不可，而今，朱温已叛变，不再管他了，朕拟派……"黄巢还没说完，孟雪娘抢先说道：

"请派我去守蓝田道！"

黄巢看看她，狠下心说："好！朕就派你去！"

黄存急忙走向御座说："皇上，你准备从长安撤退？我反对！"

黄揆等几位大臣也上前同声说："皇上，我们要死守长安，绝不能撤退！"

黄巢忽地从御椅上站起来，一脸的不悦说："朕知道，你们舍不得没住几天的新府第，没睡几晚的新小妾。其实，我也一样。你们看这新装修的大明宫，多漂亮，还有鳞次栉比的几十座宫殿，以及御花园、游戏园、马球场……更有后宫佳丽三千，我会舍得放弃？但是，到了不得不放弃的时候，再舍不得也得放弃！你们要这样想，我们是捏着一副空拳头进长安的，走的时候还是捏着一副空拳头，什么也没丢……"

孟雪娘忍不住上前说道："皇上，我大胆纠正您，比起进长安时，我们丢掉的东西太多太多了……"

第四十三章　长安城来去匆匆

"把守蓝田道可是个辛苦危险的差事，你为何要争着去？"散朝以后，黄巢留下孟雪娘，问她。

"我不去谁去？"孟雪娘说，"我看出你要叫黄存去，可是他愿离开长安去那儿吗？"

"朕下旨叫他去，他敢不去？"

"当然他不敢不去，但勉强去了，他有那个耐心在那儿守吗？蓝田道关口可是我们唯一的退路啊！"

黄巢心头一惊："退路？简直不敢想！"

"那有什么办法？你看今天那些大臣们的表现，你不敢想也得想！"本来，她还想接着说他几句的，但忍住了。

"那就拜托你了。"黄巢问，"不知道你有什么要求？"

"请你给我些珠宝。"

"什么？珠宝？"黄巢奇怪地问。

"是的，珠宝。女人们头上身上佩戴的那种。"

"有，宫中内藏库里有的是。你要多少？"

"一车。"

"这么多？"黄巢不解地问，但很快醒悟过来，"啊！无畏军那么多姑娘媳妇，这么多年粗布衣裙，不施粉黛，早该打扮打扮了。一车太少，先送两车，不够再送。"

"那就谢过皇上了。"孟雪娘说，"我还有个要求。"

"尽管说。"

"我想去后宫看看。"

黄巢听了很兴奋，说："自从登基以来，我几次请你入宫，你都不愿，今天你……"

孟雪娘笑道："我从未逛过后宫，今天想去看看，长长见识。再说，也去向曹皇后告个别。"

"好，请。"

二人并排走过层层大殿，穿过道道回廊，路边的宫女太监不停地跪拜着口呼"万岁"，还有那宫中的殿内监、少府丞、内府令、掖庭令等等太监官儿们不时向黄巢俯首请旨，有的问他在哪个殿进膳，有的问他在哪个宫就寝……使他应接不暇，便一挥手打发过去。孟雪娘偷眼看黄巢脸上那得意、陶醉的神情中闪烁着的倨傲和目空一切，她终于明白，哪怕是钢铁汉子在这样的地方也会被消融。

"土根太子快十岁了吧？"为了驱散乱糟糟的心情，孟雪娘找个话题发问。

黄巢笑道："看你记性，土根早已改名了。"

孟雪娘想起来："啊，对，叫舜之，舜之……"

"不过又改了个单名，叫浩。"

"又改名叫浩了？谁的主意？"

"都是太常寺卿冯用，他说太子命中缺水，故用个带水的字。"

"不就是那个方士吗？他不住在宫里吗？"

"两个月前去华山寻仙问道为我大齐祈福去了。"

"黄兄，记得你以前不是不信这些吗？"

"不过，"黄巢说，"他的'欲知圣人姓，田八二十一；欲知圣人名，果上三屈律'和'唐去丑口而著黄，明黄当代唐'的谶语，不由人不信啦！"

孟雪娘嘴一瘪正要驳他，前面几个太监簇拥着太子黄浩走过来，先给父皇请安，然后按其父所教，亲亲热热叫了声"孟姨"，又恭恭敬敬请了安。孟雪娘还是几年前见过，现在见他长得聪慧俊秀一表人才，拉过他的手高兴说："长得真快！"

黄浩走过去后，看看已快到曹皇后住的坤宁宫，黄巢对身后小太监说："快去禀报皇后，说孟大将军要去看她。"

小太监领旨飞快跑去，但不一会儿便跑回来说："皇上，皇后娘娘昨晚夜宴太迟，酒又喝得太多，现在还昏睡在床，叫不醒……"

孟雪娘听了马上停步对黄巢说："那我就回去了，明日出发去蓝田道。皇上，你保重！"

"别慌，我还有话对你说……"黄巢挽留着。

"我也有话对你说，但时间太紧迫。"孟雪娘说，"你放心，我会守好蓝田道的。有话，以后见面再说，但我不希望我们见面的地点是蓝田道。"

"在长安，在这宫中，我替你摆宴……"

"但愿如此。"说罢，孟雪娘拱拱手，头也不回地走出后宫。

然而，长安终究未能守住，唐中和三年（公元883年）四月八日，李克用从光泰门攻入城内。黄巢组织义军苦战一天，伤亡惨重。郑畋、朱温的兵马也陆续攻入城中，眼看打退官兵无望，黄巢率十五万兵马保护着后宫及臣僚从蓝田道撤退。

孟雪娘在蓝田道关隘上有条不紊地指挥着义军撤退的滚滚人流。大队骑兵、步兵护卫着皇宫的车驾、大臣和他们的家眷以及粮草辎重都过去了，却不见黄巢的身影。部下不停地报告说，敌人的大队人马已逼近，孟雪娘十分着急。她在关上遥望长安，突然，一支人马从灰蒙蒙的雾霭中冲出来，骑在马上的为首那个人，正是他。他正指挥着断后的部队且战且退，阻挡敌军前进。

孟雪娘见了命庞英率一队骑兵支援，庞英飞奔赶到后，伸臂连发几支筒箭，将为首的两个官兵射落下马，后面官兵勒马不及，被绊倒一堆，不得前进。黄巢率领的义军摆脱了追兵，顺利赶到蓝田道关口，与孟雪娘一个关上一个关下相互挥手致意后，过关而去。这时官兵大队人马紧跟着杀上关口，孟雪娘组织义军拼死抵抗，不想两翼敌人猛扑上来，关口三面受敌，形势危急。眼看难以守住，孟雪娘当机立断，下令将宫中送来的珠宝向关前撒去。顿时，各种色彩的珠宝遍地闪光，官兵见了纷纷下马争抢，乱成一团。军官制止不住，也下马参与争抢。孟雪娘乘隙指挥义军迅速后撤。官兵争抢完珠宝，抬头见义军已撤，又赶快上马去追。快追上时，又见遍地是闪闪发亮的珠宝，忍不住又下马争抢。如此轮番几次，官兵与义军的距离已拉下好几十里，再也追赶不上了。孟雪娘这才下令无畏军快步前进，与前面的义军大部队会合。

"皇上，你这两车珠宝就这么白丢了，不觉得冤吧？"孟雪娘追上黄巢向他讲了经过后这样问他。

"不冤不冤，太不冤了。"黄巢回道，"我还以为你要去打扮你无畏军的女兵呢，原来派了这么大个用场，为我义军安全撤退赢得了宝贵时间。雪娘，我真佩服你！"

"多谢皇上夸奖。"孟雪娘说，"不过，这个办法只适用军纪败坏的官兵，要是换上军纪好的军队，这招就不灵了。"

"你让我想起柳宗元《柳河东集》里讲的一则故事，说一只船翻了，有个商人吃力地游着，老游不上岸，有人催他，他说身上带有很多银子，人们叫他快把银子丢掉，他舍不得，结果与银子一道沉入江底。"黄巢讲罢问："雪娘，你一定读过这个书。"

"这个书我没读过，但这个理我懂。"孟雪娘说着指指前面，"看前面那帮大臣，谁没有读一肚皮书？可不一定懂这个理。"

"是呀！"黄巢不无感慨地说，"就连我也是现在才开始懂，要不，也不至于有今天的大撤退了。"

"撤退还像当年那样，过长江下江南？"孟雪娘问他。

黄巢摇摇头，把手向前指指："现在还有那股劲吗？你看，拖家带眷，包袱箱笼，能打仗吗？"

"那你准备把义军往哪儿带？"

"昨日我召几个大臣议了议，先是准备去洛阳，不想那个投降我大齐的东都留守刘允章复又反叛投降了朝廷。于是大家议定去攻陈州，那里城高壑深，宽阔富庶，可以安顿下我们这么多人……"

"陈州？"孟雪娘问，"那里不是属于什么河中行营招讨副使朱温的防地吗？"

"正是。"

"好！攻下陈州活捉朱温这个叛徒，把他碎尸万段！"孟雪娘咬牙切齿地说，"皇上，我请求把攻陈州的事交给我！"

"不！我不能让你再离开我……"他话里充满了悲凉。

"唉！"孟雪娘长叹一口气，心中冒出一股难以言说的酸楚，沉默良久后像是自言自语地说，"看来，要真的弄懂柳宗元故事中那个理呀，真不易……"

按预定计划，黄巢率义军直奔陈州，路过蔡州时，蔡州节度使张浚大开城门投降，义军士气为之一振。稍作休整后，义军攻到陈州城下，与朱温对峙。架不住孟雪娘一再请求，黄巢只得任命她为攻城先锋。

孟雪娘亲领无畏军五千女兵来到城下摆好阵势，让女兵们大声叫战："叛贼朱温快快下城受死！"

朱温投降朝廷后因剿"贼"有功，官位节节飙升，野心也越发膨胀，得知黄巢欲攻下陈州作为行宫，便亲临陈州督战，一则他要在此剿灭黄巢好向朝廷邀功，再则他对孟雪娘的心思未死，他要得到她，圆那个朝思暮想的梦。

这时，朱温正站在陈州城楼上，看下去，白衣白甲骑在白马上的孟雪娘，既威武又妩媚，想到很快她将成为自己的俘获物，心头不觉一阵发热，忙命打开城门，他要亲自带兵迎战。

两军阵前，马上的朱温若无其事面带微笑向孟雪娘拱拱手："孟大将军别来无恙？"

"朱温，你这无耻的叛徒！"孟雪娘指着他大声叱骂。

"我要宰了他！"庞英吼叫着从孟雪娘身后拍马冲出，被孟雪娘一把拉住。

"别莽撞！站住！"孟雪娘命令她。

"那不是庞英吗？哈哈……"朱温见了冷笑着说，"告诉你，咱们的孩子友珪又长高了许多，天天叫喊着要母亲。你来吧，我既往不咎……"

"你这个叛贼！"庞英吼叫着从孟雪娘手上挣脱，拍马举刀向朱温杀去。

庞英哪是朱温对手，看看不支，庞英抬手向朱温连发两支筒箭，朱温早有准备，被他躲过，然后举枪向庞英刺去。庞英躲闪不及，被枪尖挑下马去。

朱温正弯腰来擒，被飞马赶到的孟雪娘救起，由随行的女兵扶回阵去。

接着，孟雪娘与朱温对阵厮杀，数十回合后，朱温佯装不敌，朝一旁逃去。孟雪娘穷追不舍。回阵后复又上马的庞英见了大声喊："小心中计，莫追！"孟雪娘未能听到。

追到一林间，朱温停下马来，孟雪娘赶上一刀砍去，朱温架住说："孟雪娘，早在曹州监军府衙门里第一眼见到你，我就发誓要把你弄到手，今天，你跑不掉了！"

孟雪娘并不理他，复又一刀砍去，又被朱温架住。

"孟雪娘，你还像当年那般美丽撩人，那般魅力四射。黄巢就快完蛋了，你还年轻，跟着我干，官有你当，福有你享……"

"放屁！"孟雪娘弯过刀来，再次向他砍去，又被架住。

朱温厚着脸皮不厌其烦往下说："你看当今天下，唐王朝早已衰败，藩镇各有野心，黄巢的大齐看是不行了，你随他出生入死十多年，连皇妃也没捞到封。快随了我，咱们一起打天下，不出五年，保你当上皇后……"

孟雪娘越听越气，举刀不停地向朱温砍去。朱温嬉皮笑脸说着，边招架边后退。孟雪娘砍杀中忘了脚下，坐骑踏中机关，连人带马滚入地窖。朱温一招手，埋伏在林中的官兵涌了过来，正在他们准备绳索下窖捆孟雪娘时，庞英领着大队人马赶到，与官兵一阵混战，救出孟雪娘。朱温所带人马本不多，又死伤大半，只得作罢。

被救回营的孟雪娘因跌下时被马压成内伤，吐血不止。黄巢派来的御医说因伤势沉重，需要长时间静养，否则恐有性命之忧。

孟雪娘受伤令黄巢大为震怒，下令誓死攻下陈州，活捉朱温。但陈州城墙高且坚固，加之守军又多，久攻不下，黄巢便下令就地取土筑城。于是一座土城拔地而起，与陈州相对。黄巢坐镇城中，指挥战斗，声言不拿下陈州绝不罢休。

这时孟雪娘的伤情渐渐好转，对黄巢采取这种办法攻陈州很不赞成。

"久攻不下就放弃它，为它费这么大劲死钉在这儿，岂不是坐以待毙？"趁黄巢来探视时，孟雪娘对他说。

"放弃它，我再去攻打哪儿？"黄巢说，"我们现在缺少的是粮食，而陈州城内存粮数万石，攻下它，足够我们吃一冬了。如今天寒地冻，去哪儿弄粮食去？"

"可是久攻不下，朝廷调集大兵来把我们围住了，那时就跑不掉了。"

"不会的，"黄巢说，"李克用的兵马攻进长安后赖着不走了，正在跟朝廷讨价还价呢。朱温的几万人被我们围在对面陈州动弹不得，附近各镇兵马都被黄存和尚让分兵牵制着。何况冯用说了……"

孟雪娘急问："冯用？那个方士他不是去华山寻仙问道，为我大齐祈福去了吗？"

"回来了，他说，我大齐今年有难，过了今年就好了。先在这儿熬过一冬，明年开春时来运转了，必有天助……"

"你信了？"

"也许这是天意……"

"所以你就在这儿死守。"孟雪娘不满地说。

"也不能说死守。"说着，黄巢取下孟雪娘床头挂的长剑，立于地上，把耳朵贴于剑柄上细听。

孟雪娘莫名其妙地看着他，问道："你这是干啥？"

黄巢抬起头来，把孟雪娘的头轻轻摁下，耳朵紧贴着剑柄："你听，仔细听。听到'咚，咚'声了吗？"

孟雪娘果然从剑柄上听到从地底传来的"咚，咚"声，回答道："听到了，听到了。"反复听了一会儿，抬起头来问："这是什么声音？"

黄巢小声说："挖地洞的声音，我要把地洞挖到陈州肚子里去，让它从中开花，然后来他个内外夹攻，不愁拿不下陈州。"

孟雪娘兴奋异常："好，这是个好办法，你在修新城堡的掩护下挖地道，这招出得好，不过，一定得严守秘密。"

"那是自然，我亲自指挥，无关的人，一概不知情。今天，让你高兴，才告诉你。"

"这么说来，你把我也当成无关的人啰？"

"看你说的，什么时候变得这么小心眼了？"说着，从身后竹篮里拿出些果品："看，光顾说话了，你嫂子托我带给你的果品都忘拿出来了。"

　　孟雪娘接过来高兴地吃着，说道："好久都没吃到这些果子了。谢皇嫂想得到。"

　　"唉！都是些平常东西，可是这时就变得金贵了。"黄巢感慨地说。

　　孟雪娘问："皇嫂和浩太子都还好吗？"

　　"浩儿还不错，天天习文练武，很有长进。只是他母后，唉！变了，胖得路都走不动了，成天躺在床上闹着要回长安坤宁宫……"

　　"皇宫，真是个改变人的地方，幸亏……"孟雪娘话说一半便不说了。

　　黄巢接着说："我知道侬往下要说什么，不过，你那么聪明，又那么要强，谁也改变不了你……"

　　"可是你却改变了我，扪我从一个不晓世事的江湖女艺人，改变成了一个明是非懂事理有生活目标的女将军。"她握过黄巢的手说，"真的要感谢你。黄兄，待我伤好之后，再跟上你冲锋陷阵，夺回长安，吸取以前的教训，帮你建一个崭新的大齐朝！"

　　黄巢紧握雪娘的手说"有你这番话，不管将来结果如何，我今生都值！"

　　冯用本是个阴险狡诈专会投机钻营的江湖术士，初由黄巢介绍给高骈，黄巢得势后来投，计劝黄巢登基称帝，官封太常寺卿。见黄巢势颓，便借口去华山为大齐朝祈福，暗中投靠到唐诸道行营都统王铎门下，出卖了许多大齐朝的重要机密。王铎见他可用，许他官职，派他重回黄巢身边，暗中为朝廷做事。当他探知黄巢暗挖地道欲取陈州时，他便把这个情报暗地告知了王铎。

　　王铎得到消息，一面派人通知朱温，要他注意防守；一面再次向李克用妥协，把河东、振武两镇十二州提前划归他管辖，并升任他为东北面行营都统，即刻领兵去陈州，与朱温合剿黄巢。

　　得到王铎传来黄巢欲挖地道攻城的消息，朱温命士兵在城四周深挖壕沟，加以防备，使黄巢的攻城计划落空。同时，朱温在得知李克用已把他的鸦子军从长安撤出掉头来攻打黄巢，认为时机已到，便发兵夜袭城南三十里扎营的尚让，杀得尚让措手不及，只得投降。手下万余兵马被朱温收编。朱温用同样的办法，攻打城北三十里扎营的黄存，大量粮草辎重被夺，万余义军投降，黄存逃脱。一下增加了这么多兵马和粮草辎重，朱温势力大振。这时，攻打黄巢的李克用已领兵到达黄巢新筑土城背后。两下形成夹击之势，黄巢义军面临空前严峻的形势。

一个又一个坏消息传来，使病榻上的孟雪娘再也躺不下去了，在庞英和柳花的搀扶下，她走出房门。此时，阳光刺破云层向她洒去，吐苞的柳枝扭摆着向她致意。春天，唤醒了她冬眠的活力与激情，她摆脱庞英、柳花的搀扶，活动活动手脚，大步向前走去。

眼前的景致使她惊异。一排排茅草房虽然简陋，但门上挂着的含元殿、升阳殿、坤宁宫以及兵部、户部、礼部……各种匾额被擦得锃亮。门上的卫兵，一个个挎刀握枪，精神抖擞，岿然不动。孟雪娘被感动了，在如此严峻的时刻，显不出丝毫慌乱和不安。她看到了他的镇定和坚毅，"他是一个永不言败的英雄！"孟雪娘打心眼里佩服他。

"孟大将军，你……"正在巡视城防的黄巢猛抬头见孟雪娘跨着轻快的步子走过来，惊喜地叫起来。

"皇上，你……"见到黄巢，她心头一热。

"好了吗？"他走近问。

"好了，好了，你看。"孟雪娘昂首挺胸，一脸精神。

"按御医的说法，你还应再躺几天的。"

"我已经好了。再说，这是什么时候，我能躺在床上吗？"

二人说着，慢慢向前走。随从们远远地跟着。

"我们向陈州挖地道被朱温发觉，你不觉得奇怪吗？"孟雪娘问。

"你是说我们这里有内奸？"

"就是！"

"我已经暗地派人在查，在没有抓到这个人以前，先不动声色，以免打草惊蛇。"

"你注意到了就好。"孟雪娘说，"我还想问你，目下前面有朱温，后面是李克用，你想好了对付的办法吗？"

"他们兵力很强，我们又失去尚让、黄存在外围的牵制，这里是守不住的，只有走。"

"我的看法越快越好，不然，朝廷会调更多的兵来围攻我们的。"

"我也很着急，只是冯用那儿……"

孟雪娘急问："冯用不是说开年我们大齐朝就转好运了吗？"

黄巢说："冯用叫我再等等，他夜观星象说，我陈州上空帝星正旺，不宜挪动……"

孟雪娘听了心里很是难受，他如今怎么变得这样，当年那个向皇上阻谏迎佛骨的他到哪儿去了？她想问他，但终于忍住，改口说："情势这么紧急，皇上你要快拿主意才对呀！"

"是的，我马上叫他们准备。"黄巢点点头说，"只是，往哪个方向走，我还没想好。"

"南方。"孟雪娘坚定地说，"过淮河，渡长江。那边去过一次了，路也熟人也熟，朝廷只有高骈的那些兵马，好对付。"

"雪娘，你想得还真周到。"黄巢打心里感激她，要不是附近有人，他真想把她紧紧搂进自己怀里。

"我这两三个月在病床上，想得真多，特别是江南的那些日子，终生难忘……"

第四十四章　虎狼谷残阳夕照

　　鉴于黄巢大营尚有义军六七万之众，且都是一直跟随黄巢的精锐之师。王铎恐朱温、李克用兵力不够，正在调集河东军、忠武军两支兵马形成合围，以期全歼黄巢义军。但当他收到冯用送来的黄巢即将向南逃窜的消息后，立即下令朱温、李克用猛攻黄巢。在慌忙撤退中原计划南下颍州去江南的，却因军中山东老兵居多，坚持要打回老家。不得已，临时改为北上攻汴州，但因汴州防守严密，发动几次攻击被击败，死伤惨重。这时朱温、李克用追兵已至，黄巢率兵向曹州方向退却。途中士气开始涣散，已有人逃跑。唯有孟雪娘的无畏军仍保持旺盛的战斗力，护卫着黄巢全家和大齐朝臣向曹州撤退。

　　"雪姊，我要告几天假。"庞英对孟雪娘说。

　　"你，你也要走？"孟雪娘惊诧地问。

　　"是的，我要走，我要去看看我的儿子，还要去找他算账！"庞英说，"他现在正在我们身后不远，这是个难得的时机。雪姊，请允许我。"

　　"那太危险！"孟雪娘说。

　　"再危险我也要去！请你告诉皇上，我是大齐的人，只要不死，一定回来！"说罢，也不等孟雪娘回答，勒转马头，向来路飞奔而去。

　　目送庞英走远后，孟雪娘拍马撵上黄巢，说："庞英走了，她要去看她的儿子。"

　　"母子连心，让她去。"黄巢说罢忙问："她不回来了？"

　　"他说要去找朱温算账。还让我转告你，她是大齐的人，不死一定回来！"

"唉！我真有负于她，有负于跟随我造反的兄弟姊妹啊！"

见黄巢一脸悲伤，孟雪娘正言说："大伙都是活不下去了才跟你造反的，好歹也轰轰烈烈干了一番大事。就是现在就死，也值，谁也不欠谁的！"

"你可以这样想，我可不能这样想。我把他们带向成功，却又把他们带向了失败，深不见底的失败。"

"你不该这么悲观。"孟雪娘纠正他，"想当初，我们从曹州打出去的时候，人马远没有现在多，装备辎重远没有现在这么齐全……你完全可以领着大家再一次打出去！"

此时天空阴云密布，雷声从远方传来。黄巢见了大声下令："快速前进，赶在下雨前渡过汴河。"

"将军，在下之言该不假吧！"在汴州城朱温的将军府内，冯用指着窗外的大雨对他说，"这么大雨，汴河定发大水，黄巢的兵马少说也有一半保不住。哈哈，只等明日将军去清点战果了。"

"先生神算，神算。"朱温说，"能与先生相遇，真乃天助我也。"

冯用低声说："将军，在下冒昧，有一句话不知该不该说？"

"在我这儿，什么话都可以说，请先生讲来。"

冯用说："山人近几日夜观天象，帝星异动，前几日在陈州上空，而今已移向汴州……"

朱温惊喜问："当真？"

冯用说："朱将军方面大耳，双手过膝。五年之内定登九五之尊。"

"算得准？"

"山人所算，从未有错。"

"你算到今天是你的死期吗？"话音未了，庞英随天上一道闪电落在他的面前，一抬手，一支筒箭刺进冯用眉间。

冯用手指庞英，只说了一声"你……"便睁大一双眼倒在椅子上了。

朱温知道庞英筒箭的厉害，急忙举起坐下的木椅挡住自己，问："你要干什么？"

庞英："我，要我的儿子！"

"我说庞英，你真糊涂。黄巢已经快完蛋了，你还执迷不悟？快取下你的筒箭，回到我身边来，你天天都可以看到咱俩的儿子。刚才你一定听到冯用所言，你我是夫妻，将来我登了皇帝之位，你就是皇后……"

"闭上你的狗嘴！快还我儿子来！"

"好，好，好……"朱温应着，一只手伸向腿弯去取出匕首，出其不意向庞英甩去。

庞英眼快躲过，抬手连发数支筒箭，但全被朱温挡在椅子上。

朱温知道她箭已发完，大喊一声"捉刺客"，把椅子向她砸去。

庞英闪身躲过，举剑向朱温便刺。朱温空手接招，与她周旋。

这时几个卫兵闻声跳进客厅，把庞英围住。庞英窜上桌子，趁天上一道闪电飞出厅屋。朱温率卫兵撵出。外面雨下得正大，但见一片雨帘，不见庞英踪影。

闪电、炸雷、瓢泼大雨，一起向大地砸来，黄巢带领义军在雨中艰难跋涉着。

滂沱大雨，山洪暴发，冲垮了汴河的堤坝，洪水漫天盖地扑来，站立不稳的兵士呼叫着被冲走。装辎重粮草的马车被冲翻。一辆马车在水中摇摆，黄巢和孟雪娘牵着手去拉困在车中的曹蔓。她长得太胖，且处于病中，无力地向他们摆摆手，呻吟着说："别管我了，我不行了。快去看看浩儿……"说着，一股大水冲来，马车打着滚淹没在水中。"曹蔓！""嫂子！"黄巢和孟雪娘的呼叫声很快被洪水的咆哮淹没。

黄巢与孟雪娘和义军将士手拉手在水中挣扎，慢慢爬向岸边高坡。

第二天天刚亮，黄巢与孟雪娘找到黄存、黄揆等将领，大家分头清点兵马，幸存者已不足万人。面对经过一夜折腾冻得浑身发抖的兵士，大家没了主张，都把眼光盯着黄巢。黄巢长叹一声说："天灭我也！事已至此，众兄弟愿走的，走；不愿走的，随我去冤句再作商议。愿走，愿留，都要快，要赶在敌人追来以前离开这里。"

不到一个时辰，去留的人清点下来，各有半数。要走的人陆续向黄巢跪下，流泪告别；留下的人则重新编队，黄巢下令向冤句前进。

队伍已经开拔，黄巢仍驻足岸边，望着滔滔东流的汴河水，忍不住热泪夺眶而出。

站在他身边的孟雪娘知道他在哭什么，妻子曹蔓、爱子黄浩，那数万跟他一起转战南北的义军兄弟……还有目下这凶险的处境和更加凶险的前途……她想去劝他，但她自己也已泪流满面。

泪眼蒙眬中，她看到远处有两个人影跑过来，擦干泪水一看，原来是庞英拉着黄浩。她忍不住拍拍黄巢："快看，那是谁？"

庞英拉着黄浩跑到二人面前，喘着气说："我从汴州城逃出，顺汴河岸朝这边跑，见岸边有个小孩在水中挣扎，我拉起来一看，原来是太子……"

孟雪娘说："庞英，你真立大功了，皇上正为太子的下落着急呢！"

黄巢激动地搂过黄浩说："总算苍天有眼呀！"

黄巢领兵回到冤句老家，母亲早已病故，父亲因受他的连累，被朝廷杀害。他收拾了父亲尸骨，埋于祖坟，隆重祭奠后，把五千义军带至泰山脚下，以躲避官兵的追剿。

泰山脚下的每道路口上，都贴有缉拿黄巢的布告，上面画了黄巢的像，写有悬赏十万白银和封赏高官厚爵的大字。黄存见了命部下撕去，黄巢制止说："让它贴着，别撕。"他指一张被风吹得快要掉的布告，命令士兵："把它贴好，别让风吹掉了。"

大家都奇异地看着他。只有孟雪娘懂他，知道他已从绝望的痛苦中挣扎过来。她陡然间感到心头一片光明，这么些天来聚集在胸中的阴霾一下扫荡干净。那些担心他因绝望而自我沉沦、而自我了结的种种顾虑也全都消除。她从他轮廓分明的脸上和他矫健的步履中看到新的希望。

黄巢把大家带到泰山书院的那间课堂，找着他当年坐的那书桌坐下，然后指点着说："黄存、黄揆、黄钦，你们都按原来的位子坐下。还有孟雪娘、庞英、浩儿、柳花，你们也都找个位子坐下。"

大家坐好后，黄巢说了："当年，我们黄氏兄弟，还有朱温，就是在这个讲堂里纵议天下，抨击朝政，最后决定举义旗造反的。算来，至今刚刚十年。前面，由攻下曹州到攻下长安，花了整整六年；而从大齐建朝到今天，才仅仅四年。六年打下的江山只坐了四年就败落如此，痛心啦！古语说，君不肖，则国危。我为一朝之君，自有不可推卸的责任。但究竟什么责任？我想弄清楚，我听到不少议论，有的说我杀人多了，'黄巢杀人八百万'；有的说我杀人少了，'逢儒则肉，师必覆'，不仅不准杀读书人，其他人也禁妄杀；有的说我没有乘胜挥师追歼僖宗，留下后患；有的说我奖罚不明朝纲紊乱……什么样的说法都有，我都觉着有理，但最后能触动我的是我的亲眼所见。大家还记得这次撤出长安沿途经过商州、蔡州、陈州等地时，饥民把草根树皮吃完了，只得用石碓碎人骨而食……"说到此，黄巢难受至极，"那些百姓都是我大齐的子民，他们成千累万地饿死，作为大齐皇帝，我羞愧难当，罪责难逃哇！"

听得黄存、黄揆、黄钦等个个低下了头。

黄巢接着又说："我是个读书人，记得当年就在这儿，我从师读圣贤书，与同窗议论治国平天下，什么'人为本，社稷次之，君为轻'，什么'天下乃天下人之天下'，言犹在耳，怎么一旦坐上那把椅子就什么都记不起了……唉！可惜呀！要是再给我一次机会……"

黄存说："要是再有一次机会，我再也不修什么豪华衙门和府第了！"

黄揆说："现在我才明白，人不是蜗牛，豪华房子可以随身背走……"

应当说，感触最深的当属黄钦，当初他在此自宫其身本想去当个好太监，结果白白受了那么多年的痛苦与耻辱，好事没做一件，而今却成为一个不人不鬼的废物。他抬头看看邻座的柳花，自觉羞愧难当，忙低下头，不敢再看第二眼。

"机会是等不来的，需要我们去创造！"黄巢站起来，放大声说，"如今我们的处境很危险，朱温和李克用正领兵向我们追来，我们这几千人在一起目标太大，我意分兵两处，由我和黄揆、黄钦等率少数义军留在泰山与官兵周旋；由孟雪娘、黄存、庞英等率大部兵力保护黄浩突向外围，游动作战，乘隙打击官兵，谋求发展……"

一听说他要把自己分开，孟雪娘马上站起来说："我不……"

但是她的话还没说出来，门外卫兵飞快跑进叫道："不好了，大队官兵来了！"

黄巢立即下令："就按刚才的部署，各自带兵出发。孟雪娘一路由山脚小路往南冲出包围，我这一路随我上山。走！"

朱温领着官兵闯入泰山书院，跨进那间讲堂，他没有心思去怀旧，一心只想捉住黄巢立盖世之功。他低着头细看桌椅上那些痕迹，当他确认是黄巢一行留下的后，一声命令："随我来！我知道黄巢去了虎狼谷，那儿我俩读书时常去游玩。快！"说着，手一挥带部下从书院后门上山。远远的，见一行人正在爬山，他再一声令下："追！"带人冲上山去。

两队人马，一前一后，顺着崎岖的山路往上爬。远远看去，像两条长长的蛇，一逃一追，时隐时现在泰山的树木沟壑间。

天渐渐暗下来，山和山间的一切慢慢变得模糊，直至漆黑一片，只有天空偶尔划出的一道道流星，淡淡勾勒出一点山的轮廓。

孟雪娘带领义军冲出包围后天色已晚，便找了一个隐蔽树林里休息，她巡完一遍哨，然后找来黄存和庞英，指着在树下入睡的黄浩说："他，我就交给二位了……"

黄存、庞英同时奇怪地问："你这是什么意思？"

"我要走，去找他！我离不开他，他，也离不开我……"

庞英说："他那里更危险，你不能去。"

"正因为危险，我非去不可！"

黄存说："这是他的安排，你不能去！"

"他把生的机会安排给我，我不能接受。"

庞英说："那我跟你去，要死，也跟你死在一起！"

"别说傻话，你还要去跟朱温算账，去找回你的儿子，更重要的，你要与黄存将军一起辅助好幼主，将来学他父亲一样，干番大事！"

黄存、庞英说："你走了，这副担子我们担不起……"

孟雪娘说："你们都算是久经沙场了，比这更多的兵马，你们都带过，就别再说了。少主年小，可以交给柳花，她很细心，武艺又好。"

"雪姊……"庞英上前抱住孟雪娘哭起来。

"别惊醒了睡觉的弟兄们。好，我走了，但愿后会有期。"说罢，孟雪娘推开庞英，最后看一眼黄浩，转身大步走去。

黄浩长大后果然很有出息，他把队伍发展到近万人，自称"浪荡军"，频繁活动在江淮一带，打富济贫，除暴安良。攻城池，杀贪官，深得百姓称赞。庞英也如愿找到她的儿子友珪，那时朱温已当上大梁朝的皇帝，但没当几年，就被儿子友珪所杀。当然，这些都是后话。

在大山深处虎狼谷的一座废庙里，黄巢一行数十人横七竖八躺在大殿和廊檐下。他们不停地爬了一天山，又累又饿，倒头便都睡去。当他们被东方炫目的太阳照醒时才发现，废庙已被官兵包围。

惊醒后的黄巢很快镇定下来，他派黄揆、黄钦兄弟分别领兵把守山门和侧门，自己爬上庙里的高处鼓楼，察看官兵的动静。

"反贼黄巢，你们已被包围，快快投降受死！"官兵在山门下不停地狂呼乱叫。

然而山门紧闭，里面毫无响动，只是一双双仇恨的眼睛从门缝里、窗背后向外扫视着。

"庙里的弟兄们听着，我大唐河中行营招讨使兼宣武节度使朱全忠大人发话，你等赶快捆了黄巢开门来降，可免死罪，还可得到重赏；要是执迷不悟，等我朝廷大军攻入庙中，你们个个都作刀下之鬼。庙里的弟兄，听见没有？"

轮番喊话毫无效果，朱温十分恼怒，亲自在山门外大声喊叫："黄巢听着，你已是穷途末路，看在我们兄弟一场，听我的劝告，快快下来投降。我现在是朝中大将，一句话，可以免你死罪，还可以让皇上给你封个官，仍旧享你的荣华富贵……"

"哈哈哈，"黄巢一阵狂笑，"没想到你朱温竟变成这样！想当初和你结拜兄弟时你是怎么说的？你这个不讲信义的小人……"

"哈哈哈，"朱温也一阵大笑，"信义？你现在这样就是讲信义的下场……"

朱温话未讲完，一支箭射来，他头一低，射中他头上的树枝，几片树叶从他眼前飘下。朱温大怒，下令进攻。

黄巢在鼓楼上居高临下指挥战斗，从清晨到午后，打退官兵无数次进攻，山门前留下上百具官兵尸体，但义军也伤亡惨重，黄揆、黄钦先后战死。最后，官兵终于攻下山门杀进庙内。黄巢率几个护卫坚守鼓楼，殊死抵抗。但终不敌官兵多次进攻，至太阳快落山时，黄巢身边的护卫均已战死，只剩下他独自战斗，死死守住楼梯口，上来一个杀死一个。朱温下令围住鼓楼，暂停进攻。他围着鼓楼转一圈后，命士兵搬来柴草置于楼下点燃。

"我要把他熏出来！"朱温吼叫着。

顿时，鼓楼被浓烟包围起来。鼓楼上的黄巢在烟雾中挣扎着，被烟呛得大口出着气，不停地气喘咳嗽。正在他万分危急之时，只听孟雪娘的声音说："快把鼻子捂上！"接着一张湿手巾就捂在他的鼻子上。

"你？"黄巢惊喜地从烟雾迷蒙中认出她，伸手把她挽到身边。

"别说话，匍匐在地，把湿手巾捂紧鼻子！"孟雪娘命令他。

两人脸贴着脸紧拉着手，把身子匍匐于地。

烟雾渐渐消散，黄巢问她："你呀你，为什么要到这儿来啊！"

"因为你在这儿。"

"我把你派走，就是让你活下去，可你偏要来送死。"

"没有了你，我活下去还有什么意义。"

"可是还有浩儿、黄存、庞英那几千人呢！"

"你放心，他们早已突出包围。一切，我都安排好了。"

这时烟雾已经消散，只听楼下朱温说道："楼上没了动静，快上去看看黄巢被熏死没有？"

楼口，一个官兵头刚伸上半个身子就被孟雪娘一剑刺了下去。

"黄巢还活着！"楼下官兵惊叫着。

朱温恼怒了，下令："架柴，烧死他！"

官兵们不停地向鼓楼脚下丢木柴。

鼓楼上，烟雾已消散，从云中穿过一缕阳光，通过窗户，照在孟雪娘的脸上，把她的脸照得透红。

"你看，"她指着山边的太阳，"多美一轮夕阳啊！"

黄巢朝那边看去，但见大半个太阳在一溜镶了金边的黑云上躺着，渐渐西沉，他好久都没见到过么美的景致了，赞叹道："太美了！跟朝阳一样美！"

"不，比朝阳更美！"孟雪娘纠正他。

他们好像忘了眼前的一切，身子渐渐随西沉的夕阳向上起立，眼里闪着异样的光亮，望着那轮血红的残阳。

下面的官兵已架好了柴，他们问朱温："大人，点火吗？"

"点！"朱温果断地下令，但是，当他从鼓楼窗口突然看到两张脸，而一张竟是孟雪娘时，立即改口说："别点！"

朱温跑到窗下大声喊道："孟雪娘，咱们谈谈，我给你一个救黄巢的机会……"

"呸！"孟雪娘对着他的头顶唾了一口后便与黄巢同时隐去。

气急败坏的朱温手一挥："攻！攻上去捉活的！"

官兵一窝蜂扑向鼓楼，架起梯子、桌子、椅子，从楼梯口和窗户往里攻，孟雪娘、黄巢拼力厮杀，一连杀死好几个官兵，却未能堵住他们的攻势。最后，二人被逼向一个角落，二人手拉着手，互相呼唤着"雪妹""黄兄"，在官兵靠近他们的最后刹那，双双把自己的剑，刺进自己的胸膛。

只见两股殷红的血从二人胸膛汩汩流出，在西山残阳余晖照耀下闪着炫目的光……

是时，为公元 884 年，即大齐金统六年，大唐中和四年六月十七日。

> 2006 年 2 月完稿
>
> 2020 年 10 月 10 日校订
>
> （此篇与高卫红合作）

第二版后记

十年前，制片人王平先生拿出一沓关于黄巢农民起义的材料，邀我任电视剧编剧。因考虑到题材的重大，为慎重起见，王平先生专程来四川相聚，议定先写出小说，并邀请内江师范学院高卫红教授加盟。

两年后，长篇历史小说《黄巢》写成并出版，但拍电视剧的计划因故搁置。

因工程量大，王平先生忙于拍戏，无暇参与此事，修订工作由我与高卫红教授共同完成。

对这本书的写作，我们力求做到充分尊重历史精神，在不违背历史基本事实的前提下，对黄巢起义的时代背景、黄巢的政治理想和战略、义军南征北战的重要战斗等做出描述。再现当时的历史声势和激昂悲壮；对黄巢、王仙芝、朱温、李儇、田令孜等主要人物的个人经历、个性特征和历史评价，坚持在史学定评的基础上进行艺术再创造。至于其他人物如孟雪娘、庞英等，其他故事如鱼玄机（郭淑妃）与皮日休、司空图的爱情纠葛等，虽是虚构，但无论从艺术规则，还是从时代条件看，都是具有一定生活依据，尽可能做到历史真实与艺术真实的契合统一。

限于水平，如有不当之处请读者诸君指正。

在写作中孙建先生、郭平女士和孙迅女士协助做了大量资料搜集、文稿处理的工作，特此说明。

孙自筠

2016 年 12 月 20 日

第三版后记

　　我从来没有想到过写黄巢，因为对他认识很浅，心里无底。然而后来我却三次写了他。头次，是应制片人王平先生之约，因是合作过的朋友，咬牙答应下来，最后电视剧无果，还好，留下一本书。第二次是应华夏出版社文学部主任高苏先生盛情相邀，并在他的点拨下，将原著作了较大修订，2018年再版。第三次，也即这次出我的"孙自筠文集"系列图书收入此书，沿用华夏出版社版，只是对原著作了校订，没费多少功夫。

　　黄巢之所以难写，一是因为写他的书很多，二是对他的评价很不一致，为此我请教高老师，他说："以史为据，用通行的主流史著为参照。"对，过去有《资治通鉴》，建国后有范文澜、翦伯赞等先辈列为大学教材的权威史著。专心致志，心无旁骛，但并不默守，在不违背历史真实和艺术规范的前提下，新添了些人物，虚构了些故事，使作品更有新意和生气，让读者能感受到阅读历史文学作品既能增长知识，又能享受艺术美的乐趣。

　　比如书中写到的鱼玄机，她的前世今生无史料可考，出现时是个来历不明的女冠，然而她却是名满京华的女诗人，她的浪漫和百无禁忌，把她与郭淑妃相联系，增添了几分神秘。与皮日休、司空徒相纠缠，诗歌唱和，放浪形骸，因是同时代诗人，有这种交集毫不奇怪。至于皮日休放弃官场投奔黄巢，那是实在的历史。有史实作骨干，虚构可能发生在他们身上的故事为血肉，方能使作品变得丰满实在和有温度，方能激起人们的阅读兴趣。

　　类似以上所举例证，书中还有多处，这是我们作者在创作中为补史料不足而刻意营造的，为这本书增添了容量和可读性，顺利交卷，得以出版。但仔细阅读，仍发现一些粗疏和缺失，如对黄巢的失败没作应有的原因探讨等，假如再有机会，一定要予以弥补。

　　最后要说明的是，与华夏出版社所签《黄巢》出版合同，有效期至 2023 年 2 月，经向该社书面申请，为照顾作者出"孙自筠文集"的特殊情况，请准予将《黄巢》提前收入中国言实出版社出版的"孙自筠文集"中。蒙华夏出版社同意，特此说明，以表谢忱。

孙自筠

2022 年 4 月 27 日于内江师范学院